그대 마음을
똑똑!

그대 마음을 똑똑!

2015년 7월 20일 초판 1쇄 인쇄
2015년 7월 27일 초판 1쇄 발행

지은이 김희진
발행인 이종주

기획 편집 박지해, 권영은, 주수지
마 케 팅 김정수, 차보현, 신은경
경영 지원 배진경, 김슬기

발행처 (주)로크미디어
출판등록 2003년 3월 24일
주소 서울시 용산구 원효로97길 46 5층
Tel (02)3273-5135 **Fax** (02)3273-5134
홈페이지 rokmedia.blog.me · **E-mail** romance@rokmedia.com

값 9,000원

ISBN 979-11-255-9453-6 03810

그대 마음을 똑똑!

김희진 장편 소설

contents

프롤로그 7
클럽녀 11
비서실이라고요? 35
의외로 편한 상대 63
두근거림의 시작 93
마치 데이트인 듯 131
혼란 165
뜬금없는 소개팅 193
알코올 알레르기 223
오늘부터 1일 247
유혹 279
사랑하고 사랑하기 297
상사를 사랑해선 안 되는 이유 331
두려움을 이기는 용기 355
에필로그 391
작가 후기 399

프롤로그

토요일 저녁, 마트에 간 지윤은 달걀을 집으러 가던 중 흠칫 놀라 멈춰 섰다.

'저 남자는 분명! 아냐, 어쩌면 아닐 수도…….'

설마 하는 생각에 지윤이 머리를 갸웃거렸다.

야구 모자를 눌러쓴 장신의 남자는 열다섯 개짜리 달걀 팩을 카트에 넣더니 두부가 놓인 바로 옆 진열대로 걸음을 옮겼다. 그러고는 수많은 종류의 두부를 보고 얼굴을 찡그리더니 대충 하나를 집어 들어 카트에 담았다.

"말도 안 돼."

저도 모르게 중얼거렸다. 그때 남자가 그 소릴 들었는지 고개를 돌렸고, 지윤은 정면으로 그의 얼굴을 보자마자 확신했다. 그가 대영그룹의 후계자 서열 1위이자, 자신이 근무하는 대영전자의 임성우 부사장이라는 걸!

"방금 나한테 말한 건가요?"

눈 깜짝할 사이에 다가온 그가 말을 걸자 지윤이 화들짝 놀라 설레설레 고개를 저었다.

"아뇨! 달걀이 넘 비싸서요!"

그러고는 달걀을 황급히 카트에 담은 뒤 자리를 벗어났다.

지윤은 그를 알지만, 그는 그녀가 누구인지 전혀 모를 테니 이렇게 도망칠 필요는 없었다. 하지만 지윤은 못 볼 것이라도 본 사람처럼 그를 피해 스낵 코너로 들어갔다.

얼핏 본 그의 카트 안에는 달걀과 두부 외에도 팽이버섯과 대파 등이 있었다. 거기다 와인까지 두 병…….

'뭐지? 뭘까?'

먹지도 않는 과자를 집어 카트 안으로 던진 지윤은 또 한 번 머리를 갸웃했다. 이런 곳에 와서 직접 물건을 사는 것과는 어울리지 않는 사람이기에 궁금증이 밀어닥쳤다.

'살림이라도 차렸나? 설마 집안에서 반대하는 여자와……? 에이, 그럴 리가 없지. 저 남자가 어떤 사람인데.'

지윤은 가당찮은 상상이라는 듯 머리를 흔들었다.

회사 여직원들 사이에선 임성우 부사장을 흠모하는 경우가 꽤 많았다. 사실 지윤 역시 대영그룹 자제들의 비주얼이 타의 추종을 불허한다는 점은 인정했다. 취업 준비 당시 타사와 대영그룹을 비교하던 몇 가지 항목 중 '오너 집안의 인물'이 한 자리를 차지할 정도였으니 말이다.

중요한 사항은 아니었지만 조건이 비슷한 회사와 비교하다 보니 이왕이면 어떤 면에서라도 더 월등한(?) 상사를 모시는 게 낫지 않을까 싶었던 것이다.

대영그룹은 남자 배우를 섭외하는 대신 그 집안 자제들이 직접 광고를 찍으면 더 대박 날 것이라는 말까지 돌 정도로 하나같이 출중한 외모를 자랑했다.

그중 후계자 서열 1위이자 맏이인 임성우 부사장은 가장 돋보이는 존재라 해도 과언이 아니었다. 185센티미터가 넘는 키에 완벽한 신체 비율을 갖춘 그는 슈트가 너무도 잘 어울리는 섹시남인 데다 이제 서른셋인 싱글이었다. 그러니 그를 연모하는 여직원들이 얼마나 많겠는가.

그러나! 젊은 나이에 부사장직을 맡아서 그런지 몰라도 그는 카리스마를 한껏 장착하고 조금의 실수도 용납하지 않았다. 그래서 별명도 냉철하다는 말을 빗댄 '땡철이'였다.

지윤은 총무팀의 일개 대리인지라 그와 업무적으로 마주칠 일이 없었지만, 팀장이 그에게 깨지고 온 날은 모든 팀원이 숨소리를 줄일 만큼 조심해야 했다.

'그런 그가 남몰래 살림을 차렸다? 늘 아리따운 여배우들과 호화 파티를 즐기는 그가 평범한 여자를 사랑하고 있다?'

"말도 안 돼."

대영전자 본사엔 성우의 눈에 띄기 위해 별의별 짓을 다 하는 여자들이 많았지만, 그 누구도 그에게 다정한 미소 한 번 받아 보지 못했다. 여타 재벌가 자제들과 마찬가지로 그 역시 급이 다른 여자는 쳐다보지도 않을 터.

또한 지윤은 지극히 현실적인 여자였고, 하루하루 회사 일에 치여 지내는 것만으로도 피곤했기에 그런 신데렐라 콘테스트에 참여할 생각은 추호도 없었다.

지윤은 피식 웃고 우유가 진열된 곳으로 향했다.

그런데, 헉! 그가 우유와 치즈를 카트에 넣고 있었다. 그 모습에 의심의 싹이 또다시 모락모락 자라났다.

'대체 저것들을 왜 직접 와서 사냐고요. 궁금하게!'

만약 그가 분유나 기저귀라도 집는다면……? 초특급 뉴스겠지만 어디 가서 말하기도 난감한 일일 터.

하지만 그는 오렌지 주스를 마지막으로 카트에 담은 후 계산대로 향했다. 계산원에게서 신용 카드를 건네받은 그가 비스듬히 입매를 올리는 모습이 보였다.

'대박! 땡철이 부사장의 웃는 얼굴이라니!'

한여름 날씨와 어울리게 얇은 남방셔츠와 베이지색 긴바지를 입은 모습이 꽤나 근사했다. 항상 딱 떨어지는 슈트 차림만 봐 왔기에 캐주얼한 복장이 새롭게 느껴졌다.

하지만 지윤은 어깨를 으쓱이곤 미련 없이 카트를 돌렸다. 그는 까마득히 높은 위치에 있는 사람이기에, 그 근사한 외모에 혹할 필요가 없었다.

클럽녀

"뭐라고?"

중 · 고등학교 동창이자 절친한 친구, 채린의 말에 지윤이 입을 쩍 벌렸다.

"지석 오빠랑 결혼할 거라고."

"누가? 네가?"

"당연히 나지!"

"왜?"

지윤이 도무지 이해가 안 된다는 얼굴로 맞은편에 앉은 채린을 쳐다보았다.

뭇 남성들의 시선을 단박에 사로잡는 미모의 소유자인 데다, 자고로 남자는 쟁쟁한 경제력과 꽃 미남 수준의 외모를 지녀야만 가치가 있다고 소리 높여 주장하던 친구였기에 직접 듣고도 믿을 수 없었다. 게다가 두 사람이 사귀는 것조차 몰랐던 터라 지윤은 이를 어떻게 받아들이는 것이 좋을지 감을 잡지 못했다.

"왜냐고?"

채린이 미간을 찌푸리고 지윤을 쳐다보았다.

"지석 오빠랑 결혼 얘기가 나올 정도로 만난 거야? 아니, 사귄다는 말을 나한테 한 적이 있던가?"

"그야 당연히 비밀이었지. 오빠랑 내가 어떻게 될지도 모르는데 우리 사이까지 불편해지면 안 되잖아."

"헐, 그래서 이제껏 비밀 연애를 했다? 언제부터?"

"정식으로 만나기 시작한 건 화이트데이부터야."

"화이트데이?"

지윤의 되물음에 채린이 수줍게 웃으며 답했다.

"내가 밸런타인데이 때 오빠한테 초콜릿 줬거든. 솔직히 그냥 준 건데 오빠가 화이트데이에 만나자고 하더라."

"지석 오빠가 화이트데이를 챙겼단 말이야?"

"그렇다니까. 서운하게 생각하는 건 알겠는데, 그래도 너한테 제일 먼저 말한 거니까 좀 봐주라. 응?"

채린이 테이블 위에 놓인 지윤의 손을 토닥였다.

"그럼 너 정말 우리 오빠랑 결혼하기로 마음먹은 거야?"

"그럼! 어젯밤 오빠가 프러포즈했거든."

채린이 자랑스럽게 반지를 내밀어 보이다가 여전히 못 믿겠다는 듯한 얼굴의 지윤을 보고 눈을 흘겼다.

"너 내가 새언니로 들어가는 게 싫어서 그래?"

"우리 오빠 어떤 사람인지 잘 알지? 3월부터면 7개월 넘게 사귄 건데, 정말 오빠가 좋아? 네 이상형과 정반대인 사람이잖아."

"어릴 때와 지금의 이상형은 많이 달라. 네 말대로 나도 지극히 현실적으로 변한 거지."

"남자는 뭐니 뭐니 해도 '머니'가 많아야 한다고 주장한 게 불과 며칠 전이다, 너."

"지석 오빠 정도면 충분해. 닥터잖아. 그리고 돈이야 나도 버는데 뭘."

채린이 어깨 위 머리를 뒤로 넘기며 말하자 지윤이 사뭇 진지한 얼굴로 말을 이었다.

"외과 전문의인 거 알지? 오빤 수술하는 게 좋아서 외과 간 거고. 그것도 흉부외과. 고로 개업할 일 없을 텐데 그래도 괜찮아? 대학 병원 월급만으로 네가 만족할 수 있겠어?"

"성형 쪽으로 개업할 수도 있다던데? 요즘은 산부인과 전문의들도 성형외과 개업한다고 하더라."

"쯧쯧, 거봐. 아직 지석 오빠에 대해 잘 모르잖아. 난 이 결혼 반대일세."

지윤이 의자 등받이에 몸을 기대곤 커피 잔을 들었다. 그 모습에 채린이 샐쭉한 표정을 지었다.

"너 내 친구 맞아?"

"네 친구니까 말리는 거지. 우리 오빠, 학교 다닐 때도 공부밖에 모르는 범생이었던 거 기억 안 나? 난 어쩌다 네가 우리 오빠랑 사귀기로 했는지 의문이다. 대체 뭘 보고?"

"너야말로 지석 오빠에 대해 모르는구나? 오빠가 얼마나 재미있는 사람인데."
"배도 좀 나왔을걸."
"그 정도면 아주 양호하거든!"
"너 꽃미남 좋아하잖아."
"그 정도면 충분히 꽃미남이거든!"
채린의 대꾸에 지윤이 머리를 설레설레 저었다. 그러자 채린이 두 손으로 테이블을 탕 내리치더니 눈을 부라렸다.
"서지윤! 너 확실히 말해. 내가 아까운 거야, 네 오빠가 아까운 거야?"
"이건 누가 아까운 문제가 아니지! 오빠가 얼마나 짠돌이인지 몰라? 너 백화점 물건 아니면 쳐다보지도 않으면서 인터넷으로 옷 사 입는 오빠랑 같이 살 수 있어? 또 친구들이랑 놀러 다니는 것도 그만둬야 할걸. 클럽 포기할 수 있어?"
"야, 야! 인터넷에서 백화점 물건도 팔거든! 그리고 누구랑 결혼하든 유부녀 딱지 달면 클럽은 그만 가야지. 당연한 소릴 하고 그래."
"헐. 박채린 양이 유흥을 포기하신다? 상사한테 받은 스트레스는 춤으로 풀어 줘야 한다는 주의 아니셨나? 오늘도 물론?"
지윤이 몸매가 그대로 드러나는 채린의 검정색 미니 드레스를 가리켰다.
"그러니까 결혼 전까진 즐겨야지."
"내가 정말 궁금해서 그러는데, 너 클럽에서 '부킹' 하고 노는 것 우리 오빠도 알아?"

"너도 클럽 다니면서 뭘. 그리고 '부킹'은 딱 두 번 했잖아. 하도 졸라서 그냥 한 잔 얻어 마신 것뿐인데 자꾸 그럴래?"

물론 마음씨 착하고, 붙임성 좋은 성격인 데다 예쁘기까지 해 어디에 내놔도 아깝지 않은 친구였다. 돈을 좀 헤프게 쓰는 게 흠이었지만, 집이 워낙 잘살고 공주님처럼 자란 외동딸이라 그러려니 했다.

하지만 노는 것을 너무 좋아하는 게 문제였다. 건수만 생겼다 하면 친구들과 놀러 다녔으니까. 반면 지윤의 바로 위 오빠인 지석은 유흥과는 동떨어진, 말 그대로 범생이에 돈을 어떻게 써야 되는지도 모르는 답답이였다.

도대체 어떤 게 잘 맞아서 두 사람이 사귀는 건지는 모르겠지만 결혼한다면 얼마 못 가 삐걱거릴 게 뻔했다. 그러니 지윤으로선 현실을 생각해 반대하는 게 당연했다.

"그러니까 오늘도 클럽엔 출두하시겠다는 거? 장차 시누이 될 사람과 함께?"

"불금인데 당연하지. 그리고 너랑 가야 내가 편히 놀 수 있잖니."

방긋 웃는 채린을 보며 지윤은 한숨을 푹 내쉬었다.

채린이 맘 편히 놀 수 있는 건 지윤이 술을 마시지 않기 때문이었다. 맥주 한 잔만 마셔도 얼굴이 빨개짐과 동시에 취기가 올라와 아롱거리고, 무엇보다 치명적인 손버릇이 있어 아예 입에도 대지 않았다. 그래서 채린은 본인이 술에 취해 엉뚱하게 구는 것을 말려 주는 지윤을 데리고 클럽에 가곤 했다.

"오늘은 클럽 말고 노래방 가자. 분위기 잘 띄워 줄게."

곧 있을 인사이동 때문에 며칠 내내 신경을 곤두세우고 일한 지윤은 시끌벅적한 클럽이 끌리지 않았다.

"둘이 노래방에서 무슨 춤을 춰! 나 오늘 정말 기분 좋은데 클럽 가서 신나게 놀자. 응?"

"나 이러다 우리 오빠한테 혼나는 거 아냐?"

"지석 오빠 오늘 당직이랬어. 그리고 너랑 다녀온 것 알면 오히려 다행으로 여기겠지. 뭐라고 하겠니? 걱정 말고 가자, 응?"

가짜 속눈썹을 붙인 눈을 깜박거리며 애교를 부리는 채린에게 졌다는 듯 지윤이 고개를 끄덕이고 일어났다.

"오늘 고른 곳은 어디야?"

"올림포스라고, 얼마 전 청담동에 오픈한 곳인데 진짜 짱이래. 수질부터 다르다고 하니 한번 가 줘야지."

"돈지랄하는 애들이 많다는 소리지?"

"얘는 말을 해도."

채린이 눈을 흘기며 쿡쿡 웃더니 낮게 속삭였다.

"주말엔 예약 안 하면 못 들어가는 곳이야. 아마 오늘 연예인들도 많이 올걸."

"나 같은 사람도 받아 준다던?"

채린이 심드렁하게 묻는 지윤을 단번에 훑었다.

턱 중간쯤 오는 단발머리에, 얼굴이 자그맣고 갸름해 원래 나이인 스물여덟 살보다 어려 보였다. 무엇보다 또렷하고 맑은 눈빛이 누구에게나 호감을 샀고, 늘씬한 몸매가 그녀의 스타일을 돋보이게 했다.

"너 정도면 충분히 A급이야. 치마가 더 짧으면 좋겠지만 뭐 나쁘지 않아."

"연예인들이 찾는 곳이면 S급만 들어갈 수 있지 않을까? 괜히 문전 박대당하지 말고……."

"거참! 너도 S급이야. 오늘따라 왜 이렇게 몸을 사리실까?"

채린은 지윤이 도망가지 못하게 몸을 붙이고 팔짱 꼈다.

"오케이, 알았어. 어디 안 도망가니까 좀 떨어지지?"

지윤은 가슴을 바싹 붙여 오는 채린을 팔꿈치로 밀었다.

사실 지윤도 알코올과 친하지 않아서 그렇지, 춤추는 것은 좋아했다. 고등학생 시절엔 채린과 함께 댄스 동아리 활동을 했고, 다른 학교 축제에 초대받아 공연하러 갈 만큼 춤 실력이 뛰어났다. 하지만 이상하게도 오늘은 클럽에서 방방 뛰며 놀기보다는 일찍 들어가 쉬고 싶었다.

그런 지윤의 머릿속을 들여다보기라도 한 것처럼 채린이 팔짱을 풀지 않은 채 택시에 올랐다.

"청담사거리로 가 주세요!"

주기적으로 모임을 갖는 대학 동기들과 함께 성우가 찾은 곳은 친구 철민이 새로 오픈한 클럽이었다. 와인 바를 열까, 클럽

을 열까 한참을 고민하더니 지난 달 영업을 시작했다고 연락이 왔다.

다음 주에 정기 인사이동이 있는 것은 둘째 치고, 오랜 기간 함께 일해 온 비서실의 홍 대리가 출산을 위해 휴직 신청을 한 관계로 새로 비서를 뽑아야 해서 성우는 은근히 머리가 아팠다. 그래서 오늘은 불참할까 했는데, 철민이 서운함을 표출하면서 꼭 오라고 신신당부해 피곤한 몸을 이끌고 모임에 참석했다.

금요일 저녁이라 클럽 안은 수많은 사람들로 북적였다.

플로어가 훤히 내려다보이는 VIP룸에서 술잔을 기울이던 성우는 유난히 눈에 띄는 두 명의 여자에게 시선을 두었다. 긴 머리를 높게 묶고 볼륨감 넘치는 몸매를 유감없이 드러내는 검정색 미니 드레스 차림의 여자와, 단발머리에 단정해 보이는 니트와 스커트를 입은 여자였다.

둘 다 얼굴은 자세히 보이지 않았지만 환하게 웃고 있는 모습이 상큼하고 매력적으로 느껴졌다. 무엇보다, 빠른 비트의 음악에 맞춰 가볍게 몸을 흔드는 정도임에도 춤 솜씨가 예사롭지 않았다. 그중 무릎까지 오는 스커트 차림과 어울리지 않게 섹시한 춤을 추는 단발머리에게로 자꾸만 시선이 향했다.

성우의 한쪽 눈썹이 살짝 올라가며 입가에 미소가 번지자 그의 옆에 앉아 있던 재훈이 잽싸게 같은 쪽을 보았다.

"오오, 섹시한데?"

재훈의 말에 다른 친구들도 플로어를 내려다보았다.

"누구?"

"어디?"
"와우! 언니 멋져!"
철민이 휘파람을 불며 손뼉을 치자 성우가 피식 웃었다. 그러자 철민이 성우를 돌아보더니 눈동자를 빛냈다.
"불러올까?"
갑작스러운 철민의 말에 재훈이 먼저 나섰다.
"콜! 나 블랙 찜!"
"눈도장 찍은 건 성우가 먼저인데?"
철민이 지적하자 재훈이 성우를 홱 돌아보았다.
"블랙이야, 단발이야?"
"난 됐어."
성우가 관심 없다는 듯 고개를 바로 하더니 술잔을 들었다.
"성우 이 녀석은 원래 '부킹' 안 좋아하잖아."
"난 단발머리가 더 끌리는데? 허리 놀림이 아주 예술이다."
다른 친구의 말에 성우의 시선이 다시금 아래로 향했다. 조금 전보다 더 과감하게 골반을 돌리는 모습이 상당히 자극적으로 다가왔다.
'선수로군.'
아니나 다를까, 그녀들 주변으로 남자들이 모여들었다.
"보아하니 둘이서만 온 것 같은데, 미적거리다간 뺏기겠는걸. 철민이 너 얼른 안 내려가고 뭐 해?"
재훈의 재촉에 철민이 오케이 사인을 보내곤 잽싸게 룸을 나갔다.

그 와중에도 성우의 관심은 오직 단발머리 여자에게만 향해 있었다. 재즈풍의 끈적한 음악에 맞춰 두 팔로 머리를 감싸고 유연하게 몸을 흔드는 모습이 그의 시선을 끌었다. 묘하게 번져 오는 두근거림에 성우의 미간이 깊게 패었다.

알지도 못하는 여자에게 이런 감정을 느끼는 것이 마음에 들지 않았다. 그 역시 혈기 왕성한 남자인 만큼 여자를 좋아했지만 아무하고나 관계를 갖는 건 사양이었다. 하지만 이상하게도 저 단발머리 여자에겐 계속 눈이 갔고, 좀 더 알고 싶다는 바람이 일었다.

수많은 남정네들의 접근에도 끄떡 않던 그녀들에게 철민이 다가가는 모습이 보였다. 꽤나 정중한 태도로 말을 건넨 그에게 단발머리 여자가 거절하는 듯 고개를 젓더니 손을 흔들었다.

"어? 싫다는 건가?"

재훈이 안타깝다는 듯 중얼거리더니 성우를 보았다.

"너 여기 있는 것 알면 바로 올 텐데. 대영그룹 이름 좀 빌리자."

"됐거든. 입도 뻥긋하지 마."

"딱 한 번만 너그러이 베풀어 주시면 아니될까요?"

"아니되겠는데요."

성우가 입꼬리를 올리자 재훈이 툴툴거리곤 철민이 있는 곳으로 시선을 돌렸다.

"어? 단발머리 어디 가는 거지?"

재훈의 말에 성우의 눈이 아래로 향했다. 철민은 여전히 검정색 미니 드레스를 입은 여자를 공략 중이었고, 단발머리 여자는 인파를 헤치면서 앞으로 나아가고 있었다.

"화장실 가나? 철민아, 그녀라도 데려오너라. 이 오빠가 잘 해 준다고 해 봐."

재훈은 기도하듯 두 손까지 모으곤 중얼거렸다.

단발머리 여자가 화장실로 들어가는 모습을 바라보던 성우는 잠시 생각하는가 싶더니 자리에서 일어났다. 그러자 옆에 있던 친구가 물었다.

"어디 가게?"

"답답해서."

"집에 가는 건 아니지?"

"안 가니까 걱정 마."

성우는 옷걸이에 걸어 둔 재킷을 턱짓하곤 룸에서 나와 느긋한 동작으로 아치형 계단을 내려갔다. 룸 안에 화장실이 마련되어 있어 아래층 화장실에 가는 모습을 친구들이 보면 의아하게 생각할 터. 그는 위에서 볼 수 없도록 계단 뒤쪽으로 돌아서 여자가 사라진 방향으로 향했다.

팔뚝까지 걷어 올린 흰색 와이셔츠에 슬림한 진회색 정장 바지 차림의 그가 주머니에 손을 찔러 넣은 채 벽을 따라 걷자 근처에 있던 여자들의 시선이 따라왔다.

훤칠한 키, 떡 벌어진 어깨, 쭉 뻗은 다리만으로도 남성미가 물씬 풍기는 데다 조각 같은 이목구비에 무심한 표정은 여심을 홀리기 충분했다.

하지만 성우는 자신을 향한 뜨거운 시선들에 관심을 두지 않고, 화장실과 조금 떨어진 곳에서 그녀가 나오길 기다렸다.

"혼자 오신 거예요?"

작은 맥주병을 손에 든 여자가 노래에 맞춰 가볍게 몸을 흔들며 다가왔다. 성우는 그녀를 힐끗 쳐다보았다가 별다른 반응 없이 눈길을 돌렸다.

"저기요, 내 말 안 들려요?"

그녀가 좀 더 가까이 다가와 묻는 순간 단발머리 여자가 화장실에서 나왔다. 머리카락을 쓸어 넘기던 그녀는 앞쪽에 서 있는 성우와 눈이 마주치자 놀란 듯 어깨를 움찔했다. 그러고는 고개를 획획 돌리며 누굴 찾는 것처럼 굴더니 금세 사람들 사이로 사라져 버렸다.

순식간에 일어난 일이라 말 한마디 건네 보지도 못한 성우의 눈썹이 치켜졌다. 그는 곧바로 자기 옆에 바싹 붙어 있는 여자를 차갑게 내려다보았다.

"일행한테 가 봐야겠는데 좀 비켜 줄래요?"

무안한지 얼굴이 빨개진 여자가 한 걸음 뒤로 가더니 있는 힘껏 그를 노려보았다.

"재수 없어!"

여자는 입술을 씰룩거리곤 허리에 손을 얹은 채 또각또각 걸어갔다.

성우의 시선이 단발머리 여자가 사라진 쪽으로 향했지만 클럽을 가득 메운 사람들로 인해 보이지가 않았다. 플로어로 나가면 친구 놈들이 놀란 눈으로 쳐다볼 테니 그냥 룸으로 돌아가는 게 상책이었다.

'위에서 보는 게 아마 그녀를 찾기 더 쉬울…….'

스스로의 생각에 놀란 듯 그가 멈춰 섰다.

'찾아서 뭐하게?'

처음 만난 여자와 하룻밤을 보낼 생각은 추호도 없었다. 그렇지만 이대로 지나가기엔 아쉬움이 컸다.

'그냥 연락처만 물어볼까?'

이런저런 고민을 했지만 결국 고개를 젓고 계단을 올라갔다. 막 룸으로 들어가려는데 문이 열리며 철민이 나왔다.

"어, 성우야! 어디 갔다 와?"

"잠깐 밖에."

"손님 와 계신다. 얼른 들어가 봐."

철민은 성우의 어깨를 툭 치고 눈을 찡긋해 보였다.

무슨 소린가 싶어 안으로 들어가니 아까 전 검정색 미니 드레스 차림의 여자가 재훈의 이야기를 들으며 웃고 있는 모습이 보였다. 단번에 룸을 훑었지만 단발머리 여자는 없었다.

"성우야!"

친구가 그를 부르자 채린을 포함한 모든 사람의 시선이 성우에게로 향했다.

사실 그녀가 이곳에 온 것은 대영그룹의 임성우가 있다는 말을 들었기 때문이다. 인터넷 기사들과 지윤의 얘기로 그에 대해 익히 알고 있긴 했지만, 정말 그렇게 근사하게 생겼는지 직접 확인해 보고 싶었던 것이다.

그래서 조금 전 클럽 사장이라는 남자가 다가와 대영그룹 임성우 씨와 함께 놀고 싶지 않느냐고 물었을 때 '어쩌면 지윤에게도 좋은 기회일 수 있겠다'는 생각이 들어 따라온 건데, 이건 거의 횡재 수준이었다.

'지윤아, 얼른 와라!'

채린이 보이지 않자 지윤은 주위를 두리번거리다가 설마 싶어 VIP룸이 있는 위쪽으로 시선을 돌렸다. 그새를 못 참고 킹카 오빠의 유혹에 넘어가 룸으로 뽀르르 올라간 건 아닌지 걱정되었다.

그때 아까 전의 '부킹남'이 환한 얼굴로 다가왔다.

"친구분 찾으시죠?"

지윤이 입을 떼기도 전에 철민이 먼저 말을 꺼냈다.

"어디 있죠?"

굳은 표정으로 묻는 지윤을 보고 철민이 흠칫했으나 이내 미소 지었다.

"제 친구들과 함께 있으니 걱정 마세요. 안 그래도 모시러 온 거예요."

지윤은 클럽에서 모르는 사람을 따라간 채린이 이해가 되지 않았다. 심지어 룸이라니, 이상한 놈들한테 잘못 걸리기라도 하면 어쩌려고!

'지석 오빠한테 확 다 일러 버릴까 보다.'

"박채린이라고 해요."

성우는 화사한 미소와 함께 악수를 청하는 여자를 잠시 바라보다가 손을 맞잡았다.

"임성우입니다."

마음 같아선 일행분은 어디 있냐고 묻고 싶었지만, 가볍게 악수만 하고 자리로 가려 했다. 하지만 채린이 그의 손을 놓아주지 않았다.

"저기 혹시……."

"박채린!"

그에게 무언가 물으려던 채린은 문이 열림과 동시에 지윤의 목소리가 들리자 깜짝 놀라 뒤돌아보았다.

"아, 지윤아! 왔네. 여기……."

"너 정말 이럴래? 얘가 겁도 없이 어딜!"

따끔하게 혼내 줘야겠다는 생각으로 버럭 소리 지른 지윤은 채린과 손을 잡고 있는 남자를 보자마자 그대로 굳어 버렸다. 방금 전까지 화장실 앞에서 다른 여자와 붙어 있던 임성우 부사장이 왜 지금은 여기서 채린의 손을 잡고 있는 건지 알 수가 없었다.

"자, 자. 우선 이쪽으로 오셔서……."

철민이 손뼉을 치면서 분위기를 전환하려 했지만, 지윤이 전광석화처럼 빠르게 채린을 끌고 룸을 빠져나가는 바람에 말도 꺼내지 못하고 우두커니 서 있게 됐다.

"방금 뭐냐?"

눈을 끔벅이며 철민이 물었지만 다들 어안이 벙벙한 표정을 하고 있었고, 성우만 피식 웃음소리를 냈다.

'지윤이랬나?'

관능적인 몸놀림으로 춤을 추면서 남자들을 유혹할 거라 생각했는데, 친구를 데리고 저렇게 도망치는 걸 보니 '부킹'은 싫어하는 듯했다. 자그마한 얼굴에 오목조목한 이목구비가 귀염성 있으면서도 야무지게 느껴져 마음에 들었다.

그런데 이상하게도 그녀의 낯이 익었다. 어디서든 인사를 나눈 사이라면 분명 기억할 텐데 도무지 떠오르지 않았다.

"오늘 온 사람들은 다 예약 손님이랬지?"

성우의 물음에 철민이 멍한 얼굴로 고개를 끄덕였다.

"응. 왜?"

"박채린이나 지윤이라는 이름으로 예약한 사람 연락처 좀."

"뭐어? 진짜?"

뜻밖의 소리라는 듯 친구들 모두가 눈을 동그랗게 뜨고 성우를 쳐다보았다.

"야! 채린 양은 내가 찜했다니까."

재훈의 말에 성우가 싱긋 웃었다.

"걱정 마. 난 단발머리니까."

손목을 잡힌 채 클럽 밖으로 끌려 나온 채린이 지윤의 팔을 당겼다.

"잠깐만 좀 기다려 봐!"

“너 앞으로 클럽 금지야! 지석 오빠랑 결혼한다고 폭탄선언까지 해 놓고 이러고 싶어?”

“오해하지 말고 내 말부터 들어. 나 진짜 ‘부킹’ 목적으로 올라간 것 아니야.”

“그럼 남자들만 있는 꽉 막힌 룸에 왜 따라간 건데? 왜 그렇게 겁이 없어? 취한 것도 아니잖아.”

지윤의 타박에 채린이 눈살을 찌푸리더니 양손을 허리에 얹었다.

“아까 나랑 악수한 남자, 누군지 모르겠어?”

“뭐?”

설마 하는 생각에 지윤이 눈을 깜박이자 채린이 쯧쯧거렸다.

“임성우 몰라? 너희 회사 부사장이잖아.”

“근데 그게 뭐?”

착 가라앉은 목소리로 대답하자 채린은 오히려 지윤을 이해할 수 없다는 표정을 지었다.

“얼굴 익히기 딱 좋은 자리였는데 그걸 왜 놓쳐? 그 사람이 있다고 해서 내가 일부러 올라간 거라고. 너 인사시켜 주려고.”

“이런 곳에서 인사해서 뭐하게? 사회 통념상 여자들끼리 클럽 다니면서 ‘부킹’ 하는 것 그리 좋아 보이지 않거든?”

“그게 뭐 어때서? 일종의 놀이 문화인데. 우리가 규율을 위반한 것도, 법을 어긴 것도 아닌데 뭐가 문제야?”

“나에 대해 전혀 모르는 직장 상사, 그것도 최고위층인 사람에게 첫인상을 ‘클럽녀’로 남기고 싶겠어?”

"일 잘하면서 노는 것도 수준급인 직원이면 오히려 더 좋게 보지 않을까?"

"날 잘 아는 사람이어야 먹히겠지."

단호한 지윤의 말에 채린이 얼굴을 찡그렸다.

"그래도 개인적으로 인사 나누기 좋은 기회였는데 괜히 내가 다 아쉽다. 더군다나 아직 싱글이니까 어떤 식으로 엮일지 모르는 거잖니."

그런 로열패밀리가 나 같은 평범녀와 어울리기나 한다니?

한마디 하려던 지윤은 그가 3개월 전쯤 마트에서 혼자 장을 봤던 일이 문득 떠올랐다

괜한 소문이 퍼질까 봐 아무에게도 말하지 않았지만 그때 누구를 위해 장을 본 건지는 여전히 궁금했다. 숨겨 둔 여자가 있다면 이렇게 클럽에 와서 '부킹'을 하진 않을 테니까.

"진짜 대박 킹카더라. 보니까 체격도 장난 아니던데. 인기 많지 않아?"

"지석 오빠랑 비교되지?"

눈을 가늘게 뜨고 묻는 지윤에게 채린이 황당하다는 표정을 지어 보였다.

"너 지금 나와 지석 오빠의 사랑을 의심하는 거야? 나는 온리 서지석이거든!"

"그런데도 다른 남자를 대박 킹카로 생각했나 보네?"

"어디까지나 객관적 평가인 거지. 그리고 너한테 물은 거잖아. 네가 봤을 때 남자로서 어떠냐고."

“왜? 우리 부사장님이랑 내가 회사에서 썸이라도 타길 바라는 거야?”

피식 웃는 지윤에게 채린이 눈을 반짝이며 고개를 끄덕였다.

“그럴 수도 있지! 오늘 그냥 확 녹여 버렸어야 하는데.”

“됐거든요. 우리 부사장님 생각보다 인기 없어. 별명이 땡철이야, 땡철이.”

“헐……. 땡철이가 뭐야?”

“냉정하고 철두철미하다고 해서 땡철이야. 뭐, 부하 직원들의 스트레스 해소를 위한 별명이기도 하고.”

“본인도 알고 있대?”

“글쎄.”

“일적인 건 그렇다 쳐도 여직원들 사이에선 왕자님일 것 아냐. 잘만 엮이면 바로 신데렐라 등극이니 어떻게든 눈에 띄려고 애쓸 텐데.”

“나처럼 정신 제대로 박힌 여자들은 그런 어리석은 짓 따위 안 한답니다.”

“어휴, 이 답답이. 너무 현실적으로만 생각하다간 평생 제대로 된 짝 못 만나. 그러니 이제껏 연애도 못 해 봤지.”

채린의 지적에 지윤이 어깨를 가볍게 들썩였다.

대학생 시절, 소개팅도 하고 동아리 선배와 눈 맞은 적도 있지만 늘 별다른 진전 없이 흐지부지 끝나곤 했다. 그 당시 지윤에게 있어 가장 중요한 것은 학비 마련을 위한 아르바이트와 장학금 사수였기에 다른 데 신경 쓸 만한 여유가 없었다.

두 오빠가 줄줄이 의대를 다닌 탓에 부모님의 등골은 휘다 못해 꺾일 지경이었고, 지윤은 그들의 부담을 최대한 덜어 주고 싶었다.

대학 졸업 후 취업 준비생들 사이에서 꿈의 직장으로 불리는 대영그룹에 입사한 때부턴 업무에 치여 연애하고 싶다는 생각이 들지 않았다.

"때로는 그럴듯한 로맨스를 꿈꾸는 것도 설레지 않아? 막말로 네가 뭐가 부족해."

"내가 부족한 건 아니지만, 우리 부사장님 같은 사람과는 연애하고 싶지 않아."

지윤이 딱 잘라 말하자 채린이 머리를 갸우뚱했다.

"왜? 혹시 모르는 거잖아. 드라마나 소설에선……."

"넌 로맨스 소설을 끊어야 돼. 그런 말도 안 되는 사랑 얘기 유치하지도 않아? 대체 우리 오빠는 어쩌다 좋아하게 된 거야."

"지석 오빠도 충분히 로맨틱하고 멋지거든?"

"아, 그러세요? 어쨌든 난 현실과 동떨어진 로맨스엔 관심이 없네요."

"그럼 지석 오빠 동료 중에 괜찮은 사람 있으면 소개시켜 달라고 할까? 내년이면 스물아홉인데 더 늦기 전에 연애해 봐야 되지 않겠어? 만나 봐야 보는 눈도 생기지."

"연애 안 해도 주위에 온갖 종류의 남자들이 넘쳐 나서 웬만큼 보는 눈은 있답니다."

"겉핥기로 아는 거랑 직접 사귀면서 깨우치는 건 또 다르지.

아니, 왜 네 오빠들은 하나뿐인 여동생한테 그렇게 소원한 거니? 주변에 괜찮은 남자 많을 것 아냐."
"의사랑은 절대 결혼하지 말라던데?"
지윤이 은근히 웃으며 말하자 채린의 눈이 동그래졌다.
"뭔 소리래. 왜? 자기들도 의사면서."
"그만큼 남편감으로는 별로라는 거겠지. 여자관계도 무지 복잡하고 지들밖에 모르는 족속이래."
"말도 안 돼! 지석 오빠 전혀 안 그러거든."
"뭐, 편하게 생각하세요. 저기 택시 온다. 먼저 들어가."
지윤이 택시를 잡으려 하자 채린이 뾰로통하게 말했다.
"그냥 이대로 가? 아직 12시도 안 됐는데."
"벌써 11시야. 오늘은 이쯤에서 들어가자. 얼른 눕고 싶어."
"그럼 너 먼저 타."
"난 맨 정신이고 넌 맥주 마셨잖아. 잔말 말고 얼른 타."
채린이 마지못해 고개를 끄덕이곤 택시에 올라탔다. 그녀를 태운 택시가 멀어지자 지윤은 클럽 건물을 돌아보았다.
임성우 부사장이 이런 곳에 와서 여자를 고를 줄은 몰랐다. 회사 내에서 마주칠 경우는 희박했지만, 그래도 혹시 모르니 당분간 몸을 사려야겠다는 생각이 들었다. 물론 아주 잠깐 스쳤을 뿐이니 자신을 알아볼 것 같진 않지만.
지윤은 택시를 타고 보문동에 위치한 오피스텔로 향했다.

고객의 개인 정보는 절대 누설할 수 없다고 버틴 철민 때문에 결국 그녀의 연락처를 알아낼 수 없었다. 재훈까지 나서서 이번만 예외를 두면 안 되겠느냐고 사정했지만 철민은 완강했다. 대신 그는 추후 그녀들이 클럽을 다시 찾으면 바로 연락해 주겠다고 약속했다. 그 주장이 틀리지 않았기에 성우는 아쉬운 대로 고개를 끄덕였다.

"오늘 난 이만 들어갈게."

성우의 말에 다들 아쉬움 가득한 표정을 지었다.

"그 지윤이란 여자가 계속 아른거리지? 거봐, 철민아! 얼른 성우 소원 좀 풀어 줘 봐."

재훈이 그새를 놓치지 않고 철민을 조르자 성우가 픽 웃으며 자리에서 일어났다.

"인연이라면 또 만나지 않겠어?"

"아닐 수도 있어. 네가 큰 건으로 철민이를 유혹해라."

"조심히 들어가."

철민이 재훈의 말을 끊어 버리듯 성우에게 인사했다.

"그래, 수고."

성우도 가볍게 손을 들어 보이곤 클럽을 나섰다.

재훈의 말대로 지윤이라는 이름의 단발머리 여자가 뇌리에 남긴 했지만 당장 곁에 두고 싶은 만큼 절실한 건 아니었다.

솔직히 말해서 그가 이제껏 만나 온 여자들과 비교하자면 그리 대단한 미모라고는 할 수 없었다. 객관적으로 봐도 박채린이라는 여자가 훨씬 더 미인이었지만 성우의 눈엔 지윤만 들어왔다. 오뚝한 콧날과 동그란 눈이 귀여웠고, 놀란 표정과 함께 짓던 입술 모양도 꽤 괜찮았다.

순간 성우의 얼굴에 재미있는 기색이 어렸다.

가만히 생각해 보니 그녀의 인상이 그를 이미 사로잡은 상태였다. 게다가 리듬에 맞춰 춤을 추는 늘씬한 몸에서 풍겨 나오던 섹시함까지. 그녀가 상당히 매력적인 여자라는 사실을 부인할 수 없었다.

이렇게 단번에 잡고 싶다는 생각이 든 여자는 처음이었기에 언제 다시 만날 수 있을지 몰라 아쉬웠지만 성우에겐 믿는 구석이 있었다. 시간이 흘러도 그 여자가 뇌리에 떠오른다면 어떻게든 철민을 구워삶아서 연락처를 알아낼 작정이었다.

비서실이라고요?

11월의 첫 주가 시작되었다. 여느 때와 같이 지윤은 정식 출근 시간보다 일찍 사무실에 나와 커피 잔을 손에 쥐고 여유로움을 만끽하는 중이었다.

하지만 심리적으론 그리 느긋하지 못했다. 대리 승진과 함께 총무팀에 배속된 지 어느새 3년이 되어 이번 정기 인사이동 때 부서 이동이 유력한 탓이었다. 팀장님이 기분파인 게 살짝 흠이었지만, 과장님과는 업무적인 면에서 잘 맞았기에 총무팀에서 계속 근무하고 싶은 마음이 컸다.

지윤이 인터넷으로 뉴스를 보는 동안 직원들이 하나둘씩 출근했다.

"안녕!"

이 과장이 활기차게 인사하며 들어오자 지윤도 환한 웃음을 보였다.
"좋은 아침입니다."
"서 대리는 푹 쉬었나 봐? 얼굴이 좋은데."
"언제는 안 그랬나요?"
지윤이 살짝 눈을 흘기자 이 과장이 호탕하게 웃었다.
"자, 오늘도 힘내자고."

팀원들과 점심을 먹고 들어오는 길에 채린에게서 전화를 받았다. 일행을 먼저 들여보낸 뒤 지윤은 회사 건물 밖 화단 옆에서 통화를 이어 갔다.
"걱정 마. 엄마한테 아무 말 안 했으니까."
—다행이다. 오빠 시간 될 때 찾아뵙자고 해서 내일모레 퇴근하고 같이 춘천 가기로 했어. 되게 떨린다.
"뭐가 걱정이야? 우리 엄마가 너 예뻐하잖아."
—딸 친구로 예뻐하시는 거랑 며느리로 받아들이시는 건 다르지 않겠니? 저번에 지한 오빠 결혼할 때 어땠어?
"우리 엄마, 아빠는 며느리한테 바라는 거 없어. 둘이서 잘 살면 된다. 끝!"
—그럼 나 인사드리러 가서 뭐라고 말하는 게 좋을까?
"이것 보세요. 그걸 왜 저한테 물으세요? 평소대로 하면 되지."
—그래도 될까? 오빠도 걱정 말라고는 하는데……. 넌 우리 사이 반대하잖아. 부모님도 그러시면 어떡해?
정말 걱정되는지 채린의 목소리가 평소와 다르게 착 가라앉아 있었다. 지윤은 뭐라 말해 주는 게 좋을지 고민에 잠겼다.

그때 직원들과 함께 회사 앞 광장을 가로질러 걸어오는 임성우 부사장이 눈에 들어왔다. 그 순간 옆 사람과 이야기를 하다가 고개를 돌린 그와 눈이 마주치고 말았다.

순간 지윤은 획 고개를 돌리고 멀리 도망쳐야 할지, 아니면 아무렇지 않게 인사해야 할지 망설이다가 주변 사람들을 따라 허리를 숙였다.

"안녕하십니까."

인사를 마친 지윤은 귀에 대고 있던 폰을 으스러지게 붙들면서 자연스럽게 몸을 돌렸다.

"어, 그러니까 그냥 그대로 해."

계속 통화하는 척하면서 회사 반대 방향으로 걸어갔다.

—……뭘 그대로?

"그렇다니까. 나도 알고 있어."

—얘가 지금 뭐라는 거야.

의아해하는 듯한 채린의 목소리를 무시한 채 지윤이 조심스럽게 뒤돌아보았다. 건물 안으로 들어갔는지 다행히 그가 보이지 않았다.

"휴우……."

깊게 새어 나온 한숨 소리에 채린이 물었다.

—왜? 누구 만난 거야?

"임성우 부사장님."

지윤의 대답에 채린이 꺄아 소리를 질렀다.

—진짜? 너 알아보던?

"알아봤겠냐? 그랬으면 큰일 나."

—에이, 아깝다. 그때 제대로 인사 나눴어야 한다니까.

"됐거든. 그만 끊자, 피곤이 급 몰려온다."

—그래, 알았어.

통화를 끝낸 지윤은 다시 한 번 한숨을 내쉬었다.

갑자기 뒷골이 땅기는 기분이었다. 눈이 마주쳤을 땐 정말이지 심장이 쪼그라드는 것만 같았다. 학창 시절 선생님 몰래 딴짓하다 들킨 것처럼 두근거리기까지 했다.

지윤은 가슴을 쓸어내리다가 목에 건 사원증이 손에 닿자 흠칫했다.

'어쩔 수 없지 뭐, 벌써 인사까지 했잖아.'

지윤은 스스로를 위로하면서 사무실로 향했다.

엘리베이터에 오른 성우의 얼굴엔 연한 미소가 배어 있었다.

'대영 직원이었어?'

어쩐지 낯이 익다 했더니만 전에도 몇 차례 마주친 적이 있는 듯했다. 이거, 인연이라고 생각해도 되는 건가?

그녀는 분명 당황한 모습을 보였고, 그를 피해 재빨리 멀어졌다. 보아하니 자리를 피하는 게 그녀의 주특기인 듯했다.

성우가 피식 웃음소리를 내자 엘리베이터에 동승한 최 비서와 기획실장이 굳은 표정으로 서로를 바라보았다. 부사장이 실없이 웃는 모습을 보는 건 흔치 않은 일이었다.

"흠."

엘리베이터 문이 열리자 성우가 목청을 가다듬고는 최 비서에게 물었다.

"2시에 회의인가?"

"그렇습니다, 부사장님."

그럼 1시간 정도는 직원 목록을 검색해 볼 수 있었다.

"커피 한 잔 부탁해."

성우가 싱긋 웃고 부사장실로 들어가자 최 비서와 기획실장이 다시 한 번 서로를 쳐다보았다.

"무슨 기분 좋으신 일 있나?"

"그러게요. 점심 식사 때만 해도 안 저러셨는데. 그렇죠?"

"왠지 불안해……."

기획실장이 자리를 뜨자 최 비서도 잠시 생각에 잠긴 표정으로 서 있다가 커피를 준비하기 위해 다용도실로 향했다.

성우의 대학 후배이자 군대 후임인 최 비서는 입사하자마자 그의 측근으로 근무했다. 일명 '낙하산'이었지만 성우를 누구보다 잘 아는 사람이기에 비서로 적격이기도 했다.

현재 비서실은 자잘한 업무를 처리하는 홍 대리와, 전반적 업무 및 스케줄을 관리하는 최 비서가 팀을 이루고 있었다. 하지만 출산일이 임박한 홍 대리가 오늘부터 오전 근무만 마친 후 퇴근하기 때문에 최 비서가 모든 일을 처리해야 했다.

그는 인사팀에 연락해 얼른 제대로 된 후임을 뽑으라는 압박을 가해야겠다고 생각했다.

한편 성우는 회사 서버에 접속해 대영전자의 직원 목록을 클릭했다.

대영그룹 본사 건물엔 대영전자와 대영상사, 대영증권이 있었다. 성우는 그가 몸담고 있는 대영전자부터 훑어보기로 하고 대리급 이하의 여직원 파일을 열었다.

30분이 채 지나지 않아 그는 목적을 달성했다.

서지윤, 총무팀 대리

활짝 웃고 있는 그녀의 프로필 사진을 보자 성우의 입매가 부드러운 호를 그렸다. 이렇게 쉽게 다시 만나다니, 느낌이 좋았다. 좀 더 많은 정보를 얻기 위해 상세 프로필 버튼을 눌렀다.

그는 지윤의 고과 점수를 살펴보았다. 입사 성적도 나쁘지 않았고, 줄곧 A급 업무 평점을 받아 온 데다 올해 상반기엔 최고 등급을 받았다.

대영전자는 업무 평가가 까다롭기로 유명한 곳인데, 이렇게 높은 평점을 받았다는 건 그녀가 매우 근면 성실 한 직원이라는 뜻이었다. 클럽에서 뭇 남성들의 시선을 사로잡으면서 뛰어난 춤 솜씨를 뽐내던 여자가 회사에선 유능한 직원이라는 것이 더더욱 그의 관심을 유발했다.

'이런 매력적인 직원을 지난 5년 동안 모르고 지냈다니!'

아쉬운 마음과 함께 이제부터라도 그녀를 알아 가고 싶다는 생각이 들었다.

그리고 그 순간, 머릿속에 반짝 하고 떠오른 아이디어에 그의 눈매가 가늘어졌다. 의자 등받이에 몸을 기대고 가슴 앞으로 팔짱을 낀 성우는 모니터 속 지윤의 프로필 사진을 뚫어지게 바라보다가 이내 결정한 듯 마우스를 쥐었다.

그가 누구의 프로필을 열어 보았는지 인사팀에서는 이미 알고 있을 테니 괜한 뒷말이 나오지 않도록 지윤과 비슷한 경력의 여직원 파일도 몇 개 클릭했다.

그 시각, 최 비서는 인사팀 한 부장의 전화를 받았다.

—왜 부사장님이 직원 프로필 파일을 열어 보시는 건지 혹시 아나?

"직원 프로필 파일요? 제겐 별다른 말씀 없으셨는데요."

최 비서는 부사장실 문을 쳐다보곤 머리를 갸웃거렸다.

—홍 대리 후임을 직접 고르실 생각인가? 홍 대리가 없어서 부사장님이 불편하셨던 일이라도 있나?

불편하다면 최 비서가 불편하지, 부사장이 불편할 일은 딱히 없었다. 하지만 최 비서는 후임 선정에 좀 더 박차를 가해 달라는 뜻을 담아 과장스럽게 답했다.

"아무래도 사람이 있다 없으니 좀 그러시겠죠. 부사장님께서 직접 프로필 파일까지 검색하셨다니 뭔가 생각이 있으신가 본데, 아직도 후보자 선정이 안 됐나요?"

—다른 곳도 아니고 부사장님 비서실이다 보니 우리도 신중을 기하느라 생각보다 늦어지는구먼. 내일까지 세 명으로 압축해서 부사장님께 보고 올릴 테니 잘 좀 말씀드려 주게나.

"넵! 알겠습니다."

최 비서는 수화기를 내려놓은 뒤 힐끗 시계를 보았다. 부사장님을 모시고 회의실에 가야 할 시간이었다. 그는 옷매무새를 정돈하고 부사장실 문을 두드렸다.

"부사장님, 회의 시간 다 되었습니다."

"가지."

성우는 메모지에 '총무팀, 서지윤 대리'라고 적은 뒤 최 비서에게 건넸다.

"홍 대리 후임으로 서지윤 대리를 들일 테니 인사팀에게 준비하라고 전해. 다른 비서실에서 사람 빼 오려고 괜히 애쓸 필요 없다고도 전하고."

"그럼 직원 프로필 파일을 보신 게 정말 직접 고르시려고……."

"벌써 자네한테 연락이 갔나?"

성우의 짐작대로 인사팀이 이게 뭔 일인가 하고 호들갑을 떨었나 보다.

"네, 방금 한 부장님이 전화했습니다. 내일까지 후보 세 명을 골라서 보고 올린다고요."

"아냐. 그럴 필요 없이 서지윤 대리로 발령 내라고 전해."

"그래도 이왕이면 비서실에서 근무해 온 사람이 낫지 않겠습니까?"

최 비서의 조심스러운 물음에 성우의 입매가 부드럽게 휘었다.

“자네가 걱정하는 게 뭔지는 알겠지만, 서 대리 업무 평가를 보니 꽤나 유능한 친구더군. 그러니 함께 일하는 데 별문제 없을 거야. 그리고 우수한 직원일수록 다양한 곳에서 업무 경험을 쌓을 수 있게 해 줘야 하지 않겠나?”

“아, 네.”

미리 알아보셨던 건가 싶어 최 비서는 크게 고개를 끄덕였다. 그러다 문득 자신은 성우의 비서로만 내리 4년을 근무했다는 사실이 떠올랐다.

‘그럼 나는……?’

“궁금해?”

“예?”

머릿속을 들킨 것 같아 최 비서가 화들짝 놀란 얼굴로 성우를 쳐다보았다. 그러자 성우가 빙그레 웃었다.

“해 보고 싶은 업무가 있으면 언제든 얘기해. 자네야말로 내가 신임해 마지않는 직원이니 어느 부서로든 믿고 보내 줄게.”

“아뇨! 전 부사장님 비서로 근무하는 게 제일 좋습니다. 정말로요.”

최 비서가 양손을 휘휘 내젓고는 메모지를 불끈 들고 말했다.

“꼭 서지윤 대리로 발령 내라고 인사팀에 전하겠습니다.”

다음 날 오후, 퇴근 준비를 하던 지윤은 난데없는 인사 공문

에 두 눈을 동그랗게 떴다.
"말도 안 돼."
정식 인사는 금요일 오후에 발표될 예정이었으나 현재 부사장 비서실은 공석이다 보니 좀 더 빨리 공문을 띄운 듯했다.
'하지만 왜?'
지윤은 어쩌다 자신이 임성우 부사장의 비서실로 발령이 난 건지 도무지 이해가 되지 않았다. 총무팀 직원들 역시 생각지도 못한 일에 어안이 벙벙한 모습이었다.
김 팀장만 미리 알고 있었는지 입맛을 쩝쩝 다시고 말했다.
"좋게 생각해. 나도 서 대리와 계속 일하고 싶었지만 윗선에서 정한 일에 어찌 토를 달겠나?"
"윗선이라면 어느 정도 위를 말씀하시는 건지 여쭤 봐도 되겠습니까? 다른 곳도 아니고 부사장님 비서실이라뇨. 전 비서 업무에 대해 아는 것도 없는데 어째서……."
"업무야 다 비슷비슷하지 뭘. 듣자 하니 이번 비서 채용을 위해 부사장님이 직접 직원 프로필 파일을 훑어보셨다는군. 인사팀은 타 비서실에서 차출할 예정이었는데 부사장님이 저렇게 나오시니 별수 없이 따른 거고. 부사장님이 인사 발령하는 데 있어서 뭔가 변화가 필요하다고 여기신 것 같아."
"변화요?"
"유능한 직원일수록 다양한 업무를 소화할 수 있도록 경험을 제공한달까."
"어머. 그럼 서 대리님은 부사장님께서 인정한 인재라는 거네요? 언니 너무 좋겠다!"

한 여직원의 말에 다들 부러움이 깃든 눈으로 지윤을 쳐다보았다. 하지만 정작 지윤의 얼굴엔 불안함이 서려 있었다.

그러자 옆에 서 있던 이 과장이 팔꿈치로 툭 쳤다.

"잘된 인사이동인데 왜 그래?"

'아니거든요!'

지윤은 소리치고 싶은 충동을 꾹 참고 어색하게 웃었다.

'과연 사람들의 말대로 이번 인사이동이 잘된 일일까?'

지윤은 절대 아니라고 생각했다. 어쩌면 어제 마주쳤을 때 부사장이 자신을 기억해 낸 건지도 몰랐다.

'그래서 일부러……. 일부러?'

지윤이 머리를 갸웃거렸다. 규율을 위반한 것도 아니고 잘못한 것도 없는데 왜 이런 발령을 냈겠는가. 괜히 지레짐작하며 쓸데없이 걱정하는 것일 수도 있었다.

팀장님 말씀과 같이 자신을 유능한 직원이라 여겨 함께 일하고 싶어 하는 것인지도 몰랐다. 다른 직원 프로필 파일도 살펴봤다는 건 자기 사람을 직접 고르기 위해서였을 테니까.

'그래, 그럴 거야. 아마도 그렇겠지?'

지윤은 불안한 마음에 한숨을 푹 내쉬었다. 그러자 이 과장이 그녀의 어깨를 토닥여 주었다.

"기운 내! 분명 서 대리에겐 기회일 테니까."

"네……. 고맙습니다."

"이거 이거, 부사장님께서 서 대리 일 잘한다고 계속 안 놔주시면 어떡하지? 너무 반하게 만들진 말라고!"

긴장을 풀어 주기 위한 그의 농담에 지윤이 배시시 웃었다.

"그러게요. 제 매력을 숨기기가 힘들어서 큰일이네요."

"이것 봐, 금방 기어오르는 거. 사실은 기대되지? 부사장님 곁에서 일하는 행운은 쉽게 오는 게 아니라고."

"네! 명심하고, 맡은 업무 열심히 하겠습니다."

지윤의 당찬 대답에 김 팀장이 만족스럽다는 듯 고개를 끄덕이더니 벽시계를 보았다.

"자, 그럼 오늘은 이쯤에서 정리하고 밥이나 먹으러 가지. 당장 내일부터 비서실로 출근해야 하니 오늘이 마지막이라고."

갑자기 잡힌 회식이라 팀 전원이 참석하진 못했지만 그래도 대부분의 사람들이 지윤의 갑작스러운 부서 이동을 아쉬워하며 함께해 주었다. 회사 근처 식당에서 삼겹살을 먹은 후 2차는 호프집 대신 노래방으로 향했다.

지윤이 술을 마시지 않는 것에 대해 처음엔 다들 의아해하면서 한 잔만 마셔 보라고 권했지만, 알코올 알레르기가 있어 술을 마시면 병원에 실려 간다고 둘러대자 더 이상은 권하지 않았다. 대신 가무로 분위기를 띄워 주니 총무팀 회식은 대부분 노래방으로 마무리되곤 했다.

성우는 대영상사 기획실에 근무하는 사촌 동생 진우와 운동하러 가기 위해 사무실을 나섰다. 처리해야 할 업무가 많아 늦는다는 진우를 기다리면서 앞으로 진행할 프로젝트들을 훑다

보니 평소 퇴근 시간보다 훨씬 늦게 나온 상태였다.

대영그룹 창립자이자 성우의 조부인 임대수 명예 회장은 가족 간의 친목을 무엇보다 중요시했다. 그 때문에 일선에서 물러나기 전에도 성북동 본가에서 자주 가족 모임을 가졌고, 그 덕분에 사촌들 간의 끈끈함도 여느 집에 비해 강한 편이었다.

여덟 명의 사촌 중 유일한 여자인 성연이 얼마 전 결혼했고, 나머지는 모두 미혼이었다. 그중 한 건물에 근무하는 진우와는 일곱 살이라는 나이 차에도 불구하고 꽤 잘 맞았다. 때론 진우의 복잡한 여자 문제로 인해 괜한 불똥이 튀는 경우도 있었지만 대부분 이해하고 넘기는 편이었다.

회사 뒤편 주차장에 차를 대고 진우를 기다리고 있는데, 맞은편에 위치한 식당에서 사람들이 나왔다. 익숙한 얼굴이 몇 보이는 게 대영전자 직원인 듯했다. 그 시선 끝에 총무팀장과 서지윤 대리의 모습이 걸렸다.

그녀가 환하게 웃는 얼굴로 김 팀장에게 고개를 끄덕이더니 귀여운 척과 함께 거수경례를 해 보였다.

'뭐 하는 거지?'

무슨 대화를 나누는지 궁금해 성우는 살짝 창문을 내렸다.

"걱정 마세요. 노래든 춤이든 분위기 제대로 띄울 테니까요."

희미하게 들리는 목소리에 미간을 살짝 찌푸렸다.

"아, 걔네들 신곡? 당연히 접수했죠, 팀장님께서 팬이신데!"

지윤이 안무하듯 손동작을 해 보였다. 보아하니 회식 때 분위기 메이커로 활약하는 듯했다.

총무팀 직원들이 우르르 몰려 들어간 노래방에 가 보고 싶다는 생각이 든 순간 성우의 얼굴이 더욱 구겨졌다.

그랬다간 완전히 민폐 상사로 찍힐 수 있었다. 부사장이 회식 자리에 갑자기 나타나면 다들 '멘붕'에 빠질 테니까. 하지만 그녀가 어떤 활약상을 선보일지 무척이나 궁금했다.

"아이고, 춥다!"

별안간 차 문이 벌컥 열리면서 진우가 올라타자 성우가 고개를 돌렸다.

"왔어?"

"어. 나 엄청 배고픈데 스쿼시 가기 전에 뭐 좀 먼저 먹으면 안 될까?"

"그래……?"

성우는 잠시 생각에 잠긴 척하더니 넌지시 떠보듯 물었다.

"노래방에서 술이나 한잔할래?"

진우가 너무도 뜬금없는 말을 들었다는 표정으로 성우를 쳐다보았다.

'좋아하는 와인 바도 아니고 호프집도 아닌, 노래방에서 술? 그보다 노래도 안 좋아하는 양반이 웬 노래방?'

"아니다. 원래 계획대로 스쿼시부터 하자. 밥 먹고 나면 운동하기 싫어져서 안 돼. 가자."

성우가 괜한 소리를 했다는 듯 얼른 차를 몰았다.

그녀가 회식 자리에서 어떤 모습을 보일지 궁금하긴 했으나 진우 녀석에게 눈곱만큼의 의혹도 심어 줘선 안 됐다. 한 여자에게 호감을 갖고 있다는 걸 이 눈치 빠른 녀석에게 들키고 싶진 않았다.

"갑자기 웬 노래방? 어디 노래방 도우미라도 꼬셔 놨수?"

"내가 그럴 사람이냐?"

"그럴 사람이 아닌데 생전 안 가는 노래방을 가자 그러니까 하는 말이지."

"그냥, 우리 회사 직원들이 저 앞 노래방에 많이 가는 것 같아서 말해 본 거야."

"직원들 노는 데 낄 생각 마슈! 놀라는 거야, 말라는 거야. 그거 완전 민폐유!"

"끼어들 생각은 해 본 적도 없으니까 그만해."

"음, 오늘 우리 큰형님께서 음주 가무가 당기시나 본데 이 아우가 좋은 곳으로 안내할깝쇼?"

곰살궂게 묻는 진우에게 성우가 고개를 저어 보였다.

"스쿼시 먼저."

"형한테 물어보고 싶은 것도 있단 말이야. 그냥 식사하면서 토킹 어바웃이나 하자. 시간도 늦었잖아, 응?"

"뭔데. 회사 일이야?"

"그렇기도 하고, 아니기도 하고."

애매한 진우의 답에 성우의 한쪽 눈썹이 치켜세워졌다. 뭘 묻고 싶은 건지 대충 짐작이 갔다.

성우는 신호가 바뀌자 그대로 유턴했다.

"어디로 가?"

"크레망."

성우가 평소 자주 가는 와인 바의 이름을 대자 진우의 입가에 미소가 번졌다.

20여 분 후 바에 자리한 두 사람은 파스타와 샐러드를 주문했다. 먼저 마련된 와인을 잔에 따른 뒤 성우가 물었다.

"홍 대리 후임에 대해 궁금한 거야?"

"역시 눈치 하나는 빠르다니까. 아까 엄마가 말씀해 주셔서 알았는데 사실 좀 놀랐어."

진우의 모친은 대영상사 대표 이사직을 맡고 있어서 그룹 상황에 관한 정보 입수가 빨랐다.

"왜?"

태연하게 와인 잔을 기울이면서 성우가 묻자 진우가 상체를 앞으로 숙였다.

"입사 5년 차 총무팀 대리라며. 그것도 아가씨."

"그동안 인사고과에서 높은 점수를 받은 직원이라 곁에 두려는 거야."

"예쁘구나?"

"뭐?"

성우가 미간을 찌푸리자 진우가 빙그레 웃었다.

"형이 인사 발령에 직접 손을 댄 것도 의문스러운데, 결혼도 하지 않은 아가씨라니. 부사장 자리에 앉을 때 남자 아니면 유부녀만 비서로 뽑겠다고 하지 않았나?"

"내 인기가 회사에서 어느 정도인지 몰라서 그래?"

거드름 피우듯 피식 웃은 성우가 말을 이었다.

"내 환심을 사려고 열 올리는 여직원들이 얼마나 많은데. 그녀들이 상처받을 짓은 하면 안 되지."

"하여간 자뻑은."

진우가 머리를 설레설레 젓고는 제법 예리한 눈빛으로 성우를 다시 살폈다.

"그러니까 여자가 아니고 비서일 뿐이다?"

"내가 사내 연애 반대하는 것 몰라?"

성우의 대답에 진우가 쯧쯧 혀를 찼다.

"남녀가 함께 지내다 보면 불이 붙는 게 당연지사라고요. 그리고, 같은 곳에서 근무하는 사람한테 차였다고 징징거리면서 회사를 때려치우네 마네 말썽 부리는 작자라면 그냥 떠나라고 하면 되는 거 아냐? 뭘 그런 것까지 신경 쓰고 그래."

"하루 24시간 중 잠자는 시간 빼고 가장 많은 시간을 보내는 곳이 회사야. 그 안에서 구성원 간에 감정싸움이 벌어지면 주변 사람들까지 피해를 받는데 그걸 그냥 둬? 그리고 사표도 함부로 받는 것 아니라고 했어."

"그렇긴 하지만, 대놓고 사내 연애를 반대하면 혈기 왕성한 젊은 직원들은 오히려 사기가 저하된다고."

"모두가 너처럼 이성을 연애 대상으로만 보진 않거든? 회사는 연애하러 다니는 곳이 아냐."

"헐. 나도 회사에선 열심히 일하거든요! 누가 들으면 맨날 여직원 뒤꽁무니만 쫓아다니는 줄 알겠네."

진우가 입술을 삐죽이더니 와인을 벌컥 들이켜곤 말했다.

"형은 가끔 보면 너무 고지식해. 남녀 사이는 어떻게 될지 아무도 모르는 거니까 너무 그렇게 빳빳하게 굴지 말라고."

"내가 반대하는 건 세상에 단 하나뿐인 사랑인 것처럼 공공연하게 붙어 다니다가 금방 또 다른 사람과 눈 맞아서 사내 분위기를 흐리는 행위를 말하는 거야. 정 연애하고 싶으면 공개를 하지 말든가."

성우가 유학을 마치고 돌아와 회사에서 막 자리를 잡아 가던 때, 직원들 간의 연애 문제로 사내 분위기가 뒤숭숭한 적이 있었다. 이로 인해 업무 능률이 낮아져 필요 없는 인사이동 조치가 내려졌기에 성우는 사내 연애를 반대하는 입장이었다.

사칙으로까지 금지한 건 아니지만 성우와 같은 의견을 가진 임원들도 꽤 되었기에 어느 순간부터인가 사내 연애를 허용하지 않는 분위기가 되었다.

하지만 자유연애 신봉자인 진우는 성우와 의견이 달랐다.

"바로 옆에 좋아하는 사람이 있는데 그걸 어떻게 숨기겠어? 연애는 비밀로 할 수가 없는 거라고요. 그리고 사람 일이란 게 또 모르는 거잖수. 막말로, 새로 들인 그 비서 아가씨가 형 눈에 딱 들어와 봐. 콩닥거리지 않을 자신 있어? 자꾸 보고 싶고 만지고 싶을 텐데 그게 숨겨지겠느냐고요."

'콩닥거린다?'

성우는 와인을 마시는 척하며 생각에 잠겼다.

그 여자로 인해 심장이 두근거린 것은 지난주 금요일이었다.

하지만 그건 잘 알지 못하는 여자에게 순간적으로 느낀 원초적 감정일 뿐 그 이상은 아니었다. 아니, 그럴 것이라 믿었다. 어쨌든 진우가 말하는 콩닥거림과는 의미가 달랐다.

"나도 내 눈에 들어오는 여자가 있었으면 해."

씩 웃자 진우가 고개를 끄덕이고는 와인 잔을 빙글빙글 돌렸다.

"하긴 어지간히 예쁘지 않고서야 형한테 어필하긴 힘들겠지."

혼잣말처럼 중얼거린 진우는 성우를 떠보듯 넌지시 물었다.

"한예지보다 예쁜 여자는 없지?"

올해 초까지 2년간 대영전자의 광고 모델로 활동한 배우, 한예지는 공식 석상에 성우와 함께 등장해 한동안 주목을 끌었다. 진우는 둘의 관계가 보통 이상일 것이라 여겼으나 계약 만료 후엔 더 이상의 만남도 없고, 연락도 주고받지 않는 듯했다. 하지만 그런 여자를 만난 성우의 눈에 과연 어떤 여자가 들어찰 수 있을까 싶었다.

"국민 여신으로 불리는 여자인데 누가 덤비겠어?"

성우가 대수롭지 않게 답하자 진우의 상체가 좀 더 쏠렸다.

"형도 그 여자가 가장 예뻤다고 생각해?"

"객관적 기준에서 예쁜 거지, 내 눈엔 아냐."

딱 자르는 성우의 말에 진우가 눈살을 찡그렸다.

"그럼 파티엔 왜 데리고 다녔대?"

"말했잖아. 남들은 예쁘다고 생각하니까. 파트너로 삼기엔 최고지."

"정말 그것뿐이었어? 나름대로 형한테 접근을 시도한 것 같았는데."
"너와 내가 여자를 만나는 기준은 아주 다르다는 것만 알아 둬."
진우는 툴툴거리다가 성우를 힐끗 보고 덧붙였다.
"우리 큰어머니 형 장가 보내기 힘드시겠구먼. 성연이 결혼한 이후로 형도 빨리 좋은 짝 만나길 내심 바라시는 것 같던데. 이미 물밑 작업 들어가셨을지도 몰라."
"결혼은 전적으로 내 의사를 존중해 주겠다고 하셨어."
"형 눈에 들어오는 여자가 없다며. 게다가 어느 여자가 형한테 순수한 의도로 접근하겠어? 형도 그런 계산적인 여자들이 싫어서 다 차단해 버리는 거잖아. 그러니까 우린 즐길 만큼 즐기다가 부모님이 정해 주시는 짝과 적당히 조건 맞춰 결혼하는 수밖에 없다고요."
진우의 말에 성우가 잠시 생각에 잠긴 듯 조용하더니 제법 심각한 얼굴로 입을 열었다.
"내가 누군지 알고 오히려 피해 다니는 여자라면 어떨까?"
"그건 또 뭔 소리래."
치즈를 얹은 비스킷을 우적거리던 진우가 눈살을 찡그렸다.
"내가 대영그룹 일가 사람이라는 걸 알면서도 나한테 요만큼의 관심도 보이지 않는다면?"
"예쁘냐, 안 예쁘냐에 따라 차이가 있지. 고단수의 작전 아니면 현실 자각."
"뭐?"

"예쁜 여자라면 형이 먼저 접근하게끔 머리 굴리는 걸 테고, 아니면 언감생심이라는 생각에 시도조차 안 하는 거지."

진우가 호기심이 동한 듯 눈을 반짝였다.

"왜? 누가 형을 쌩까기라도 했어?"

"거참 말 예쁘게도 한다."

"누가 형을 모른 척했는데?"

"그런 적 없어. 그냥 가정해 본 것뿐이야. 먹자."

지배인이 직접 요리를 내오자 성우는 고맙다는 눈짓을 하고 포크를 들었다.

회사에 도착해 부사장실이 있는 25층으로 올라간 지윤은 화장실로 가 옷차림을 점검한 뒤 깊게 심호흡했다.

"오케이! 걱정 말고 가자! 후아!"

파이팅을 외치듯 주먹을 불끈 쥔 뒤 화장실에서 나왔다. 비서실 앞에서 한 번 더 숨을 고른 지윤은 당당한 태도로 문을 열고 들어갔다.

"안녕하십니까, 새로 발령받은 서지윤입니다."

"어서 와요."

홍 대리가 환한 얼굴로 지윤을 맞이했다.

"생각보다 출근이 빠르네요."

"네, 아침잠이 별로 없어서요."

홍 대리의 친근한 인사에 맞춰 지윤도 미소 지었다.

“다행이에요. 부사장님이 일찍 출근하시는 편이라 좀 서둘러야 하거든요.”

“어, 벌써 출근하신 건가요?”

순식간에 굳은 지윤을 보며 홍 대리가 손을 내저었다.

“아뇨, 하지만 금방 오실 거예요.”

홍 대리의 말이 끝나자마자 인터폰이 울렸다.

“부사장님이 출근하시면 인터폰으로 연락이 와요. 바로 커피를 드실 수 있도록 준비해야 돼요. 이리 와요.”

홍 대리는 한쪽 벽 뒤에 위치한 다용도실로 지윤을 데리고 갔다. 그곳엔 자그마한 냉장고와 간이 싱크대가 있었고, 수납장 안엔 여러 종류의 커피와 차 티백이 마련되어 있었다.

커피포트의 버튼을 누른 홍 대리가 간단히 설명해 주었다.

“보통 오전엔 원두 세 스푼을 넣은 뒤 핸드 드립으로 내리면 되고요, 점심 식사 후엔 요청하실 경우에만 갖다 드리면 돼요.”

“아, 네.”

“비서 업무가 처음이라 많이 어색하겠어요.”

“이젠 제 일이니 익숙해져야죠. 금방 배우겠습니다.”

지윤의 말에 홍 대리가 흐뭇한 표정을 지었다.

“총무팀에서도 일을 잘했다고 하니 이런 일쯤이야 금방 몸에 익을 거예요.”

“네! 열심히 따라가겠습니다.”

홍 대리는 다시 비서실로 돌아와 책상을 보여 주었다.

"오전 중으로 짐 정리를 마칠 테니 서 대리 물건은 오후에 가져다 놓으면 돼요."
"알겠습니다. 근데 함께 근무하시는 분이……."
지윤이 맞은편의 널따란 책상을 보고 말하자 홍 대리가 걱정 말라는 미소를 지었다.
"최 비서님요? 직급은 과장인 것 알죠? 부사장님께서 상무로 근무하신 때부터 최 비서라고 호칭하셔서 다들 그렇게 불러요. 특별한 경우를 제외하곤 보통 로비에서 부사장님을 모시고 함께 올라오세요. 그렇게 깐깐한 분 아니니까 걱정할 필요 없어요."
"아, 네. 감사합니다."
지윤이 안심하는 듯한 표정을 짓자 홍 대리가 팔을 토닥여 주었다.
"우리 부사장님도 업무적인 면에서 칼 같아서 그렇지, 사실은 좋은 분이세요. 공사 구분도 뚜렷하시고 엉뚱한 심부름으로 피곤하게 만드는 일도 없어요. 눈치 있게 알아서 잘하면 별말씀 없을 거예요."
"네, 명심할게요."
"올라오시겠네요."
그때 문이 열리며 임성우 부사장과 최 비서가 들어왔다.
"안녕하십니까, 부사장님. 좋은 아침입니다."
홍 대리의 인사에 맞춰 지윤도 꾸벅 허리를 숙였다.
"안녕하십니까."
"좋은 아침."

간단히 손을 들어 보인 성우는 지윤이 시선을 내린 채 입으로만 웃고 있는 걸 보곤 그녀 앞에 다가가 섰다.

"서지윤 대리."

성우의 부름에 지윤이 번쩍 고개를 들었다.

"네, 부사장님!"

키 165센티미터인 자신보다 20센티미터 이상은 더 큰 상대를 마주 보기 위해 지윤은 생각했던 것보다 더 고개를 들어야 했다. 그리고 자신에게 내리꽂힌 성우의 강렬한 눈빛에 저도 모르게 굳어지고 말았다. 갑자기 뇌 회로에 마비가 온 듯 그의 시선에 갇혀 버렸다.

그의 카리스마가 장난이 아니란 말은 익히 들어 왔지만, 막상 이렇게 가까이에서 눈을 마주하니 다리 힘이 풀리는 듯했다.

그런 그녀의 속내를 아는지 모르는지 성우가 희미한 미소를 머금고 손을 내밀었다.

"반가워요, 잘해 봅시다."

"네, 부사장님. 열심히 하겠습니다."

자동적으로 그의 손을 맞잡은 지윤은 다시금 허리를 꾸벅 숙였다.

"그래요, 수고."

성우가 고개를 끄덕이고는 별다른 말 없이 부사장실로 들어갔다. 최 비서도 성우를 따라 사라지자 지윤이 참았던 숨을 토해 내더니 어깨를 늘어뜨렸다.

"휴우."

"무서워할 필요 없다니까 왜 그렇게 긴장해요?"

홍 대리가 웃자 지윤도 어색한 미소를 짓고는 가슴에 손을 얹었다.

"그러게 말이에요. 저도 모르게 그만."

"자, 커피 먼저 갖다 드립시다."

홍 대리가 지윤을 데리고 다용도실로 향했다. 그리고 지윤이 커피 내리는 걸 지켜본 뒤 직접 가지고 가라는 눈짓을 했다.

"긴장하지 말고요."

"네."

지윤은 작은 쟁반 위에 커피 잔을 올린 뒤 조심스럽게 발걸음을 내디뎠다.

똑똑!

"들어와요."

문을 열고 들어간 지윤은 모던한 분위기의 내부를 제대로 둘러볼 엄두도 내지 못한 채 쟁반을 들고 성우가 앉아 있는 책상으로 다가갔다. 그의 옆에 서 있던 최 비서가 살짝 고개를 끄덕이자 지윤은 연한 미소로 답하곤 커피 잔을 조심히 책상 위에 내려놓았다.

"고마워요."

성우의 말에 지윤이 딱딱하게 굳은 표정으로 인사한 뒤 밖으로 나왔다.

최 비서에게 미소 지었던 것처럼 부사장님에게도 친근한 표정을 보이려 했지만 도저히 눈을 마주칠 수가 없었다. 실수한 것도 없는데 가슴이 두근거렸고, 얼굴이 달아올랐다.

지윤이 나가자마자 성우가 최 비서를 찬찬히 쳐다보았다.
"부사장님……?"
오늘의 일정과 점심 미팅에 대해 브리핑하던 최 비서가 당황한 건 당연지사. 성우가 자신의 얼굴을 저렇게 빤히 쳐다보는 일은 극히 드물었다.
"계속해."
성우가 의자 등받이에 몸을 기대더니 가슴 앞으로 팔짱을 낀 채 최 비서를 보았다.
"점심 식사 후 수원 제2공장에 방문하시면……. 혹시 제게 달리 하실 말씀이라도 있으신가요?"
"아냐. 그럼 수원 공장에서 바로 퇴근하면 되겠군. 알겠으니 나가 봐."
자세를 바로 하면서 성우가 커피 잔을 들자 최 비서는 묵례한 후 잠깐 머리를 갸웃거리더니 부사장실을 나갔다.
뜨거운 커피를 한 모금 들이켠 성우는 살짝 미간을 찡그리곤 잔을 내려놓았다. 커피가 입에 안 맞아서가 아니었다. 여느 때와 같은 향과 맛이었지만, 유독 입맛이 썼다.
남들 앞에서 밝은 모습만 보이던 그녀가 오늘 그의 앞에선 전혀 그러지 않았다. 하다못해 방금 전 최 비서에게 지었던 미소 한 자락조차 그에겐 보여 주지 않았다.
아까 전에 인사할 때도 바싹 얼어붙어 있더니만 커피를 가져다줄 때도 마찬가지였다. 직원들과 사사로이 친근하게 지낸 적은 없지만, 그렇다고 해서 그들이 자신을 어려운 상사로 여기는 것 또한 반갑지만은 않았다. 더군다나 그녀가 자신에게 거리감을 느끼는 것은 좋지 않은 일이었다.

하루가 어떻게 지났는지 모를 정도로 지윤은 심신이 지친 상태였다. 그나마 오후엔 부사장님이 외근을 나가 다행이었다.

어느덧 7시. 최 비서님이 알아서 퇴근하라고 미리 말해 줘서 지윤은 이 정도 시각이면 슬슬 퇴근해도 되지 않을까 생각했다. 부사장님도 수원 공장에서 바로 퇴근하신다고 했기에 굳이 사무실을 지키고 있을 필요가 없을 것 같았다.

"아그그그……."

지윤이 노트북을 끄고 책상 앞쪽으로 나와 스트레칭 하듯 옆구리를 숙인 순간 문이 벌컥 열렸다.

의외로 편한 상대

양팔을 머리 위로 올린 채 오른쪽 옆구리를 활처럼 휘고 있던 지윤은 갑작스러운 문소리에 재빨리 몸을 바로 했다. 하지만 문을 열자마자 바로 보이는 곳에 서 있던 탓에 그녀의 모습을 고스란히 들키고 말았다.

"부, 부사장님."

지윤이 스트레칭 하느라 삐져나온 블라우스 자락을 황급히 스커트 안으로 밀어 넣고는 똑바로 섰다. 성우는 잠시 문고리를 잡고 서 있다가 별다른 내색 없이 안으로 들어섰다.

"아직 퇴근 안 했네요?"

"지금 막 나가려던 참이었습니다. 필요하신 게 있으면……."

"아뇨. 두고 간 게 있어서 들른 거니까 개의치 마요."

성우가 손을 내젓고는 부사장실로 걸음을 옮기다가 지윤을 돌아보았다.

"첫날인데 어땠어요? 일은 할 만해요?"

"아, 네. 물론입니다……."

뭐라 더 말해야 될 것 같은데 말꼬리만 늘이다 입이 닫혔다. 낯가림이 없는 편임에도 불구하고, 이상하게 임성우 부사장 앞에서만은 항상 바보처럼 구는 것 같았다.

성우도 지윤의 말이 끝나지 않았다고 생각했는지 뒷말을 기다리고 있는 듯한 표정이었다.

"어, 그러니까……. 열심히 하겠습니다."

어리숙한 대답에 지윤의 표정이 저도 모르게 구겨졌다. 그러자 성우가 머리를 비스듬히 기울이더니 입을 뗐다.

"서지윤 대리."

"네, 부사장님."

"내가 그렇게 어려워요?"

"아뇨! 아닙니다."

"듣자 하니 총무팀에서 분위기 메이커 역할을 톡톡히 했다던데, 내 앞에선 왜 그리 바싹 굳어 있어요?"

"그, 그런 게 아니라……."

"클럽에서 마주친 일 때문에 그래요?"

지윤의 입이 쩍 벌어졌다.

'젠장! 역시 알아봤던 거야!'

동그래진 지윤의 눈을 보고 성우가 웃음을 참으며 얘기했다.

"정말 그 일 때문에 계속 내 눈치를 본 거예요?"

"아, 전 그저……."
"설마 내가 업무 외의 일로 트집 잡을 줄 알았어요?"
"물론 아닙니다. 전 그저 비서 업무가 처음인 데다 다른 분도 아닌 부사장님께……."
"부사장님께?"
그가 팔짱을 낀 채 한 걸음씩 다가오더니 그녀의 바로 앞에 멈췄다.
지윤은 심장이 두방망이질 치기 시작하자 침을 꼴깍 삼켰다. 코앞까지 다가와 뚫어질 듯한 눈빛으로 쳐다보니 뇌가 또다시 작동을 멈춘 것만 같았다.
"서지윤 대리?"
낮게 울리는 그의 음성에 지윤이 어깨를 흠칫하더니 목을 빳빳하게 들었다.
"그러니까 부사장님께 잘못 보이면 한 방에 아웃될 것 같아 제가 좀 겁먹긴 했습니다."
지윤의 말에 성우가 미간을 찌푸렸다.
"내가 직원을 한 방에 아웃시킬 사람처럼 보여요?"
"그게 아니라 그만한 파워가 있으시니……."
지윤은 얼굴이 빨갛게 달아오르는 느낌에 입술을 꾹 다물었다가 차분한 태도로 말을 이었다.
"죄송합니다, 부사장님. 사실 클럽에서 뵌 것 때문에 걱정했던 게 맞습니다. 저에 대해 선입견을 가지실까 봐 조심스러웠던 것도 사실이고요."

"나 그렇게 꽉 막힌 사람 아닌데."
그가 싱긋 미소 짓자 지윤도 덩달아 웃음을 보였다.
"네, 아니신 것 같아요."
성우는 환해진 지윤의 얼굴을 바라보며 천천히 고개를 끄덕였다.
"그럼, 앞으론 서로 편하게 대합시다."
"알겠습니다, 부사장님. 감사합니다."
지윤이 미소를 유지한 채 꾸벅 인사했다.
홍 대리의 말대로 사실은 좋은 분인 것 같아 다행스러웠다. 앞으론 '땡철이 부사장'이라고 부르지 않을 것이라 마음먹었다.
"감사할 것까지야. 늦었는데 퇴근해요."
"부사장님 퇴근하시면 제가 문단속하고 가겠습니다."
"그래요, 그럼."
그는 고개를 끄덕이고 부사장실로 들어갔다. 그리고 책상 앞으로 걸어가 삐딱한 자세로 서서 문을 돌아보았다.
사실 그가 사무실에 들러 챙겨 가야 할 물건은 없었다. 만약 지윤이 아직 퇴근하지 않았다면 잠시라도 단둘이 대화를 나눌 수 있겠다는 생각이 들어 충동적으로 온 것이었다. 그리고 그 바람이 이뤄진 건데…….
기분이 이상했다. 수원 공장을 둘러보는 동안에도 자꾸만 머릿속을 비집고 들어오더니만 자신에게 활짝 웃는 얼굴까지 보니 순간 심장이 내려앉는 것만 같았다. 클럽에서 처음 봤을 때의 두근거림과는 또 다른 느낌이었다.

'막말로, 새로 들인 그 비서 아가씨가 형 눈에 딱 들어와 봐. 콩닥거리지 않을 자신 있어?'

갑자기 진우의 말이 떠올랐다. 조금 전엔 정말이지, 지윤의 웃는 얼굴만 두 눈에 가득 들어오지 않았던가.

허리에 손을 얹은 채 미간을 찡그리던 성우는 머리를 휘휘 저었다. 여자로서 관심을 가진 건 사실이었지만 이렇게 무턱대고 푹 빠진 기분이 드는 건 사양하고 싶었다.

이제껏 그 어떤 여자도 이렇게 그를 휘어잡은 적이 없었다. 더군다나 잘 알지도 못하는, 기껏해야 얼굴 몇 번 마주한 게 전부인 여자에게 이럴 순 없었다.

아무래도 이렇게 급작스럽게 감정이 발전한 것은 인사고과 평점을 비롯해 그녀에 대한 사내 평가가 너무 좋아서인 듯했다. 처음부터 너무 좋게 그녀를 평한 데서 생긴 부작용이랄까.

"흠, 그런 건가?"

성우는 이제야 자신의 감정 상태에 대한 진단을 내린 듯 피식 웃었다. 그녀를 가까이 두고 좀 더 알아보고 싶어서 비서로 들이긴 했지만, 과한 접근은 피할 생각이었다.

적당한 거리를 유지한 채 자신의 감정이 어떤 식으로 발전하는지 살펴야 할 것 같았다. 사내 연애를 반대하는 입장인 만큼 아직 확실하지도 않은 감정으로 섣불리 행동하고 싶진 않았다.

성우는 한결 편안해진 표정으로 부사장실을 나갔다. 그리고는 퇴근 준비를 마친 지윤을 바라보며 태연하게 말했다.

"나갑시다."

"네, 부사장님."

지윤이 또 방긋 웃음을 보였다. 순간 성우의 미간이 움찔하는가 싶더니 그대로 몸을 돌려 사무실에서 나갔다.

세 개의 엘리베이터 앞에서 지윤이 맨 왼쪽의 임원 전용이 아닌, 다른 엘리베이터의 버튼을 눌렀다. 그러자 성우가 25층에 멈춰 있는 임원 전용 엘리베이터에 올라탄 뒤 말했다.

"이쪽으로 와요."

"아닙니다, 부사장님. 전……."

"나랑 있을 땐 이거 타도 상관없는데. 아니면 이대로 바이바이?"

그러고 보니 맞는 말이었다. 비서가 상사를 모실 땐 늘 함께해야 하니까. 당연히 성우와 함께 엘리베이터를 타고 내려가서 그가 차에 오르는 모습까지 보고 인사하는 게 옳았다.

"죄송합니다, 부사장님. 제 생각이 짧았습니다."

"죄송할 일은 아니고."

그가 미소 짓자 지윤도 웃으며 로비 층 버튼을 눌렀다.

"하루빨리 업무에 적응하도록 노력하겠습니다. 아, 그리고 제게도 말씀 편히 하세요."

최 비서님과 홍 대리에겐 '요' 자를 붙이지 않는데, 그녀에게만 존댓말을 사용하니 어색하고 불편하게 다가왔던 것이다.

"걱정 마요. 서 대리와 친해지면 자연스럽게 말 놓을 테니까."

그의 말에 지윤이 잠깐 망설이다가 조심스레 물었다.

"그럼 지금부터 친해진 걸로 하면 안 될까요?"
조금 전까지만 해도 그를 어려워하더니만 이렇게 바로 친근하게 다가오자 성우의 눈에 재미있다는 기색이 어렸다. 짐작했던 대로 수줍음과는 거리가 먼 성격인 듯했다.
그의 눈썹이 올라가는 것을 본 지윤이 황급히 말을 이었다.
"그러니까 제 말은, 부사장님과 진짜 친하게 지내겠다는 게 아니고요. 이제껏 총무팀 과장님과 팀장님도 존댓말을 하지 않았던 터라 좀……."
"오케이."
그가 웃음 띤 얼굴로 고개를 끄덕이곤 시계를 보았다. 7시 20분. 잠깐 생각하는가 싶더니 이내 지윤을 보고 물었다.
"지금 다른 약속 있어요? 아니, 약속 있나?"
곧바로 말투를 바꾸는 그에게 지윤이 미소를 보였다.
"아닙니다. 집으로 가야죠."
"그럼 서로 친해질 겸 같이 저녁이나 먹으러 갈까?"
"저녁 식사요?"
'비서실 직원들과도 아니고 둘이서?'
지윤의 머릿속이 갑자기 복잡해졌다.
그는 그저 가까워지고 싶어서 건넨 말일 텐데, 괜히 혼자서 확대 해석하면 오히려 우스워 보일 수 있었다. 하지만 다른 이들에게 듣기로 임성우 부사장은 직원들과 사적인 자리를 갖지 않는다고 했기에 머릿속이 혼란스러워질 수밖에 없었다.
"나와 친해질 기회를 놓친다면 내 존댓말에 적응해야 할 거예요."

그의 말이 끝나기가 무섭게 엘리베이터 문이 열렸다. 성우가 먼저 내리더니 힐끗 뒤를 돌아보곤 말했다.

"실은 내가 원체 예의가 바르다 보니 쉽게 말을 놓지 않거든요."

순간 지윤은 그의 얼굴에 걸린 오싹한 미소에 부르르 몸을 떨렸다. 그와 동시에 총무팀장님이 휴게실에서 통화하면서 부사장에 대해 투덜거리던 게 떠올랐다.

'정말 사람 환장하게 만든다니까. 꼬박꼬박 존댓말 쓰면서 하나부터 열까지 지적하는데, 그냥 빽 하고 소리 지르는 것보다 더 오금 저린다고. 새파랗게 어리다고 해서 만만한 인물이 아니라니깐.'

지윤은 빠르게 그를 뒤쫓아 가면서 환한 목소리로 말했다.

"저야 당연히 부사장님과 친해지고 싶죠! 이런 기회를 놓치는 바보가 어디 있겠어요."

성우가 돌아보자 지윤이 생긋 웃곤 말을 이었다.

"뭐 드시고 싶으세요?"

자리를 예약하기 위해 휴대폰을 꺼내 드는 지윤을 보며 성우가 물었다.

"서 대리 집이 보문동이던가?"

'프로필 파일을 샅샅이 읽었다더니 집이 어딘지도 알고 있군.'

지윤이 놀란 기색도 없이 고개를 끄덕였다.

"네, 그렇습니다만."

“그럼 그쪽 부근에서 먹는 게 낫겠군. 추천할 만한 식당이라도 있나?”

“글쎄요. 집 근처에서 외식해 본 적이 없어서요.”

그도 그럴 것이, 야근하면 회사 근처에서 먹고 들어갔고, 주말엔 마트에 장 보러 간 김에 푸드 코트에서 시켜 먹었기에 식당은 아는 곳이 없었다.

검색을 해 봐야 하나 생각하고 있을 때 그가 물었다.

“특별히 좋아하는 음식은?”

“딱히 가리는 게 없습니다.”

“한식과 중식 중 고른다면?”

갑작스러운 질문에 지윤이 눈을 깜빡였다. 밥과 김치는 집에 항상 있으니 외식을 한다면 당연히 한식은 제외였다.

“중식요.”

그러자 그가 씩 웃더니 고갯짓했다.

“타지.”

성우가 차로 걸어가 조수석 문을 열어 주려고 손을 뻗을 때 지윤도 막 손을 뻗다가 둘의 손이 부딪쳤다. 지윤은 그가 차 문을 열어 줄 거라고는 생각 못 했기에 깜짝 놀라 손을 움츠렸다.

그런 그녀를 본 성우가 아무렇지 않게 문을 열어 주었다.

“몸에 밴 친절이니 이해해.”

태연한 그의 말에 지윤이 연하게 웃으며 고개를 끄덕였다.

“네, 원체 예의 바르다고 하셨잖아요.”

“내가 좀 그렇지?”

지윤이 차에 오르자 친히 문을 닫아 준 그가 운전석으로 돌아갔다.

하지만 성우는 자신이 그녀를 비서가 아닌 데이트 상대로 착각하고 있는 것만 같아 혼란스러웠다.

불과 5분 전만 해도 과도한 접근은 하지 않겠다고 작정해 놓고 이게 뭐하는 짓인지 헷갈렸다. 함께 저녁 먹자고 한 것 자체가 실수라는 생각까지 들었다.

하지만 이것도 어디까지나 호기심 충족의 일환이라 생각하면 될 일이었다. 거기다 회사 밖에서의 그녀를 관찰할 수 있는 이 기회를 놓치고 싶지도 않았다.

성우는 이내 자신의 결정에 만족한 듯 느긋한 표정을 짓고는 차를 출발시켰다.

평일 저녁이었지만 대학로는 인파로 북적였다. 마로니에 공원 뒤편에 위치한 〈한림〉은 젊은이들의 취향에 맞춘 퓨전 스타일의 중식 레스토랑이었다. 성우가 들어서자 지배인이 그를 반갑게 맞이하고 안쪽의 아담한 방으로 안내해 주었다.

여섯 가지 음식이 골고루 나오는 세트 메뉴를 주문한 뒤 성우는 맞은편에 앉은 지윤을 보았다. 양손을 테이블 아래로 내리고 허리를 곧게 세운 채 그를 바라보고 있는 그녀의 얼굴엔 부드러운 미소가 걸려 있었다.

성우는 그녀의 얼굴을 하나하나 꼼꼼히 들여다보고 싶은 마음을 억누르고, 따뜻한 차가 담긴 잔을 들며 물었다.

“이번 인사이동 때문에 많이 놀랐나?”
“사실 다른 부서로 발령 날 수도 있겠다는 생각을 하긴 했습니다.”
“다만 비서실로 올 줄은 몰랐다?”
“네. 비서 업무는 따로 교육받은 사람들만 맡는 것으로 알고 있었습니다.”
“내가 직접 서 대리를 임명한 건 이미 알고 있겠지?”
“어제 총무팀장님께서 말씀해 주셨습니다. 인재라 여기셔서 업무 경험이 쌓이도록…….”
대답하고 보니 제 자랑을 하는 것 같아 쑥스러웠다.
“절 높게 평가해 주신 점, 정말 감사히 생각하고 있습니다.”
성우가 찻잔을 내려놓고 등받이에 몸을 기댔다.
“서 대리에 대한 그간의 평가는 총무팀장이 해 온 거니까 나한테 고마워할 건 없지.”
“아, 네.”
지윤은 더욱더 얼굴이 뜨거워지는 것 같아 고개를 수그렸다.
“하지만 서 대리의 능력을 믿고 기대하는 건 사실이니 앞으로 잘 부탁해.”
“네, 부사장님. 열심히 하겠습니다.”
지윤의 표정에 미소 대신 비장함이 서리자 성우가 좀 더 부드러운 어조로 말했다.
“친해지자고 마련한 자리니까 나한테도 궁금한 게 있으면 어려워 말고 묻도록.”

그에게 궁금한 것이라면 마트에서 장은 왜 본 건지, 만나는 여자가 있는지 등 지극히 사적인 것뿐이니 물어볼 수가 없었다. 그래서 지윤은 힘차게 고개를 저어 보였다.

"아뇨, 없습니다."

"그럼 내가 물어도 되나?"

"네?"

"개인적인 질문일 수도 있는데……."

말끝을 흐리는 게 뭔가 의미심장했다. 지윤이 설마 할 때 그가 물었다.

"취미가 뭐지?"

클럽에서 마주친 일에 대해 물을 것이라 생각했는데 의외의 질문이 나오자 지윤은 저도 모르게 웃음이 나왔다. 소개팅 자리도 아닌데 비서에게 취미가 뭐냐고 물으니 당황스럽기도 했다.

"취미요?"

마침 샐러드와 누룽지탕이 나오자 성우가 젓가락을 들더니 그녀를 힐끗 보았다.

"재미있는 질문인가 보군."

"아뇨! 아닙니다."

지윤이 얼른 손을 내젓고는 미소를 유지한 채 말했다.

"취미 활동으로 삼은 건 많은데 시간이 없어서 자주 즐기는 건 몇 안 돼요."

"저런, 회사에서 어지간히 부려 먹었나 봐?"

그의 말에 지윤이 눈을 몇 차례 깜빡이더니 웃음을 참기 위해 손으로 입을 가렸다.

딱딱한 사람이라고만 생각했는데 유머러스한 부분도 있다는 게 새롭게 다가왔다. 좀 더 맞장구치며 농담을 건네고 싶었지만 아직 그럴 단계는 아니었기에 지윤이 얼른 답했다.

"그렇지 않습니다. 워낙 다양한 취미를 갖고 있다 보니 그리 느끼는 것뿐이에요."

"그 다양한 취미에 춤도 들어 있나?"

그의 물음에 지윤은 잠깐 멍한 얼굴을 해 보였다.

'역시 클럽인가?'

"어……. 네."

"춤 솜씨가 보통이 아니더군."

"……보셨어요?"

"그날 서 대리와 그 박채린이란 아가씨가 단연 돋보였어."

그는 자연스럽게 대화를 이어 가기 위해 꺼낸 말이었지만 지윤은 순간 한 대 얻어맞은 사람처럼 머리가 띵해졌다. 설마…….

'부사장님이 채린이를?'

지윤의 얼굴이 경직되었다. 그 클럽 사장이 대영그룹의 임성우 부사장을 미끼로 삼아 채린을 룸으로 데려간 것은 분명 이 남자가 그녀를 찜했기 때문일 터였다.

갑자기 지윤은 이 자리가 가시방석처럼 불편해지고 말았다.

채린이 지석 오빠와 결혼을 약속하지만 않았어도 얼마든지 소개시켜 줬겠지만…….

'아니, 아니지. 이런 남자와 채린이가 엮였다간 나중에 눈물

바람 날 게 뻔하잖아. 채린이를 위해서라도 이 사람과는 얽히는 일이 없도록 해야 하지 않을까? 가만, 그런데 부사장님이 정말로 채린이에게 꽂힌 거라면…….'

"클럽에서 마주친 일로 서 대리를 달리 평가하는 일은 없을 거라 말한 것 같은데."

성우는 지윤이 또 바싹 굳어지자 좀 더 편한 태도를 취하며 말했다.

"업무에 지장을 주지 않는 한 사생활이야 얼마든지 즐길 수 있지 않나."

"네, 그렇죠……."

얼결에 고개를 끄덕이면서도 지윤의 머릿속은 복잡하기 이를 데 없었다.

클럽에서 만나 결혼하는 경우도 간혹 있다지만, 과연 이 남자가 채린을 결혼 상대로까지 생각할지는 미지수였다. 그저 눈에 띄는 미모와 근사한 몸매에 혹해서 가볍게 즐길 상대로 여긴 것일지도…….

지윤이 쓴웃음을 삼켰다. 아무래도 채린에게 결혼 상대가 있다는 걸 알려 줘야 할 듯싶었다.

"채린이와는 중학생 때부터 친하게 지낸 친구예요. 제 오빠와 약혼한 사이기도 하고요."

"아, 그럼 곧 시누이와 올케 사이가 되는 건가?"

"네, 맞습니다."

'그러니까 날 통해서 채린이에게 접근할 생각이었다면 그만

두시죠.'

지윤이 생긋 웃었다. 하지만 그녀가 무슨 생각을 하고 있는지 모르는 성우는 그런 지윤의 모습에 심장이 또다시 두근거리는 것을 느꼈다.

두 눈이 반달처럼 휘어지면서 애교 넘치는 미소를 짓는 게 이처럼 강렬하게 다가올 줄 알았더라면 같이 저녁 먹자는 소리 따윈 절대 하지 않았을 것이다.

성우가 종업원이 내온 샥스핀을 접시에 덜면서 말했다.

"춤은 클럽에서라도 즐기니 못하는 건 아니고, 좋아하는데 시간이 없어 못 하는 건 뭐지?"

그가 채린에 대해 더는 언급하지 않자 지윤의 미소가 더욱 진해졌다. 보아하니 그녀가 말하고자 하는 바를 캐치한 듯싶었다.

"여행요."

"여행? 설마 이제껏 휴가도 제대로 못 쓴 건가?"

그의 눈살이 찌푸려지자 지윤은 얼른 고개를 내저었다.

"아뇨. 꼭 회사 일 때문에 시간을 못 냈다는 게 아니라 많은 이유들이 복합적으로 작용했어요. 예를 들면, 같이 여행 가기로 한 친구한테 갑작스러운 일이 생기거나 집안일 때문에 휴가를 미리 써야 할 경우가 생기거나 뭐 그런 것들요."

"대학 땐 많이 다녔나 보지?"

"되도록 많이 돌아다니고 싶었는데 쉽지 않더라고요. 등록금 벌기 위해 장학금 받으려면 공부를 해야겠고, 여행 경비 마련하려면 아르바이트도 해야겠고. 그러다 보니 해외에 다녀온 건

딱 두 번밖에 없어요."

그녀의 학점이 4점대인 것을 보고 장학금을 받으면서 학교에 다녔을 거라곤 짐작하고 있었다. 그런데 여행 경비를 마련하기 위해 아르바이트 했다는 말까지 들으니 새삼 그녀가 더 멋지게 느껴졌다.

"꽤 열심히 살아왔군."

그의 칭찬에 괜히 멋쩍어진 지윤은 어색하게 머리칼을 귀 뒤로 넘기며 말했다.

"그냥 필요에 의한 선택이었어요. 오빠들이 줄줄이 의대에 간 바람에 부모님께서 많이 힘들어하셨거든요."

"그럼 오빠들이 의사?"

조금은 놀란 듯 그가 눈썹을 올려 보이자 지윤은 크게 고개를 끄덕였다.

자신도 아니고 오빠들이 의사라는 게 자랑할 일은 아니었지만, 어쨌든 그가 관심을 보인 채린의 결혼 상대가 평범한 회사원은 아니란 것을 말해 주고 싶었다.

"네, 큰오빠는 안과 개업했고요. 채린이와 결혼할 둘째 오빠는 한국대병원 흉부외과 전공의예요."

그가 낮게 휘파람을 불고는 씩 웃으며 말했다.

"서 대리가 오빠들 따라 의대로 진학하지 않아 다행이군."

"네?"

"의사 선생님이 우리 회사로 입사할 일은 없었을 것 아냐. 이런 인재를 놓치지 않은 걸 다행으로 여겨야지."

지윤은 그가 자신을 너무 과대평가하는 것 같아 민망했다. 그의 시선을 피해 옆으로 살짝 고개를 돌려 찻주전자를 집어 들었다. 그러자 단발머리 아래로 그녀의 가느다란 목선이 부각되었고, 성우의 눈길이 자연스럽게 그쪽을 향했다.

둥근 옷깃이 달린 블라우스 위로 솟은 하얀 목덜미가 별안간 그의 감각을 일깨웠다. 아까 전 사무실에서 부드럽게 몸을 휘고 있던 모습과 클럽에서 야릇한 동작으로 춤을 추던 게 한꺼번에 떠오르면서 그를 원초적인 욕망에 휩싸이게 했다. 게다가 저 모양 좋은 입술은 진즉부터 맛보고 싶지 않았던가.

'젠장. 여자에 환장한 놈도 아니면서 이 무슨 꼴이냐.'

까딱하면 성희롱으로 언론에 대서특필될 수도 있으니 조심해야 했다. 성우는 자신의 눈빛이 부담스럽게 느껴질 수도 있겠다는 생각에 얼른 시선을 접시로 향했다.

"차 좀 더 따라 드릴까요?"

지윤은 그가 식사에만 열중하기 시작하자 조심스레 주전자를 기울이며 물었다. 그러자 성우가 빈 찻잔을 앞으로 밀어 그녀가 따르기 쉽게 해 주었다. 그러고는 별다른 말 없이 젓가락질을 이어 갔다.

지윤은 그를 훔쳐보며 자신이 뭔가 말실수한 게 있나 되짚어 보았지만 딱히 생각나는 게 없었다.

'혹시 채린이를 어떻게 공략하는 게 좋을지 궁리하는 건가? 상대가 의사라고 하니 만만찮다고 생각하고…….'

하지만 자신의 눈앞에 있는 남자는 갖고 싶은 건 뭐든 쉽게 손에 넣을 수 있는 사람이란 걸 되새겼다. 대학 병원 전공의 따위를 만만찮다고 여길 사람이 아니었다.

지윤은 생각을 바꿔 이제껏 여자와 얽힌 그의 소문을 떠올렸다. 최근까지는 대영전자 광고 모델이었던 여배우 한예지와 데이트를 즐긴다는 말이 있었고, 그전에도 외국 기업의 한 여성 대표와 만난다는 소문이 있었다.

물론 이것은 표면에 드러난 것일 뿐, 클럽에서 여자를 찍어 불러올리는 만큼 수많은 여자들을 갈아 치워 왔는지도 모른다.

"저기, 부탁이……."

자신도 모르게 말을 꺼낸 지윤은 아차 싶어 얼른 입을 다물었다.

무턱대고 그에게 채린이는 건드리지 말아 달라고 할 수 없었다. 그가 채린이에 대한 궁금증을 드러내지도 않았는데 이미 다 눈치챘다고 굳이 알릴 필요 없지 않나.

게다가 그는 자신의 직속 상사인 데다 이 회사의 부사장이었다. 하루아침에 사무실에서 책상이 빠지고 싶지 않으면 할 말, 못 할 말은 가릴 줄 알아야 했다.

성우가 말하다 말고 입술을 꾹 다문 지윤을 의아하다는 듯 보았다.

"부탁?"

"아뇨. 잠시 다른 생각을 하다가 말이 잘못 나왔습니다. 죄송합니다."

"나한테 그렇게 자주 죄송할 필요는 없는데?"

"아, 네. 죄……."

지윤은 또다시 튀어나오려 한 말을 얼른 주워 삼키곤 어색하게 웃어 보였다.

"여기 음식들이 참 맛있네요. 꽃 빵에 고추잡채 넣어 먹는 것 좋아하거든요."

성우는 보들보들한 꽃 빵을 작게 뜯어 고추잡채를 위에 얹은 뒤 입안으로 넣는 지윤을 쳐다보았다. 자꾸만 저 입술로 시선이 향했다.

"중국요리인데도 기름지지 않게 조리하는 곳이라 자주 오지."

"그러게요. 대학로엔 자주 오는데 여긴 처음이에요."

"청담동에 본점이 있고 여기 오픈한 건 얼마 전일 거야."

"아, 어쩐지. 대학생 때부터 이 동네는 거의 매일 왔는데 한 번도 못 봤거든요."

"데이트?"

성우는 그녀에 대한 궁금증을 또 하나 해소할 목적으로 넌지시 질문을 던졌다.

여자 친구와 단둘이 클럽에 온 걸 보면 현재 남자 친구가 없을 가능성이 높았지만 또 모르는 일이었다. 채린이라는 친구도 약혼까지 했으면서 클럽을 찾았으니 말이다.

"네?"

"거의 매일 대학로에 왔다면 데이트 코스로 온 게 아닐까 해서."

그의 말에 지윤이 힘이 탁 풀리는 듯한 표정을 지으며 고개를 설레설레 흔들었다.

"말씀드렸잖아요. 장학금 사수하고 아르바이트 하느라 바빴답니다. 이 근처 오래된 카페들은 다 제 손을 한 번씩 거쳤을 거예요."

"저런, 그럼 연애는 한 번도 못 해 본 건가?"

은근히 퍼지는 만족감을 감추곤 안타깝다는 듯 물었다.

"아예 못해 본 건 아니지만 뭐, 시간적으로 여유가 없었고……."

지윤이 어깨를 으쓱했다가 연하게 웃어 보였다.

"저에겐 연애가 우선순위는 아니었거든요."

"그렇군."

성우의 가벼운 대답에 지윤도 그의 연애관에 대해 질문을 던질까 말까 잠시 망설였다. 아니면 현재 진지하게 만나는 사람이 있는지만이라도. 답을 들으면 채린을 어느 정도로 생각하고 있는지 대충이라도 감을 잡을 수 있을 것 같았다.

"부사장님은요?"

결국 지윤이 참지 못하고 물었다.

"나?"

저돌적인 질문에 그의 눈이 커지자 지윤이 당황했다.

"아, 제가 너무 사적인 질문을 드린 것 같네요. 죄송, 아니, 대답하지 않으셔도……."

"현재 사귀는 사람이 있냐고 물은 거라면, 없어."

성우가 싱긋 웃으며 답했다. 사실이기도 했거니와 지윤에게 '난 지금 완벽한 솔로야'라고 말하고 싶었던 것이다. 하지만 그의 말을 들은 그녀가 미간을 굳히더니 "왜요?" 하고 물었다.

"왜라니?"

그의 눈썹이 위로 향하자 지윤이 황급히 양손을 내저었다.

"아, 아뇨! 제 말은 그러니까, 아직 한예지와 좋은 관계를 유지하고 계시다는 말을 들은 터라 그냥 좀 궁금해서……. 죄송합니다."

지윤의 의도는 다른 쪽이었지만, 말하고 보니 여자 연예인과 재벌남의 가십에 관한 사실 여부를 당사자에게 직접 물은 꼴이 되어 창피함에 고개를 푹 숙였다. 비서가 상사의 사생활이나 캐려 하다니, 쥐구멍에라도 들어가고 싶어졌다.

"그 죄송하다는 소리는 그만 듣고 싶다고 한 것 같은데."

그의 목소리에 실린 기운이 그다지 차갑지 않아 지윤은 고개를 들까 말까 망설였다. 하지만 자신을 쏘아보고 있을까 걱정되어 쉽게 눈을 들지 못했다.

"나와 한예지의 관계에 대해 정말 알고 싶나?"

"아닙니다."

지윤이 기어 들어가는 목소리로 말하며 천천히 고개를 들었다.

"부사장님의 친절함에 자리를 너무 편하게 생각한 것 같습니다. 앞으로 주제 넘는 행동은 하지 않도록 주의하겠습니다."

사과와 함께 고개를 꾸벅 숙여 보이자 성우의 미간에 살짝 주름이 졌다.

다른 이가 그랬다면 가만히 넘어가지 않았겠지만, 그녀에게는 이렇게까지 신경 쓸 필요 없다고 말해 주고 싶었다. 이 자리를 편하게 생각했다는 그녀의 말에 기분이 좋아지기까지 했으니까.

“서 대리의 질문에 기분 상하지 않았으니 그렇게 굳지 않아도 돼. 그 질문을 받은 게 어디 한두 번이겠어?”

여전히 조심스러운 표정의 지윤을 보며 성우가 입꼬리를 살짝 올렸다.

“한예지와 난 비즈니스 파트너로 동행한 것 외엔 별일 없었어. 우리 쪽과 계약이 끝난 후로는 만난 적도 없거든.”

그럼 정말로 사귀는 사람이 없느냐고 묻고 싶었지만 지윤은 꿀꺽 말을 삼켰다.

한예지에게도 아무 감정을 느끼지 못한 남자가 과연 채린에게 진지한 관심을 가졌을까 의문이 들었다. 물론 채린도 한예지 못지않게 미인이긴 하지만, 클럽에서 잠깐 마주친 게 다였기 때문에 그 당시에만 혹했을 뿐 지금은 아닐 것이라 믿었다. 아니, 그렇게 믿고 싶었다.

“오늘 제가 보여 드린 부족한 행동들은 부디 잊어 주세요.”

다시금 고개를 숙여 보이는 지윤을 성우는 가늘어진 눈으로 쳐다보았다. 아무래도 부사장과 비서라는 관계를 비틀지 않으면 접근조차 힘들 것 같았다.

순간 성우는 멀리서 그녀를 지켜보며 감정의 변화 추이를 살피고자 했던 결심을 까맣게 잊고 있었단 걸 깨달았다. 어느 순간부터였는지는 몰라도 그에게 있어 지윤은 이미 ‘가지고 싶은 여자’로 다가온 상태였다.

그래서 태어나 처음 느껴 보는 감정을 억지로 내리누르고 싶지 않아졌다. 그래야 자신이 어떻게 하면 좋을지 확답을 가질 수 있을 테니까.

저녁 식사를 마친 후 성우가 집까지 데려다주겠다고 했지만 지윤은 더 이상 폐를 끼칠 순 없다고 말하곤 깍듯한 자세로 허리를 숙여 보였다. 마지막만큼은 제대로 된 비서의 모습을 보이고 싶었던 것이다.

"조심히 들어가십시오. 내일 뵙겠습니다."

길가에서 실랑이할 수는 없었기에 성우는 고개를 끄덕이고 차에 올랐다.

"서 대리도 조심히 들어가고."

"네, 부사장님."

지윤은 한 번 더 묵례하고 차가 출발할 때까지 자리를 지켰다. 그리고 차가 저만큼 멀어지자마자 어깨를 축 늘어뜨렸다. 피로가 몰려오는 느낌에 이마를 손으로 짚었다.

그는 생각보다 편한 사람이었지만 그게 오히려 문제였다. 신입 비서와 잘 지내기 위해 호의를 베푼 사람에게 자기는 혼자 망상하고 걱정하다가 말실수만 잔뜩 한 것이다.

어쩌면 그는 이미 그녀가 비서로서의 자질이 부족하다고 평가했을지도 모른다. 아마 지금쯤 이번 인사이동을 후회하고 있을 것 같다는 생각도 들었다.

늘 언론의 주목을 받는 그의 방패가 되어 줘야 하는 사람이 소문났던 여배우와의 관계에 대해서나 물어보고, 얼마나 황당했을까. 그가 채린을 어떻게 생각하든 자신에게 징검다리 역할을 요구하지 않는 이상 신경 쓰지 말아야 했다.

"에휴, 모르겠다."

지윤은 인상을 찡그리고 집으로 향했다.

그때 호랑이도 제 말 하면 온다더니 채린에게서 전화가 왔다.

—아가씨, 어디세요? 퇴근은 하셨어요?

애교 넘치는 말투로 '아가씨'라 부르는 걸 보니 부모님께 결혼 허락을 받은 듯했다.

"지금 들어가는 중이야."

—어머, 늦으셨네요. 저녁 식사는요?

"먹었어."

지윤이 무뚝뚝한 말투로 일관하자 채린이 걱정스레 물었다.

—무슨 일 있어? 혹시 지방으로 발령 난 건 아니지?

조만간 인사이동이 있을 거라고 얘기한 적이 있기에 채린의 목소리에 걱정이 담겼다.

"아니야. 그냥 피곤해서."

임성우 부사장의 비서가 되었다고 말하면 아마 귀청이 떠나갈 정도로 소리를 질러 댈 테니 입을 다무는 게 나았다.

—그럼 집에서 쉴 거야?

"왜?"

—지금 오빠랑 서울 올라가는 중인데, 셋이 한잔할까 해서. 30분이면 도착하거든.

"술도 못 마시는 사람이랑 무슨 한잔. 난 됐으니까 오빠랑 둘이 놀아."

—그래도 결혼 허락받아서 기분 좋단 말이야. 집에서 딱 한 잔만 하자. 응? 축하주로!

"지금 우리 집으로 오겠다는 거야?"

—너랑은 집에서 마셔야 되잖아. 그래야 너 쓰러지면 바로 침대에 눕혀 주지.

"헐, 생각해 줘서 고맙구먼."

—도수 약한 샴페인 들고 갈 테니까 우리 같이 짠 하자. 응? 가도 되지?

"나 시누이 노릇 엄청 할지도 몰라."

—기대할게요, 아가씨. 이따 봐용!

채린이 발랄한 목소리로 전화를 끊었다.

지윤은 행복 바이러스로 둘러싸여 있을 채린을 떠올리며 덩달아 웃음 지었다.

여전히 채린과 지석 오빠가 환상의 커플이라는 생각은 안 들었지만 저리 좋아하는 걸 보니 두 사람이 의외로 잘 맞는지도 모른다 싶었다. 그리고 부디 지석 오빠를 사랑하는 채린의 마음이 변치 않기를, 앞으로 더더욱 단단해지기를 기원했다.

샴페인을 홀짝거리던 지윤은 이 맛난 술을 제대로 즐길 수 없어 안타까웠다. 이미 한 잔을 마셨지만 취기가 돌지 않아 겁도 없이 두 번째 잔을 받아 든 상태였다. 하지만 기분이 붕 뜨는 것이 곧 있으면 헬렐레할 것만 같았다.

취한 사람은 자신의 모습을 모른다지만 지윤은 채린이 친히

동영상으로 찍어서 보여 준 덕분에 이미 알고 있었다. 다행히도 그때 그 술자리엔 채린과 오빠들만 있었기에 부끄러움이 덜했으나 남들 앞에서는 절대로 보이면 안 될 모습이었다.

빨개진 얼굴로 방실방실 웃으면서 옆자리에 앉아 있던 큰오빠를 팔다리 할 것 없이 쓸고 어루만지던 모습이 낯 뜨거울 정도였다. 큰오빠는 자꾸만 품 안으로 파고드는 지윤을 멀찍이 떨쳐 내곤 이게 뭐 하는 짓이냐고 펄쩍펄쩍 뛰었다.

난생처음 가진 술자리였다. 겨우 맥주 한 잔에 돌변하는 지윤을 본 오빠들은 남자가 있는 자리에선 절대로 술을 입에 대지 말라고 신신당부했다. 만약 강요하면 알코올 알레르기가 있어 호흡 곤란이 오기 때문에 한 잔도 마시면 안 된다고 얘기하라며 코치해 주기까지 했다.

지윤은 달콤한 과일 향의 샴페인을 최대한 오래 음미했다.

"인사이동 있을 거라며. 너도 대상이야?"

채린에게 들었는지 지석이 물었다. 지윤은 기다란 모양의 샴페인 잔을 손가락으로 쓸며 고개를 끄덕였다.

"이미 발령 났지."

"발령 났어? 언제?"

채린이 깜짝 놀라 묻자 지윤이 배시시 웃었다.

"어제 공문 떠서 오늘부터 출근했지."

살짝 풀린 말투에 지석이 미간을 모았다. 아무래도 취하기 시작한 것 같아 얼른 샴페인 잔을 빼앗았다.

"어, 아직 안 마셨는데."

"그만 마셔. 어디로 발령 났는데? 안 좋은 곳이야?"
"글쎄에……. 좋나? 안 좋나?"
지윤이 머리를 양옆으로 갸우뚱거리자 채린이 얼른 옆으로 가서 몸을 붙들었다.
"너 아까 기분 별로인 것 같더니 인사이동 때문이야?"
"박채린, 너!"
"어, 말해. 혹시 수원 공장이야? 아니면 저 아래 광주 공장? 아, 오늘부터 출근했으니 광주는 아니겠구나."
"임성우 부사장님!"
"응?"
뜬금없는 지윤의 말에 채린과 지석이 서로를 바라봤다가 다시 지윤을 보았다.
"너희 부사장이 왜?"
"나 부사장님 비서실로 발령 났다. 되게 웃기지? 오빠, 나 우리 회사 부사장님 비서 됐다. 나 일 잘한다고 부른 거래."
"어머, 어머, 어머!"
채린이 두 눈을 깜빡거리다가 지윤의 어깨를 때리며 어쩔 줄 모르겠다는 얼굴로 깔깔 웃어 댔다. 그런 채린을 이해할 수 없는 눈으로 바라보던 지석이 지윤에게 물었다.
"그럼 잘된 인사 아냐?"
"그렇지, 잘된 거지. 엄청 잘된 인사지!"
채린이 맞장구치자 지윤이 양 볼에 잔뜩 바람을 넣고 눈을 흘겼다.

"근데 말이야. 난 좀 불안해……."

"널 알아본 거구나. 그렇지?"

"알아보다니? 지윤이랑 부사장이 서로 아는 사이였어?"

"어, 그러니까……. 일 잘하는 걸 알아본 게 아니냐는 거지."

클럽에서 있었던 일을 털어놓을 수는 없었기에 채린이 대충 얼버무렸고, 지윤이 눈을 가늘게 뜨자 그녀의 손에 재빨리 샴페인 잔을 쥐여 주었다.

"자, 건배! 우리 지윤 아가씨의 창창한 미래를 위하여!"

"지윤이 애 취했어. 그만 줘."

"에이, 오늘 같은 날 마셔야지. 딱 이것까지만."

채린이 지석을 향해 애교 가득한 미소를 지어 보이곤 지윤의 잔에 자신의 것을 부딪쳤다.

사실 지윤은 완전히 취한 상태는 아니었다. 머릿속이 몽롱한 기분은 들었지만, 그래도 말실수하지 않으려 애를 쓰는 중이었다. 방금도 부사장 이름을 내뱉곤 아차 싶었던 것이다.

하지만 샴페인의 달콤한 향을 맡으니 정신이 아득해져 한 모금 또 들이켰다. 목덜미를 타고 내려가는 시원한 느낌이 좋았다.

지윤이 깔끔하게 비운 잔을 머리 위로 들어 보이며 한쪽 눈을 삐딱하게 떴다.

"너 참 맛있다."

그러고는 옆에 앉은 채린을 보고 생글거렸다. 채린이 헉하고 몸을 빼려 하자 지윤이 몸을 기대며 두 팔로 허리를 끌어안았다.

"음, 좋다……."

"거봐. 주지 말라니깐."

지석이 쯧쯧거리며 채린의 등줄기를 쓸어내리는 지윤의 손을 떼어 냈다. 그러자 더 엉겨 붙으며 채린의 어깨에 뺨을 비볐다. 그런 지윤을 본 채린이 웃음을 터뜨리곤 엉덩이를 토닥여 주었다.

"어이구. 큰일이네, 우리 아가씨. 이런 스킨십은 애인한테나 해야지, 이게 뭐야."

"걱정이다, 정말. 사회생활 하면서 술을 이렇게 못 마시니 어떡하냐."

지석이 지윤을 침대로 질질 끌고 갔다. 그러자 채린이 기겁하며 지석의 팔을 붙들었다.

"오빠! 좋게 안고 가야지."

"이 녀석한테 붙들렸다간 뭔 짓을 당할지 몰라. 난 누가 옆구리만 건드려도 소름 돋는다고."

지석이 고개를 설레설레 저은 뒤 지윤을 침대 위에 눕혔다. 그러자 지윤이 눈을 찡그리고는 만질 것을 찾는 듯 손을 더듬거렸다. 채린이 침대 머리맡에 놓인 돌고래 모양의 비즈 베개를 주자 베개를 꼭 끌어안고 주물럭댔다.

"지윤이랑 결혼하는 남자는 행복할 것 같지 않아?"

채린이 은근한 목소리로 묻자 지석이 무슨 소리냐는 듯 눈썹을 치켜세웠다.

"맥주 한 잔만 먹이면 온몸을 더듬어 줄 것 아냐. 그치?"

채린이 지석의 옆구리를 손으로 쓸었다. 그가 흠칫 놀라자 이번엔 양팔로 그의 허리를 휘감고는 몸을 밀착시켰다.
"왜? 내 손길에도 소름 돋아?"
"당연히 넌 예외지."
채린의 등줄기를 두 손으로 훑어 내린 지석이 키스하려다 말고 지윤을 힐끗 돌아보았다.
"우린 그만 가는 게 좋겠다."
"어디로 갈 건데?"
나긋한 채린의 물음에 지석이 씨익 미소 지었다.
"네가 원하고 있는 곳으로."
두 사람은 지윤의 오피스텔에서 나와 둘만의 오붓한 시간을 보낼 만한 곳으로 이동했다.

두근거림의 시작

미국의 팝 록 밴드인 '마룬 파이브Maroon 5'의 노랫소리가 지윤을 깨웠다.

밴드의 보컬, 애덤 리바인의 섹시한 목소리 덕분에 아침마다 절로 미소를 지으며 일어났지만 오늘은 지윤의 눈살이 잔뜩 찌푸려져 있었다. 거의 1년 만에 술을 마시고 잠들었더니 머리가 깨질 듯 아팠기 때문이다.

지윤은 알람을 끄고 벽에 머리를 기댔다. 그러고는 늘어지게 기지개한 후 냉장고로 향했다. 어제의 기억이 부사장 비서실로 발령 났다는 말을 한 이후로 끊겨 있었다. 그때만 해도 지석 오빠 앞에서 쓸데없는 말을 하지 않으려 정신을 모으고 있었는데 그 이후는 생각이 나질 않았다.

'설마 또 실수한 건 아니겠지?'

냉수를 들이켠 지윤은 머리를 긁적이며 휴대폰을 집어 들었다.

나 지석 오빠가 들으면 기분 나쁠 만한 소리 한 것 없지?

채린에게 문자메시지를 보낸 뒤 잠옷을 벗어 던지고 욕실로 향했다. 샤워를 마친 후 휴대폰을 확인하자 답신이 와 있었다.

그런 것 없었으니 걱정 마. 역시! 넌 내 편인 거지?

클럽 갔다는 말을 하지 않은 걸 보면 그곳에서 만난 부사장이 채린을 찍은 것 같다는 말도 당연히 안 했을 터.

안도의 한숨을 내쉰 지윤은 앞으로 절대 술을 입에 대지 않으리라 결심했다. 하지만 어제 마신 샴페인은 맛이 정말 훌륭했다. 괜히 그 맛에 이끌려 두 잔이나 비운 게 문제였다.

토스터에 식빵을 넣고 버튼을 누른 후 화장대 앞에 앉았다. 씻고 나니 두통도 약해진 듯했다. 어찌 보면 금방 잠들어 버린 게 잘한 일인지도 몰랐다. 안 그랬으면 밤새 비서 행동 강령 등을 되뇌며 뒤척였을 테니까.

로션을 얼굴에 바르고 토닥이는데 문자메시지가 한 개 더 들어왔다.

그나저나 임성우 부사장이랑은 어떻게 된 건데? 어쩌다 네가 거기 비서실로 간 거야? 나 진짜 궁금한데 오늘 점심 같이 먹을래? 내가 갈게.

'강남사거리 근처에서 일하는 애가 종로까지 점심을 먹으러 오겠다고?'

지윤이 도리질하며 답을 보냈다.

왔다 갔다 시간만 버릴 텐데 뭐하러? 그냥 퇴근하고 봐.

그럼 하나만! 너랑 클럽에서 마주친 것 부사장이 알아, 몰라?

나였던 것 알고 있어.

대박! 완전 대박! 혹시 널 일부러 비서로 들인 것 아냐? 우리 아가씨 드라마 하나 찍을 수도 있겠는걸.

'얘가 뭐라는 거야?'

지윤이 쯧쯧 소리를 내며 빠르게 자판을 눌렀다.

네가 생각하는 그런 거 절대 아니거든! 출근 준비해야 되니 그만 끝!

"드라마는 내가 아니라 네가 찍게 생겼다. 재벌남의 대시에 넘어갈 것인가, 순정을 지킬 것인가! 우리 오빠 울리지만 마라."

지윤이 한숨을 푹 내쉬고는 얼굴을 토닥였다.

사실 지윤은 부사장님이 어떻게 나올지 걱정하며 출근했다. 하지만 그는 아무렇지 않게 '좋은 아침!'이란 인사말을 건네곤 사무실로 들어갔다. 지윤이 커피를 갖다 줬을 때도 고맙다는 말과 함께 고개를 끄덕여 보였고, 별다른 말도 없었다. 다행이란 생각이 들자 한결 가벼운 마음으로 오전 근무에 임할 수 있었다.

그러던 중 점심시간 30분 전에 채린에게서 전화가 왔다.

—나 지금 택시 타고 출발해. 도착하면 전화할 테니까 바로 내려와.

"정말 여기까지 오려고? 시간이 돼?"

—급한 일 있다고 말하고서 좀 일찍 나왔어.

"이게 뭐가 급한 일이라고 그래? 네가 생각하는 그런 거 아니라니깐."

최대한 목소리를 낮추긴 했지만 옆에 있는 홍 대리가 신경 쓰여 지윤은 자리에서 일어나 다용도실로 들어갔다.

—그거야 모르는 거지. 어쨌든 갈게. 나 택시 탔어.

"너 정말!"

—자꾸 그러니까 더 수상쩍어. 너 나한테 뭐 숨기는 거 있지?

"내가 숨기긴 뭘 숨겨? 점심 먹으러 강남에서 여기까지 오겠다는 네가 이해가 안 되서 그러지."

—걱정 마시라고요. 오늘 우리 부장님 출장 때문에 자리 비워서 30분 정도는 괜찮아. 간단하게 파스타 먹자.

"난 속 쓰리니까 국물 먹을래. 우리 회사에서 을지로 쪽으로 가다 보면 북엇국 유명한 집 있는 것 알지?"

지윤의 말에 채린이 웃었다.

-하긴 간만에 취했으니 속 풀어야지. 오케이, 거기서 내릴게.

"알았어. 시간 맞춰 나갈게."

통화를 마친 후 다용도실에서 나오는데 성우가 비서실에 있는 걸 보고 깜짝 놀라 멈춰 섰다. HS테크와의 프로젝트 합자 건으로 그곳 대표와 점심 식사를 하기 위해 나가는 길인 듯했다.

"다녀오십시오."

지윤이 고개를 숙이며 인사하자 그가 인사 대신 질문을 던졌다.

"어제 술자리가 있었나?"

"네?"

갑작스러운 물음에 지윤이 눈을 깜빡이다가 얼른 머리를 흔들었다.

"아뇨. 전 술은 못합니다."

회사에서 지윤은 알코올 알레르기 때문에 술은 한 방울도 입에 못 대는 사람으로 되어 있었다.

"그래?"

성우는 조금 전에 속이 쓰리니 북엇국 먹으러 가자는 그녀의 통화 내용을 우연히 듣고 궁금증이 돋았다. 어제 그와 10시도 넘어서 헤어졌는데, 그 후에 누굴 만나 술을 마신 건지 알고 싶었던 것이다.

'혹시 남자? 그래서 같이 해장하려는 건가…….'

비서에게 사소한 걸 묻기 위해 가던 길을 멈춘 그가 의아해 보인 건 당연할 터. 문고리를 잡고 있는 최 비서의 의문 담긴 시선이 느껴졌다. 성우는 지윤의 얼굴이 그리 피로해 보이지는 않은 것을 보고 홍 대리 쪽으로 고개를 돌렸다.

"내일 점심은 우리 다 같이 하지."

"네, 부사장님. 식사 맛있게 하십시오."

내일 오전까지 근무하고 1년간 육아 휴직에 들어가는 홍 대리가 꾸벅 고개를 숙이자 성우는 가볍게 손을 들어 보이곤 최 비서와 함께 사무실을 나갔다.

지윤은 갑작스럽게 긴장한 탓에 뻣뻣해진 어깨를 주무르면서 책상으로 갔다. 그런 지윤에게 홍 대리가 호기심 어린 얼굴로 물었다.

"서 대리 술 못해?"

"네. 알코올 알레르기가 있어서요. 호흡 곤란 증세가 일어나거든요."

"어머, 그럼 지금까지 회식 때 어쨌어?"

"구급차 불러야 되니까 절대 못 마신다고 했죠."

"정말 그런 사람이 있구나. 근데 여기 비서실 회식은 완전 말술 파티라……."

"예에?"

홍 대리의 말에 지윤의 눈이 번쩍 뜨였다.

"사장님 비서실 사람들이랑 여기 최 비서님, 전무실의 김 대리 모두 술고래거든. 아마 내일 인사이동 마무리되면 다음 주쯤 비서실 단체 회식도 할 텐데 지윤 씨 어째? 환영식이라 빠질 수도 없을 테고."

"아……. 저야 뭐, 실려 가기 싫으면 버텨야죠. 마시면 진짜 큰일 나거든요."

"최 비서님께 미리 말씀드려야겠다. 지윤 씨가 직접 말하긴 뭐할 테니 내가 내일 점심 때 말씀드릴게. 괜히 회식 때문에 몸 망가지면 큰일이잖아."

"네, 꼭 좀 부탁드릴게요."

지윤의 말에 홍 대리가 걱정 말라는 듯 고개를 끄덕이곤 퇴근 준비를 서둘렀다.

잠시 후 지윤은 홍 대리와 함께 사무실을 나와 조심히 들어가라고 인사한 뒤 채린과의 약속 장소로 향했다.

"내가 그랬지? 그 말도 안 되는 로맨스 소설 좀 그만 보라고."

식사를 마치고 나오면서 지윤이 지적하자 채린이 단호하게 머리를 저었다.

"야, 그것도 다 사람 사는 이야기라고. 마냥 헛된 내용만 있는 게 아니라니까. 외국 좀 봐. 사장과 비서 사이의 로맨스가 얼마나 흔하니?"

"회사 문화가 엄연히 다르잖아. 게다가 우리나라 사람들이 겉으론 아닌 척해도 급을 얼마나 따지는데."

"안 그런 사람도 많거든? 희망을 좀 가져 보라고. 네가 부족한 게 뭐야? 예쁘지, 똑똑하지, 몸매 좋지. 남자들이 뻑 가는 베이글녀잖아. 게다가 술 좀 먹이면 서비스도 끝내주……. 흡!"

지윤이 별안간 입을 틀어막는 바람에 채린은 더 이상 말을 잇지 못했다. 지윤은 행여 누가 듣기라도 했을까 주변을 두리번거린 뒤 나직하게 말했다.

"얘가 미쳤나. 갑자기 뭔 소릴 하는 거야!"

"어젯밤에 네가 나를 가만두질 않았거든. 지석 오빠 없었으면 나 너한테 당했을 거야."

피식피식 웃음을 터뜨리며 말하는 채린에게 지윤이 두 눈을 가늘게 떠 보였다.

"그럴 줄 알면서도 먹인 건 너잖아."

"솔직히 난 너 술 취한 모습 귀엽던데. 방실방실 웃는 게 얼마나 예쁘다고."

지윤의 양 볼을 꾹 누르며 채린이 말을 이었다.

"어쨌든 그 남자한테 너의 매력을 최대한 어필하라는 거야."

"그만하자, 박채린."

지윤이 채린의 손을 치워 내곤 머리를 흔들었다.

채린은 다 좋은데 로맨스 소설에서나 먹히는 허황된 사랑을 믿는 게 문제였다. 그러니 여태까지도 '남자는 자고로 잘생기고 돈 많은 게 최고'라고 해 온 것이다. 그래 놓고 정작 본인은 의사라는 간판을 제외하면 평범하기 짝이 없는 지석 오빠한테 폭 빠진 거고.

"대놓고 접근하라는 게 아니라 날마다 얼굴 마주하는 사람이니까 신경 좀 쓰라는 거지. 화장법도 바꾸고……. 어머!”

갑자기 채린이 눈을 동그랗게 뜨며 지윤의 뒤편을 보았다.

“왜?”

따라서 뒤를 돌아본 지윤은 얼마 떨어지지 않은 곳에서 성우가 몇몇 남자들과 인사 나누는 모습을 발견했다. 재빨리 고개를 돌리고 그 자릴 벗어나려는데 채린이 어깨를 붙들었다.

“왜 그래? 얼른 가야지.”

지윤이 작은 목소리로 재촉했지만 채린의 생각은 다른 듯했다.

“그러니까 지윤아! 내 말대로 하라고!”

‘애가 정말 미쳤나.’

채린이 고래고래 소리를 지르자 깜짝 놀란 지윤은 조용히 하라고 시늉했다. 하지만 채린은 아랑곳없이 미소를 지으며 큰 소리를 냈다.

“지윤이 네 매력을 알아보는 남자야말로 제대로 사람 볼 줄 아는 거란 말이야!”

“우리 그만 가야지?”

씹어 내듯 낮게 말한 지윤은 채린의 얼굴에 화색이 돌자 설마 하는 생각에 눈알을 굴렸다. ‘우릴 봤어?’ 하고 묻는 지윤의 표정에 채린이 그렇다는 듯 눈을 두 번 깜빡였다.

“서 대리?”

‘아오, 박채린……!’

그의 눈에 띄고 싶지 않았던 지윤은 두 눈을 질끈 감았다 뜨고는 빙글 몸을 돌렸다.

“어머, 부사장님.”
“아까 말한 식당이 이 근처인가 보네?”
성우가 미소를 띤 채 말하곤 채린에게도 인사를 건넸다.
“박채린 씨. 다시 보니 반갑네요.”
“네, 안녕하세요. 지윤이에게 말씀 많이 들었습니다.”
‘뭐? 내가 무슨 말을 했는데?’
지윤이 연신 웃고 있는 채린에게 제발 그만하라는 눈짓을 던졌지만 소용없었다.
“그래요?”
눈썹을 슬쩍 올린 성우는 어색한 표정으로 서 있는 지윤에게로 시선을 고정했다. 그런 성우를 채린이 날카로운 눈빛으로 바라보더니 말을 이었다.
“좋은 자리로 발령 났다고 기뻐하더라고요. 곧 아시게 될 테지만 정말 재주 많고 매력 있는 친구랍니다.”
“부사장님, 일행분들이 기다리시는데요.”
지윤은 채린이 엉뚱한 소리를 더 지껄이기 전에 얼른 끼어들었다. 그러자 성우가 고개를 끄덕이곤 지윤을 찬찬히 살폈다.
“서 대리는 무슨 일 있나? 안색이 안 좋은데.”
“아뇨, 아무 일 없습니다.”
지윤이 황급히 머리를 저었고, 채린이 더 이상 말을 꺼낼 수 없게 그녀의 팔을 잡은 손에 지그시 힘을 주었다.
“그럼 다음에 또 봅시다.”
성우는 채린에게 가볍게 인사한 후 몸을 돌려 일행이 있는 곳으로 돌아갔다. 그러자 지윤이 채린의 팔을 꼬집듯이 당기며 그의 반대편으로 빠르게 걸음을 옮겼다.

"이야, 진짜 끝내준다. 지나가는 여자들이 다 쳐다보는 것 너도 봤지? 키가 몇이래? 185센티미터 넘는 거지? 바바리코트가 저렇게 잘 어울리는 남자는 아마 없을 거야."

"그래서, 반했어?"

넌지시 묻는 지윤에게 채린이 웃음을 보이며 머릴 저었다.

"아니. 네 말이 무슨 뜻인지 이제야 좀 이해하는 중이야."

"무슨 말?"

"우리랑은 정말 급이 다르다는 것."

"거봐. 그렇다니까."

이제라도 알아 다행이라는 듯 지윤이 채린을 토닥여 주었다.

하지만 채린은 조금 전 그가 지윤을 빤히 쳐다보던 눈빛을 잊지 않았다. 부하 직원을 보는 게 아닌, 관심에 둔 여자를 꼼꼼히 살피는 듯한 그 눈빛을 말이다.

이런 말을 해 봐야 지윤은 귓등으로도 안 듣고 쓸데없이 로맨스 소설이나 봐서 그런다고 할 테니 그저 가만히 지켜보는 게 더 나을 듯했다.

성우는 지윤과 점심을 함께한 사람이 남자가 아닌 채린이라는 사실에 내심 안도했다. 식사 내내 신경 쓰였던 자신의 모습이 우스워 픽 하고 입꼬리를 올렸다.

그러자 그를 기다리고 있던 세형이 궁금한 눈으로 물었다.

"누구예요?"

"이번에 새로 온 비서야. 그나저나 우리끼리 있을 땐 말 편히 하래도."

사촌 동생 성연의 남편이지만, 대학 동기이기도 해서 성우는 세형을 친구처럼 대했다. 하지만 세형은 항상 윗사람 대하듯 그에게 예를 갖췄다. 방금까지야 세형이 대표로 있는 HS테크와의 합자 건 관련으로 마련된 식사 자리였기에 서로 존댓말을 했지만 지금은 다 나가고 둘만 남아 있었다.

"그럴 순 없죠. 아내의 오빠면 당연히 형님 되시는데."

세형이 빙그레 웃자 성우가 눈살을 찌푸렸다.

"자네가 그러면 내가 무지 나이 많은 사람처럼 느껴진단 말이야. 봐, 자네라고 부르니까 되게 어색하잖아."

"할아버지 계시는 자리에서 실수하지 않으려면 평상시에도 습관을 들여야지요. 얼른 익숙해지세요."

세형이 저 멀리 걸어가는 두 여자를 힐끗 보고 물었다.

"그나저나 새로운 비서가 왔나요?"

"이전 비서가 출산 휴직을 신청했거든."

"짧은 머리 여자분이 새로 온 비서죠?"

"맞아."

"으흠."

"무슨 뜻이야?"

성우의 눈매가 가늘게 변하자 세형 역시 탐색하는 듯한 시선을 던졌다.

"꽤 반가운 사람을 만난 것처럼 보여서 누군지 궁금했는데, 비서라. 거기다 상당한 미모의 소유자. 뭔가 퍼즐이 맞아 가는 듯한 느낌인데요."

"일부러 꿰맞추려 할 필요까진 없다고. 그리고 미모는 긴 머리 쪽이 더 뛰어나지 않나?"

"딱 봤을 때 그렇긴 하지만 형님 시선은 오직 짧은 머리 여자분에게만 향해 있던걸요. 그쪽이 더 예뻐 보여서 그런 것 아닐까요?"

세형의 말에 성우가 피식 웃었다.

"여기선 내 뒤통수만 보였을 텐데 어떻게 알고."

"형님의 머리 각도가 딱 그쪽으로 향해 있었으니까요. 눈에 띄는 미인보다 더 시선을 끄는 여자라. 으흠?"

세형이 한 번 더 눈썹을 올리자 성우의 표정이 심각하게 변했다.

"티 났어?"

가볍게 떠봤을 뿐인데 성우가 저리 나오자 세형의 표정 역시 굳어졌다.

"이런, 진짠가 보네."

성우가 어깨를 가볍게 으쓱하더니 대수롭지 않게 말했다.

"그냥 눈이 가고 신경이 쓰이는 것뿐이야. 그래서 좀 더 지켜볼 생각이고."

"그 기분 내가 아주 잘 아는데."

세형이 의미심장한 웃음을 짓는 것을 본 성우의 미간에 주름이 잡혔다.

"뭘 아는데?"

"성연 씨와 내가 어떻게 만났는지 알잖아요. 썩 유쾌한 만남이 아니었는데도 자꾸만 생각나더라고요. 이 여자가 어디서 누구랑 뭐 하고 있는지 궁금하고, 자꾸만 보고 싶고. 지금 그러지 않아요?"

"그래서 나도 그 증상이다?"

"거의?"

"60퍼센트 정도만 맞다고 해 두지. 난 자네처럼 여자한테 푹 빠져서 아무나 다 질투하진 않을 거거든."

성우의 말에 세형이 '과연 그럴까'라는 얼굴로 빙긋 웃었다.

"그건 두고 봐야죠."

"아무튼, 성연이나 진우한테 쓸데없는 말 전하진 않겠지?"

"굳이 제가 말하지 않아도 형님이 저 비서 아가씨와 함께 있는 모습만 보면 누구나 금방 눈치챌걸요? 특히 진우는 그런 쪽으로 아주 뛰어난 감각을 지녔다는 것 알잖습니까. 그러니 들키고 싶지 않으면 너무 티 내지 않는 게 좋을 듯합니다."

"앞으로 진우 녀석은 내 사무실 출입 금지시킬 거야."

"이거 이거, 60퍼센트가 아닌 것 같은데?"

세형이 장난 반, 걱정 반이 섞인 표정을 짓자 성우는 더 이상 지윤과 관련해서는 아무런 말도 하지 않았다.

세형에게 너무 쉽게 속내를 드러낸 것 같아 머쓱한 기분이 들었지만, 그의 감정을 곧이곧대로 인정하고 싶지도 않았다.

Knock

"술을 못해?"

최 비서가 홍 대리의 말을 따라 하며 지윤을 보았다. 성우 역시 의외라는 시선을 보냈다. 지윤은 모두의 시선이 자신에게로 향하자 괜히 얼굴이 붉어짐을 느꼈다.

"알코올 알레르기 때문에 호흡 곤란이 온대요. 그러니까 회식 때 최 비서님이 알아서 잘 막아 주세요."

"아니, 회식할 때 술을 안 마시면 무슨 재미지? 안 그래요, 부사장님?"

최 비서가 동의를 구하듯 성우에게 물었지만 그는 대답 대신 지윤을 보았다. 클럽에 다닐 정도면 어느 정도 주량은 될 것이라 여겼기 때문이다.

"정말 알코올 알레르기가 있나? 심할 정도로?"

"네. 맥주 한 잔도 마시면 안 될 정도로요."

지윤은 그의 눈에 담긴 의문이 무엇을 뜻하는지 짐작되었기에 어색하게 덧붙였다.

"술은 안 마셔도 맨 정신으로 잘 노는 편이에요."

"잘 놀다니?"

이번엔 최 비서가 궁금증을 나타냈다. 노래 부르거나 춤추면서 분위기 맞추는 건 자신 있다는 말을 하려는데 성우가 먼저 치고 나왔다.

"이젠 회식 문화도 바뀌어야 할 때야. 안 그래도 개그 프로그

램에서까지 직장인들의 애환을 소재로 다루는데, 음주 가무로 점철된 회식은 이제 지양해야지."

뜻밖의 말을 들었다는 듯 최 비서의 입이 쩍 하고 벌어졌다.

"음주 가무를 지양하라는 말씀이십니까?"

"기업 이미지를 생각하면 그런 작은 부분부터 바꿔 나가는 게 좋지 않겠어?"

성우가 느긋하게 물 잔을 기울이며 왜 갑자기 그런 말씀을 하시냐는 듯한 눈으로 바라보는 최 비서에게 말했다.

"예전부터 꾸준히 올라온 건의 사항이야. 회장님께서 최근 언급하신 적도 있고."

물론 거짓말이었다. 건의함에 올라왔던 건 맞지만, 조부인 임대수 명예 회장님과 부친인 임수환 회장님 모두 애주가이신 만큼 술잔을 통해 정도 쌓이는 것이라 말씀하시곤 했다.

다만 성우가 지금 이렇게 나오는 건 지윤이 클럽에서처럼 섹시한 춤을 추는 걸 막기 위해서였다. 최 비서도 그렇지만 전무 비서실의 김 대리 역시 장가도 가지 않은 싱글이었고, 혹 그들이 유부남이라 해도 지윤이 춤추는 모습을 다른 남자들이 보는 것은 원치 않았다.

"그렇다고 회식 때 식사만 하고 그냥 끝나면 무슨 재미랍니까. 최소한 노래방 정도는 가서 스트레스를 풀어야지요."

"평소 스트레스가 많이 쌓이나 보군."

성우가 눈썹을 치켜세우자 최 비서가 말실수를 했다는 듯 재빨리 입을 가렸다.

"아닙니다. 그렇지 않습니다."

"스트레스 없는 사람이 어디 있겠나? 나도 매일 다양한 이유로 머리가 아프고 어깨가 뻐근할 지경인데."

희미하게 웃음을 보이는 성우에게 최 비서가 금세 환해진 얼굴로 말했다.

"그렇죠? 요즘 전반적으로 우리 사회가 스트레스를 유발하잖아요. 하루가 멀다 하고 빵빵 터지니 원."

"어쨌든 회식은 앞으로 자중하도록 해. 술도 못 마시는 사람을 데리고 2차, 3차 고집하지 말고 원하는 사람들끼리만 의기투합하는 걸로."

성우가 딱 잘라 못 박자 최 비서도 마지못해 고개를 끄덕였다.

"알겠습니다."

최 비서의 얼굴이 조금 안돼 보여 지윤이 얼른 나섰다. 솔직히 술을 못 마실 뿐이지, 분위기를 못 맞추는 건 아니었으니까.

"저도 괜찮아요. 노래방 가는 것 좋아하거든요."

순간 성우의 날카로운 눈이 지윤을 향했다. 그에 지윤이 움찔 놀라 조심스레 말했다.

"저기……. 저 역시 음주 가무 회식은 싫어하지만 동료들끼리 적당히 즐기는 건 괜찮다고 봅니다."

최 비서가 만면 가득 미소를 지으며 테이블 아래에서 보일 듯 말 듯 엄지손가락을 척 하고 치켜들었다. 반면 성우는 한쪽 눈썹을 올린 채 한동안 지윤을 응시했다.

이 여자를 대체 어떻게 해야 할까 싶었다. 하긴 춤추는 게 엄연한 취미 생활이라는데 어찌 그가 뭐라 하겠는가. 다른 남자 앞에서 그런 섹시 댄스를 추는 모습은 보고 싶지 않다고 말할 수도 없는 노릇이니 성우는 어깨를 으쓱할 뿐이었다.

"서 대리가 원한다면 상관없지."

지윤은 자신이 그의 기분을 상하게 한 것 같아 도움을 청하는 눈으로 옆에 앉은 홍 대리를 보았다. 하지만 홍 대리는 묘한 미소를 입가에 담고는 고개를 저었다. 마치 걱정할 필요 없다는 듯…….

퇴근 준비를 하던 지윤은 휴대폰을 계속 만지작거렸다.

점심 이후부터 괜스레 성우의 눈치를 살피게 됐고, 무엇보다 조금 전 자료 전달 차 회의실에 들렀을 때 처음 마주한 그의 모습에 바짝 긴장한 탓이었다.

올해 새로 출시한 스마트폰이 국내에서 반응이 미지근한 원인에 대한 분석과, 내년 하반기 출시를 목표로 한 신제품 개발과 관련된 회의였다.

"국민이 호구로 보이십니까? 언제까지 애국심을 믿고 국산품만 애용해 줄 것이라 생각하는 겁니까? 경쟁자들은 국내외 할 것 없이 소비자들을 잡으려고 혈안이 되어 갖가지 방법을 동원하고 있는데. '그래도 국산이니까'라는 말이 나옵니까, 지금?"

성우의 날카로운 목소리가 회의실을 얼어붙게 만들었고, 그보다 나이가 많은 팀장들조차 한마디도 하지 못했다.

"1년 동안 연구 개발비로만 몇 억 원이 투입되는지 모르시는 분, 여기 계십니까? 단순히 기능 향상만으론 안 된다고, 디자인 개발에도 힘쓰라고 누누이 말씀드리지 않았나요? 펜 하나를 사더라도 필기감이 비슷하면 디자인을 따지고 사는데 고가의 스마트폰을 구매하면서 대충 생겨도 상관없다고 선택하겠습니까? 제발 소비자들보다 한발 앞서서 생각하시라고요."

최 비서가 요청한 자료만 전달해 주고 조용히 회의실을 빠져나오긴 했지만, 그가 왜 '땡철이'라는 별명을 갖게 됐는지 몸소 느낀 시간이었다. 버럭버럭 소리 지르는 것도 아닌데 사람을 꼼짝 못 하게 만드는 힘이 있었다.

이제껏 그의 다정다감한 모습만 봐 오다가 카리스마 넘치는 모습을 접하자 절로 신경이 곤두서긴 했지만 뭔가 멋졌다. 그리고 앞으론 좀 더 신중한 태도로 그를 대하며 책잡힐 일이 없도록 해야겠다는 생각도 들었다.

회의를 끝내고 돌아온 그는 여느 때와 다름없이 평온한 얼굴이었지만 지윤은 아까 점심 때 그가 회식 문화를 바로잡기 위해 한 말에 쓸데없이 끼어든 게 아닌지 후회스러웠다.

'사실은 나 때문에 최 비서님이 음주 가무 회식을 못 하게 됐다는 생각이 들어서 미안함이 앞섰던 건데…….'

생각이 짧았다. '나만 좋으면 상관없어요.' 하고 지껄인 것이나 마찬가지였으니까.

분명 주제넘게 나댄 것처럼 보였을 거란 생각에 짧게라도 죄송하다는 문자메시지를 남겨야 되는 건 아닐까 심각하게 고민하면서 휴대폰의 홈 버튼을 몇 번이고 눌렀다.

퇴근 시간이 지났는데도 부사장실은 조용했다. 최 비서도 딱히 바쁜 일이 없던 터라 시계를 보곤 지윤에게 말했다.

"오늘은 이만 퇴근해도 되겠는데?"

"부사장님은요?"

"별다른 지시 사항 없었으니 괜찮을 거야. 내가 말씀드릴게."

최 비서가 부사장실 문을 노크했다. 그만 퇴근하라는 부사장의 말소리가 들렸다.

"자, 이제 불금을 보내러 가 보실까! 서 대리도 인사드리고 나와."

"먼저 가세요. 전 봐야 할 게 좀 남아서요."

"그래? 금요일인데 약속 없어?"

"할 일이 꽤 많네요."

지윤의 말에 최 비서가 외투를 팔에 걸치고 손을 흔들어 보였다.

"그럼 다음 주에 보자고."

"네, 들어가세요."

최 비서가 나간 후 비서실 문이 닫히자 지윤은 가볍게 심호흡했다. 그리고 부사장실 문을 한동안 응시하다가 천천히 자리에서 일어났다. 주름진 스커트를 쓸어내리고 두 손을 지그시 쥐었다 편 후 똑똑 문을 두드렸다.

"들어와요."

그의 목소리가 들리자 문을 열고 안으로 들어갔다. 모니터를 보고 있던 그가 지윤을 발견하더니 곧 시선을 내리며 말했다.

"응, 퇴근해."

그녀가 퇴근 인사를 하러 왔다고 생각한 듯했다. 그래서 한 발짝 더 다가가 조심스럽게 입을 열었다.

"부사장님. 잠시 드릴 말씀이 있는데요."

그 말에 성우의 눈이 다시 그녀에게로 향했다.

"지금?"

"네, 잠깐이면 될 것 같은데……. 많이 바쁘신가요?"

두 손을 가지런히 모은 채 반듯한 자세로 서 있는 지윤을 대답 없이 바라보던 성우가 자리에서 일어났다.

"이쪽으로 앉지."

그가 책상을 돌아 나오면서 접객용 소파를 가리키자 지윤이 감사하다는 듯 고개를 살짝 숙였다. 그녀의 맞은편에 앉은 성우가 등받이에 몸을 기대면서 긴 다리를 꼬았다.

"표정을 보니 중요한 얘기인가 본데."

"아까 점심때 일 때문에요."

"점심때 뭐?"

그가 머리를 약간 기울이며 다시 물었다.

"회식?"

"네, 부사장님. 그때 제가 생각이 좀 짧았던 것 같습니다."

"무슨 뜻이지?"

"부사장님의 뜻을 생각지 못하고 너무 쉽게 말을 내뱉은 점

죄송하게 생각합니다.”

지윤이 머리를 수그리자 성우가 꼬았던 다리를 풀고는 무릎 위로 팔꿈치를 대고 상체를 앞으로 기울였다. 그런 바람에 둘의 거리가 좁혀지자 지윤이 저도 모르게 몸을 바싹 세우고 숨을 삼켰다.

그녀의 긴장을 아는지 모르는지 그는 꽤나 단호한 시선을 던지며 느릿하게 말을 꺼냈다.

“얼마 전에도 이와 비슷한 일이 있었던 것 같은데.”

“네. 제가 원래 생각 없이 말하는 성격은 아닙니다만, 아까는 저 때문에 회식 분위기가 갑자기 변할까 봐…….”

“왜 그걸 서 대리 때문이라고 생각하는 거지? 난 분명 회장님의 말씀이 있었다고 했는데.”

“네, 맞습니다. 그래서 제가 또 주제넘게 나선 것 같아 이렇게 사과드리는 겁니다.”

순간 지윤은 그의 입매가 부드럽게 휘며 미소를 그리자 가슴이 뛰었다. 그의 잘생긴 얼굴이 눈에 확 들어온 것이다.

‘뭐, 뭐지?’

별안간 심장이 모터가 달린 것처럼 빠르게 뛰어 대기 시작했고, 입안이 바짝 마르는 기분이 들었다.

“사과를 꽤 좋아하나 봐?”

뜬금없는 말에 지윤이 멍한 눈으로 그를 보았다.

“……네?”

“아니면 상대방이 날 어떻게 생각할지 신경을 많이 쓰는 성격인 건가?"

눈을 깜빡이며 그의 말을 해석해 보았다.

'혹시, 착한 여자 콤플렉스인 거냐고?'

이제껏 한 번도 그런 말을 들어 본 적이 없었기에 지윤은 적잖이 당황스러웠다.

물론 그에게 잘 보이고 싶었다. 직속 상사이자 회사의 오너이니 미운털 박히고 싶지 않은 마음은 누구나 똑같을 터.

하지만 지금 지윤의 얼굴을 붉게 만드는 원인은 다른 쪽이었다. 그의 미소가 진해지더니 그 웃음이 눈으로까지 번진 까닭이었다.

이건 분명 경계 경보였다! 채린이가 하도 쓸데없는 말을 해대서 머리가 잠시 잘못된 게 분명했다.

'어떻게, 어떻게 내가 이런 바람둥이 재벌에게 마음이 설렐 수 있는 거지?'

직장 상사로서는 꽤 괜찮은 사람이라 여겼지만 남자로서는 아니었다. 더군다나 부담스러울 정도로 잘난 페이스에, 감당 못할 재력을 지닌 바람둥이는 딱 질색이었다.

혼자만의 짝사랑으로 끝날 게 뻔한 인연은 그녀와 맞지 않았고, 사춘기가 오기 전부터 이런 남자는 절대 사랑하지 않을 거라고 결심한 것도 있었다.

'그런데 왜 이렇게 심장이 뛰는 거냐고!'

지윤의 빨개진 얼굴을 보며 성우는 느긋한 동작으로 등을 기댔다.

"그것도 아니면 눈치가 좀 없든지."

"제가요?"

"아닌 것 같아?"

"지금까지 눈치 없단 말은 한 번도 못 들어 봤는데요."

'착한 여자 콤플렉스도 없고요!'라는 말은 차마 하지 못했다.

"난 업무적 측면을 말하는 게 아닌데."

"네?"

"회식 문화가 변해야 한다는 얘기를 내가 갑자기 왜 했을 것 같아? 술도 못 마시는 사람 데리고 2차, 3차 강요하지 말라는 얘기는?"

"그야 사내 건의함에 의견이 많이 올라왔고 회장님께서도 지적하셔서……."

"회장님께서 정말 그럴 필요를 느끼셨다면 공문을 내리지 않으셨을까?"

"아, 그렇군요."

지윤이 얼결에 고개를 끄덕였다.

'그럼 왜 갑자기 그런 말을 한 거지?'

문득 지윤은 죄송하단 말은 그만하라고 했던 걸 떠올리며 그를 보았다.

그는 부드러운 미소를 유지한 채 그녀를 보고 있었다. 귀밑까지 붉은 기가 번지는 게 느껴졌지만 시선을 돌리면 더 이상하게 보일 것 같아 그를 마주 보며 조심스레 물었다.

"제가 이렇게까지 사과할 필요는 없다고 말씀하시는 거죠?

회장님 지시도 없었으니 크게 개의치 말라는…….”

갑자기 그의 미소가 싹 걷히더니 미간에 주름이 패었다. 점심때 그녀가 최 비서의 의견에 동의했을 때와 같은 표정이었다. 그러더니 이젠 한쪽 입꼬리를 올리고 피식 웃었다.

“맞아. 남의 기분까지 신경 쓰면서 사는 건 피곤한 일이라고. 그리고 참고삼아 일러 주는데, 비서실 회식은 기본이 3차까지야. 술도 못 마시면서 괜히 분위기 따라가려고 애쓸 필요 없어.”

“걱정해 주셔서 감사합니다.”

살짝 관심을 흘려 보려 했건만, 서지윤 이 여자는 둔치가 맞았다. 이제야 자신이 그녀를 걱정해 줬다는 걸 눈치챈 듯했다. 하지만 그 순간.

“그런데 저 정말 노래방 가는 건 좋아해요! 제 취미가 춤추는 거잖아요.”

그런 지윤을 굳은 눈으로 바라보던 성우는 결국 고개를 끄덕일 수밖에 없었다.

“그렇군. 취미 생활인데 그렇게라도 즐겨야지.”

“네, 기회를 이용하는 거죠.”

방긋 웃어 보인 지윤은 그와 잠시 눈을 마주치고 있다가 얼른 시선을 내리며 일어섰다.

“그럼 전 이만 가 보겠습니다.”

“오늘은 클럽에 안 가나?”

엉거주춤 서서 그를 본 지윤이 어색하게 웃으며 머리를 저었다.

"아뇨, 오늘은 다른 취미를 즐기려고요."
"다른 취미라면, 여행?"
성우가 지윤을 따라 자리에서 일어나자 둘은 낮은 유리 테이블을 사이에 두고 마주 서게 되었다.
키 차이 때문인지는 몰라도 앉아 있을 때와 달리 묘한 압박감이 느껴져 지윤은 침을 꼴깍 삼켰다. 여전히 두근거리는 가슴이 그녀의 기분을 가라앉게 만들었다.
'이러지 말자. 이건 아니라고!'
지윤은 쿵쾅거리는 심장과는 다르게 차분한 목소리로 말했다.
"모처럼 영화나 볼 생각이에요."
"아, 또 다른 취미는 영화 감상이로군. 특별히 좋아하는 장르가 있나?"
아무래도 그는 이 대화를 좀 더 이어 갈 생각인 듯했다. 하지만 지윤은 지금 이 감정 상태가 너무도 당황스러워 슬금슬금 옆으로 걸음질 치면서 그와의 간격을 넓혔다.
"엽기적인 호러만 아니면 가리지 않고 보는……. 어맛!"
소파 다리 끝부분이 살짝 튀어나와 있던 걸 모른 채 걸음을 옮기다 구두 굽이 걸리고 말았다. 외마디 비명과 함께 팔을 뻗을 때 그의 손이 뻗쳐 왔고, 다행히도 지윤이 넘어지기 전에 그가 팔목을 붙잡아 주었다.
"괜찮아?"
'정말이지 이렇게 창피했던 적이 또 있었을까.'
지윤이 더는 빨개질 수 없을 정도로 붉어진 얼굴을 푹 수그리며 두 눈을 질끈 감았다.

"서 대리?"

그의 목소리가 들리자 번쩍 고개를 쳐들었다가 꾸벅 숙였다.

"감사합니다."

그러면서 팔을 빼려 했는데, 그가 놔주질 않았다.

"어디 불편한 거 아냐? 발목은? 안 삐었어?"

'발목보다 이 상황이 더 불편해요!'

지윤은 어색한 웃음을 가득 그리면서 머리를 저었다.

"아뇨! 괜찮아요. 그냥 좀, 웃긴 모습을 보인 것 같아 민망할 뿐이에요."

"다칠 뻔한 사람을 보고 웃어 본 적은 없어."

그의 표정이 제법 진지해 지윤은 더 당황하고 말았다.

"전 정말 괜찮아요."

지윤이 아무렇지 않다는 듯 양발을 가볍게 내딛자 그제야 팔을 놓아주었다. 하지만 그는 생각지도 못한 말로 지윤을 붙잡았다.

"잠깐만 기다려. 데려다줄 테니까."

"네? 저를요?"

"집으로 간다고 하지 않았나?"

그가 노트북을 끄며 묻자 지윤이 마지못해 고개를 끄덕였다. 영화를 볼 생각이라고 했으니 아니라고 말할 수도 없었다.

"하지만 바쁘실 텐데. 저 정말 안 다쳤어요."

"안암동에 들를 일도 있으니 서 대리 내려 주고 그쪽으로 가면 돼."

안암동은 지윤의 옆 동네였다. 비즈니스 모임을 갖기엔 애매한 곳이었다. 그러다 문득 그가 마트에서 장을 봤던 일이 떠올랐다. 그 부근에 사는 사람들 대부분이 그 마트를 이용했기에 혹시나 하는 호기심이 피어올랐다.

'설마 정말 누가 있는 건가?'

지윤이 저도 모르게 궁금한 표정을 지으며 그를 보았다. 그러자 성우 또한 그런 그녀에게 묻는 듯한 눈길로 쳐다보았다.

"왜 그러지?"

"아, 아뇨. 그럼 저도 퇴근 준비할게요."

지윤이 얼른 부사장실을 나와 가방을 챙기고 옷걸이에서 코트를 내렸다.

분명 그는 자신이 싱글이라고 했지만 그 동네에 만나는 사람이 살고 있는 듯했다.

'그럼 채린에겐 잠깐 혹하는 마음만 들었을 뿐 그 이상의 것은 원치 않은 거라 봐도 될까?'

하긴, 어제 채린이와 인사를 나눌 때도 그는 연락처를 묻는다거나 이렇다 할 관심을 드러내지 않았다. 다행이라는 생각이 들었으나 마냥 편해지지만은 않았다.

채린을 걱정하던 마음과는 다른 불편함이 가슴속을 장악하고 있었다.

차를 타고 가는 내내 지윤은 그의 말에 예를 갖춰 답했다. 왠지 모르겠지만 그가 한 번씩 자신을 탐색하는 듯한 시선으로 보는 게 느껴져 최대한 아무렇지 않아 보이려 애썼다.

어쩌면 그는 대화를 이어 가기 위해 눈길을 준 것뿐인데 그녀가 너무 의식한 것일 수도 있었다. 그러니 되도록 의연한 태도를 유지할 필요가 있었다.

지윤이 자신의 집이라고 가리킨 건물이 자그마한 규모의 원룸 건물처럼 보여 성우가 의외라는 듯 물었다.

"혼자 사는 건가?"

"네, 부모님은 춘천에 계시거든요."

"오빠가 한국대병원 전공의라 하지 않았나? 거기도 이 근처잖아."

그런데 왜 오빠랑 같이 살지 않느냐는 물음이었다.

"오빠는 같이 일하는 룸메이트가 있어서요. 전 기숙사 생활하다가 취업 준비하면서 이쪽으로 옮긴 건데, 혼자 살기에 적당하더라고요."

지윤이 안전벨트를 풀고는 그에게 말했다.

"태워 주셔서 감사합니다."

"음, 주말 잘 보내고."

성우의 말에 지윤이 연하게 웃으며 고개를 숙이곤 차 문을 열었다.

"조심히 들어가세요."

지윤이 한 번 더 인사하자 가볍게 손을 흔들어 보이고는 차를 출발시켰다. 그녀와 헤어진 후에도 피식거리며 웃던 성우는 얼마 안 가 차를 세웠다.

안암동에 갈 일은 없었다. 사촌 동생 성연의 작업장이 그곳에 있긴 했지만, 보통 진우와 함께 편안하게 술 한잔 기울이는 경우를 제외하고는 잘 가지 않았다.

성우는 조금 뒤 휴대폰을 꺼내 지윤에게 전화를 걸었다.

—네, 부사장님.

"서 대리. 혹시 지금 다시 나올 수 있나?"

—지금요?

집에 들어간 지 불과 10분도 지나지 않은 터라 조금 당황한 듯했다. 성우는 입매를 부드럽게 휘며 태연한 목소리로 말했다.

"응. 갑자기 약속이 취소됐다고 연락이 와서 말이지."

—안암동 들르신다고 한 거요?

"맞아. 서 대리 내려 주자마자 전화가 왔는데 오늘은 어려울 것 같대서."

—아, 네. 그런데 저는 왜?

"어차피 서 대리도 저녁 먹어야 할 텐데 같이 식사하지 않겠어? 나도 지금 집에 가면 혼자거든."

할머니와 어머니가 눈 번쩍 뜨고 계실 테니 혼자일 리 없었지만 그녀를 불러내기 위한 핑계가 필요했다.

—어, 그럼…….

"설마 벌써 먹은 건 아니지?"

—네, 아직. 금방 내려갈게요.

조금 망설이던 지윤이 흔쾌히 답하고 전화를 끊자 성우는 씩 웃으며 휴대폰을 안주머니에 넣었다.

얼마 지나지 않아 진청색 스키니 진에 롱 가디건을 걸친 지윤이 나왔다. 성우는 상큼하면서도 여성스러움을 물씬 풍기는 그녀를 바라보며 두근거리는 가슴을 진정시키듯 침을 꼴깍 삼켰다.

앞 유리창을 통해 그를 본 지윤이 살짝 웃으며 다가와 조수석에 올랐다.

"쉬려던 참이었을 텐데 다시 불러내서 미안해."

그의 말에 지윤이 손을 저어 보였다.

"아니에요. 막 옷만 갈아입은 상태였어요."

지윤은 그의 전화를 끊은 뒤 이미 벗은 스타킹을 다시 신어야 할지, 아니면 청바지 차림으로 나가도 될지 고민했다. 하지만 그는 그저 저녁을 함께 먹자고 했을 뿐이니 다시 정장 차림으로 나가는 것도 이상할 듯해 청바지로 결정했다.

"캐주얼하게 입으니 훨씬 더 어려 보이는데? 대학생이라고 해도 믿겠어."

"음, 새내기요?"

지윤이 눈을 깜빡이며 묻자 성우가 비스듬한 시선을 던졌다.

"내가 농담이 좀 지나쳤지?"

"어머, 농담도 하실 줄 아세요?"

"이제야 내가 편해진 것 같군."

그의 얼굴에 미소가 번지는 걸 보자 지윤은 심장이 또 콩닥거리는 걸 느꼈다.

'이런 반응이 또 나타날까 봐 나와도 될지 망설인 건데…….'

아무래도 마음을 단단히 붙들어 매야 할 것 같았다.

너무 긴장하지도 않고, 되도록 그를 편하게 대하기 위해 지윤은 가볍게 어깨를 으쓱이며 말했다.

"그런 말이 있죠? 옷차림에 따라 마음가짐이라든지 상대를 대하는 태도가 달라진다고. 사실 지금 좀 느긋한 기분이 들긴 해요."

"흠, 그럼 나도 이 양복을 벗어야 되려나?"

"그럼 제가 부사장님을 직급 떼고 바라보는 수가 있어요."

지윤이 장난조로 말하자 그가 씩 입꼬리를 올려 보였다.

"그거 재미있겠군. 어차피 업무상 자리도 아니니 그래도 상관없어."

"와, 우리 부사장님 완전 쿨하시다. 근데 저를 이렇게 풀어주셨다간 감당하기 힘들어지실지도 몰라요."

"그건 서 대리가 걱정할 게 아니지 않나? 감당하는 건 내 몫이니까."

그가 아무렇지 않게 받아치자 지윤은 잠시 고민에 빠졌다. 이제껏 소문으로 접한 임성우 부사장은 직원들과 사적인 자리를 잘 갖지 않는 만큼 공사 구분도 뚜렷하다고 했다.

게다가 오후에 회의실에서 본 냉철한 모습과 지금이 너무도 달라 같은 사람인지 헷갈릴 정도였다.

성우는 지윤의 표정에 조심스러움이 감돌자 일부러 빤히 쳐다보며 머리를 살짝 기울였다.

"방금 뽑은 비서를 또 다른 곳으로 보내거나 하진 않을 테니 걱정 마. 난 업무 외의 일로 인사 평가를 하진 않으니까."

이렇게라도 해야 상사와 비서라는 벽이 조금은 얇아질 듯했다. 진우가 알게 된다면 그것 보라고, 남녀 사이는 모르는 거라고 하지 않았느냐고 한바탕 잔소리를 할 테지만 상관없었다. 지금은 지윤과의 거리를 좁히고 싶은 마음뿐이었다.

"그래도 부사장님을 너무 편하게 대하다 보면 실수할 텐데요."

"서 대리가 실수할 게 뭐 있겠어? 나한테 '야' 하지만 않으면 되지. 뭐, 술도 못 마시니 술기운에라도 그럴 일은 없겠네."

그의 말에 지윤은 더 고민하지 않기로 했다.

이런 설렘은 잘생긴 남자와 함께 있어서 느끼는 정상적인 반응일 뿐, 자신이 그 이상의 감정을 품게 될 일은 없을 거라 여겼다. 그리고 그에게 너무 격식을 차리기보다는 이렇게 편히 대하는 관계가 돼야 비서 업무도 훨씬 수월해질 거란 생각이 들었다.

"그럼요. 제가 술을 마셨다간 정말 감당할 수 없는 사태가 벌어지거든요."

"나도 술 마시다 구급차 부르는 일은 피하고 싶으니 권하지 않을게. 자, 그럼 오늘은 뭘 먹지?"

"저는 아무거나……."

"아무거나는 맥주 안주 이름인데? 그걸 먹으러 갈 순 없잖아."

"네?"

지윤이 풋 하고 웃음을 터뜨렸다. 그녀가 손으로 입을 가리면서 재미있다는 듯 쿡쿡거리자 성우 역시 얼굴 가득 미소를 그리며 기어를 넣었다.

"그럼 아무거나 말고, 아무 데나 데려가도 되지?"

"네! 아무 데나 따라갈게요."

지윤은 여전히 웃음기를 머금은 얼굴로 고개를 끄덕였다.

차를 출발시키며 그런 그녀를 힐끗 돌아본 성우는 '아무 데나 따라가겠다'고 하는 지윤을 데리고 하룻밤 만에는 돌아오지 못할 곳으로 가 버리면 어떨까 상상했다.

저 멀리 동해라든지, 서해에 있는 어느 섬이라든지. 하지만 생각해 보니 섬은 힘들 것 같았다. 이미 어둑해져 배가 운항하지 않을 테니까.

'그럼 동해안으로? 아니지, 차가 끊겼단 말이 안 통할 테니 잡아 둘 수 없겠군. 그럼 술을 마셔 버려? 내가 운전 못 하겠다고 하면 어쩌겠어. 별수 없지. 가만…….'

"혹시 운전 면허증 있나?"

성우의 뜬금없는 물음에 지윤이 그를 보았다.

"네, 대학 들어가자마자 따긴 했는데 장롱면허나 마찬가지예요. 운전대 잡을 일이 별로 없었거든요."

"아, 장롱면허."

그럼 못한다는 거군.

그가 싱긋 웃고는 또 말이 없었다.

"그런데 우리 어디로 가는 건가요?"

그녀를 어느 한적한 곳으로 데려가 하룻밤을 지내고 오는 상상을 하던 성우는 지윤에 물음에 얼른 대답하지 못했다. 정말로 그러고 싶은 마음이 순간 치솟았던 것이다. 하지만 그랬다간 악질 변태 상사로 몰릴 테니 참아야 했다.

대신 그는 다른 걸 물었다.

"오늘 밤에 볼 영화는 정했나?"

"아직요. 그건 왜요?"

"러닝 타임이 얼마나 되는지 궁금해서. 상영 시간이 긴 영화면 얼른 먹고 들어가 봐야 된다고 할까 봐."

"영화야 내일 봐도 되니까 조금 늦어지는 건 상관없어요."

흔쾌히 답하는 지윤을 보고 성우가 아무렇지 않은 투로 물었다.

"내일이 휴일이라 좀 멀리 나가 볼까 하는데 괜찮겠어?"

"설마 오늘 돌아오기 힘든 곳으로 가시는 건 아니죠?"

지윤이 슬쩍 눈을 흘기자 성우는 뜨끔했지만 장단을 맞춰 주는 척 빙그레 웃었다.

"그거 좋은 아이디어로군. 동해로 가서 킹 크랩이나 먹는 건 어때?"

"에이, 부사장님. 제가 정말 그러자고 하면 어쩌시려고 그래요? 킹 크랩 진짜 좋아하는데."

"그럼 모시고 가야지, 별수 있나."

그가 고개까지 끄덕이자 지윤이 웃음을 보였다.

'회의에선 가차 없어 보이던 그가 이렇게 유쾌한 모습도 가지고 있었다니.'

뭣보다 이 정도 지위에 있는 남자가 권위를 내세우지도, 잘

난 척하지도 않는 것에 호감이 갔다. 함께 있어도 지루하지 않은, 기분 좋은 웃음까지 짓게 해 주는 사람…….

그는 어느덧 지윤에게 깊이 들어서고 있었다.

"이쯤에서 제가 말려 드려야 되는 거죠?"

'아니, 좀 더 부추겨 줬으면 좋겠는데'라는 말이 목구멍까지 차올랐으나 성우는 다행이라는 듯 안도의 한숨을 내쉬는 시늉을 했다.

"까딱하면 정말 가야 되나 고민했을 거야."

"그럼 부사장님이 정한 '멀리'는 어느 정도예요?"

"미사리나 남양주?"

그가 힐끗 돌아보며 말하자 지윤이 씩 웃었다.

"그 정도면 먼 곳도 아니죠."

"그럼 남양주로 가지. 분위기 괜찮은 이탤리언 레스토랑을 알거든."

"지금쯤 집에서 라면 끓여 먹고 있었을 텐데 부사장님 약속이 취소된 덕분에 제 입이 호강하겠네요."

지윤이 그 말과 함께 넌지시 질문을 던졌다.

"근데 그분이 다시 연락할지도 모르는데 멀리 나가셔도 괜찮아요?"

"그분? 누구?"

"안암동에 계시는 분요. 그분 뵈러 가시던 중이셨잖아요."

대체 어떤 여자일지 궁금했다. 내심 그 여자가 부럽다는 생각까지 든 탓에 묻지 않을 수 없었다.

"안암동? 괜찮아. 사촌 동생이라 언제 봐도 상관없어."

"사촌 동생요?"

'그의 사촌 동생이라면 대영그룹의 '우' 자 돌림 형제들일 텐데 그들 중 누가 안암동에 사는 거지? 거기엔 대영 계열사도 없고, 대학교 근처라 아파트와 주택가밖에 없는데.'

"사촌 여동생이 온라인 쇼핑몰 사업을 하는데 안암동 아파트에 작업장이 있거든. 가끔 일 끝나면 거기에서 모이곤 하는데 오늘은 많이 바쁜 것 같더군."

성우가 아무렇지 않게 말한 뒤 고개를 돌리다 지윤의 얼굴에 궁금증이 어린 게 보였다.

며칠밖에 안 됐지만 이젠 그녀가 저런 눈을 하면 그에게 궁금한 게 있다는 걸 눈치챌 정도는 되었다.

"뭔가 또 묻고 싶은 표정인데?"

그의 말에 지윤이 황급히 고개를 저었다.

"아닌데요."

"맞는 것 같은데. 뭐지?"

느긋하게 핸들을 잡은 그가 쳐다보자 지윤은 고민에 빠졌다.

'마트에서 뵌 적이 있다고 말하면서 왜 거기서 직접 장을 보신 거냐고 묻는 정도는 괜찮지 않을까? 그런데 만약 그의 표정이 확 굳어진다면…….'

사촌 여동생이라고 말한 여자가 실은 그의 숨겨 둔 애인일지도 모르니 그걸 캐물을 순 없었다. 푸근한 차 안의 공기가 갑자기 싸늘하게 변하면 어떡하나 싶은 마음도 들었다.

"진짜 아니에요."

"뭐, 서 대리가 그렇다면야."

성우도 굳이 캐묻고 싶은 생각은 없었기에 가볍게 어깨를 으쓱하고는 도로 위를 여유롭게 운전해 나갔다.

지금 그는 지윤과 드라이브를 즐기며 데이트하는 듯한 이 기분을 만끽하는 게 더 중요했다.

마치 데이트인 듯

남양주 초입에 위치한 레스토랑은 잘 꾸민 정원이 있는 2층짜리 건물이었다. 지중해풍으로 지은 흰색 건물에 아치형 창문이 있었고, 잘 손질한 나무에 매단 자그마한 전구들이 화사하게 불을 밝히고 있었다.

이런 곳은 여자의 감성을 최대치로 자극하기 위해 데려오는 곳이나 마찬가지였다. 지윤 역시 이런 낭만적인 느낌이 물씬 풍기는 레스토랑에 남자와 단둘이 온 것은 처음이었다. 그가 애인이 아닌 직장 상사라는 게 아쉬울 따름이었다.

금요일 저녁이라 그런지 레스토랑은 많은 연인들이 테이블을 차지하고 있었다. 하지만 그를 알아본 사장이 잽싸게 달려와 2층의 창가 자리로 안내해 주었다. 정원은 물론이거니와 저 멀리 야경까지도 창을 통해 감상할 수 있는 로열석이었다.

상류층이 자주 드나드는 고급 레스토랑은 갑자기 찾아오는 VIP 손님을 위해 좋은 자리를 항상 비워 둔다고 하더니만 이 레스토랑도 그런 듯했다.

지윤은 성우와 함께 가는 곳마다 이렇게 깍듯한 대접을 받자 그가 역시 그녀와 다른 계층이란 걸 새삼 실감했다.

"시간이 늦어서 시장하겠군. 먹고 싶은 것 마음껏 골라 봐."

"전 피자도 좋고 파스타도 좋아요."

"여기 화덕 피자가 유명한데, 그거 하나 시키고 파스타와 샐러드로 할까?"

"네, 그렇게 해요."

테이블 근처에서 대기 중이었는지 성우가 손을 들자 사장이 곧바로 다가왔다. 주문 내역을 꼼꼼히 적은 사장이 미소를 가득 띠고 물었다.

"키안티 클라시코 좋은 게 들어왔는데 준비해 드릴까요?"

"아뇨, 와인은 됐습니다."

성우가 사양하자 사장은 더 이상 권하지 않고 물러났다.

지윤은 괜히 자기 때문에 그도 술을 못 마시는 건가 싶어, 드시고 싶으면 주문하시란 말을 하려다 그만두었다. 그가 술을 마시면 운전할 사람이 없어져 꼼짝없이 발이 묶이게 되기 때문이었다.

그러고 보니 아까 그가 운전 면허증이 있느냐고 물어본 게 생각났다.

'설마 나한테 차를 맡기려고? 저 비싼 차를?'

지윤은 억대가 넘어가는 것으로 알고 있는 벤틀리의 운전대를 잡는 생각만으로도 오금이 저렸다.

그에겐 '억억' 하는 돈이 푼돈일 수도 있었지만, 본인의 친오빠들을 포함해 보통의 남자들은 차를 애지중지하면서 남에게 함부로 맡기지 않았다. 그러니 그가 음주를 대비해 그녀에게 운전을 맡기고자 그런 질문을 했을 것 같진 않았다.

지윤은 장롱면허란 대답을 들은 그가 실망하기보다는 미소를 그렸던 게 떠올라 머리를 갸웃거렸다.

"뭐가 또 궁금하지?"

그녀를 지켜보고 있었는지 그가 묻자 지윤은 잠깐 멈칫했다가 얼른 질문거리를 떠올렸다.

"키안티 클라시코라는 게 와인 종류인가 봐요?"

"이탈리아 토스카나 지역의 와인을 키안티라고 해."

"와인은 레드와 화이트만 구분하면 되는 줄 알았는데 그렇지도 않은가 보네요."

실은 홍 대리가 와인에 대한 기본 상식도 공부해 두는 게 좋다고 했지만, 그쪽 분야와는 친하질 않으니 금방 머릿속에 들어오지 않았다.

"와인 종류가 워낙 방대해 전문적으로 공부한 소믈리에가 아니면 구분하기 어렵지. 포도 품종과 생산지에 따라 이름도 각기 다르니까. 스파클링 와인을 그냥 샴페인이라고 부르는 경우도 많은데, 그건 잘못된 거야."

"샴페인도 와인 종류 중 하나인가요?"

지윤이 처음 듣는 소리라는 듯 그에게 물었다. 샴페인은 무언가를 축하할 때 마시는, 탄산이 들어간 저알콜 음료인 줄만 알았다.

"맞아. 샹파뉴 지역에서 생산된 것만 그렇게 부르고 다른 지역에서 생산되는 건 또 다르게 부르거든."

"와인은 모두 텁텁한 맛인 줄만 알았는데 샴페인은 향도 좋고 달콤하니 맛있더라고요. 근데 그것도 와인이었다니 신기하네요."

지윤은 자신이 무슨 소릴 하고 있는 줄도 모르고 새로운 사실을 알았다는 데만 집중하고 있었다. 그런 지윤을 의아한 눈으로 바라보던 성우가 살짝 눈썹을 올리며 물었다.

"샴페인 마셔 봤어?"

"네, 엊그제 채린이랑 오빠가……."

'헐! 술은 한 모금도 못 마신다고 했는데.'

지윤은 입을 꾹 다물었다가 손가락 하나를 어색하게 펴며 말했다.

"딱 한 잔 정도는 괜찮아서요."

"그럼 알코올 알레르기라기보다 술이 약한 것 아냐?"

'이런.'

"오, 오빠가 이것도 알레르기 증상이라고 해서요. 아주 소량은 괜찮지만 되도록이면 안 마시는 게 좋다고 해서……."

지윤이 황급히 답했다.

"회사에선 아예 못 마신다고 해야 처음부터 안 권할 것 같아서 그랬어요. 괜히 한두 잔 받았다간 돌이킬 수 없을 것 같더라고요."

"하긴, 회식 자리에서 상사가 주는 술을 안 마실 순 없을 테니 아예 못 마신다고 하는 게 낫지."

성우가 이해한다는 듯 고개를 끄덕이자 지윤이 연하게 웃어 보였다.

"부사장님, 최 비서님껜 꼭 비밀로 해 주세요."

"서 대리에 대해 나만 아는 비밀이 생긴 건가."

그가 싱긋 웃더니 물 잔을 들며 혼잣말처럼 덧붙였다.

"뭐, 나쁘지 않군."

왠지 몰라도 그가 흐뭇해하자 지윤도 덩달아 미소를 그렸다.

그가 지윤을 집에 데려다준 시각은 자정이 다 되어서였다. 식사를 마친 뒤 커피를 마시며 이야기를 나누다 보니 몇 시간이 금방 지나 있었다.

지윤은 성우가 함께 있기 좋은 상대라는 사실을 다시금 느끼자 돌아오는 내내 옆에 앉은 그를 강하게 의식하게 되었다. 느긋하게 운전대를 잡고 있는 손가락을 괜히 힐끔거리면서 그 기다란 모양에 감탄했고, 잔잔한 음악 사이로 낮게 들려오는 그의 목소리마저도 감미롭다고 느꼈다.

그에게 마냥 빨려 들어가는 듯한 감정을 통제하려고도 해 봤지만 역부족이었다. 누군가를 좋아하는 마음이 이처럼 갑자기 다가오리라곤 상상도 못 했다.

지윤은 너무도 높은 곳에 있는 그를 좋아하게 됐다는 사실을 인정해야 했다. 그리고 이 사랑이 혼자만의 아픈 이야기로 끝나리라는 것도…….

부모님이나 오빠들이 알면 정신 차리라고 호통을 치겠지. '분수도 모르고 어디서 감히!'라는 말까지 들으면서 마음 아파했던 막내 고모의 전철을 밟고 싶지 않다면 당장 마음을 접으라고 하실 터.

지윤은 입술을 지그시 깨물었다.

"조금만 더 늦었어도 오늘 안에 데려다주지 못할 뻔했군."

그가 차를 세우며 미소를 보이자 지윤은 차 안이 어두운 것에 감사했다. 멀리서 비추는 가로등 불빛만으로는 지윤의 슬픔 어린 표정이 드러나지 않았기 때문이다.

"그랬다면 차라리 동해까지 가 버릴 걸, 했을 거예요."

지윤은 밝은 목소리로 답하며 안전벨트를 풀었다.

"사실 조금 후회스럽긴 해. 영화 대신 여행이라도 시켜줄걸 싶은?"

그의 음성이 한없이 다정하게 들려와 지윤의 심장이 세찬 펌프질을 시작했다.

"친절한 말씀 감사합니다. 오늘 정말 즐거웠어요."

지윤은 더 이상 차 안에 있을 수가 없어서 얼른 문을 열었다. 고개를 숙여 보이고 내리려는데 그가 손목을 잡았다. 떨리는 마음을 감춘 채 천천히 그를 바라보자 그가 목소리만큼이나 다정한 미소를 그리며 말했다.

"킹 크랩은 다음에 먹도록 하지."

"아, 킹 크랩요."

몇 차례 눈을 깜빡인 지윤이 억지로 미소를 끌어모았다.

"네, 알겠습니다."

"오늘 저녁, 덕분에 무척 즐거웠어. 잘 자고 월요일에 봐."

"네, 조심히 들어가세요."

지윤이 꾸벅 인사하고 재빨리 차에서 내렸다. 그리고 그가 먼저 들어가라는 듯 손짓하자 뒤도 돌아보지 않고 오피스텔로 향했다. 심장이 두근거리고, 그가 잡은 손목의 화끈거림이 머리끝까지 치솟는 것 같았다.

건물 입구의 유리문을 여는 순간 등 뒤로 엔진 소리와 함께 차가 출발하는 소리가 들렸다.

"안 되는데……. 이럼 안 되는데……."

지윤은 그에게 푹 빠져 버린 자신을 인정하지 못하겠다는 듯 안 된다는 말을 중얼거리면서 빠른 걸음으로 계단을 올랐다.

3층에 위치한 집으로 들어가자마자 냉장고에서 시원한 물을 꺼내 한 잔 가득 따라 꿀꺽꿀꺽 들이켰다. 그 차가운 기운으로 몸 안에 번진 열기가 식길 바랐지만 소용없는 일이었다.

그다음 주부터 지윤은 지극히 사무적인 어조와 표정을 유지했다. 임성우 부사장과 단둘이 남게 되는 일은 어떻게든 피했

고, 커피를 가져다줄 때도 형식적인 미소로 일관했다.

그나마 다행이었던 건 그가 월요일부터 목요일까지 내내 외근 후 바로 퇴근하거나, 저녁 약속 때문에 조금 일찍 나가거나 해서 그녀와 업무 후 마주할 일은 일어나지 않았다.

비서실 전체 회식이 잡힌 금요일, 자신이 근무했던 총무팀의 여직원들과 함께 점심을 먹을 때 지윤은 성우에 대한 질문 공세에 시달렸다. 대부분이 '여자가 그를 찾아오진 않는지', '한예지와 아직도 만나고 있는지' 등의 사적인 물음이었다.

"비서가 된 이상 부사장님에 관해서 난 아무런 말도 해 줄 수 없어."

딱 잘라 답하는 지윤에게 막내 직원이 애교를 부리면서 다시 물었다.

"에이, 언니는. 딱 하나만! 사귀는 여자는 없는 것 같아?"

"노코멘트라고 했지!"

지윤이 손가락을 내저었지만 그녀는 포기하지 않았다.

"그럼 언니가 개인적으로 생각하기엔 어때? 상사로서는 어떻고, 남자로서는 어떤지 말 좀 해 줘. 어제도 우리 팀장님 회의에서 엄청 깨졌나 보던데, 같이 일하기 무섭지 않아?"

"그래, 서 대리. 제일 가까운 곳에서 지켜보는 여자의 눈으로 부사장님이 어떤 남자인지만 말해 봐."

선배 언니가 궁금증이 가득 담긴 눈으로 바라보자 지윤이 별 수 없다는 듯 입을 뗐다.

"업무와 무관한 심부름은 없고, 지시 내용도 굉장히 합리적인 만큼 상사로 모시기엔 아주 좋은 분이셔. 됐지?"
"남자로서는?"
포기를 모르는 선배 언니를 잠시 바라보던 지윤이 어깨를 으쓱했다.
"글쎄, 남자로 평가해 본 적은 없어서 모르겠는데."
"그게 말이 돼? 임성우 부사장님 곁에 있으면서 요만큼의 설렘도 못 느꼈단 말이야?"
"응, 그런 적 없어. 부사장님은 내게 좋은 상사일 뿐, 남자는 아니거든."
당연히 그래야 했고, 그렇게만 보려고 애쓰는 중이었다.
그때 갑자기 등 뒤에서 한 남자의 목소리가 들려왔다.
"임성우 부사장실에 새로 온 비서분이에요?"
깜짝 놀라 돌아본 지윤은 훤칠한 키에 미소를 가득 머금은 잘생긴 청년을 보고는 자리에서 일어났다.
어디서 본 얼굴이다 싶다가 바로 생각났다. 대영상사 기획실에서 근무 중인 임진우였다. 비서실로 온 후 가장 먼저 한 일이 혹시 모를 가족 방문에 대비해 얼굴을 익혀 두는 것이었다.
"네, 서지윤이라고 합니다."
"와, 되게 반갑네요. 안 그래도 무척 궁금했는데. 난 임진우예요."
그가 악수를 권하듯 손을 내밀자 지윤과 함께 있던 여직원들이 눈을 동그랗게 뜨더니 자세를 똑바로 했다. 지윤이 예를 갖춘 태도로 그의 손을 맞잡고 가볍게 머리를 숙여 보였다.

진우는 그런 지윤을 호기심 어린 눈으로 바라본 후 씩 웃으며 손을 놓아주었다.

"만나서 반가웠어요. 성우 형 잘 부탁해요."

"별말씀을요. 아직 부족해서 열심히 배우는 중입니다."

"그래요, 그럼."

진우가 고개를 끄덕이고 돌아서자 지윤도 묵례했다.

그가 저만치에서 자신을 기다리던 일행들과 함께 식당에서 나가자 여직원들이 "대박!"을 외치며 지윤을 부러운 눈으로 쳐다보았다.

"우리 서 대리 완전 부러운데? 이러다 회장님이랑도 인사 나누게 되는 것 아냐?"

"서 대리를 만났다고?"

회사 간부들과 함께 점심 식사를 마치고 사무실로 돌아가던 성우는 진우에게서 온 전화를 받았다.

—조금 전에 회사 앞 식당에서 봤어. 이야, 스타일 좋던데?

"뭐?"

성우의 발걸음이 우뚝 멈췄다. 다른 남자도 아닌 여자 킬러 진우에게 저런 말을 들으니 기분이 썩 좋지만은 않았다.

—우연찮게 마주쳤지만 첫인상은 꽤 괜찮았어. 형을 보필하는 비서로서 아주 제격인 것 같아.

"무슨 뜻이야?"

—지나면서 얼핏 들었는데 형이 상사로서 무척 좋은 사람이라고 하더라.

"그래?"

성우의 입가에 연한 미소가 감돌았다.

—그리고 남자로서는 조금의 관심도 없대. 그럼 형한테 이상한 눈빛 보낼 일도 없을 것 아냐. 형이 비서로 삼기 딱 좋은 사람인 것 같아. 아주 제대로 골랐어.

진우의 목소린 발랄했지만 성우의 미간엔 깊은 골이 생겼다.

"……남자로서는 뭐라고?"

—뭐야, 못 들은 거야? 형한테 집적거릴 여자 아니니까 걱정할 필요 없다고. 좋은 상사이긴 해도 남자로 보이진 않는다고 했거든.

"그런 얘길 너한테 했다고?"

—나한테 한 게 아니라 같이 식사하는 여직원들이 형에 대해 물으니까 그렇게 말하던데? 그 말을 들으니 모른 척 지나갈 수가 없어서 인사도 나눴지. 아무튼, 형! 난 아주 맘에 들어.

"너보다 누나야."

성우의 음성이 딱딱하게 흘러나오자 진우가 웃음소릴 냈다.

—에이, 형은. 내가 한두 살 정도는 충분히 커버하는 것 몰라? 아, 끊어야겠다. 내일 아침 먹으러 성북동 갈 거니까 그때 마저 얘기해.

그리고 전화가 뚝 끊겼다. 성우는 진우라도 되는 양 휴대폰을 찌릿 노려보고는 거칠게 주머니에 넣었다.

'남자로는 안 보인다? 하.'

지난주 금요일 밤, 남양주의 레스토랑에서 함께 식사하고 차를 타고 돌아올 땐 아주 만족스러웠다. 대화도 잘 통했고, 스스럼없이 농담도 주고받으면서 사이가 꽤 가까워졌다고 느꼈다. 어쩌면 그녀도 부사장이라는 직함을 떠나 그를 한 남자로 보게 되었다고 여겼는데.

성우의 표정이 더욱 굳어졌다.

그러고 보니 이번 주 내내 지윤은 지극히 사무적이었다. 물론 그도 일이 바빠 사무실에 머무는 시간이 짧긴 했지만, 함께 레스토랑에서 식사할 때 지었던 친근한 미소를 본 기억이 없었다. 그저 공손한 표정과 틀에 박힌 미소뿐…….

그의 기분이 급격히 다운되었다.

'그러니까, 난 모시기 편한 상사일 뿐이다?'

성우는 미간에 잔뜩 힘을 준 채 사무실로 들어갔다.

"식사는 맛있게 하셨습니까?"

일어나 그를 반기던 최 비서가 그의 분위기가 예사롭지 않은 것을 보고는 곧바로 입을 다물었다. 커피 잔을 들고 막 다용도실로 가던 지윤 역시 그의 얼굴에 차가운 기운이 가득한 것을 보았다. 어려운 식사 자리도 아닌, 간부들과의 점심 약속이었는데, 그사이 그에게 무슨 일이 생긴 것 같았다.

성우가 뚜벅뚜벅 부사장실로 향하다가 지윤을 돌아보았다.

"커피 좀 가지고 들어오지."

"네, 부사장……님."

지윤의 대답이 끝나기도 전에 그가 문을 닫고 사라졌다. 최 비서에게 무슨 일이냐는 시선을 던졌지만 그 역시 눈을 끔뻑이면서 고개를 흔들었다.

"언짢은 일이라도 있으셨나? 얼른 커피 갖다 드려."

"네."

지윤이 다용도실로 들어가 커피포트의 버튼을 눌렀다. 회의 때보다 더 살벌한 그의 표정에 심장이 오그라드는 것만 같았다. 이곳에 온 순간부터 지금까지 그는 항상 따뜻한 봄날 같은 미소를 보여 줬는데, 지금은 전혀 아니었다.

하지만 그의 날카로운 모습마저 지윤에게 짜릿한 두근거림을 전해 주는 게 문제였다. 이런 기분이 드는 게 지윤은 도무지 이해가 되지 않았다.

커피를 내리며 제발 정신 차리자고 수십 번을 되뇌고는 커피 잔을 쟁반에 놓고 부사장실로 향했다.

똑똑!

"들어와."

지윤이 들어오자 그가 의자를 밀어내곤 책상을 돌아 나왔다. 그의 책상으로 커피를 가져가려던 지윤이 멈칫했다.

"커피는……."

"이쪽으로."

그가 책상 앞 소파에 앉자 지윤이 유리 테이블 위에 커피 잔을 내려놓았다. 그리고 쟁반을 두 손으로 들고 고개를 숙여 보이는데 그가 말했다.

"잠깐 좀 앉지."

지윤은 그와 눈이 마주치자 심장이 바닥으로 쿵 떨어지는 기분이 들었다. 그 강렬한 눈빛에 온몸이 저릿해지는 기분이었다. 쟁반을 든 손이 떨리는 걸 들키지 않도록 잔뜩 힘을 주면서 쭈뼛쭈뼛 다가가 그의 맞은편에 앉았다.

"지시 사항이라도 있으신가요?"

다행히 목소리는 아무런 떨림 없이 나왔고, 표정 역시 착실한 비서의 모습을 그릴 수 있었다. 그런 지윤을 뚫어질 듯 응시하던 성우는 뭔가 못마땅한 듯 미간을 찡그렸다.

지윤은 그의 시선에 꼼짝없이 잡혀 숨 쉬는 것조차 힘겨워지기 시작했다. 가슴이 두근거리고 머리가 진공 상태로 변해 가는 것만 같았다. 계속 침묵하고 있다간 정신을 놓을 것만 같아 애써 입술에 호를 그리며 물었다.

"식사하시면서 언짢은 일이라도 있었나요? 그러셨다면……."

"그런 건 없어."

성우가 지윤의 말을 끊고는 다른 쪽으로 시선을 돌렸다.

생각의 정리가 필요했다. 진우가 전한 말에 기분이 과히 좋지 않았다. 하지만 그렇다고 지금 이 자리에서 내가 정말 남자로 보이지 않느냐고 물어볼 순 없는 일.

'아니면 동료 여직원들에게 상사를 남자로 의식하지 않는 게 당연하다는 뜻으로 말한 것일 수도 있지 않을까?'

그를 주제로 입방아를 찧어 대는 수많은 여직원들과 달리 지윤은 그의 '비서'니까. 직업의식이 투철한 그녀였기에 충분히 가능한 일이었다.

하지만 그렇게 이해한다 해도! 성우는 지윤에게 조금이나마, 아니, 아주 많은 호감을 갖게 하는, 누구보다 매력적으로 보이는 남자이고 싶었다.

성우는 천천히 지윤에게로 시선을 돌렸다. 단정한 자세로 깍듯한 표정을 유지한 채 그를 보고 있는 그녀의 입술에 부드러운 곡선을 그리고, 저 눈에 환한 미소를 번지게 하고 싶다는 열망이 솟구쳤다.

"……부사장님?"

지윤이 걱정스러운 얼굴로 그를 부르자 성우는 어깨를 털어내듯 으쓱였다.

"좀 생각할 거리가 있어서."

"제가 도와 드릴 일이 있다면 말씀하세요."

지윤의 말에 성우가 잠시 그녀를 응시하다가 느릿하게 말을 꺼냈다.

"그렇게 말해 주니 고맙군. 그만 나가 봐도 좋아."

"정말 괜찮으세요?"

조심스러운 물음에 성우가 희미한 미소를 입가에 그렸다.

"응, 괜찮아진 것 같아."

그의 얼굴이 금세 온화해지자 지윤은 다행이란 표정으로 저도 모르게 미소를 흘렸다. 긴장이 풀리면서 가슴 가득 훈풍이 부는 듯했다.

"그럼 나가 보겠습니다. 필요하실 때 불러 주십시오."

지윤이 환하게 웃고는 자리에서 일어나 가볍게 고개를 숙여 보였다. 성우는 보고 싶던 그 미소를 마주하자 낮게 숨을 들이켰다.

'뭐, 좋은 상사로 다가가는 것도 나쁘진 않겠지.'

지윤이 나오자마자 최 비서가 기다리고 있었다는 듯 그녀를 부사장실과 멀리 떨어진 곳으로 데려갔다.

"부사장님 왜 그러신 거야?"

"그냥 좀 생각할 게 있으셨나 봐요."

"서 대리한테 아무 말씀 없으셨어?"

"네. 별다른 말씀 안 하셨어요."

"한참을 안 나오길래 난 또 하실 말씀이 많으신가 했지. 서 대리가 뭐 잘못한 게 있나 생각했다니까."

최 비서가 걱정했다는 듯이 말하자 지윤이 살짝 웃었다.

"아니에요. 그런 것 없어요."

최 비서가 지윤의 웃는 얼굴을 멍하니 바라보다가 목청을 가다듬었다.

"흠흠. 그럼 다행이고. 저녁에 회식도 있는데 꾸중 들었을까 봐 걱정했지."

"전 괜찮아요. 커피 드실래요?"

지윤이 묻자 최 비서가 크게 고개를 끄덕였다.

"좋지. 한 잔 부탁할게."

다음 주 회의 일정에 맞춰 자료 정리를 하는 지윤을 최 비서가 힐끔거렸다. 그녀가 놀라운 집중력으로 일하고 있었다.

이제껏 귀엽다고만 생각했는데, 이렇게 보니 꽤 미인상이었다. 조막만 한 얼굴에 갸름한 턱선, 가녀린 어깨가 여성스러움을 뽐내고 있었다. 무엇보다 아까 자신을 보고 미소 짓던 모습이 뇌리에서 가시질 않았다.

물론 예쁜 여직원을 보고 어느 부서인지, 애인은 있는지 궁금해한 적은 많지만 모두 그때뿐이었다. 비서실에만 있다 보니 타 부서 여직원들과 친해질 기회도 없었고, 부사장님을 수행하느라 다른 곳에 눈 돌리기도 힘들었다.

그런데 한공간에 저리 예쁜 여직원이 있었음에도 이제껏 눈치채지 못했다니 후회가 막심했다.

부사장님이 사내 연애를 탐탁지 않게 여기는 것을 누구보다 잘 알고 있고, 유부녀인 홍 대리와 같이 있어서 저 맞은편 책상에 앉은 사람이 여자라는 생각을 아예 안 했던 건지도 몰랐다.

'흠, 오늘 회식을 계기로 좀 친해져야겠군. 그나저나 애인은 있으려나? 이상형에 대해 물어보면 너무 속 보일까?'

최 비서가 턱을 받치고 지윤을 보고 있을 때 부사장실 문이 달칵 열렸다. 하지만 잡생각에 빠져 있던 그는 이를 알아채지 못했다. 지윤이 자리에서 일어나자 그제야 화들짝 놀라며 일어섰다. 문고리를 잡은 채 자신을 응시하고 있는 성우를 보자 눈을 마주칠 수가 없었다.

"부사장님, 외출하시는 건가요?"

"회장님이 부르셔서."

성우가 간단히 답하곤 최 비서를 응시하다가 지윤에게로 고개를 돌렸다. 그러고는 날카로운 눈매를 한 채 다시 한 번 최 비서를 바라보았다.

최 비서는 군기가 바싹 잡힌 사람처럼 몸을 곧추세우고 어색한 미소를 그렸다. 아무래도 서 대리를 멍하니 바라보고 있던 걸 부사장님이 알아챈 것 같았다.

"다녀오십시오."

최 비서가 힘 있게 말하자 지윤도 똑같이 말하곤 고개를 숙였다. 그러자 성우가 최 비서에게 고갯짓을 했다.

"자네도 같이 가지."

"……저요? 아, 네. 알겠습니다."

얼른 책상에서 나와 성우의 뒤를 따랐다. 비서실을 거치지 않고 연락하신 걸 보면 개인적인 일로 부르신 것 같은데 왜 같이 가자고 하시는 건지 의아했다. 하지만 토를 달 순 없었다.

두 사람이 사무실을 나가자 지윤은 다시 자리에 앉아 퇴근 시간 전까지 업무를 마무리하기 위해 빠르게 손을 놀렸다.

최 비서는 성우가 회장실에 들어가자 일 없이 회장 비서실에서 대기해야 했다. 30여 분 후 성우가 나와 별다른 말 없이 엘리베이터로 향하자 그의 옆으로 가 물었다.

"무슨 일이십니까?"

"그냥 집안일."

"네?"

최 비서가 멀뚱멀뚱 쳐다봤지만 성우는 더 이상 대꾸하지 않고 엘리베이터에 올랐다.
"그럼 저는 왜……."
최 비서가 뒤따라 타며 묻자 성우가 힐끗 눈길을 던졌다.
"혼자 가고 싶지 않아서."
성우가 아무렇지 않게 말했다.
"아버지께서 괜한 말씀을 하실 경우 자네 도움이 필요할 것 같았거든."
"아, 네."
최 비서는 이제야 알겠다는 듯 고개를 끄덕이며 조심스레 물었다.
"점심 드시고 나서 기분이 안 좋아 보이시던데, 댁에 무슨 일 있으신가요?"
"그건 아니고."
엘리베이터 문이 열리자 성우가 한발 먼저 내리더니 최 비서를 돌아보았다.
"참, 오늘 비서실 회식엔 나도 참석할 테니 그리 알아."
갑작스러운 그의 말에 최 비서가 멈칫했다.
"부사장님께서요?"
물론 어쩌다 한 번, 가뭄에 콩 나듯 그가 회식에 참석한 적은 있었다. 그럴 때마다 직원들의 사기 진작 차원에서 거하게 한턱 쓰고 금방 돌아가곤 했다. 그러니 이렇게 놀랄 필요까진 없었지만 뭔가 느낌이 이상했다. 퇴근 시간 거의 다 되어 갑자기

저리 말씀하시니 왠지 불안하기까지 했다.

그런 최 비서의 불안을 찍어 누르듯 성우가 대수롭지 않게 답했다.

"서 대리 환영회를 겸한 회식인데 직속 상사인 내가 당연히 참석해야 하지 않겠어?"

"아, 그렇군요. 그럼 다른 비서실 직원들에게도 미리 알려 두겠습니다."

보아하니 이번에도 얼굴만 비치고 갈 것 같아 크게 신경 쓸 필요는 없을 듯했다.

최 비서는 사무실로 돌아오자마자 사내 메신저를 통해 비서실 직원들에게 '부사장님 회식 참석!'이라 알렸다. 대번에 왜 그러느냐, 무슨 일이냐는 질문이 쏟아졌고 지윤 역시 동그란 눈을 더 크게 뜨곤 최 비서에게 물었다.

"부사장님도 함께 가시는 거예요?"

"응, 서 대리 환영식이니 부사장님께서 크게 쏘실 것 같아. 우리 쪽 식구란 뜻이지."

최 비서가 흐뭇한 얼굴로 메신저 답신을 보낼 때 지윤은 걱정과 기대가 뒤섞인 복잡한 심정을 느껴야 했다.

그와 함께하는 시간이 즐겁기에 기대도 됐지만, 안 그래도 그만 보면 정신이 나가는 요즘 사무실이 아닌 곳에서까지 바보 같은 모습을 보일까 걱정되었다. 하지만 다른 직원들도 많이 있으니 그런 어리석은 짓은 하지 않을 것이라 생각했다.

지윤은 이번 주 내내 수없이 머릿속에서 외친 '정신 차려! 그는 남자가 아니라 부사장님이야!' 구절을 반복한 뒤 업무를 마무리했다.

Knock

임 회장이 성우를 사무실로 부른 건 다름 아닌 선 자리 때문이었다. 생각지도 못한 말이라 성우는 관심 없다고 단호하게 대답했지만 어머니께선 은근히 바라시는 눈치인 듯했다. 집에 가면 분명 사진부터 들이밀면서 선볼 날을 잡자고 할 테니 미리 마음의 준비를 하라고 일러 주신 것이다.

현재 울산에서 중공업을 맡고 있는 성우의 친동생 윤우에게 결혼 상대가 생기자 어머니께서는 성우의 결혼도 서두르고 싶어 하셨다. 요즘은 동생이 형을 앞지르는 게 흠이 아니라지만, 그래도 남들의 이목이 집중되는 결혼일 터라 이왕이면 성우가 먼저 하길 원하시는 것이다.

하지만 성우는 그다지 개의치 않았다. 부모님은 언제나 그의 의견을 최우선으로 존중해 주셨기에 이번 일도 잘 설득하면 될 것이라 여겼다.

성우는 아버지께 들은 이야기는 저 아래로 밀어내고, 지윤을 바라보던 최 비서의 넋 나간 표정을 떠올렸다. 언제부터 지윤을 그런 눈으로 보기 시작한 건지 의문이 든 동시에 괜한 불안함이 엄습해 왔다.

결국 그는 결론을 내렸다. 지윤을 그의 여자로 만들기로!

사내 연애를 반대해 왔지만 지금은 그 문제로 망설일 때가 아니었다. 다른 이에게 그녀를 빼앗길 수도 있다는 조바심에 성급한 결정을 내린 것은 아닌지 스스로 여러 차례 되물었지만 답은 똑같았다. 지윤을 향한 감정이 결코 가볍지 않다는 걸 깨우친 지금, 괜히 미적거리다 놓쳐 버리는 실수를 범하고 싶진 않았다.

잠시 후 회식 자리에서 그녀가 걸 그룹 노래를 부르면서 춤까지 춰 댄다면 최 비서의 눈에서 핑크빛 하트가 뿅뿅 튀어나올지도 몰랐다.

'거기다 술까지 들어가면 같이 추자고 덤빌지도.'

그러니 성우는 회식에 참석해 끝까지 자리를, 아니, 자신의 여자가 될 그녀를 지킬 생각이었다. 직원들에게 민폐 상사로 찍혀도 상관없었다. 그가 자리하고 있으면 비서실 회식 자리가 쉽게 흥청거리지는 않을 테니까.

1차는 고깃집이었다. 성우의 참석으로 삼겹살이 아닌 최고급 한우 꽃등심을 맛보게 된 직원들이 안주가 훌륭해 술도 안 취하겠다면서 초장부터 소주로 달리기 시작했다.

첫 잔을 모두가 받은 뒤 건배를 외쳤고, 지윤은 입술만 댔다가 다시 떼어 냈다. 소주는 냄새만 맡아도 취기가 올라오는 것 같아 술잔을 가져왔을 땐 숨도 쉬지 않았다.

"에이, 그래도 첫 잔인데. 정말 못 마셔?"

사장 비서실의 김 실장이 아쉽다는 듯 지윤에게 말하자 성우가 조용히 나섰다.

"구급차 오는 일이 생기면 앞으로 이런 술자리 회식은 어려워질지도 모릅니다."

"어이쿠, 그럼 안 되죠. 암요, 절대 안 되는 말입니다. 서 대리 마시지 마."

김 실장은 지윤에게 손을 내저어 보이고는 옆에 앉은 최 비서와 '짠' 소리를 내면서 건배했다.

지윤이 맞은편에 앉은 성우를 보고 감사하다는 미소를 보였다. 그 누구도 그의 말에 아무런 토를 달지 못했다. 덕분에 지윤은 그와 함께 있는 게 정말 든든하게 느껴졌다.

고깃집에서 나올 때 지윤은 테이블 아래 빈 술병들을 보고 혀를 내둘렀다. 지윤을 제외하면 여덟 명밖에 안 되는 인원이 소주 열 병에 맥주도 네 병이나 마신 것이다.

성우는 첫 잔으로 받은 소주도 그대로 두고 안 마셨으니 나머지 일곱 명이서 저 많은 술을 마셨다는 말이었다. 홍 대리의 말마따나 누구 하나 할 것 없이 술고래들이었다.

지윤은 앞으로 있을 회식도 은근히 걱정되었다. 사실 총무팀 회식은 술을 곁들이긴 해도 반주로만 적당히 마시고 끝내는 분위기였는데, 여긴 거의 부어라 마셔라였다.

"안색이 안 좋은데. 술 냄새만으로도 속이 안 좋아지나?"

계산을 마치고 나온 성우가 지윤을 보고 물었다.

"아, 아니에요. 그렇진 않습니다."

"다들 너무 많이 마시는 것 같아 걱정스러워서?"

술기운에 한껏 높아진 목소리로 하하호호 웃고 있는 직원들을 그가 고갯짓으로 가리키자 지윤이 어색한 미소를 그렸다.

"다들 엄청 드신 것 같은데도 하나같이 멀쩡하셔서 놀랐어요."

"최 비서도 소주 세 병은 거뜬하니 이 정도는 아무것도 아냐."

'헐. 소주 세 병? 그렇게 먹으면 죽는 것 아냐?'

지윤이 놀란 얼굴을 해 보이자 성우가 싱긋 웃었다.

"부사장님! 정말 너무너무 잘 먹었습니다!"

김 실장이 다가와 꾸벅 고개 숙이더니 웃는 얼굴로 덧붙였다.

"종종 부탁드립니다."

"오늘은 이대로 끝?"

성우가 묻자 최 비서가 설마 그럴 리 있냐는 듯 양손을 내저었다.

"당연히 2차 가야죠! 서 대리도 노래방은 좋아한댔으니 신고식 노래 한 곡 뽑으라고 해야 하지 않겠습니까? 부사장님 들어가시는 것 보고 저희는 이동하겠습니다."

"내가 왜 갈 거라 생각하지?"

성우의 말에 다들 꿀 먹은 벙어리가 되었다. 이에 최 비서가 입을 열었다.

"그럼 노래방도 함께 가시는 겁니까?"

"서 대리의 신고식 노래라니 궁금해서 말이야. 가지."

성우가 나를 따르라는 식으로 먼저 걸음을 옮기다가 지윤을 돌아보았다.

"서 대리가 맘에 드는 곳으로 골라 보지?"

"아, 저는……."

직원들 모두 성우가 2차를 함께 간다는 데 적잖이 충격 받은 듯 보여 지윤이 말을 얼버무렸다.

사실 그녀는 성우가 함께 가 주길 진심으로 바라고 있었다. 사람이 술을 마시면 정신이 흐트러지면서 사건들이 발생하는 경우가 부지기수였기에 이 술고래들 사이에서 말짱한 정신을 유지하고 있는 그가 자리를 보전하는 게 좋을 것 같았다.

"저 앞 노래방이 넓고 괜찮은데 가 보시겠어요?"

지윤이 길 건너편에 위치한 노래방을 가리키자 성우가 다른 직원들을 둘러보았다. 모두들 쭈뼛한 자세로 서서 발걸음을 떼지 못하고 있었다.

"노래방 가지 말까?"

"아뇨, 아뇨! 가야죠!"

김 실장이 크게 답하곤 다른 직원들에게 손짓했다.

"우리가 부사장님 노래를 언제 들어 보겠어? 레츠 고!"

장정 스무 명이 들어가고도 남을 정도로 큰 룸의 맨 앞쪽엔 야트막한 스테이지까지 마련되어 있었다. 테이블 위에 캔 맥주와 마른안주가 깔렸고, 김 실장이 먼저 마이크를 잡았다.

"서지윤 대리의 비서실 발령을 진심으로 환영하는 바, 그녀의 선곡을 기다리는 동안 제가 먼저 한 곡조 뽑겠습니다!"

김 실장이 한 팔을 휘두르면서 허리를 숙이더니 쿵작거리는 트로트 반주에 맞춰 몸을 흔들었다. 몇몇은 캔 맥주를 부딪치고, 두어 명은 김 실장 옆에서 막춤을 추면서 분위기를 고조시켜 나갔다.

갑자기 정신이 산만해지자 성우의 미간이 자연스레 굳어졌다. 클럽 음악과는 차원이 다른 소음에 머리가 멍해지는 기분이었다.

그와 한 자리 건너 꺾인 곳에 앉아 있던 지윤은 그의 표정이 딱딱하게 변하는 것을 조심스러운 눈으로 지켜보았다.

보아하니 그는 이 자리가 편하지 않은 듯했다. 그녀의 신고식 노래를 듣기 위해 참석하긴 했지만, 딱히 내키지 않아 보여 괜히 신경이 쓰였다.

'뭘 불러서 재미있게 해 드려야 하지?'

그러다 그가 시선을 느꼈는지 힐끗 돌아보자 얼른 노래방 책을 보는 척 고개를 숙였다.

"노래는 골랐나?"

"아, 그냥 뭐……."

성우는 지윤에게 너무 섹시한 춤은 추지 말라고 하고 싶었지만 이내 그만두었다. 대신 우회적 표현을 쓰기로 했다.

"클럽에서의 모습을 다시 볼 수 있는 건가?"

조금은 딱딱함이 감도는 목소리로 말하자 지윤이 잠시 망설이다가 손을 내저었다.

"에이, 그때와 지금은 다르죠. 엄연히 직원분들과 함께하는 회식 자린데 그럼 되나요."

"그럼 춤은 안 추려고?"

'춰야 되나, 말아야 되나?'

그의 목소리에서 풍기는 뉘앙스로 봤을 땐 왠지 추면 안 될 것 같았다. 하지만 그녀가 잘 논다는 걸 뻔히 알고 있는 상황에 몸을 사리는 것도 이상해 보일 듯싶었다. 또 총무팀 회식에서처럼 적당히만 하면 될 거란 생각이 들었다.

"아주 약간만……?"

지윤은 엄지와 검지를 붙일 듯 말 듯 들어 보이더니 그에게만 들릴 정도로 낮게 말했다.

"친구들과 있을 때처럼 놀 순 없잖아요."

그러자 그의 얼굴에 희미한 미소가 그려졌다. 저도 모르게 다행이라는 표정을 보인 성우가 헛기침하고는 대수롭지 않다는 듯 답했다.

"그렇군."

그때 김 실장 옆에서 몸을 흔들던 최 비서가 다가와 지윤에게 손을 내밀었다.

"자, 이젠 서 대리!"

최 비서에게 손을 잡힌 채 앞으로 끌려가는 지윤의 모습을 성우의 시선이 따라갔다. 심장에 찌릿한 자극이 오자 그의 눈매가 가늘게 변했다. 최 비서가 건넨 마이크를 받아 들고 노래 번호를 말하는 지윤의 얼굴에 방긋 미소가 번져 있었다.

성우가 미간을 잔뜩 모으고 지윤의 곁에 선 남직원들을 둘러보았다. 그때 나른한 신음 소리와 함께 노래 반주가 흘러나왔다. 걸 그룹 '오렌지 캬라멜'의 〈까탈레나〉였다.

지윤은 마이크를 들지 않은 오른손을 옆구리에 붙였다 떼었다 하면서 화면에 나오는 여자들처럼 춤을 추기 시작했다.

"오오오!"

"와아!"

옆에 있던 최 비서와 김 실장, 김 대리가 소리를 지르고 휘파람을 불며 열렬히 호응했고, 지윤은 얼굴 가득 미소를 띠우곤 노래와 춤을 이어 갔다. 물론 클럽에서처럼 섹시함을 담아 추진 않았지만 작은 동작으로 살랑살랑 추는 몸 선이 굉장히 여성스러웠다.

성우는 앙증맞게 부르르 떠는 모션을 취하는 지윤을 보고 얼굴을 굳혔다. 다른 사람들, 아니, 다른 남자들은 절대 못 보길 바란 모습이었다. 섹시 댄스가 아님에도 충분히 예쁘고 귀여워서 꽉 안아 주고 싶다는 충동까지 들었다.

성우는 앞에 놓인 빈 맥주 캔을 저도 모르게 우그러뜨렸다.

"어머 어머, 서 대리 좀 놀았나 보다."

"춤도 많이 춰 본 솜씬데? 동작이 딱딱 맞아."

"노래도 꽤 하네."

"우리 실장님 봐. 벌써 홀딱 반한 눈치야."

간주가 흐를 때 사장 비서실과 상무 비서실에 있는 여직원들이 지윤을 보고 말하는 소리가 성우의 귀에 들려왔다.

김 실장이 지윤 옆에서 되지도 않는 동작을 따라 하며 좋다고 웃고 있었다. 부인과 금슬 좋다는 김 실장도 저러는데 총각인 최 비서와 김 대리는 오죽할까 싶었다. 그들 역시 신나서 크게 소리치며 어떻게든 춤을 따라 하려 팔다리를 흔들고 있었다.

성우가 차갑게 굳은 눈으로 지윤을 바라보자 둘의 시선이 마주쳤다. 지윤은 멀찍이 떨어져 있는 데다 테이블 쪽 조명이 어두워 그의 표정이 자세히 보이지 않았기에 환한 미소와 함께 팔을 위로 추켜올리며 계속 춤을 췄다.

하지만 그는 팔짱을 낀 자세로 아무 미동도 없이 앉아 있기만 했다. 박자에 맞춰 고개를 까딱거리거나 박수를 치는 것도 아닌 '그냥 그대로'였다. 그러다 갑자기 테이블 위에 올려 둔 그녀의 휴대폰을 그가 집어 들더니 통화하듯 귀에 가져다 댔다.

지윤이 놀란 눈으로 그를 보았지만 그는 잠시 후 휴대폰을 내려놓았다. 그러고는 지윤의 노래가 끝남과 동시에 자리에서 일어나더니 코트를 챙겼다.

"어, 부사장님 가시게요?"

여직원의 물음에 성우가 고개를 끄덕이더니 지윤의 가방과 코트까지 직접 들면서 말했다.

"박채린 씨한테 전화 왔어. 오빠에게 무슨 일이 생긴 것 같던데, 지금 바로 와 줬으면 하더군."

"지석 오빠요? 무슨……."

"나도 지금 한국대병원 근처에 갈 일이 있는데, 급한 상황인 것 같으니 태워다 주지."

지윤이 휴대폰을 보려고 하자 그가 빠르게 덧붙였다.

"안 갈 건가?"

"아뇨, 가 봐야죠."

지윤은 그가 건네준 코트에 서둘러 팔을 꿰었다.
"한국대병원이라니, 서 대리 오빠가 입원 중이야?"
최 비서가 걱정스러운 목소리로 묻자 지윤이 고개를 저었다.
"아뇨, 지금 전공의로 있는데 무슨 일인지 모르겠네요."
"어머, 서 대리 오빠가 한국대병원 의사야?"
옆에 있던 여직원이 눈을 동그랗게 뜨며 호기심을 드러냈지만 지윤은 일일이 대꾸해 줄 정신이 없었다. 성우가 시계를 보면서 문고리를 잡는 모습이 금방이라도 갈 것처럼 보였기 때문이다.
"괜히 분위기 망친 것 같아 죄송합니다. 먼저 가 볼게요."
"어쩔 수 없지. 신경 쓰지 말고 얼른 가 봐."
김 실장의 말에 지윤이 고개를 숙여 보였다. 성우는 지윤이 곁으로 오자 남은 직원들에게 아쉽다는 듯 말했다.
"나도 갑자기 일이 생겨 미안하게 됐군."
"오늘은 부사장님 노래를 들어 볼 수 있으려나 했는데 저희도 아쉽습니다요."
"조심히 들어가십시오, 부사장님."
"다음 주에 뵙겠습니다."
직원들의 인사를 받으며 노래방을 나온 성우의 입가에 희미한 미소가 번졌다.
갑작스러운 일? 물론 그런 건 없었다. 지윤의 휴대폰도 울린 적이 없었다. 그저 그가 꾸며 낸 일이었을 뿐.
노래방을 나와 신호등을 건너기 위해 잠시 멈춰 섰을 때 휴대폰을 보던 지윤이 의아한 목소리로 물었다.

"채린이한테 전화가 왔어요?"

"아니."

너무도 태연하게 답하는 그를 보고 지윤이 눈을 깜빡거렸다.

"하지만 아깐……."

"서 대리를 데리고 나오려고 지어낸 것뿐이야."

"네?"

"파란불이군. 가지."

그는 지윤의 팔꿈치 부분을 가볍게 쥐고는 횡단보도를 건너갔다. 그런 동안 지윤은 복잡해진 머릿속을 정리하기 위해 미간을 모았다.

대체 그가 왜 자신을 데리고 나오려 했는지부터 이해가 되질 않았다. 노래가 맘에 안 들었어도 혼자 나가면 될 일이었다.

'일이 생겼다고 했으니 직원들에겐 그냥 가 봐야겠다고 말한 뒤 일어나면 됐을 텐데, 대체 왜?'

성우가 굳어진 얼굴의 지윤을 힐끗 돌아보곤 아무렇지 않게 말했다.

"이해가 안 되는 표정이로군."

"왜 저를 데리고 나오신 건지 잘 모르겠는데요."

"서 대리가 춤추는 모습을 다른 남자들이 보는 게 맘에 들지 않았거든."

'다른 남자들? 설마 김 실장님이나 최 비서님?'

여전히 영문을 모르겠다는 듯 쳐다보자 성우가 눈살을 찡그렸다가 걸음을 재촉했다.

“우선 차에 탄 다음에 얘기하지.”

“아뇨, 오빠한테 일이 생긴 게 아니라면 저는 굳이 가 보지 않아도 될 것 같아요.”

그의 차를 얻어 탈 이유가 없다는 생각에 지윤은 회사 건물로 향하는 그를 따라가지 않고 멈춰 섰다.

주변에 대영그룹 직원들도 많은 터라 그와 이 시간에 나란히 걸어가는 모습을 보이고 싶지 않았다.

또한 그와 단둘이 차를 타는 일은 지극히 위험했다. 좁은 차 안에서 그에게로 뻗어 가는 의식을 잡아 두기 위해선 꽤 많은 에너지가 필요했다.

게다가 방금 그가 벌인 엉뚱한 일 또한 신경이 쓰였다. 지윤은 그의 기분을 좋게 해 주려 밝고 재미있는 노래를 골랐던 건데 오히려 그는 맘에 들지 않은 듯했다.

‘자기가 보기 싫다고 다른 사람들도 그런 건 아닐 텐데 왜 자기 맘대로 행동한 거지.’

“그럼 다시 노래방으로 돌아가려고?”

그의 물음에 지윤이 딱딱하게 굳힌 얼굴을 끄덕였다.

“급한 일이 생긴 게 아니니까요.”

“내가 왜 그랬는지 이유가 궁금하지 않아?”

“제 모습이 맘에 들지 않았다고 하셨잖아요.”

“서 대리 모습이 맘에 들지 않은 게 아니라, 다른 남자들이 서 대리를 보는 게 맘에 들지 않았다고 한 것 같은데.”

“그러니까요. 부사장님이 보기 싫으시니 다른 사람들도 그럴 거라 생각하신 거 아닌가요?”

“어떻게 그 말이 그렇게 해석되는 거지?”

이젠 성우가 이해 안 된다는 표정을 하면서 물었다.

“한 남자가 다른 남자들을 의식하는 이유가 뭐일 것 같아?”

지윤이 무슨 소릴 들었나 싶은 얼굴로 그를 쳐다보았다.

“누가 누구를 의식하는데요?”

“아, 서 대리에게 난 남자가 아닌 부사장일 뿐이었지.”

“……네?”

“서 대리 눈엔 내가 정말 남자로 보이지 않는 건가?”

갑자기 두근두근 심장이 울렸다. 지윤이 커다래진 눈으로 그를 보며 숨을 삼켰다. 들어선 안 될 말을 들은 것만 같았다.

그런 지윤을 응시하던 성우가 차분히 덧붙였다.

“하지만 내 눈엔 서 대리가 여자로 보이거든.”

혼란

그의 말에 지윤의 머릿속이 진공 상태가 된 듯 멍해졌고 아무런 생각도 할 수 없게 되어 버렸다.

"계속 여기 서서 얘기할까, 아니면 차로 가는 게 나을까?"

"저, 저는……."

"차로 가지."

그가 지윤에게 손을 내밀었지만 그녀는 쭈뼛거리며 손을 뒤로 뺐다.

"그냥 갈게요."

지윤은 뻣뻣한 동작으로 걸음을 옮기면서 하얗게 변한 머릿속을 정리하려 애썼다.

'내 눈엔 서 대리가 여자로 보이거든.'

그의 말이 반복 재생되자 지윤은 점점 빨라지는 심장 박동을 진정시키려 입술을 깨물었다.

분명 다른 의미일 것이다. 그저 여직원이 회식 자리에서 남직원들에게 둘러싸여 춤추는 모습이 좋아 보이지 않아서…….

어느덧 회사 주차장까지 오자 지윤이 망설이는 눈으로 그를 보았다.

"저, 부사장님. 전 아무래도……."

"내가 부담스럽나?"

"그게 아니고요."

"가면서 얘기하지."

주차장에서 실랑이할 수도 없는 일이라 결국 지윤이 차에 올랐다. 그가 운전석에 올라 차 문을 닫자 움찔 몸을 떨었다.

성우는 두 손으로 가방끈을 움켜쥐고 허리를 곧추세운 자세로 앉아 있는 지윤을 보더니 갑자기 그녀를 품에 가두듯 앞으로 팔을 뻗었다. 흠칫 놀라는 지윤을 보고 싱긋 웃더니 안전벨트를 채워 주었다.

"동승자의 벨트 착용 여부도 운전자가 체크해야 하거든."

"아, 네. 제가 맸어야 되는데."

"지금 제정신이 아닌 것 같으니 이 정돈 내가 해 줄 수 있어."

지윤은 차를 출발시키는 그를 조심스러운 눈으로 돌아보며 입을 열었다.

"부사장님. 조금 전에 하신 말씀은 저보고 좀 자제하라는 의미인 거죠?"

"자제? 뭘?"

그가 무슨 뜻이냐는 듯 쳐다보자 지윤이 침을 꼴깍 삼킨 후 말했다.

"여직원이 남직원들 앞에서 그렇게 춤추는 게 보기 싫어서 그러신 것 아닌가요?"

"회식 자리에서 즐겁게 노는 걸 뭐라 하진 않아. 하지만 서 대린 달라. 아까 말했다시피 서 대린 나한테 직원이기 이전에 여자니까."

"그, 그럼……."

"지난주 점심때 회식 문화에 대해 얘기했던 거 기억나나? 내가 2차, 3차까지 이어지는 음주 가무 회식은 지양해야 된다고 했던 말."

"네."

지윤은 뭔가 스멀스멀 번져 가는 생각을 차단시켰다.

설마 그가 그럴 리 없다고, 그런 뜻으로 했던 말이 아닐 것이라 여겼다. 그런데…….

"서 대리가 춤추고 노래하는 모습을 최 비서나 다른 남직원들이 보지 않았으면 해서 그랬던 거야. 남들 눈에 서 대리가 매력적인 여자로 보이는 게 싫어서."

지윤이 믿을 수 없다는 표정을 띠자 성우는 너무도 태연하면서도 진지한 어투로 스파이크를 날렸다.

"앞으로 서지윤 씨를 내 여자로 만들 생각인데, 어려울까?"

세상에!

지윤은 방금 제대로 들은 건가 싶어 커다래진 눈으로 그를 보았다. 하지만 정작 폭탄선언을 한 당사자는 너무도 여유로운 얼굴이었다. 운전대를 잡은 손도 느긋했고 입꼬리엔 만족스러운 미소까지 감돌고 있었다.

'혹시 날 가지고 장난치는 건가?' 하는 생각이 지윤의 뇌리에 스쳐 지나갔다. 그렇지 않고서야 이런 남자가 고작 비서 아가씨한테 작업 멘트를 던질 리 없었다.

아니면 뭔가 사정이라도 생긴 건가 싶었다. 채린이 좋아하는 로맨스 소설의 단골 메뉴인 '계약 연애'가 필요하다든지.

'설마 정말 그런 거라면?'

이젠 심장이 따끔거렸다. 대체 누구에게 '나도 애인이 있다'라는 말을 하기 위해 이러는 건지. 그동안 사적인 심부름도 시키지 않고 지극히 신사적인 모습만 보인 그가 이런 큰 부탁(?)을 던지자 지윤은 당황스러우면서도 씁쓸했다.

"너무 어렵진 않았으면 하는데, 어때?"

성우가 아무런 반응을 보이지 않고 있는 지윤에게 진한 미소를 그려 보였다.

지윤은 그를 향한 이 감정을 하루빨리 정리하지 않았다간 더 큰 상처를 받게 되리란 걸 직감했다. 자신의 막내 고모가 겪은 슬픔을 그녀마저 느낄 순 없었다.

너무도 잘난 탓에 프라이버시가 강한, 돈 많은 집안의 남자를 사랑하는 일이 얼마나 큰 고통을 수반하는지 지윤은 잘 알고 있었다.

지윤의 오빠들이 악착같이 공부해 의대에 진학한 이유도 막내 고모를 무시하고 업신여긴 그 집안사람들에게 우리 집에도 의사가 있다는 걸 보여 주기 위함이었다.

큰오빠와 고모는 열 살밖에 차이가 나지 않았다. 고모가 고등학교와 대학교를 춘천에 있는 지윤의 집에서 다닌 동안 그들은 형제자매처럼 가까이 지냈다. 그래서 사랑에 실패한 고모의 아픔은 그들도 함께 겪은 것이나 마찬가지였다.

고모는 간호사로 일하던 시절에 만난 의사 애인과 동거까지 하며 사랑을 키웠지만, 서울에서 꽤 이름 있는 종합 병원을 운영하던 그쪽 집은 의사가 아닌 며느리를 받아들일 생각이 없었기에 완강한 반대로 두 사람을 떼어 놓았다. 고모를 아끼긴 했지만, 그 남자는 결국 부모의 뜻대로 조건이 맞는 여자와 결혼식을 치렀다.

당시 열네 살이었던 지윤은 자신이 감당하기 힘든 조건의 남자를 사랑하는 일이 얼마나 힘겨운 것인지 깨달았다.

오빠들이 의사와 결혼하지 말라고 하는 것도 그저 장난말이 아니었다. 그 집단에 속해 보니 십중팔구는 여자를 쉽게 갈아치우고, 결혼 준비를 하면서 개업할 때 여자가 얼마나 돈을 대줄 수 있는지 따지는 양아치들이 많았던 것이다.

때문에 지윤은 눈앞의 남자를 가슴에 담으면 너무나도 힘들 거라는 사실을 잘 알고 있었다. 그랬기에 그를 남자로 보지 않으려 애쓰면서 설레는 마음조차 인정하지 않은 건데, 느닷없이 자신의 여자로 만들 생각이라니. 이 와중에 '계약 연애'까지 하면 감정 정리에 아무 도움도 되지 않을 것이었다. 제아무리 비서라 해도 그것만은 할 수 없었다.

"저 말고 대신할 사람은 없는 건가요?"

딱딱한 지윤의 말투에 성우의 얼굴이 단박에 굳어졌다.

그녀가 지금 무슨 말을 하는지 도대체 이해가 되질 않았다.

'설마 바로 차인 거야? 나 임성우가?'

"지금 다른 여자를 찾아보라는 건가?"

방금까지 따사롭던 그의 표정이 싸늘하게 변하자 지윤이 가방을 쥔 손에 지그시 힘을 주었다. 하지만 최대한 차분한 태도를 유지하려 애쓰며 입을 열었다.

"절 편하게 생각하셔서 이러시는 것 이해는 해요. 하지만 전 앞으로 10년, 아니, 그보다 더 오래 대영전자에서 근무하고 싶습니다. 그러니……."

"그러니 회사에 나와 사귄다는 소문이 나는 건 원치 않는다?"

그의 말에 지윤이 입술을 꾹 다물더니 고개를 끄덕였다.

"네. 제가 부사장님과 사귀는 척하는 건……."

"잠깐!"

성우가 지윤의 말을 뚝 자르곤 길가에 차를 세웠다.

"지금 나와 사귀는 척한다고 했나? 내가 그러자고 했던가?"

"그건 아니지만 내 여자로 만들겠다고 하셨잖아요."

"맞아. 그 말 그대로, 내 여자. 서지윤 당신이 자꾸만 어른거려서 내가 요즘 통 잠을 못 자거든. 그래서 내 여자로 만들겠다고 한 거야. 근데 그 말을 어떻게 그런 식으로 해석하지? 왜 거기에 '척'이라는 말이 달라붙은 건지 모르겠군."

성우의 단호한 어투에 지윤은 연신 눈을 깜빡거릴 수밖에 없었다. 믿을 수 없다는 듯 멍한 표정으로 변해 가는 지윤의 왼쪽 어깨를 살짝 움켜쥐고 성우가 물었다.

"이대로 나를 찰 건가?"

"제, 제가요?"

어리숙하게 대꾸하는 지윤의 얼굴에 성우의 강한 눈빛이 꽂혔다.

"지금 당장 결정 내리기 어려운 것 나도 이해해. 생각할 시간이 필요하다면 충분히 기다릴 수도 있고."

지윤은 혼란스러운 머릿속을 정리해 나갔다.

"근데 왜 절 선택하신 거죠?"

"사람이 사람을 좋아하는 일에 '왜'라는 이유 같은 건 없다고 알고 있어."

"하지만 전 부사장님과 그럴 수 없어요."

"흠, 쉽지만은 않을 거란 거지?"

성우는 지윤이 거절하지 못하게 끊어 내곤 고개를 끄덕였다.

사실 그 역시 이렇게 과감하게 대시할 생각은 아니었다. 하지만 지윤을 에워싸고 좋아 죽겠다는 듯 몸을 흔들어 대던 남직원들을 보니 오후에 느꼈던 불안이 증폭되었던 것이다.

그가 알아본 그녀의 상큼한 매력을 다른 이 또한 금방 발견하고 접근하지 않을까 싶은 우려에 생전 해 본 적 없는 낯 뜨거운 대사까지 날렸건만 그녀는 그의 본심을 왜곡해서 받아들인 듯했다.

그렇다고 쉽게 물러날 그가 아니었다. 조금 전 그녀가 걱정한 회사 내 소문 문제는 물론 일리가 있었지만 지금 이 자리에서 거절의 말을 듣는 것도 절대 원하지 않았다.

"알고 있는지 모르겠지만 나도 사내 연애는 반대하는 입장이었어. 사무실에서 대놓고 연애질하는 걸 탐탁지 않게 여겼으니까. 하지만 그럼에도 불구하고 서지윤 당신을 내 여자로 만들고 싶은 건 진심이야. 또한 나도 당신의 남자가 되고 싶어. 당신이 부하 직원이고 비서라는 건 이제 아무래도 상관없어."

그의 진지한 눈빛과 말투에 지윤은 숨이 턱 막히는 걸 느꼈다. 어쩌다 이런 일이 벌어졌는지 생각할 수도 없었고 가슴만 심하게 벌렁거렸다.

"지금 이 감정이 잠깐 스치는 호기심은 아닐까 여러 차례 고민했지만 결론은 언제나 똑같더군. 다른 사람이 당신을 채 갈까 봐 전전긍긍하는 것도, 마냥 바라만 보는 것도 싫어졌어. 다른 사람들에게 비밀로 하길 원한다면 그래도 좋아. 난 누군가한테 보이기 위해 거짓으로 만나자는 게 아니라 당신과 정말로 사귀고 싶은 거니까."

숨까지 죽인 채 그를 응시하던 지윤이 황급히 고개를 돌리고 어색한 시선을 창밖으로 두었다. 무슨 말이라도 해야겠는데 떠오르지가 않았다. 그러다 아까 전 그가 삼청동 진입로에서 경복궁 뒤쪽으로 차를 꺾은 것을 떠올리고 입을 열었다.

"아까 어디로 가던 중이었나요?"

"북악 스카이웨이 팔각정."

그의 대답에 지윤의 두 눈이 동그랗게 커지자 성우는 씩 웃으며 차를 다시 출발시켰다.

"데이트 가는 거야. 지금부터 난 당신을 데리고 따뜻한 커피 한 잔과 함께 야경을 보러 갈 거거든. 드라이브는 덤이고."

흐뭇한 표정의 그를 보며 지윤이 입술을 깨물었다가 천천히 말했다.

"전 부사장님과 사귀고 싶지 않은데요."

"그럼 내가 좀 더 노력해야지, 별수 있나."

그가 어깨를 으쓱이더니 지윤을 슬쩍 돌아보았다.

"걱정 마. 내가 좋아지도록 만들 테니."

"우리 이러는 건 정말 아니라고 봅니다만."

"그러게 왜 내 눈에 콩깍지를 씌운 거야? 내 힘으론 못 벗겨 내니까 어쩔 수 없어."

"그, 한예지 씨를 다시 만나시면……."

어이없는 지윤의 말에 성우가 그녀를 쏘아보았다.

"지금 내 눈엔 서지윤 말고는 어떤 여자도 안 보여. 한예지든 누구든 내 눈에 씌인 콩깍지를 벗겨 내지 못할 거야."

미치겠다, 정말. 그의 말 한 마디 한 마디에 지윤의 가슴이 콩닥거렸고, 몸을 배배 꼬고 싶을 정도로 간질거렸다. 봄바람이 다가와 그녀의 꼿꼿한 이성을 녹이는 것만 같아 지윤은 두 손을 움켜쥐었다.

'어떻게 저런 말을 아무렇지 않게 할 수 있을까?'

까딱 잘못하다간 정말 그에게 흠뻑 빠져 허우적거릴 것만 같았다.

지윤은 결국 그에 대해 알고 있는 비밀을 털어놔야겠다고 생각했다.

"안암동에 사는 여자분요."

뜬금없는 지윤의 말에 성우가 고개를 갸웃거렸다.

"안암동?"

"저번에도 그쪽에 약속 있다고 가셨다가……."

"아, 성연이."

그가 아무렇지 않게 여자 이름을 내뱉자 지윤의 가슴에 뜨끔하고 통증이 번졌다.

"올여름에 그 근처 마트에서 부사장님이 장 보시는 것, 저 봤어요. 우유랑 계란, 두부 등등 반찬거리랑 와인도 사시던데. 그 분한테 가신 거였죠?"

"설마 지금……."

그가 흠칫한 눈으로 지윤을 보자 그녀가 다 알고 있다는 듯 고개를 끄덕였다.

"부사장님이 사랑하는 분 아니에요?"

그가 별다른 대답 없이 전방을 응시하면서 운전대를 꽉 움켜쥐었다. 지윤은 자신의 예감이 맞았다는 생각에 애써 쓴웃음을 삼키고 입을 열려 했다.

그 순간 성우가 큰 소리로 웃음을 터뜨렸다. 너무 웃어 숨이 차는지 호흡까지 조절한 그가 싱글거리는 얼굴로 지윤을 보았다.

"우리 회사와 프로젝트 진행하고 있는 HS테크의 이세형 대표 알지?"

"네, 물론입니다만."

"안암동 사는 성연이는 사촌 여동생이야. 저번에 말했던 것 같은데? 아무튼 걔는 이 대표와 결혼한 사이고."

지윤은 생각지도 못한 말에 머리가 멍해지는 기분이었다.

'거기 사는 여자가 진짜로 사촌 동생이었다고? 또 HS테크와 대영그룹이 사돈을 맺었다는 얘기는 금시초문인데?'

하지만 지윤의 궁금증은 곧바로 해소되었다.

"성연이가 우리 친척인 걸 모르는 사람이 대부분이야. 고모님께서 원하신 일이기도 했고, 성연이도 원래 자유로운 생활을 원했으니까. 그리고 둘의 결혼이 워낙 순식간에 진행돼서 양가에서도 굳이 언론에 드러낼 필요 없겠다고 판단했지. 회사 간의 프로젝트도 있으니 괜히 다른 말이 나오지 않도록."

"아, 그렇군요."

그런 지윤에게 성우가 두 눈을 가늘게 떠 보였다.

가만 보니 지윤은 자기 맘대로 상상하는 일이 많았다. 앞으론 그녀가 오해하는 불상사가 생기지 않도록 빙 둘러 말하지 않기로 마음먹었다.

"설마 내가 숨겨 둔 애인을 위해 마트에서 장을 본 거라 생각한 건가?"

"그렇게밖에는 생각이……. 부사장님이 직접 마트에서 물건을 사신다는 게 이해되지 않았어요."

"슈퍼마켓에서 음료수도 사고 버스도 타 봤다고. ……가만."
성우는 갑자기 뭔가 생각난 것처럼 소리 내더니 지윤에게 물었다.
"여름에 내가 마트에 갔을 때라면……. 내 옆에서 달걀이 너무 비싸다고 했던?"
'헐, 뭐 그런 걸 다 기억하지?'
지윤의 얼굴이 당황스레 변하자 성우가 머리를 갸웃거렸다.
"그때랑 지금은 다른데?"
지윤이 어색하게 웃으며 머리를 매만졌다.
"그땐 파마한 긴 머리였죠."
"맞아, 그랬지."
그러더니 새삼 생각났다는 듯 빙그레 웃음을 보였다.
"그때도 예뻤어."
"정말 제가 기억나서 그러시는 건가요?"
"당연하지. 그날 산 달걀 보고 성연이가 비싼 걸로 사 왔다고 혼냈거든. 내가 봤을 땐 얼마 차이도 안 났던 것 같은데. 암튼 성연이한테 잔소리 듣고 마트에서 웬 여자도 그런 말을 했던 게 떠올랐지."
"아, 네……."
그러니까 그는 사촌 여동생의 장을 대신 봐 준 것이었다. 거기다 의외로 평범한 구석까지 있는 것 같아 괜히 그에 대한 감정만 더해졌다.
"자, 그럼 나한테 숨겨 둔 애인이 없는 건 이제 알았고. 또 뭐가 문제지?"

지윤이 대꾸를 않자 성우가 씨익 미소를 그렸다.

"이제 나랑 사귀는 데 문제 될 건 없는 거로군."

고개를 숙이고 있던 지윤이 그를 힐끗 훔쳐보았다. 가로등 불빛으로 간신히 보이는 그의 얼굴에 흐뭇함이 배어 있었다.

그의 의중을 파악할 수가 없었다. 어떻게 저런 남자가 자신에게 사귀자는 말을 하는 건지 이해되지 않았다.

물론 자신이 못난 편이 아니라는 건 알고 있었다. 채린의 말대로 평균 이상은 되었고, 조금만 꾸미면 훨씬 나아 보이는 것도 알았다. 하지만 그렇다고 해서 연예인급 여자들과 만나 온 남자의 눈에 들 정도는 아니었다.

혹시 춤 때문일까 싶었다. 그럼 걸 그룹 예쁜이를 만나면 또 마음이 바뀔 수도 있는 것 아닌가. 하지만 그때 클럽엔 자신보다 예쁘고 춤도 잘 추는 채린이 있었다. 그가 '부킹' 하길 원했던 사람은 채린이었다.

"그렇게 보지 말고 할 얘기 있으면 해."

"제가 고등학생 때 댄스 동아리 활동을 했거든요. 그래서 그때 배운 동작이 익숙해 요즘 걸 그룹 춤도 곧잘 따라 하는 거지, 특별히 제 춤 솜씨가 뛰어난 건 아니에요."

"내가 당신의 춤 솜씨에 반한 거라 생각하는군."

"저를 처음 보신 게 그때 클럽에서인 것 같아서요. 그때 채린이도 있었고요."

"설마 내가 당신과 박채린 씨를 저울질했다고 여기는 건 아니겠지?"
정곡을 찌른 그의 말에 지윤이 깜짝 놀라 고개를 저었다.
"아, 아니에요."
"또 혼자 오해한 것 같아 말해 주는데, 난 '부킹' 같은 것 안 해. 그런 식의 단발성 만남도 원치 않고. 다만 그날 단발머리 아가씨가 눈에 확 들어와서 관심이 갔던 거지."
단호한 그의 말에 지윤의 얼굴이 확 붉어졌다.
"이상하게도 당신에게만 계속 시선이 갔지. 내가 화장실까지 쫓아갔는데 생각 안 나나? 그때 날 알아봐서 도망치듯 피했던 것 아냐?"
"그때 다른 여자와 계셨던 것 아닌가요?"
성우가 말도 안 된다는 듯 고개를 내젓더니 곧바로 말을 이었다.
"그 여잔 그냥 내게 말 걸고 있었던 것뿐이야. 난 당신을 기다리고 있었다고."
"아, 네."
"여전히 못 믿는 눈치군. 좋아, 내가 그날 누굴 찍었는지 증명해 주지."
성우는 길가에 차를 세운 뒤 휴대폰을 꺼냈다.
대체 뭘 어떻게 증명하겠다는 건지 모르겠지만 지윤은 혹시 그가 사진이라도 찍은 걸까 싶어 그를 말렸다. 민망한 모습일지도 모르는 본인의 사진을 굳이 보고 싶진 않았다.
"아뇨, 그러실 필요까진 없……!"

지윤은 그가 쉿! 소리와 함께 갑자기 자신의 입술 위에 검지를 대자 흠칫 놀라 굳고 말았다. 연하게 풍겨 오는 남성적인 향에 안면 근육이 마비되는 것만 같았다.

그는 '철민'이라는 사람에게 전화를 걸고는 스피커 상태로 돌려 지윤도 통화 내용을 들을 수 있도록 했다. 컬러링으로 우아한 클래식이 흐르더니 통화 연결이 되자마자 갑자기 쿵쾅쿵쾅 하는 댄스 음악이 들려왔다.

—아이고, 우리 부사장님께서 어인 일?

"클럽이야?"

—당근이지, 불금인데. 넌? 한가하면 올래?

"내가 찾던 사람은?"

성우가 다짜고짜 묻자 철민이 난감하다는 듯 답했다.

—아, 그 단발머리 아가씨. 안 그래도 내가 매일 찾아보고 있는데 그날 이후론 오질 않네. 오늘도 예약 손님 리스트에 없더라고.

'단발머리 아가씨'라는 말에 지윤의 눈이 성우에게로 향했다. '혹시 나?' 하고 묻는 듯한 그녀의 표정을 모른 척하면서 성우가 통화를 이어 갔다.

"연락처라도 알려 주면 안 되겠어?"

—음, 그건 진짜 어렵겠고. 보니까 지난번 예약은 그 검정색 미니 드레스 입었던 박채린 씨가 했던데. 내가 그 여자한테 연락해서 지윤 씨 전화번호 좀 알려 주면 안 되냐고 해 볼까? 네가 찾는다고 하면 바로 알려 줄 수도 있잖아.

순간 지윤의 눈이 커지는 걸 확인한 성우가 씨익 입꼬리를 올려 보였다.

"아냐, 안 그래도 돼."

—정말? 네가 이렇게 전화까지 해서 찾는 걸 보면 진짜 맘이 있다는 건데. 안 알아봐 줘도 되겠어?

"그렇지? 내가 이렇게까지 해 가면서 찾는 여자라면 장난이 아니겠지?"

성우가 으쓱한 표정으로 지윤을 보더니 눈썹을 까딱거렸다. 이래도 못 믿겠냐는 듯 그가 얼굴 가득 미소를 그리자 지윤이 멍한 눈으로 그를 보았다. 그러다 아직도 그의 손가락이 살짝 벌린 자신의 입술에 닿아 있는 걸 알아채곤 머리를 휙 돌렸다.

—음, 내가 박채린 씨한테 연락해서…….

"아니, 그럴 필요 없어. 조만간 서지윤 씨와 한번 들를게."

—뭐? 야, 임성우! 그게 무슨 말이야? 너 그 여자 만났어?

"바쁠 텐데 여러 가지로 신경 써 줘서 고맙다. 일해."

—야! 성우야!

철민의 다급한 목소리를 뒤로한 채 통화 종료 버튼을 누른 성우가 휴대폰을 가볍게 흔들었다.

"내가 그날 클럽에서 만난, 박채린이라는 친구가 있는 단발머리 아가씨는 물론 당신일 테지."

"그런……."

"나 진짜 장난 아닌데."

지윤이 두근거리는 가슴을 진정시키려 애쓰며 전방을 응시했다. 그러자 갑자기 그의 손이 어깨로 올라와 뒷덜미에 손끝이 살짝 닿았다.

지윤이 흠칫 놀라 어깨를 움츠릴 때 그의 휴대폰이 진동했다. 그러거나 말거나 성우는 지윤의 어깨에 올린 손에 좀 더 힘을 주며 말했다.

"상대방의 진심을 확인하려면 최소한 시선은 마주해야 하지 않을까?"

"저기, 전화 오는데요."

"친구야. 안 받아도 상관없어."

성우는 귀찮다는 듯 휴대폰 알림을 무음으로 바꾸고 지윤에게 집중했다.

결국 지윤이 그를 향해 고개를 돌렸다. 그와 동시에 그녀만을 담고 있는 그의 눈동자를 마주했다. 온몸에 짜릿함이 번져 저도 모르게 바르르 떨고 말았다. 자신을 보호하던 모든 방어막이 한순간에 무너져 내린 느낌에 입술을 지그시 깨물었다.

"회사에선 비밀 유지할게."

그가 부드럽게 미소 지으며 말했다. 하지만 지윤은 어떤 답변을 해야 할지 망설여졌다.

"나와 사귀는 게 정말 그렇게 어려운 일인가?"

그의 미간에 살짝 주름이 잡혔다.

"그게 저로서는……."

"상사로서 내가 쓸 수 있는 특권이 여러 가지란 것만 알아 둬."

이번엔 미소 대신 두 눈을 가늘게 뜨면서 짐짓 겁을 주듯 말하더니 나직하게 덧붙였다.

"매일 야근하는 건 어때? 최 비서는 다른 데로 보내 버리고 당신과 나 둘이서만."

헉! 지윤이 숨을 삼키자 성우의 입매가 곡선을 그렸다.

"당신이 처음 생각했던 것처럼 내가 어떤 사람인지 염두에 두는 게 좋을 거야. 뭐라 그랬더라? 직원을 한 방에 아웃시킬 만한 파워가 있다고 했던가."

"하지만 그땐!"

"서지윤 대리."

"……네."

기어 들어가는 소리로 답하는 지윤을 응시하던 성우가 그 어느 때보다 유혹적인 미소를 띤 채 느릿하게 물었다.

"나란 남자, 가져 보고 싶지 않아?"

치명적이었다. 지윤의 얼굴이 새빨갛게 불타올랐고, 짜릿짜릿하게 번져 가는 기운에 온몸이 녹아내리는 것 같았다.

"얼마든지 가져도 돼."

그의 얼굴이 좀 더 가까이 다가와 지윤은 숨을 삼켜야만 했다. 눈꺼풀을 깜빡이며 그를 보던 지윤은 서로의 코끝이 닿자 그만 눈을 감아 버리고 말았다. 어깨에 놓인 그의 손이 뒷머리를 감싸는 게 느껴지더니 그의 숨결이 입술을 간질였다.

"난 언제든 당신의 남자가 될 용의가 있으니까."

달콤한 속삭임에 이어 그의 부드러운 입술이 지윤의 입술에 포개졌다. 하나도 거칠지 않았다. 그는 부드럽게 입술을 쓸다가 살짝 힘을 주곤 금방 떨어져 나갔다.

누가 봐도 평범한 입맞춤이었지만 지윤에겐 조금도 평범하지가 않았다. 그의 입술 감촉만으로도 그녀의 모든 감각 세포가 살아나 그를 향해 뻗어 나가려 했다.

가방을 쥔 두 손에 잔뜩 힘이 들어간 지윤이 서서히 눈을 떠 그를 보았다. 다정한 두 눈이 그녀의 반응을 살피는 게 보였다.

“이런 키스도 거부감이 든다면 바로 말해 줘. 더 이상 강요하지 않을 테니까.”

“……말씀드린 적 있죠? 제가 부사장님을 직급 떼고 바라보게 되면 감당하기 힘들어지실지도 모른다고.”

그녀의 말에 성우의 입매가 부드럽게 올라갔다.

“감당하는 건 내 몫이라고도 말한 것 같은데?”

“생각할 시간을 주세요.”

“얼마나 필요하지? 이번 주말이면 될까?”

지윤이 고개를 끄덕였다.

“오케이. 긍정적인 답변을 기대할게.”

그가 차를 다시 출발시키자 지윤이 머뭇거리다가 말했다.

“그냥 집으로 갔으면 하는데요.”

“야경 보고 싶지 않아? 조금만 가면 되는데.”

“아뇨. 조용히 혼자 생각하는 게 좋을 것 같아서요.”

그런 낭만적인 데이트는 사귀고 나서나 즐겨야지, 지금은 아무 도움도 안 될 터였다. 그리고 지금 그와 붙어 있는 건 너무도 위험했다. 이성적인 사고를 조금도 할 수 없었고, 그의 따뜻한 숨결과 부드러운 입술의 감촉에 심장이 걷잡을 수 없을 정도로 뛰었기 때문이다. 마음 같아선 택시를 타고 돌아가고 싶었지만 차마 그 말만은 꺼낼 수 없었다.

지윤의 집 앞에 도착하자 성우가 그녀를 돌아보면서 말했다.
"생각보다 일러서 차라도 한잔하고 싶지만 참아야겠지?"
"어어, 네."
"꽤나 냉정하군."
성우가 콧잔등을 살짝 찡그리곤 씩 웃어 보였다.
"좋아, 시간을 주겠다고 했으니 내가 양보하지."
지윤이 서둘러 안전벨트를 풀었다.
"그럼 조심히 가세요."
"그래, 가야지."
아쉬움이 가득 담긴 말투에 지윤이 그를 보았다. 되도록 그와 눈 마주치는 걸 피하려 했건만. 역시나 그녀를 바라보는 따스한 눈빛에 심장이 출렁였다.
지윤이 감정을 애써 누르며 그를 향해 고개를 숙여 보였다.
"월요일에 뵐게요."
"혹시 머리를 식히고 싶다면 영화 감상을 추천할게."
그녀가 종종 영화를 보는 걸 알면서도 '추천'이란 단어를 사용한 걸 보니 뭔가 다른 뜻이 있는 것처럼 들렸다.
"무슨……?"
지윤이 궁금한 시선을 보내자 그가 싱긋 웃으며 말했다.
"이왕이면 달달한 멜로 영화."

'달달? 멜로?'

그와는 전혀 어울리지 않아 보이는 장르 언급에 지윤이 눈을 깜빡였다가 무슨 뜻인지 금방 알아차리고는 얼굴을 붉혔다. 사랑에 푹 빠진 남녀 주인공을 보고 부러운 마음이 들길 바라는 듯했다. 하지만 내색하고 싶지 않아 머리를 비스듬히 기울이며 물었다.

"그런 영화를 보신 적은 있나요?"

"물론이지. 참고로 난 〈노팅 힐〉을 참 좋아해."

"어머, 정말요? 저도 완전 좋아하는데!"

지윤이 반색하며 얼굴에 미소를 가득 담자 성우의 얼굴에도 흐뭇함이 배었다.

"공통점이 하나 생겼군. 아주 좋은 현상이라고 봐."

순간 지윤은 괜히 민망해 가방을 움켜쥐고 문고리를 잡았다.

"그럼 전 진짜로 이만."

"그래, 푹 쉬고."

성우도 마지막 인사를 했다.

오늘은 이 정도로 충분하다는 생각이 들었다. 감정을 앞세우지 않고 주변 상황까지 고려한 후 결정하는 성격의 지윤에겐 너무 몰아붙이기보다 여유를 주는 것이 나을 테니까.

지윤이 차에서 내려 한 번 더 고개를 숙이자 그도 손을 흔들어 주고는 그녀가 건물 안으로 사라질 때까지 자리를 지켰다.

두근거리는 가슴을 붙잡고 계단을 빠르게 뛰어 올라간 지윤은 집 안으로 들어서자마자 깊게 숨을 몰아쉬었다.

하지만 이상했다. 분명 불안하고 걱정스러운 마음이 더 큰데 입은 미소 지으려 했다.

지윤이 한 손으로 입꼬리를 내린 후 미간에 잔뜩 힘을 주고는 거울 앞으로 갔다.

'냉정히 생각해 봐. 부사장님과 사귈 수 있겠어?'

거울 속의 자신을 빤히 보는데 머릿속엔 그의 입술이 닿은 순간이 떠올랐다. 부드럽게 입술을 쓸던 그 감촉이…….

'안 돼!'

지윤이 세차게 머리를 흔들고는 다시 거울을 보았다.

채린의 말대로 남자를 좀 만나 봤어야 하는데 그러지 않은 게 후회스러웠다. 제대로 된 연애 경험도 없는데 임성우 부사장 같은 남자가 손을 내미니 혼란스러울 수밖에.

하긴, 그 어떤 남자와 만나 봤든 그와는 비교 자체가 불가능했을 것이다. 외모, 학벌, 재력은 물론이거니와 성격마저 어느 누구와 비교해도 손색이 없으니까.

'이런 젠장. 이런 남자를 차면 완전 바보 아냐?'

지윤은 거울에 비친 자신을 보고 쯧쯧거렸다.

마음만 편히 먹으면 얼마든지 그와 사귈 수 있었다. 연애야 남녀가 서로 좋으면 할 수 있는 거니까. 하지만 그 후가 문제였다. 그녀가 몸담은 회사 일가의 사람이지 않은가. 어떤 식으로 결말이 나든 지윤은 감당해 내지 못할 것 같았다.

〈노팅 힐〉에선 평범남 윌리엄 태커가 자신에게 고백한 유명

여배우 안나 스코트와 자신이 어울리지 않는다고 포기했다가 용기를 내 기자 회견장까지 찾아가 해피엔드로 막을 내리지만, 그건 어디까지나 영화였다.

"어떡할래?"

지윤이 스스로에게 물었다. 답을 내리지 못하고 한숨을 내쉬는데 전화벨이 울렸다. 흠칫 놀라 가방에서 휴대폰을 꺼내 발신자를 확인하니 채린이었다.

"응, 채린아."

—혹시 아직 회식 중이야?

"아니, 방금 집에 왔어."

—그래? 잘됐다. 나 그쪽으로 가도 되지?

"지금?"

지윤이 벽시계를 보았다. 10시가 넘은 시각에 채린이 갑자기 오겠다고 하니 놀랄 수밖에 없었다.

—지석 오빠랑 같이 있었는데 갑자기 병원에서 호출이 와서 말이야. 오빠가 잠깐이면 되니까 너희 집에 가 있으라고 하던데.

"헐, 나 없을 때 둘이 여기서 데이트하는 건 아니지?"

—어머, 얘는! 음, 날도 추워지는데 정말 그럴까? 돈도 아끼고.

"야. 됐다, 끊자."

—아잉, 아가씨! 저 지금 갈게요. 맛난 것 사 갈게요.

"비밀번호 누르고 들어와. 나 샤워할 거야."

—오케이!

지윤과 통화를 끝낸 채린이 야참으로 먹을 닭 강정과 감자 칩을 주문하고 휴대폰을 뒤적이는데 모르는 번호로 전화가 들어왔다. 수신 거부했지만 얼마 안 있어 또 벨이 울렸다.

채린이 살짝 눈살을 찡그렸다가 통화 버튼을 밀었다.

—박채린 씨 되시죠?

전화를 받자 상대방이 착 가라앉은 목소리로 대뜸 물었다. 뭐야 싶었지만 어쨌든 자신의 이름을 알고 있는 사람이니 차분히 대꾸했다.

"누구세요?"

—전 청담동 〈올림포스〉 사장 이철민이라고 합니다. 몇 주 전 저희 클럽에 오신 적 있으시죠?

청담동 올림포스라면 그때 지윤과 갔던 클럽이었다.

자신을 클럽 사장이라고 소개하면서 VIP룸에 대영전자 임성우 부사장이 와 있다고 말한 남자가 떠올랐다.

"무슨 일이시죠?"

—잠깐 물어보고 싶은 게 있는데 통화 가능합니까?

"말씀하세요."

—그날 저와 함께 간 룸에서 대영전자 임성우 부사장과 인사 나눈 것 생각납니까?

채린은 상대가 마치 취조하듯 묻자 기분이 확 나빠졌다.

"그게 왜요?"

—왜에? 그걸 몰라서 물어?

상대가 다짜고짜 반말을 해 잔뜩 인상을 찡그렸다.

"술 사 주겠다면서 우릴 데려간 건 아저씨잖아요. 이런 전화를 한 이유가 뭐죠?"

—뭐, 아저씨? 이것들이 정말. 야! 너희들 꾼이지?

채린은 '꾼'이라는 말이 뭘 뜻하는지 바로 알아듣고는 어처구니가 없다는 듯 소리 질렀다.

"야! 너 지금 누구 보고 꾼이래?"

—성우 연락처를 어떻게 알아내서 접근한 건지 모르겠지만 내가 알게 된 이상 쉽지 않을 거란 것만 알아 둬. 돈 많은 남자 벗겨 먹으려고 이런 데 드나들면서 작업하나 본데 어디서 감히!

"뭐라는 거야? 미치겠네, 정말."

—미치겠지? 성우가 그 지윤이란 애한테 혹해서 지금 잠깐 판단력이 맛 간 것 같은데 너희들 조심해. 겁도 없이 누굴 건드려?

채린은 갑자기 머릿속이 복잡해졌다.

"잠깐만요. 누가 누구한테 혹했다고요?"

채린이 놀란 목소리로 존댓말을 하자 철민이 어처구니없다는 듯 웃었다.

—왜, 이제야 좀 겁나나 봐? 그러니까 좋은 말로 할 때 그 지윤이란 애한테 똑바로 전해. 성우 옆에 있는 것 내 눈에 띄면 가만 안 둘 테니 썩 꺼지라고.

"그거 쉽지 않을 텐데."

—너 우리가 어떤 사람들인지 모르나 본데…….

"저기요, 그건 관심 없고요. 지금 나한테 이러는 것 임성우 부사장님이 알게 되면 불쾌해하실지도 몰라요."

채린은 주문했던 닭 강정과 감자 칩을 받아 들고는 미소 띤 얼굴로 점원에게 카드를 내밀었다. 가게 점원은 방금까지 버럭 소리를 질러 대던 여자가 이젠 실실 웃으면서 통화하자 이상한 눈으로 쳐다보며 재빨리 카드를 긁고 건네주었다.

—웃기지 마셔. 너희들이 보기엔 성우 녀석이 쉬워 보였는지 모르지만, 걔 무지 철저한 성격이거든. 너희들 같은 꽃뱀이 함부로 덤빌 상대가 아니라는 것 직시하고 당장 그만둬.

채린이 닭 강정 박스를 대롱대롱 흔들면서 만면 가득 미소를 머금었다.

"어머, 꽃뱀이라니. 나 이거 녹음해도 돼요? 나중에 써먹을 수 있을 것 같은데."

—너희 같은 애들한테 꽃뱀이라 했다고 고소라도 먹이게? 어디 마음대로 해 봐. 그래, 차라리 그렇게 해. 그럼 성우도 너희가 어떤 애들인지 금방 알겠지.

"근데 정말로 그 사람이 지윤이한테 혹하긴 한 거래요?"

—왜, 궁금해? 성우가 아직 지갑을 많이 안 열었나 봐? 거참 다행이네. 너희들 더는 국물도 없어.

"아, 잘못한 것도 없이 욕 듣는 것 진짜 별로네."

채린이 심드렁하니 말하자 철민이 헛웃음을 터뜨렸다.

—얘가 아직도 자각을 못 하고 있군?

"아니죠. 자각 못 하고 있는 건 그쪽이죠. 임성우 부사장님과 지윤이는 앞으로도 계속 같이 붙어 있어야만 하는 사이인데 왜 그런지도 모르고 있잖아요. 뭐, 친구분 걱정에 파르르하는 건 이해하지만 이렇게 전화로 막 나오는 건 예의가 아니지. 막말로 우리가 누군지도 모르잖아요?"

—지금 누굴 가르치려 들어! 들어나 보자, 너희들이 누군데?

"저야 말해도 모르실 테고, 지윤이는 지금 임성우 부사장님 비서실에서 근무하고 있거든요. 대영전자에 입사한 지는 5년 정도 됐고, 얼마 전에 갑자기 부사장님 비서실로 인사 발령 났다고 하더군요. 왜일까 궁금했는데 이야길 들으니 대충 감이 잡히네요."

채린의 말이 끝났음에도 전화기 너머의 남자는 아무런 말이 없었다.

"여보세요?"

—……그게 정말입니까?

"궁금하면 임성우 부사장님께 직접 연락해 보시든가요. 어쩌다 이런 오해를 하게 된 건지는 모르겠지만 다짜고짜 전화로 이러는 건 정말 아니지 않나요?"

철민은 쥐구멍에라도 들어가고 싶은 심정으로 목소리를 쥐어짰다.

—제 불찰입니다. 성우가 갑자기 전화로 서지윤 씨 얘길 하면서 같이 오겠다고 하는 바람에 그쪽에서 먼저 접근한 거라 오해했습니다. 계속 전화도 받질 않기에 그만……. 정말 죄송합니다.

"임성우 부사장님이 지윤이랑 같이 가겠대요? 언제요?"

—생각해 보니 직원들과 함께 회식 겸 찾아오겠다고 한 건가 봅니다.

"그럼 지윤이한테 혹했다고 하신 건……."

—그건 제가 과장한 표현입니다. 성우가 직원한테 혹할 리가요. 그 녀

석이 어떤 녀석인데. 아무튼 정말 결례가 많았습니다. 제가 맘만 급해서 큰 실수를 범했네요. 다음에 방문하시면 최고의 서비스로 대접할 테니 오늘 일은 양해 부탁드립니다.

"글쎄요, 거기 갈 일이 또 있을지. 알았으니까 그만 끊죠."

채린의 말에 철민이 몇 차례 더 사과하고는 전화를 끊었다. 흥 하고 콧방귀를 날린 채린은 기세 좋게 걸음을 옮겼다.

행여 지윤이 달라붙기라도 할까 봐 혹한 적 없다고 말을 바꾼 게 기분 나빴지만 그 정도는 이해해 줄 생각이었다. 유쾌한 통화는 아니었지만 좋은 정보를 제공해 준 거나 마찬가지였으니까.

지난번 점심 식사 후 마주쳤을 때 지윤을 유심히 바라보던 성우의 얼굴을 떠올리면서 채린은 미소를 그렸다.

'흐응, 우리 지윤이한테 반한 거 맞네!'

뜬금없는 소개팅

지윤이 샤워를 마치고 나온 순간 채린이 현관문을 열고 들어왔다.

"하이!"

기분 좋은 얼굴로 인사를 건네는 채린에게 지윤이 머리에 두른 수건을 꾹꾹 누르며 물었다.

"너 집엔 언제 가려고?"

"우리 엄마, 아빠 여행 가셨다고 말 안 했나? 나 오늘 안 들어가도 돼."

"그럼 여기서 자고 가게?"

"아니면 지석 오빠랑 그냥 호텔 갈까?"

눈꺼풀을 깜빡이는 채린을 보고 지윤이 고개를 저었다.

"됐다. 그냥 여기서 자."

"네! 알겠사와요."

룰루랄라거리며 테이블 위에 닭 강정 박스를 펼치는 채린의 모습에 지윤은 저도 모르게 웃음이 나왔다. 뭐가 저리 좋은지 요즘은 매일 맑음이었다.

'연애해서 그러나?'

문득 지윤은 자신도 성우와 만나게 되면 저리 밝은 모습을 보일까 궁금해졌다. 그러다 쓴웃음을 머금으며 생각을 지워 냈다. 채린이야 지석 오빠와 사랑의 결실이라 할 수 있는 결혼을 앞두고 있지만 지윤은 결혼과는 거리가 먼, 연애만 즐기는 사이로 끝날 테니 경우가 달랐다.

그럼에도 지윤의 마음 한구석에선 성우와 만나고 싶다는 바람이 모락모락 피어나고 있었다. 함께하는 모든 시간이 즐거울 테고, 그는 그녀에게 최선을 다할 테니까.

"오빤 언제쯤 온대?"

"글쎄, 기다려 봐야지. 여기 사이다."

채린이 지윤에게 사이다 캔 하나를 건넨 후 봉지에서 캔 맥주를 꺼냈다.

"또 술이야?"

지윤의 타박에 채린이 눈을 흘기며 입술을 삐죽였다.

"맥주가 술이니? 오빠도 맥주 한 잔 정도는 괜찮다고 했어. 물론 넌 예외지만."

채린은 지윤이 화장대에 앉아 얼굴에 로션을 바르는 걸 보며 은근히 물었다.

"비서실 일은 좀 어때? 부사장님과는 잘 맞아?"
순간 지윤이 손놀림을 멈췄다. 하지만 아무렇지 않은 듯 바로 어깨를 으쓱였다.
"잘 안 맞아도 별수 있어? 부하 직원인 내가 맞춰 나가야지."
"야, 난 진짜 궁금해. 어떻게 그런 남자랑 날마다 마주하면서 아무렇지 않을 수가 있지?"
지윤이 아무런 대꾸도 않자 채린이 두 눈을 반짝이며 물었다.
"솔직히 좀 두근거리긴 하지? 그치?"
"네 말대로 남자를 좀 만나 볼까 봐."
채린은 너무도 뜬금없는 말을 들었다는 듯 지윤을 황당한 눈으로 쳐다보았다.
"뭐?"
"네가 그랬잖아. 많이 만나 봐야 보는 눈도 생긴다고."
"갑자기 왜?"
"난 윌리엄 태커 같은 용기를 못 낼 것 같거든."
지윤이 피식 웃고는 크림을 푹 떠서 볼에 문질렀다.
"얘가 뭔 소리래. 윌리엄 태커가 누군데?"
"아무튼 나와 비슷한 수준의 남자를 좀 만나 보는 게 좋을 것 같아. 평범한 직장인에, 눈에 띄지 않는 무난한 남자."
채린이 설마 싶어 입을 벌렸다.
"너희 회사에 나 소개해 줄 만한 사람 없니?"
"너 정말……."
"나 욕심 없는 것 알지? 네가 보기에 이상한 사람만 아니면 돼. 그냥 평범한 사람으로.”

“지윤이 너, 혹시 부사장님 좋아하게 된 거야? 진짜?”

채린이 정곡을 찌르자 지윤은 잠시 가만히 있다가 대답 대신 어깨를 으쓱였다. 그에 채린이 환한 웃음을 보이며 뭐라 말을 꺼내려 하자 지윤이 먼저 입을 열었다.

“근데 그러면 안 될 것 같아.”

“얘가 무슨 뚱딴지 같은 소리야. 안 되긴 뭐가 안 돼?”

“난 부사장님이랑 연애하고 싶지 않거든. 끝이 정해져 있는 연애는 싫어.”

“끝이라니, 누가 그걸 미리 정해 뒀는데? 너 바보니?”

어이없다는 채린의 반응에 지윤이 픽 하고 웃음을 보였다.

“바보처럼 굴지 않으려고 이러는 거야.”

“너 혹시 부사장님이랑 결혼까지 못 갈까 봐 미리 겁먹고 이러는 거야?”

“누가 결혼하고 싶대? 그런 사람이랑은 나도 싫어.”

“그럼 대체 뭐가 문젠데? 뭐가 끝이 정해져 있다는 거야. 내가 지석 오빠 만나기 전에 남자 친구 얼마나 사귀었는지 몰라? 내가 걔네들 만나면서 늘 결혼까지 생각했을 것 같아? 연애는 그냥 연애야. 좋은 감정으로 만나다가 안 맞으면 헤어질 수도 있는 거라고. 끝은 미리 정해진 게 아니라 두 사람의 만남 속에서 차차 만들어지는 거란 말이야, 이 바보야.”

“넌 내가 우리 부사장님이랑 사귀는 것 걱정 안 돼? 그 사람 주위에 예쁜 여자들이 깔리고 깔렸는데?”

"너도 충분히 예뻐."

단호하게 답한 채린이 뭔가 중요한 걸 빠뜨렸다는 듯한 눈길로 지윤을 보았다.

"그런데 말이야, 너만 결정하면 그 사람이랑 당장 사귈 수 있는 것처럼 말한다? 너희 부사장이 너한테 사귀자 그랬니?"

"아냐! 그럴 리가 없잖아!"

지윤이 당황하면서 고개를 내젓자 채린이 눈살을 찌푸렸다.

"왜 그렇게 정색하고 그래?"

"말도 안 되는 소릴 하니까 그러지. 우리 부사장님에게 직원은 그냥 직원일 뿐이야. 사내 연애는 반대."

"뭐야. 정말 너한테 요만큼의 낌새도 안 보였단 말이야?"

"당연하지. 그냥 나 혼자 이러는 것뿐이야."

지윤이 얼굴을 붉히고 대충 얼버무렸다. 성우가 고백했다고 하면 아마 난리가 날 테니 입을 다무는 게 나았다.

"이상하네."

채린이 머리를 갸웃거리자 지윤이 맥주를 내밀었다.

"이상하긴 뭐가. 맥주 마신다며? 자."

채린은 곰곰이 생각했다. 클럽 사장이 그런 전화를 걸 정도면 임성우 부사장이 분명 뭔가 행동을 취했을 텐데. 이거, 미끼를 한번 던져 봐야 되나?

채린은 닭 강정을 집어 드는 지윤을 보고 넌지시 물었다.

"너 그럼 진짜로 소개팅 한번 할래?"

"뭐?"

"아까 그랬잖아, 남자를 좀 만나 봐야 될 것 같다고. 내가 한 명 소개시켜 줄게."
"아냐, 됐어. 갑자기 소개팅은 무슨……. 그냥 해 본 말이야."
"그러지 말고, 너 소개시켜 달라고 하는 사람 있으니까 한번 만나 봐."
지윤의 눈이 동그래지자 채린은 제법 진지한 어투로 말했다.
"저번에 너 우리 회사 앞에 온 적 있잖아. 그때 너랑 인사 나눈 남자 생각나니? 나랑 동기라고 했던."
지윤이 기억나지 않는다는 표정으로 미간을 모으자 채린이 휴대폰을 열어 프로필 사진을 보여 주었다. 등산복 차림의 남자가 보였지만 얼굴이 작게 나와 알아보기 힘들었다.
"이 사람이 날 소개시켜 달라 그랬다고?"
"응, 자리 한번 마련해 달라고 계속 졸랐는데 내가 모른 척했거든. 솔직히 너무 평범한 스타일이라 네가 좀 아까워서 그랬는데, 무난한 사람을 원한다고 하니까 생각났네. 어때? 나이는 우리보다 두 살 위인데. 만나 볼래?"
"글쎄, 갑자기 그러니까……."
지윤이 머뭇거리자 채린이 강조하듯 말했다.
"눈앞에 있는 대박 킹카한테 마음이 흔들리는데 만날 자신도 없고, 만나고 싶지도 않다며? 그럼 계속 짝사랑만 하면서 끙끙댈래? 포기하고 싶으면 더 깊어지기 전에 깨끗이 잘라 내고 다른 사람 만나."
애꿎은 사이다 캔만 빙글빙글 돌리면서 아무 말도 안 하는 지윤이 답답해 채린은 맥주를 벌컥 들이켰다.

지윤은 사서 걱정하는 게 탈이었다. 저러는 걸 보니 부사장이 눈치를 팍팍 주면서 가까이 다가왔는데도 자기 생각만 하느라 못 알아보고 있는 건지도 몰랐다.

'좋아! 까짓 내가 총대 메고 오지랖 한번 떨어 준다. 부사장의 마음도 확인하고, 지가 좋다는 평범한 남자가 어떤 건지도 제대로 깨우치는 기회가 될 테니.'

채린이 콧방귀를 뀌고는 맥주를 들이켰다.

"야, 천천히 마셔. 오빠 오기 전에 취하는 것 아냐?"

지윤의 걱정스러운 말에 채린이 눈을 흘겼다.

"우리 아가씨가 이렇게 답답하게 구는데 속이 안 타겠수?"

"내가 뭐가 답답하다고……."

스스로도 그렇게 생각하던 참이라 지윤이 작은 소리로 웅얼거리더니 사이다를 입으로 가져갔다.

연애의 끝은 정해진 게 아니라는 채린의 말이 지윤을 어지럽혔다. 분명 맞는 말이었다. 결혼을 하든, 쿨하게 헤어지든 그건 나중 일이었다.

자정에 가까운 시각이었지만 진우는 집 대신 성북동 본가를 찾았다. 내일 아침 가족들이 함께 모여 식사를 해야 하는데 모임이 생각보다 늦어져 그냥 성북동에서 자는 게 나을 것 같았

다. 그나마 큰어머니께 미리 연락을 드려 놔서 다행이었다.
"제가 너무 늦었죠. 죄송해요, 큰어머니."
진우가 머리를 긁적이면서 인사하자 한 여사가 괜찮다는 듯 손을 내저었다.
"죄송하긴, 자고 있지도 않았는데 뭘. 뭐 좀 먹을래?"
"아뇨, 많이 먹고 와서 무지 배불러요. 성우 형은요? 차 있던데."
"영화 본다고 바로 내려가더라."
"영화요?"
"뭐 볼 게 있다면서 와인 한 병 들고 쏙 내려가지 뭐냐. 선볼 아가씨 사진을 보여 줘도 무조건 안 한다고만 하고. 대체 어쩌려는지 원."
한 여사의 툴툴거리는 말에 진우의 눈이 동그랗게 커졌다.
"선요? 성우 형 선봐요?"
"좋은 혼처가 있다고 주위에서 자꾸 권하잖니. 나이도 있으니까 그냥 한번 만나 보는 것도 좋을 텐데, 그치? 진우 네가 말 좀 해 볼래?"
"성우 형 선봐서 만나는 거 싫어할 텐데요."
"아니, 그럼 지가 누구 한 명 만들어 오든지! 오늘도 봐, 금요일 밤에 저렇게 혼자 집에서 영화 보는 녀석이 어디 있다니? 지 좋다는 여자도 많을 텐데 왜 저러고 있어."
남들은 '불금'이라면서 데이트를 즐기는데 성우는 그런 쪽으로 별생각이 없는 것 같아 은근히 걱정되었다. 제 앞가림을 알아서 잘했기에 뭐든지 믿고 맡겼지만, 아무래도 결혼 문제만큼은 부모가 발 벗고 나서야 할 듯했다.

“진우 너에겐 무슨 말 없었니? 관심 가는 여자 없대?”

“글쎄요. 형 눈이 워낙 높아야 말이죠. 그 한예지 아시죠? 그 여자도 별로라던데요?”

“얘가 눈을 어디에 달고 다닌다니? 하긴 뭐, 나도 연예인 며느리는 별로긴 해. 게다가 성우 저 녀석, 욕심이 좀 많아? 지 여자 생기면 분명 끼고 돌 텐데 어떻게 여배우를 만나겠니? 다른 남자랑 키스신만 찍어도 펄쩍 뛸걸.”

“성우 형이 좀 그렇긴 하죠? 은근 고리타분하다니까요.”

“어머, 얘! 그건 고리타분한 게 아니라 당연한 거지.”

“아아, 네.”

그래도 아들이라고 마지막엔 편들어 주는 한 여사를 보고 진우가 빙그레 웃었다.

“아무튼 너무 걱정 마세요. 독신주의자도 아니니 다 생각이 있겠죠. 성우 형이 사람 보는 눈은 또 정확하잖아요. 함부로 만날 생각이 없어서 그러는 걸 테니 믿고 기다려 보세요.”

“그걸 믿고 나도 이제껏 내버려 둔 건데 동생인 윤우가 앞지르게 할 순 없잖니. 할아버지도 결혼은 성우가 먼저 해야 된다고 하셨는데. 안 되겠다, 다시 한 번 말해 봐야겠어.”

한 여사가 거실 테이블에 올려 두었던 서류철을 들고 당장 지하의 AV룸으로 내려가려 하자 진우가 급히 말렸다.

“에이, 큰어머니! 관두세요. 너무 압박하면 오히려 부작용만

날 수 있어요. 혹시 알아요? 아무나 데려와서 결혼 상대라고 폭탄선언할지."

"어머! 그럼 안 되지."

"제가 한번 말해 볼게요. 혹시 누구 있는지도 넌지시 물어보고요."

"그래, 진우야. 네가 좀 나서 봐. 이거 보니까 정말 예쁘고 참한 애들 많더라. 여기 얘도 예쁘지 않니? 지금 오스트리아 빈에서 유학 중인데, 기획 재정부 장관 둘째 딸이래."

한 여사가 서류를 넘기면서 사진을 보여 주자 진우가 미간을 찡그렸다.

"완전 성형발에 포샵발인데요."

"……뭐? 뭔 발?"

"얼굴은 성형했고, 사진은 프로그램으로 수정한 거라고요."

"어머, 진짜?"

한 여사가 사진을 다시금 들여다보았다.

"사진 수정이야 누구나 다 하니까 그렇다 쳐도 큰어머니는 정치인 집안 원하세요?"

"사실 정치 쪽과 사돈 맺고 싶진 않지만 음악 하는 게 맘에 들었거든. 자기 일 갖고 열심히 사는 여자가 난 예뻐 보이더라고. 소개해 준 사람도 이 아이가 제일 낫다고 칭찬하고."

"성우 형 정치인들 딱 싫어하는데……."

현 기획 재정부 장관은 여당 쪽 4선 의원 출신에 대통령의 신임을 물씬 받고 있는, 말 그대로 뼛속까지 정치적인 인물이었다.

"회사 꾸려 나가려면 정치인들과 손 놓고 지낼 수 없다는 것 뻔히 알고 있을 텐데 좋고 싫고가 어디 있니?"

한 여사가 입술을 삐죽이자 진우가 웃음을 보였다.

"제가 가서 이야기해 볼게요. 큰어머닌 그만 주무세요."

"그래, 한번 잘 말해 봐."

한 여사가 진우의 팔을 토닥이고는 서류철을 테이블에 놓고 방으로 들어갔다. 그러자 진우가 신붓감 후보들이 실린 서류철을 넘겨 보면서 낮게 휘파람을 불었다.

정치인뿐만 아니라 법조계와 교육계, 심지어는 라이벌 구도에 있는 그룹의 딸까지 후보자 명단에 있었다. 이런 쟁쟁한 집안들이 그를 사위로 들이려 혈안이 되어 있는데도 당사자는 관심조차 없다니, 이건 분명 성우가 이상한 것이었다.

서류철을 내려놓고는 와인 잔을 챙겨 AV룸으로 내려갔다.

"영화 봐?"

갑작스러운 진우의 방문에 성우가 깜짝 놀라 돌아보았다.

"뭐냐? 연락도 없이 이 시간에."

"큰어머니껜 미리 말씀드렸어. 뭐야? 노팅 힐?"

진우는 커다란 화면에 잡힌 배우, 휴 그랜트와 줄리아 로버츠를 보면서 물었다.

"저걸 왜 봐?"

"그냥, 갑자기 생각이 났거든."

"그러니까 저 영화가 왜 생각이 났냐고요."

스릴러, 미스터리, 액션도 아닌 멜로 영화의 최고봉이라 할 수 있는 저 영화를 성우가 보고 있는 게 의심스러웠다. 선 보라고 종용하시는 큰어머니 말씀은 귓등으로 흘리고 기껏 보고 있던 영화가 저거라니.

"성연이가 재미있다고 한 것 같아서."

"성연이가 재밌어한 영화가 어디 한둘이야? 걔야 로맨스 소설 작가라서 이런 영화 광팬이잖아. 더군다나 이건 걔가 제일 좋아하는 영화 중 하나고."

"거참 말 많아. 떠들 거면 나가."

성우가 찌릿 노려보자 진우가 그의 옆 안락의자에 풀썩 앉았다.

"싫어, 나도 볼 거야."

와인을 따른 후 화면과 성우를 한 번씩 쳐다보았다.

"정신 사납다. 좀 가만히 있어."

"형, 혹시 요즘 외로워?"

"뭐?"

"날이 추워지니 옆구리 시리고 가슴이 허하고, 막 그래?"

"어떻게 넌 내가 영화 하나 보는 것 갖고 그런 해석을 할 수가 있지?"

"성연이가 이 영화 추천할 때 이걸 보면 사랑하고 싶어진다고 말했던 게 떠올라서."

역시 진우는 예리한 녀석이다. 사실 성우가 지윤에게 〈노팅 힐〉을 언급한 것도 영화광인 성연이 했던 말이 순간적으로 떠올라서였다. 하지만 진우에게 이런 낌새를 내보이고 싶진 않았다.

"다른 것 검색하다가 우연히 받은 거야. 근데 뭐 재미있네."

대수롭지 않게 말하면서 와인 잔을 기울이자 진우가 킥킥거렸다.

"큰어머니는 형이 금요일 밤에 데이트도 안 하고 집에서 이러고 있다고 불만이시던데, 걱정하지 않으셔도 될 것 같다고 말씀드려야겠는걸."

"무슨 말이야?"

"그렇잖아. 저런 간질거리는 영화를 몰입해서 보고 있다니, 뭔가 감정적으로 말랑말랑한 걸 원하는 것 아냐. 올겨울에 엄청 추울 거란 말 듣고 누구 한 명 만들 생각인 거지?"

"30분 남았다. 조용히 보자."

성우의 날카로운 눈빛에 진우가 입술을 오므리더니 지퍼 채우는 시늉을 했다.

"넵!"

토요일 아침, 채린은 지윤이 씻으러 들어간 틈을 타 그녀의 휴대폰에서 임성우 부사장의 전화번호를 검색해 자신의 휴대폰에 입력했다. 보안 패턴이 걸려 있었지만 몇 년 동안 똑같은 모양을 그대로 사용하고 있었기에 보안이라고 할 것도 없었다.

"흐응, 어떻게 나오실지 기대할게요."

성우의 번호를 저장하고 액정을 손끝으로 톡톡 두드린 채린은 회사 동기, 용준에게 문자메시지를 넣었다.

혹시 오늘 오후에 시간 되남?

휴대폰 게임 중독자답게 열심히 게임 중이었는지 곧바로 답이 왔다.

무슨 일? 데이트 신청?

"웃겨, 데이트는 무슨."
채린이 피식 웃고는 빠르게 문자메시지를 날렸다.

저번에 소개시켜 달라던 내 친구, 정말 관심 있어?

당연하지! 약속 잡아 주려고?

엄지 모양의 이모티콘을 연속해서 날려 대는 용준에게 오후 5시에 만나자고 한 채린은 지윤이 나오자 인터넷 검색을 하는 척했다.
화장대에 앉은 지윤이 휴대폰만 보고 있는 채린에게 물었다.
"오빠한텐 연락 없어?"
"밤새 수술하고 이제야 눈 붙이고 있을 거야. 좀 자게 둬야지."

채린의 말에 지윤이 낮게 휘파람을 불었다.

"이야, 우리 채린이 어른 다 됐네?"

"저명한 흉부외과 닥터 사모님 되려면 이 정도 배려는 기본이라고. 오빠는 죽어라 애쓰는데 나만 봐 달라고 징징댈 순 없잖아."

"어이구, 대견해라."

지윤이 엉덩이를 토닥여 주자 채린이 눈웃음을 지었다.

"그러니까 오늘은 아가씨가 나랑 놀아 주라."

집에 있어 봤자 방바닥이나 긁으면서 성우와 사귈까, 말까 고민만 거듭할 테니 차라리 잘됐다는 생각에 지윤이 흔쾌히 답했다.

"좋지. 뭐 할까? 영화 보러 갈래?"

"영화도 좋고, 쇼핑도 좋고."

쇼핑! 문득 지윤은 새 옷을 산 지 꽤 오래된 것 같아 고개를 끄덕였다.

성우와의 비밀 연애를 시작해 보고 싶다는 쪽으로 맘이 기울어서인지, 화장품도 사고 예쁜 옷도 장만하고 싶었다.

연말이 다가오면 극장가엔 멜로 영화가 많이 걸렸고, 올해도 예외는 아니었다. 지윤은 성우가 말했던 '달달한 멜로 영화' 중 하나를 골라 예매한 뒤 외출 준비를 했다. 채린은 지윤의 화장을 직접 해 주겠다고 나서기까지 했다.

아이라인을 짙게 그리자 지윤이 눈썹을 꿈틀거렸다.

"가만있어."

“그냥 마스카라만 해도 돼.”
“라인을 그려야 선명하지! 아이라인 유무 차이가 얼마나 큰지 몰라? 자, 한번 봐.”
채린이 한쪽만 라인을 그리곤 지윤에게 거울을 들이밀었다. 평소 마스카라만 하고 다녔는데, 라인을 진하게 칠하고 눈꼬리를 살짝 올리니 한층 선명하고 뚜렷한 인상을 주었다.
“오, 괜찮네.”
고개를 끄덕이자 채린이 다른 쪽 눈에도 공들여 라인을 그려 주었다.
“옷은 뭐 입을 거야? 아, 쇼핑 가서 예쁜 것 사면 되겠다.”
옷장을 뒤적이던 채린이 손가락을 튕기고는 지윤에게 니트와 청바지를 건넸다. 얼결에 옷가지를 받아 든 지윤이 뭔가 이상하다는 듯 채린에게 물었다.
“너 왜 이렇게 신났어?”
순간 채린이 멈칫하더니 괜히 눈꺼풀을 깜빡거렸다.
“내가 뭘?”
“무슨 기분 좋은 일이라도 있는 것 같은데? 나도 알자.”
“내가 언제는 꽁하고 있던? 영화 시간이 몇 시랬지? 11시?”
시간이 촉박하다는 식으로 말을 돌린 채린이 지윤을 재촉했다. 행동과 말투가 약간 오버스럽긴 했지만 지윤은 더 이상 묻지 않았다. 지석 오빠가 함께 있어 주지 못하는 걸로 우울해하지도 않고 다 이해하는 게 한편으로 고마웠기 때문이다.

온갖 우여곡절을 겪어도 결국은 사랑이 최고라는 스토리의 영화를 보고 나오면서 채린은 너무 멋지지 않느냐고 감동 섞인 멘트를 연발했다.

지윤 역시 잔잔한 해피엔드로 끝난 영화를 보고 성우를 떠올렸다. 그와 손을 마주 잡은 채 산책을 즐기고, 머리를 기대고 함께 책을 보는 로맨틱한 장면들이 상상되자 갑자기 온몸이 간질거렸다.

괜히 얼굴까지 붉어지는 듯해 지윤은 두 손으로 뺨을 감쌌다.

"왜, 추워?"

채린의 물음에 지윤이 고개를 젓고는 발걸음을 재촉했다.

"배고프다. 뭐 먹을까?"

"따끈하게 찌개류 먹을까? 아침에도 빵만 먹었으니 밥을 넣어 줘야지."

식사를 마치고 지윤은 오랜만에 쇼핑다운 쇼핑을 즐겼다. 출퇴근용 정장뿐 아니라 '송년회 때 이 정도는 입어 줘야 된다'며 채린이 권한 원피스도 구입했다. 날씬한 다리를 돋보이게 해 줄 앵클부츠도 같이 샀다.

옷 쇼핑을 마치자마자 화장품 코너로 데려간 채린은 쉽게 그릴 수 있는 아이라이너와, 겨울에 어울리는 따뜻한 색감의 아이섀도를 지윤에게 선물해 주었다.

"잘 쓸게. 고마워."

"응, 그럼 부탁 하나만 들어줘."

"부탁?"

쇼핑을 마치고 지친 다리도 풀어 줄 겸 카페에 들어와 채린과 달달한 커피를 홀짝이던 지윤이 눈을 들었다.

"어제 말한 거 있잖아. 소개팅."

"소개팅?"

지윤이 말을 반복하자 채린이 테이블 너머로 손을 움켜쥐었다.

"30분 후에 약속인데 내 얼굴을 봐서라도 꼭 좀 나가 줘. 응?"

"너 지금……."

"먼저 말 꺼낸 건 너였잖아. 그러고 난 네가 이런저런 남자들과 데이트해 봤으면 하거든. 이건 어디까지나 널 위한 일이야."

"아무리 그래도 지금껏 말 한마디 없다가 갑자기 이러면 어떡해."

그러다 문득 채린이 오늘 하루 같이 놀아 달라고 한 것과 원피스가 너무 예쁘니 계속 입고 있으라고 한 것이 떠올랐다.

"계획적이었던 거야?"

지윤이 눈살을 찌푸리자 채린이 어깨를 으쓱했다.

"뭐, 조금은. 근데 안 될 것 없잖아?"

"하지만 난……."

"부사장님을 좋아해서? 그게 뭐. 넌 그 사람이랑 사귈 마음 없다며."

"그래도 이건 아니지."

"짝사랑은 하지 말라니깐. 지금도 너만 노력하면 남자들이 줄을 설 텐데 그런 감정 낭비를 왜 하니?"

지윤이 말을 끝마치기도 전에 채린이 마구 쏘아붙였다. 결국 지윤이 인상을 찡그린 채 입을 다물자 채린이 한 번 더 강조하듯 말했다.

"말했지? 오늘 부른 남자는 정말 평범하기 그지없는, 말 그대로 흔한 남자야. 네 눈에 그 남자가 들어올 리도 없을 테지만, 경험 삼으라고 마련한 자리니까 내 말대로 해."

"짝사랑하지 말라며. 그래 놓고 내 눈에 들어오지도 않을 남자를 소개시켜 주는 건 뭐야. 앞뒤가 안 맞지 않니?"

지윤의 지적에도 채린은 대수롭지 않게 답했다.

"뭐, 교훈을 주기 위한 자리이기도 하니까. 너희 부사장과 흔남의 비교랄까."

"과연 비교할 수나 있을까? 차라리 나한테 부사장님 유혹하는 방법을 알려 주지그래?"

그러자 채린이 반색했다.

"정말 그럴래? 내가 봤을 땐 분명 그 사람이……."

"됐어! 앞으로 내 문제는 내가 알아서 할 테니 관여하지 마."

지윤이 양손으로 크게 엑스 표시를 그려 보이자 채린이 울상을 하며 어깨를 흔들었다.

"그래도 오늘은 그냥 만나러 가자, 응? 약속 시간 다 돼 간단 말이야. 용준 씨 바람맞으면 날 두고두고 괴롭힐 거라고. 진짜 부탁할게, 응? 아가씨이."

채린의 간청에 지윤이 여러 차례 머리칼을 쓸어 넘기며 고민했다.

어젯밤, 채린에게 푸념하듯 소개시켜 줄 남자 없느냐고 물었을 땐 성우와 사귀는 것에 대해 갈팡질팡했지만 지금은 그와 만나 보는 걸로 확실하게 결정한 상태였다.

'이 시점에서 소개팅이라니…….'

내키진 않았지만 자신이 먼저 뱉었던 말도 있으니 딱 잘라 거절할 수 없었다.

"오늘 한 번뿐이야. 앞으론 절대 안 돼. 알았지?"

"오케이!"

채린이 손가락을 동그랗게 만들며 환하게 웃었다. 그때 지윤이 집에서 입고 나온 청바지가 담긴 쇼핑백을 들면서 말했다.

"옷 갈아입고 올게."

"야, 그래도 소개팅인데 성의 없는 차림으로 나가면 내 입장이 뭐가 되냐?"

"원피스 기장이 너무 짧잖아. 앉으면 허벅지가 다 보이는데 이걸 입고 있으라고?"

"외투 뒀다 뭐하게? 가리면 되지."

채린은 배시시 웃더니 지윤의 휴대폰과 가방을 슬그머니 들고 일어났다.

"왜?"

"나 화장실 가고 싶은데 너 도망갈까 봐."

"헐, 박채린!"

지윤이 어이없다는 표정을 지었지만 채린은 한 번만 봐 달라는 포즈를 취하고는 화장실로 들어갔다. 문을 살짝 열어 지윤이 앉아 있는 모습을 확인하면서 성우에게 전화를 걸었다. 하지만 신호만 갈 뿐 연결이 되지 않았다.

"뭐야, 모르는 번호라고 안 받나?"

지윤의 휴대폰을 보곤 '이걸로 해 봐?' 생각했지만 고개를 저었다. 통화 내역을 남겼다간 지윤이 눈치챌 수도 있으니 조심해야 했다.

채린은 세 번에 걸쳐 통화를 시도했다가 연이어 실패하자 별 수 없이 문자메시지를 남겼다.

지윤이 친구 박채린이에요. 어젯밤 올림포스 사장님한테서 이상한 전화를 받아 혹시나 하는 마음에 연락드려요. 오늘 오후 5시, 명동 렉스 호텔 라운지에서 지윤이가 갑작스럽게 소개팅을 하게 됐거든요. 걔야 제 부탁으로 어쩔 수 없이 나가는 거지만 가만히 생각해 보니 어제 통화 내용이 좀 걸리네요. 혹시 지윤이한테 관심 있으세요?

이 정도면 무슨 뜻인지 충분히 알아차릴 터. 다음 일은 당사자들에게 맡길 생각이었다. 지윤이 소개팅을 마칠 때까지도 그가 문자메시지를 못 보면 어쩔 수 없는 거고.

채린이 어깨를 으쓱이곤 지윤의 휴대폰 알림을 무음으로 변경한 뒤 가방 안에 넣었다.

5시 정각. 호텔 로비로 들어선 지윤이 얼굴을 찌푸렸다.
"그냥 카페에서 보면 되지, 웬 라운지? 술 파는 곳 아냐?"
"커피랑 음식도 팔거든. 분위기가 좋아서 소개팅 장소로 많이들 이용한대."
"아무튼 나는 차 한 잔만 마시고 일어날 거야."
"그거야 뭐, 알아서 해."
채린이 엘리베이터를 기다리며 휴대폰을 확인해 보았지만 성우에게선 아무런 연락도 없었다.
"설마 보고도 모른 척하는 건가?"
혼잣말로 중얼거리자 지윤이 들었는지 궁금한 얼굴로 쳐다보았다.
"뭐?"
"아냐, 가자."
20층에 위치한 라운지로 들어가자 먼저 도착해 기다리고 있던 용준이 지윤과 채린을 보고 손을 흔들었다.
"여기!"
"일찍 왔네?"
채린이 웃는 낯으로 인사하곤 두 사람을 소개했다.
"얼굴은 한 번씩 봐서 알지? 여긴 내 친구 서지윤, 이쪽은 차용준."
"안녕하세요! 정말 반갑습니다. 어서 앉으시죠."
용준은 허리 라인이 들어간 무스탕 재킷과 허벅지 절반쯤 오는 검은 치마, 늘씬한 다리를 단번에 훑고는 지윤에게 자리를 권했다.

옷차림뿐만 아니라 정성 들여 화장한 것처럼 보이는 얼굴에서 소개팅을 위해 나름 신경 쓴 티가 나 흡족한 마음이 일었다.

반면 지윤은 대놓고 몸을 훑는 용준에게 순간적으로 거부감이 들었지만 애써 웃고 의자에 앉았다.

"우선 주문부터 하죠. 여기 칵테일 유명하던데 식사 전에 가볍게 한잔하실래요?"

용준의 물음에 지윤이 손을 내저었다.

"아뇨, 술을 못해서요. 그냥 커피 마실게요."

"아, 그래요? 그래도 칵테일은 괜찮지 않나요?"

"얘가 술이 엄청 약하거든. 그래서 술 종류는……."

채린이 술은 마시면 안 된다는 말을 강조하려 할 때 갑자기 휴대폰이 울렸다. 얼른 꺼내 보니 지석이었다.

"오빠다!"

성우의 연락을 기다리고 있었던 것도 잊고 환한 웃음과 함께 전화를 받았다.

"응, 오빠! 바쁜 일은 끝났어? 어, 그래? 힘들었겠네. 잠은 푹 잤어?"

그러더니 옆에 누가 있건 말건 애교 넘치는 목소리로 말했다.

"우웅, 알았어. 금방 갈게. 아냐, 안 멀어. 명동이니까 택시 타면 금방이야."

채린이 통화를 마치자 가늘어진 눈으로 보고 있던 지윤이 황급히 물었다.

"지금 가게?"

"어, 지석 오빠 내일까지 완전 프리래. 어젯밤에 응급 환자 수술하고 지금까지 경과 지켜보고 있었나 봐."

신나 죽겠다는 듯 채린이 가방을 챙기더니 쇼핑백도 함께 들었다.

"이건 내가 집에 갖다 둘게."

"채린아!"

지윤이 다시 부르자 그제야 멈칫한 채린이 어색하게 웃고는 용준을 힐끗 돌아보았다. 용준은 채린이 일찍 자리를 뜨는 게 아주 마음에 드는 표정인 반면 지윤의 표정은 영 아니었다.

순간 채린은 임성우 그 남자는 아무 생각도 없는데 괜한 짓을 한 게 아닌가 싶은 생각이 들었다.

'쓸데없이 오지랖은 왜 떨어서!'

그래도 클럽 사장에게 들은 얘기가 있어서 그랬다고 적었으니 변명거리는 충분히 있었다.

'그냥 지윤이도 데리고 가 버릴까? 하지만 용준이 따따부따 난리를 칠 텐데.'

"애인이 기다리나 본데 얼른 가 봐. 지윤 씨는 내가 즐겁게 해 드릴게."

용준이 손짓까지 하면서 내쫓자 채린이 지윤의 어깨를 꾹 눌렀다가 떼었다.

'딱 커피 한 잔만 마시고 나와라.'

'너 진짜! 나 저렇게 능글거리는 남자 질색인데!'

'네가 원하는 평범한 남자들은 다 저래.'

'말도 안 돼!'

눈짓으로 채린과 무언의 대화를 나눈 지윤이 낮게 한숨을 내쉬었다.

'그래, 까짓 커피 한 잔 못 마시겠냐.'

지석 오빠 전화 받고 좋아서 붕붕 뜬 모습을 보니 조금은 흐뭇하기도 했다. 그리고 살짝 부럽기도…….

지윤은 문득 성우가 그리웠다. 생각할 시간을 준다고 하더니 전화는커녕 문자메시지도 한 통 없었다. 사귀자고 고백하면서 입을 맞춰 온 사람이 맞나 싶었다.

엘리베이터에서 내린 채린은 휴대폰이 울리자 서둘러 로비를 나가면서 전화를 받았다.

"응, 오빠. 지금 택시 탈 거야."

—박채린 씨?

지석인 줄 알고 받았는데 생판 모르는 목소리가 들려와 얼른 화면을 보니, 오 마이 갓! 성우에게서 온 전화였다.

진우, 세형, 성연과 스쿼시를 한 후 사우나까지 마치고 나온 성우는 모르는 번호로 부재중 전화가 네 통이나 들어와 있는 것을 보고 미간을 모았다.

어젯밤 지윤과 함께 있을 때 무음으로 돌려놓고 깜빡 잊고 있다가 아침에 확인하자 철민에게서 무려 여섯 통이나 전화가 들어와 있더니만 이번엔 모르는 사람이 그를 애타게 찾고 있었다.

"누구지?"

전화를 걸려다 문자메시지 알림 표시가 있어 그것부터 먼저 확인했다. 역시나 그에게 부재중 전화를 남긴 번호였다. 내용을 확인한 성우의 얼굴이 빠직 금이 갈 정도로 굳어졌다.

"소개티잉?"

게다가 올림포스 사장님이라면 철민이었다.

'대체 그 녀석이 박채린 씨에게 무슨 말을 했기에…….'

아니, 중요한 건 그게 아니었다. 그가 사귀자고 하자 주말 동안 생각해 보겠다고 하더니만 소개팅을 하러 가다니 황당했다.

성우는 지윤에게 먼저 연락을 취했다. 하지만 신호만 갈 뿐 답이 없었다. 시간을 확인하니 이미 5시가 넘어 있었다. 설마 소개팅을 하는 중이라 전화도 받지 않는 건가 싶었다.

잔뜩 구겨진 얼굴로 채린에게 전화를 걸었다.

"형, 뭐 해! 안 갈 거야?"

차 앞에서 진우가 불렀지만 성우는 대답할 여유가 없었다.

"박채린 씨?"

—어……. 네, 박채린이에요.

"임성웁니다. 보내신 문자메시지를 이제야 봤는데, 서 대리가 지금 소개팅 중이라고요?"

—네, 지윤이를 꼭 좀 소개시켜 달라는 사람이 있어서 제가 데려가긴

했는데……. 지금 전화하신 이유, 제 짐작이 맞는 거죠?

"렉스 호텔 라운지?"

—네? 네. 조금 전에 들어갔어요.

"알겠습니다. 그만 끊죠."

명동과 멀지 않은 곳에 있어 그나마 다행이었다. 성우는 통화를 마친 후 자신을 기다리고 있던 진우에게 빠른 걸음으로 다가갔다.

"다른 데 갈 일이 생겼어. 넌 성연이 차로 가라."

"뭐? 어딜? 성연이가 저녁 식사 만들어 준다고 했잖아."

"급한 일이 생겨서 그래."

성우가 차에 오르자마자 곧바로 출발했다. 덩그러니 남겨진 진우는 황당한 표정으로 있다가 버럭 소릴 질렀다.

"뭐야! 성연이는 진작 갔단 말이야. 좀 빨리 말하든가!"

용준은 지윤의 취미부터 회사 일까지 다방면에 걸쳐 질문을 던지더니 급기야는 연봉 얘기를 꺼냈다.

지윤이 그런 용준을 빤히 쳐다보다가 생긋 미소 지었다.

"대영전자가 박봉은 아니라서요. 다른 기업들과 비교하면 평균 이상은 될 거예요."

"하긴 많은 사람들이 '대영맨'이 되고 싶어 하는 이유도 연봉이 후하기 때문이니까요. 그 밖에 복리 후생도 좋고."

용준은 부럽다는 듯 말을 이었다.

"대영전자에 입사하셨을 때 부모님께서 무척 기뻐하셨겠어요.

직장이 좋으니 여기저기서 선 자리도 많이 들어오겠는데요? 하하, 제가 정신 바짝 차려야겠습니다."

가만 보니 이 남자는 벌써 결혼까지 꿈꾸고 있는 듯했다.

지윤은 30분 넘게 앉아 있었으니 이쯤에서 마무리하고 일어나도 되지 않을까 고민했다. 채린의 얼굴을 봐서 좀 더 시간을 내줘야 하나 싶었지만, 대화 내용이 가벼운 소개팅보다는 선 자리에서나 어울릴 만한 것으로 변해 가니 부담스러웠던 것이다.

뭐라 말을 하고 일어날까 생각하는데 웨이터가 다가와 커피 향이 나는 음료 두 잔을 테이블에 내려놓았다.

"오늘의 이벤트에 당첨되신 걸 축하드립니다. 두 분 정말 잘 어울리세요."

"이벤트요?"

"하하, 이렇게 고마울 수가! 저희가 잘 어울린다니 보는 눈이 있으신데요? 잘 마시겠습니다."

용준이 지윤의 질문을 차단하듯 과한 웃음소리를 냈다. 웨이터가 고개를 숙이고 돌아가자 그가 유리잔 안의 음료를 빨대로 빙글빙글 몇 차례 돌리곤 지윤에게 내밀었다.

"와우, 커피 향이 아주 좋은데요?"

"이건 무슨 커피래요?"

달콤한 커피 향이 강하게 풍겨 와 지윤이 음료의 냄새를 맡았다. 다른 향도 섞여 있었지만 그런 세세한 것까지 구분할 정도로 후각이 뛰어나진 못했다.

그러고 보니 성우가 와인에 대해 설명할 때 유명한 와인 평론가들은 냄새만으로도 포도 품종을 구분한다고 했던 말이 떠올랐다.

뜬금없이 성우가 떠오르자 지윤은 연한 웃음을 짓고는 잔에 입을 댔다. 벌써 넉 잔째 커피를 마시는 거라 밤에 잠이 올지 걱정스러웠지만, 어쨌든 빨리 마시고 일어나는 게 상책이었다.

아무런 거리낌 없이 커피를 한 모금 들이켠 지윤은 살짝 눈을 찡그렸다.

혀가 느끼는 건 분명 단맛인데, 목구멍을 타고 넘어가자 얼음을 띄운 차가운 음료임에도 불구하고 배 속에 뜨거운 기운이 확 차올랐다. 마치 술을 마신 듯한 기분이었다.

지윤이 고개를 갸웃하면서 잔을 살피자 용준이 빙그레 웃음을 보였다.

"맛있지 않아요?"

"맛은 둘째 치고 커피 맛이 생소하네요. 무슨 커피래요?"

"글쎄요. 전 향도 좋고 달달하니 좋은데요? 한 모금 더 마셔보세요."

용준이 자신의 잔을 입가에 대더니 지윤에게도 더 마시라는 듯 손짓했다.

코를 대고 음료의 냄새를 탐색하던 지윤이 한 모금 더 입안에 머금었다. 용준의 말마따나 향과 맛은 더할 나위 없이 좋았지만 아무래도 음료 안에 술이 섞인 듯했다.

입안에 있는 걸 뱉을 수도 없어 꿀꺽 삼키자마자 냉수를 벌컥벌컥 들이켰다.

"어, 맛이 안 좋아요? 이상하네. 여자들은 대부분 이거 좋아하던데."

그 말은 이 음료가 뭔지 이미 알고 있다는 뜻이었다.

대번에 지윤이 그를 쏘아보았다.

"이게 뭐죠? 술이에요?"

"술이라기보다는 좀 더 부드러운 분위기를 위한……."

"사람을 죽일 뻔했다는 걸 알고는 있는지 모르겠군."

갑자기 들려온 성우의 목소리에 지윤의 고개가 휙 돌아갔다.

알코올 알레르기

언제 왔는지 성우가 지윤의 뒤에 있었다. 그는 그녀의 손에 들린 잔을 빼앗아 갔다.

"여긴 어떻게 오셨어요?"

놀란 눈으로 쳐다보는 지윤과, 대체 이게 무슨 상황인지 모르겠다는 듯한 표정으로 그를 보는 용준을 무시한 채 잔을 기울였다. 그리고 용준을 차갑게 응시하면서 테이블 위에 탕 내려놓았다.

"블랙 러시안이군."

"저기, 누구신데……."

"블랙 뭐요? 그게 뭐예요?"

용준이 엉거주춤 일어섰지만 성우가 지윤의 물음에 먼저 답했다.

"보드카를 베이스로 해 커피를 섞어 만든 칵테일이야. 알코올 도수는 30도가 넘지."

그의 말을 듣자 갑자기 지윤은 숨이 탁 막히는 기분이 들어 목에 손을 댔다.

"괜찮아?"

성우가 지윤의 어깨를 감싸면서 용준을 날카로운 눈으로 노려보았다.

"여자들이 좋아하긴 하지만, 그보다는 남자들이 일부러 먹이고 싶어 하는 칵테일이지. 달콤하지만 독해서 빨리 취하거든."

"무, 무슨 말씀이세요? 제가 언제……. 이, 이건 이벤트라면서 서비스로 준 겁니다."

얼버무리는 말투에 성우는 바텐더가 있는 쪽으로 휙 시선을 던지더니 다시 용준을 보았다.

"정말 이벤트 음료인지, 아니면 사전에 부탁한 건지 내가 직접 물어볼까?"

성우의 말에 지윤이 용준을 믿을 수 없다는 듯 쳐다보았다.

"아까 분명히 술 못 마신다고 말했는데 어떻게……."

독한 술을 마신 걸 알아서 그런 건지 괜히 머리가 더 띵하고 몸이 뜨거워지는 것만 같아 지윤은 숨을 몰아쉬었다. 이 자리에서 취기가 올랐다간 완전히 낭패였다.

"난 그냥 지윤 씨가 너무 경직돼 있는 것 같아서 분위기 전환이라도 할 겸……."

"알코올 알레르기 때문에 호흡 곤란 증상이 나타날 수도 있어. 그럼 바로 구급차를 불러야 하고."

성우가 용준에게 날을 세운 뒤 지윤을 걱정스레 보았다.

"일어날 수 있겠어?"

"저, 저기 지윤 씨. 난 그저……."

호흡 곤란이란 말에 덜컥 겁이 났는지 용준이 벌건 얼굴로 어쩔 줄 몰라 했다.

지윤은 괘씸하다 생각에 좀 더 골탕을 먹이고 싶어져 일부러 가슴을 두드리면서 낮은 호흡을 뱉어 냈다. 그랬더니 진짜로 가슴이 뜨거워지면서 심장 박동이 빨라졌다. 취기도 취기지만 하루 종일 생각한 성우가 곁에 있어 더 그런지도 몰랐다.

"아무래도 병원에 가야겠군."

성우는 걱정스러운 눈으로 지윤을 지켜보며 몸을 일으켜 세우고 용준을 돌아보았다.

"오늘 벌인 일, 각오하는 게 좋을 거야."

"저기요. 전 정말 모르고, 진짜 모르고……."

성우는 더 이상의 대꾸 없이 지윤의 허리를 끌어안아 부축했다.

그의 손길에 지윤이 화들짝 놀라 몸을 움츠렸지만 기분은 점점 좋아지고 있었다. 아무래도 알코올이 그녀의 몸 안에 신나게 퍼지는 중인 듯했다.

'어떡하지?'

지윤은 최대한의 정신력을 발휘해 미소가 번지려는 안면 근육을 못 움직이게 붙들면서 한 발 한 발 내딛는 걸음에 집중했다.

그녀의 머릿속에 큰오빠의 몸을 붙들고 가슴과 어깨에 얼굴을 비벼 대던 자신의 술 취한 모습이 재생되기 시작했다. 혹시라도 성우에게 그런 행동을 하게 된다면 그야말로 돌이킬 수 없는 실수를 저지르는 것과 마찬가지였다.

'제발, 제발 말짱한 정신으로 버티길…….'

하지만 맥주 한 잔에 뻗는 지윤으로선 독한 보드카를 이겨 낼 방도가 없었다.

엘리베이터에 오른 성우는 지윤이 그의 허리를 두 팔로 휘감자 많이 힘든 건가 싶어 걱정스레 내려다보았다.

이곳에 도착했을 땐 어떻게 그사이에 소개팅을 할 수 있냐고 따지고 싶었지만, 지금은 지윤을 빨리 병원으로 데려가 응급치료를 해야겠다는 생각뿐이었다.

하지만 그의 어깨에 머리를 기대고 있는 지윤의 표정이 뭔가 이상했다. 괴로움 하나 없이 미소 짓고 있는 듯했다.

"서 대리?"

"……으응……."

지윤이 강아지 같은 눈망울로 그를 빤히 보더니 깜찍한 미소를 지어 보였다. 순간 성우는 웃음이 날 것 같아 입을 꾹 다물고 눈썹에 힘을 주었다.

'설마 취한 건가?'

"서지윤 씨."

그가 제법 엄한 목소리로 다시 부르자 이번엔 초점을 맞추듯 눈을 가늘게 뜨면서 그를 쳐다보더니 눈알을 이리저리 굴렸다.

"어, 그니까……."

성우는 그녀가 알코올 알레르기가 있는 게 아니라 알코올 분해 능력이 심히 부족하단 걸 깨달았다. 지난번에 샴페인 한 잔 정도는 마실 수 있다고 했으니 이건 분명 술이 약한 것이었다.

근데 자꾸만 지윤의 손이 그의 재킷 위를 쓸어내려 성우의 신경이 예민해졌다.

"내가 누군지는 알겠나?"

지윤이 최대한의 집중력을 끌어모아 그의 턱 밑으로 얼굴을 들이댔다.

"음……. 그르니까……."

방싯거리는 얼굴로 웅얼거리는 그녀를 성우가 똑바로 잡아 주자 아예 그를 앞쪽에서 부둥켜안았다. 그러고는 아무렇지 않게 그의 목덜미에 얼굴을 묻더니 코와 입술을 비볐다.

'헉!'

성우는 짜릿하게 번져 오는 감각에 순간 몸을 굳히고 말았다. 얼이 빠진 듯 서 있는 그에게 지윤이 좀 더 몸을 밀착시키더니 등에 두른 손을 위아래로 움직였다.

"서, 서 대리……?"

"흐응……."

그가 가만히 불렀는데도 지윤은 나른한 신음을 흘리면서 보드라운 입술을 그의 턱 아래에 밀어붙였다.

성우는 머리끝까지 치미는 뜨거운 기운에 아찔함을 느끼고 지윤의 어깨를 붙들었다. 그녀의 향긋한 내음과 자신을 감싸는 가느다란 여체의 느낌이 그를 자극했다. 아무래도 지윤은 취하면 진한 스킨십을 시도하는 듯했다.

그나마 그때까진 엘리베이터에 둘뿐이었지만 3층에서 중년 커플이 탔다. 괜히 얼굴이 빨갛게 달아올라 성우는 지윤을 달래듯 가만가만 어깨를 토닥였다. 그런데 지윤이 또다시 낮은 신음을 내더니 그의 목덜미에 얼굴을 비비고 입을 맞추기까지 했다.

“어험!”

중년 남자가 못마땅한 얼굴로 크게 헛기침하자 옆의 여자가 팔을 꾹 찔렀다. 그렇게 지하 3층 주차장으로 내려갈 때까지 엘리베이터 안에는 지윤의 야트막한 숨소리와 그를 끌어안느라 부스럭거리는 소리만 퍼졌다.

성우는 이 상황이 점차 재미있게 느껴져 희미한 미소를 입가에 그렸다. 그의 몸은 지윤의 공격으로 이미 팽팽하게 부풀어 있었지만 그녀를 향한 욕망쯤은 충분히 자제할 수 있었다.

자꾸만 그에게 매달리는 지윤을 거의 안아 올리다시피 해 차에 태우고 문을 닫으려 하자 지윤이 얼굴을 찡그리더니 그의 팔을 놔주질 않았다.

“서지윤 씨.”

그가 이름을 부르자 지윤이 눈을 깜빡이고 그를 보았다.

지금 지윤의 의식은 수명이 다해 깜빡거리는 형광등과 같았다. 그가 누구인지는 인식하고 있었지만 자신의 손을 주체하지 못했다.

"……어……."

그의 팔뚝을 쓸면서 그녀가 뭐라 말하려는 듯 웅얼거렸다.

"내가 누군지만 말해 봐."

그의 말에 지윤이 두 눈에 담뿍 웃음을 담아 방싯거렸다.

"음……. 우리 부자앙님이죠!"

"부자앙?"

그가 으르렁대듯 말하자 지윤이 잠깐 정신이 든 것처럼 눈을 동그랗게 떴다.

"내가 누구지?"

"……부, 사장님요……."

잘못 발음하지 않으려는 듯 입술을 쭉 내밀고 말하는 그녀를 보며 성우가 싱긋 미소 지었다.

"맞아, 비서 아가씨한테 반한 부사장."

그러면서 한쪽 손으로 그녀의 얼굴을 비스듬히 받치고는 입술을 겹쳤다. 순간 지윤은 그의 팔을 붙들고 있던 손의 힘을 풀었다.

몸 안 깊숙한 곳에서 작은 공이 통통 튀는 것 같더니 점차 뜨거운 기운이 용솟음쳤다.

그가 입술을 밀착하며 좀 더 깊게 들어오자 지윤이 두 손으로 그의 양 볼을 붙잡고 그의 입술을 빨았다.

성우는 열정적으로 키스를 되돌리는 지윤에게 똑같이 응하면서도 자제력을 끌어모았다.

그냥 가벼운 입맞춤만 할 생각이었는데 이건 너무 과했다. 분명 그녀는 취한 상태이고 이런 키스를 했다는 것조차 기억하지 못할 테니 이쯤에서 그만둬야 했다. 그렇지만 입술로 전해지는 달콤함과 부드러움에 맞닿은 입술을 뗄 수가 없었다.

성우가 그녀의 혀를 깊게 빨아들였다가 입술에 힘을 주어 밀착했다.

"으음……."

격렬하게 변해 가는 키스로 인해 지윤의 입에서 희미한 신음이 새어 나오자 성우는 감은 두 눈에 잔뜩 힘을 준 다음 입술을 떼어 냈다. 그러자 지윤이 불만스러운 소리를 흘리며 그의 얼굴을 붙들었다. 성우는 다시 한 번 깊게 입맞춤을 해 주고 손을 움직여 그녀에게 안전벨트를 채웠다.

"후……."

끓어오르는 욕구를 참아야 해서인지 진땀이 나고 숨이 찼다. 지윤이 그를 빤히 쳐다보며 붙들 걸 찾듯이 손을 뻗자 성우는 재빨리 몸을 빼고 차 문을 닫았다.

"아주 어려운 상대를 만났군."

그는 피식 웃은 뒤 중얼거리고는 운전석에 올랐다. 그가 옆자리에 타자 지윤이 머리를 기댄 채 고개만 돌려 그를 보았다. 그러더니 왼손을 뻗어 그의 팔을 쓰다듬었다.

성우는 시동 버튼을 누른 뒤 그녀의 손을 잡고 손등에 입술을 누르며 말했다.

"앞으로 내가 없는 곳에선 술 냄새도 맡으면 안 될 줄 알아."

마치 그의 말을 알아듣기라도 한 것처럼 지윤이 방긋 웃더니 스르르 눈을 감았다. 그리고 금방 잠들어 고른 숨을 내쉬었다.

그녀의 머리를 편하게 한 성우는 잠시 동안 시선을 고정했다.

그와의 딥 키스로 인해 립스틱은 사라진 상태였지만 근무 때와는 달리 화장에 꽤 공을 들인 듯했고, 여성스러움을 부각시키는 원피스를 입고 있었다. 그것도 허벅지를 훤히 드러내는 짧은 기장.

성우는 검은 스타킹을 신은 지윤의 미끈한 허벅지를 바라보다가 미간을 찡그리곤 재킷을 덮어 주었다. 만약 그가 그 자리에 나가지 않았다면 그 파렴치한이 지윤에게 무슨 짓을 했을지 모른다는 생각이 들자 머리털이 곤두서는 듯했다.

'박채린!'

그 여자가 부탁해 지윤이 어쩔 수 없이 소개팅에 나갔다고 문자메시지를 남긴 걸 보면 본인이 주선자라는 말이었다.

'아니, 어떻게 친구이자 장래 올케 될 사람이 그런 남자를 소개시켜 준 거지?'

또한 어쩔 수 없이 나간 소개팅 자리에 이처럼 예쁘게 꾸미고 나간 지윤도 이해가 되질 않았다. 그와 동시에 정말 자신이 그녀에게 남자로 어필이 안 되는지 궁금해졌다.

그런 생각을 하다 성우는 괜히 웃음 지었다.

주말 동안 생각할 시간을 달라고 했을 때의 그녀는 분명 그를 강하게 의식하고 있었다. 말로는 부사장님과 사귈 수 없다고 했지만 그건 상사에 오너 일가 사람이라는 이유 때문이지,

남자로서의 매력이 없어서는 아닐 터였다.

성우는 지윤의 머리가 또 한쪽으로 기울어지자 다시 바르게 해 준 뒤 흘러내린 머리칼을 넘겨 주었다. 뽀얀 뺨을 손등으로 가만히 쓸다가 살짝 벌어져 있는 입술에 엄지를 댔다. 부드러운 감촉이 조금 전 키스를 떠올리게 했다.

다시금 팽팽해지려 하는 자신의 몸을 다스리기 위해 성우는 얼른 손을 떼고 차를 출발시켰다.

별생각 없이 지윤의 집으로 향하던 그는 거의 도착할 때가 되어서야 그녀의 집이 몇 호인지 모른다는 걸 떠올렸다.

힐끗 그녀를 돌아보니 잠자리가 불편하다는 듯 몸을 이리저리 뒤척이고 있었다. 술이 깨려면 2, 3시간 정도는 푹 자고 일어나는 게 좋을 것 같아 성우는 고민에 빠졌다.

호텔로 데려가면 좋겠지만, 저렇게 잠든 지윤을 안고 들어가기엔 보는 눈이 너무 많았다. 게다가 그를 아는 누군가가 보기라도 한다면 어떤 소문이 퍼질지 아찔했다.

'그럼 어쩐다?'

그때 성우의 머리에 문득 재훈이 이야기했던 '무인텔'이란 곳이 떠올랐다.

타인의 시선 없이 편하게 들어갈 수 있는 곳이라 연예인들도 남몰래 많이들 찾는다 했다. 개별 차고가 객실과 바로 연결되어 있고, 주차를 마치면 셔터가 내려와 외부와는 완벽하게 차단되는 곳이라 지금 같은 상황에 안성맞춤이기도 했다.

"흐음……."

성우는 적당한 장소에 차를 세운 뒤 핸들을 손으로 토닥였다. 그리고 휴대폰을 꺼내 서울 근교에 있는 무인텔을 검색했다.

'지윤에게 편안한 잠자리를 제공하기 위해서'가 첫 번째 목적이었지만, 솔직한 심정으로는 그녀를 데리고 멀리 떠나고 싶기도 했다.

지난번 동해까지 가지 못한 아쉬움을 충족시키고 싶은 바람도 있었고, 잠에서 깬 그녀가 당황해하는 모습도 보고 싶었다. 일어나 보니 모텔 방인 걸 알면 분명 소스라치게 놀랄 테지.

물론 술에 취해 맥을 못 추는 그녀를 강제로 어떻게 할 생각은 절대 없었다. 그녀는 기억조차 못할 텐데 그 혼자만의 욕구를 충족시키고 싶진 않았고, 그런 짓을 할 만큼 음흉한 성격도 아니었다.

'다만 이렇게 예쁘게 꾸미고 소개팅 자리에 나간 벌이랄까?'

그는 신축 건물에 네티즌 평점이 높은 곳 위주로 검색하다가 강촌역 근처의 한 무인텔을 선택했다. 내비게이션에 주소를 입력한 성우는 지윤을 돌아보며 씨익 미소를 그렸다.

"이제 당신을 납치하겠어."

이리저리 몸을 뒤척이던 지윤은 타는 듯한 갈증에 눈살을 찌푸렸다. 하지만 포근한 느낌이 좋아 일어나고 싶지 않았다. 이

불 속으로 좀 더 파고들어 몸을 구부리는데 머릿속이 선명해지면서 뭔가 기분이 이상했다.

번쩍 눈을 뜨고 몸을 일으킨 지윤은 자신이 낯선 공간에 와 있다는 걸 알아차렸다. 은은한 불빛만 켜져 어둑한 이곳은 분명 그녀의 방이 아니었다.

"헉. 여기가 어디야?"

깜짝 놀라 주변을 두리번거리다 휙 고개를 숙여 몸을 살폈다. 다행히 원피스 차림 그대로였고 스타킹도 신은 채였다.

안도의 한숨을 내쉬고 얼른 침대에서 내려왔다. 두 손으로 머리를 움켜쥐고 방 한쪽이 난간으로 되어 있는 곳으로 가서 환한 불빛이 켜진 아래쪽을 조심스레 내려다보았다.

보아하니 이곳은 복층으로 된 오피스텔인 듯했다. 하지만 왜 자신이 여기에 있는 건지 알 수가 없었다. 기억이 나는 건…….

'부사장님!'

지윤은 쩍 벌어진 입을 손으로 가리고 불안하게 눈을 굴렸다. 용준이란 작자가 요상한 이름의 칵테일을 먹였고, 짠 하고 나타난 성우에게 기대 라운지를 나온 것까지는 분명하게 기억이 났다. 하지만 그 후 엘리베이터에서부터는 가물가물했다.

'오 마이 갓. 설마 부사장님한테 진상 부린 건 아니겠지?'

절대 그래선 안 된다고 정신을 붙들어 놓으려 했는데 어느 순간 헬렐레 취해 주사를 부린 것만 같았다.

'어떡하지? 어떡하지?'

침대 옆 좁은 공간을 왔다 갔다 하던 지윤은 아래쪽이 조용한 것을 보고 어쩌면 여기에 혼자 있는 건지도 모르겠다는 생각이 들었다. 성우가 그녀의 술주정에 질려 이곳에 던져두고 가 버렸을 수도 있었다.

주위를 둘러본 지윤은 진홍색 벽지로 이뤄진 방을 보고 고개를 갸웃거렸다.

'대체 여기는 어딜까?'

그의 오피스텔이라 하기엔 지나치게 유치찬란하고 야한 느낌이었다.

살짝 눈살을 찌푸리며 지윤은 조심스레 나무 계단을 내려갔다. 중간쯤 내려와서야 2인용 소파에 몸을 길게 뉘인 상태로 자고 있는 성우를 볼 수 있었다.

깜짝 놀라 그 자리에 선 지윤은 큰 키와는 절대 맞지 않는 작은 소파에서 불편하게 잠들어 있는 그를 잠시 동안 바라보았다.

그가 그녀만 남겨 두고 가지 않았다는 생각에 안도감이 들었다. 그에게 매달려 그의 몸을 더듬고 어루만졌을 게 분명한 그녀를 내치지 않았을 뿐 아니라 엉큼한 짓도 하지 않은 듯했다.

가슴 저 밑바닥에서부터 치고 올라오는 따스한 기운에 지윤은 지그시 입술을 깨물었다. 가만히 그에게 다가가려 했는데 계단 아랫부분에서 갑자기 삐걱거리는 소리가 났다. 흠칫 놀라 발을 뗐지만 그가 눈을 떠 상체를 일으키고 있었다.

어정쩡하게 한 발로 서 있던 지윤이 몸을 똑바로 세우자 그는 완전히 몸을 일으켜 팔걸이에 걸터앉아 그녀를 응시했다.

지윤은 얼굴이 붉어지는 느낌에 그에게서 시선을 돌리고 주위를 이리저리 둘러보았다.

"머리는? 안 아파?"

그가 소파에서 일어나 가까이 다가오자 지윤이 어깨를 움츠렸다. 그러자 그가 피식 웃음을 보이며 말했다.

"알코올 효과가 고작 2시간밖에 안 되는 건가? 아, 차 타고 온 시간까지 합하면 3시간 정도로군."

"……네……?"

"2시간 전에 당신을 침대로 옮길 때 얼마나 힘들었는지 알아?"

그러고 보니 이 나무 계단을 그녀가 직접 걸어 올라가지는 않았을 터. 지윤은 그제야 어떤 상황이었을지 상상이 돼 어디로든 숨고 싶어졌다.

더 이상 빨개질 수 없을 정도로 홍당무가 된 지윤이 웅얼거렸다.

"죄송해요. 무거우셨죠."

"당신 정도는 몇 번이고 안아 올릴 수 있으니 문제 될 건 없지만."

그는 잠깐 말을 멈추고 씨익 미소를 그리더니 얼굴을 가까이하고 속삭였다.

"당신이 날 자꾸 침대로 끌어 들여서 아주 혼났거든."

지윤의 두 눈이 커지자 성우가 눈썹을 까딱거렸다.

"무척이나 위험천만한 알레르기 반응이었어. 내가 오늘처럼 자제력을 발휘한 건 아마 처음이었을 거야."

"제, 제가 혹시……."

당황한 지윤이 그를 바로 보지 못하고 눈알을 이리저리 굴렸다. 그러면서 희미하게 떠오르는 기억에 두 눈을 질끈 감고 말았다. 엘리베이터에서 그에게 매달리듯 엉겨 붙었던 것과 그의 얼굴을 붙들고…….

"조금은 기억이 나나?"

성우의 짓궂은 음성에 지윤의 고개가 더욱더 수그러들었다. 희미하긴 하지만 그의 얼굴을 붙잡고 입술을 쪽쪽 빨았던 기억이 났다.

'내가 미쳐!'

도저히 그를 볼 수가 없어 지윤은 두 손으로 얼굴을 가린 채 어깨를 잔뜩 움츠렸다. 그를 어루만졌을 거란 건 짐작했지만 그런 진한 키스를 했을 줄은 몰랐다.

성우는 지윤이 주춤거리며 뒷걸음질 치자 황급히 손을 뻗어 어깨를 잡아 주었다.

아무래도 지윤을 놀리는 건 이쯤에서 그만둬야 할 듯했다. 당황하는 모습이 보고 싶긴 했지만 역효과를 불러일으키고 싶진 않았다.

"목마르지 않아?"

그는 지윤의 어깨를 놓고 자그마한 냉장고에서 물병을 건네주었다.

"……감사합니다."

안 그래도 목이 타서 깬지라 지윤은 얼른 물병을 받았다. 차가운 물이 몸 안을 돌자 정신이 또렷해지는 듯했다.

지윤은 그가 다른 물병을 꺼내 마시는 걸 힐끔 쳐다보고는 머뭇거리며 물었다.

"근데 여긴 어디에요?"

"무인텔."

그게 뭔지 모르겠다는 듯 지윤의 눈이 그를 향했다. 성우는 그녀를 응시하다가 가볍게 어깨를 으쓱이곤 설명했다.

"당신이 편히 잠잘 수 있는 곳을 찾다가 오게 된 거야. 호텔로 가면 당신을 안고 들어가야 하는데 사람들이 다 쳐다볼 것 같아 안 되겠고, 집도 몇 호인지 모르니 데려다줄 수 없더군."

"그럼 여기는요?"

"말했잖아, 무인텔이라고. 차고와 룸이 바로 이어져 있는 구조라서 누구한테 들킬 염려 없는 곳이야."

그런 곳도 있느냐는 표정의 지윤을 보며 성우가 씩 웃었다.

"심지어 숙박비도 자동판매기로 결제했어."

"아, 네에."

지윤이 그를 보던 시선을 어색하게 다른 곳으로 돌리며 표정을 굳혔다.

"오해할까 봐 말하는데 난 이런 곳 처음이야."

성우가 혹시나 하는 생각에 그녀에게 검지를 흔들며 말했다.

"정말 처음 온 거거든. 당신이 나랑 사귀는 걸 비밀로 하자고만 안 했어도 난 그냥 호텔로 갔을 거야."

그의 말에 지윤은 다시금 당황스러운 표정으로 그를 보았다. 설마 내가 사귀자고 대답했냐는 듯했다.

성우는 물을 한 번 더 들이켠 후 태연하게 말했다.

"난 그런 걸로 받아들였는데. 딥 키스까지 나눴는데 아무 사이도 아니면 더 이상한 것 아냐?"

"하, 하지만 그땐……."

"기억은 나지?"

"어렴풋하게는 나요."

"당신은 내가 누군지 분명히 알고 있는 상태에서 키스한 거야. 그렇지?"

"그건 그렇지만, 부사장님."

"그럼 사귀는 것 맞네."

간단히 결론 내리는 그를 지윤은 멍하게 쳐다볼 따름이었다. 물론 월요일에 출근해 그가 물으면 잘해 보고 싶다고 말할 생각이긴 했지만 이건 뭔가 그의 뜻대로 끌려가는 것 같아 기분이 이상했다.

"저기, 그래도 아까 그 키스는 제가 좀 취해서……."

"취해서 그런 거다?"

그가 묻자 지윤이 어색하게 고개를 끄덕였다.

"제가 술을 마시면 좀, 손버릇이 나빠져서요. 왜 알레르기가 있다고 거짓말하는지 이제 아시겠죠? 아까 침대로도 막 끌어당겼다면서요."

지윤의 얼굴은 잘 익은 홍시처럼 빨갛게 물들어 있었다.

성우는 아까 지윤을 안고 계단을 오를 때를 떠올리며 씨익 미소를 그렸다.

그녀는 기억하지 못할 테지만, 그의 맨살을 만지고 싶은지 자꾸만 옷깃 사이로 손을 움직였고 기어이 니트를 걷어 올려 손을 집어넣기까지 했다. 게다가 그의 목 뒤로 두른 손으로는 어깨 주변을 만지작거렸고 입술은 그의 뺨과 턱을 넘나들었다.

그런 치명적인 유혹을 뿌리치는 게 얼마나 어려웠을지는 신만이 아실 터. 성우는 가까스로 지윤을 침대에 눕히고는 이불로 꽁꽁 싸맨 뒤에야 몸을 떼어 낼 수 있었다. 그와 동시에 '이제껏 다른 남자에게 이런 모습을 보인 적이 있진 않았을까' 하는 걱정이 들기도 했다.

"지금까지 나 말고 누구 앞에서 술을 마셔 봤는지 물어도 될까? 대학 땐? 보통 MT 가면 엄청나게들 마시잖아."

어떤 사람에게 이런 술주정을 보였느냐는 질문이나 마찬가지였다. 지윤은 얼른 고개를 내저으며 손까지 흔들었다.

"가족 말고는 누구 앞에서도 안 마셔 봤어요. 대학 합격했다고 오빠들이 처음 술 사 줬을 때 저 이러는 거 알고는 큰오빠가 알레르기니까 죽을 수도 있다고 거짓말하랬거든요."

"흠, 그럼 당신이 취한 모습을 본 건 오빠들과 나뿐인 건가?"

다행이란 생각에 성우는 은근히 걱정스럽던 마음이 한결 가벼워지는 걸 느꼈다.

"……채린이랑요."

그 이름을 듣자 성우는 채린에 대한 의구심이 다시 솟아나 찡그린 얼굴로 물었다.

"그래, 박채린 씨. 그 사람은 대체 왜 당신한테 그런 작자를 소개시켜 준 거지?"

"어, 그건 그냥……."

"그리고 당신은 내가 사귀자고 청한 상태에서 어떻게 소개팅이란 걸 할 수가 있고."

"그건 우연찮게 일이 그리됐어요. 전 그냥 커피 한 잔만 마시고 나오려고 했고요."

채린에게 평범하고 괜찮은 남자 있으면 소개 좀 시켜 달라고 부탁했다는 건 절대 말할 수 없었다. 그와 사귀는 게 겁나서 얼결에 꺼낸 말일 뿐이었지만 어쨌든 그가 듣기에 좋은 소리는 아니었으니까.

"그 작자가 일부러 칵테일을 준비해 뒀던 게지. 음흉한 녀석 같으니라고."

지윤 역시 성우가 그때 나타나지 않았으면 어떻게 됐을까 생각하니 온몸에 소름이 돋는 듯했다.

"근데 거긴 어떻게 알고 오셨어요?"

"박채린 씨가 문자메시지를 남겨 뒀어. 당신이 소개팅을 할 거라면서, 당신에게 관심 있지 않느냐고 묻던데?"

"채린이가요?"

순간 지윤은 처음부터 채린이 모든 걸 꾸민 게 아닐까 하는 의심이 들었다. 가만히 생각해 보니 짝사랑 같은 건 하지 말라면서, 소개시켜 주는 남자도 맘에 들 리 없을 거라 말한 게 이상하긴 했다.

'얘가 정말!'

지윤은 한숨을 푹 내쉬고 머쓱한 표정으로 그를 보았다.
"와 주셔서 고마워요, 정말."
"당신을 납치한 것도?"
그가 장난스레 묻자 지윤이 무슨 뜻이냐는 듯 쳐다보았다.
"납치요?"
"내일 밤까지 난 당신을 집에 안 보낼 거거든. 내가 데려다주기 전까진 함께 있어야 될 거야."
"여, 여기에서요?"
당황한 지윤은 놀란 눈으로 자그마한 방을 둘러보았다. 살짝 긴장이 감도는 그녀의 얼굴에 성우는 씨익 미소를 보였다.
"여긴 목적지를 향한 임시 거처였을 뿐이야."
"목적지요?"
바보처럼 되묻는 지윤에게 답하는 대신 성우가 손목시계를 보며 말했다.
"배고프지 않아? 9시가 다 됐는데 뭣 좀 먹어야지."
딱히 배가 고프다는 생각은 안 들었지만 그와 이 좁은 곳에 계속 머물 순 없어서 고개를 크게 끄덕였다. 그러고는 어색한 눈으로 주위를 둘러보며 물었다.
"제 가방은 어디 있나요?"
"차에 있는데 갖다 줄까?"
"제가 가져올게요."
마음 같아선 따뜻한 물로 샤워하고 싶었지만 우선은 세수만이라도 하고 싶었다.

지윤은 두근거리는 심장을 진정시킬 시간을 벌기 위해 문으로 다가갔다.

"여기 있어. 내가 가져올게."

하지만 성우가 지윤의 팔을 잡아 세운 뒤 문을 열고 나갔다. 열린 문틈으로 얼핏 보니 그가 말한 대로 차 한 대만 딱 들어올 수 있는 공간이었고, 사방은 모두 막혀 있었다.

지윤은 뭐 이런 곳이 다 있나 싶어 두 눈을 동그랗게 떴다. 그런 그녀에게 가방을 건네주며 성우는 어깨를 으쓱했다.

"나도 처음이라니까."

"이상한 곳이네요."

"재미있는 곳이기도 하지."

그가 씨익 웃자 지윤은 얼굴이 또 달아오르는 느낌에 황급히 욕실로 들어갔다.

욕실엔 샤워 부스뿐 아니라 커다란 2인용 월풀 욕조까지 갖춰져 있었다. 왠지 음란한 장면들이 마구 상상되자 지윤은 부르르 몸을 떨었다.

욕조 쪽으론 눈길도 주지 않고 서둘러 세수를 했다. 선반에 샴푸와 린스, 클렌징 용품들이 준비되어 있어 진한 화장을 깔끔하게 지워 낼 수 있었다. 컵에 꽂힌 1회용 칫솔로 양치까지 마치자 한결 상쾌한 기분이 들었다.

쇼핑할 때 화장품 가게에서 받은 샘플들을 파우치에 넣어 두길 정말 잘했다 생각하며 지윤은 스킨로션 대신 세럼과 크림을 발랐다. 빠른 손놀림으로 파운데이션을 바르고, 연한 립글로스로 마무리한 뒤 머리를 대충 쓸어 넘기고 욕실을 나왔다.

지윤이 조금 전의 진한 화장 대신 평소와 같은 수수한 화장을 하고 나오자 성우가 한동안 응시했다. 괜히 어색해져 지윤이 애꿎은 머리칼을 만지며 그를 보았다.

"왜, 왜요?"

"여자들은 화장만으로도 분위기가 참 많이 바뀌는 것 같아."

"그, 그래요?"

살짝 얼굴을 붉히는 그녀에게 그가 싱긋 웃어 주었다.

"어쨌든 당신의 아까 모습도, 지금 모습도 다 마음에 들어."

아, 또 가슴이 콩닥거리기 시작했다. 지윤이 시선을 다른 곳으로 돌리자 성우가 그녀의 외투를 가져와 어깨 위로 걸쳐 주었다.

"갈까?"

"어디로요?"

그가 말한 '목적지'라는 게 무슨 뜻인지 이해하지 못한 지윤의 물음에 성우는 의미심장한 미소를 그리더니 태연하게 답했다.

"아무 데나."

"네?"

"배고프다. 뭐라도 먼저 먹자고."

성우는 지윤을 데리고 룸을 나와 차 문을 열어 주었다. 지윤이 차에 오르자 성우는 문을 닫기 전 슬쩍 허리를 숙이고 얼굴을 가까이했다.

흠칫 놀란 지윤이 머리를 뒤로 바싹 기대자 성우가 씩 웃으며 말했다.
"기억이 어렴풋하다고 했나?"
"예? 무슨……."
지윤은 뭐라 말을 다 끝맺기도 전에 갑자기 다가온 그의 입술로 인해 빳빳이 굳고 말았다. 그의 한 손이 그녀의 뺨을 감쌌고 그의 입술은 살짝 열린 채로 그녀에게 겹쳐졌다.
바르르 떨리는 지윤의 입술 사이로 그의 혀가 천천히 들어서자 그녀는 어깨를 움츠리며 그의 옷깃을 잡았다. 희미하게 남아 있던 진한 키스의 감촉이 생생하게 되살아나는 느낌에 지윤이 더 입을 벌리고 그를 받아들였다.
두 사람의 혀가 맞닿았고 서로를 강하게 소유하듯 빨아들이자 짜릿한 감각이 온몸으로 퍼졌다.
"으음……."
길게 이어진 키스로 인해 지윤이 숨을 헐떡이자 성우는 조금 힘을 뺐지만 완전히 입술을 떼지는 않았다.
좀 더 입술을 맞대고 가만가만 입맞춤을 해 나가던 그가 천천히 입술을 떼어 냈다. 지윤의 감긴 눈꺼풀이 파르르 떨리더니 까만 두 눈동자가 드러나 그를 향했다.
"나 혼자만의 기억으로 남겨 두긴 아까워서."
그가 낮게 속삭이자 지윤은 얼굴을 붉히며 얼른 시선을 내렸다. 그가 운전석에 앉아 시동 버튼을 누르는 걸 보던 그녀는 서둘러 안전벨트를 당겼다.
그런 지윤을 보고 성우가 살짝 콧등을 찡그렸다.

“우린 이제 애인 사이인 만큼 내 앞에서 너무 몸 사리는 일은 없었으면 해.”

“그냥 벨트 맨 건데요.”

“행여 내가 나설까 봐 급하게 한 것 아냐?”

그가 두 눈을 가늘게 뜨자 지윤은 몇 차례 눈을 깜빡이다가 연하게 웃어 보였다.

간질간질한 이 느낌을 계속 얽매고 있으려니 좀이 쑤시고 답답했다. 그의 말대로 눈치 살피는 건 그만해도 되지 않을까 싶었다.

“다시 풀까요?”

성우가 지윤을 빤히 쳐다보다가 픽 하고 웃음을 터뜨렸다.

“아무래도 당신한테 꼼짝 못 할 것 같아 불안해지는군.”

“불안요?”

“사전적 의미로 해석하진 말라고.”

그가 차를 출발시키며 유쾌하게 말을 이었다.

“예측할 수 없는 상황에 대한 은근한 기대감이란 뜻이니까.”

오늘부터 1일

"정말 집에 못 가요?"

"응. 안 보낼 거야."

"하지만……."

"이대로 강릉까지 가서 내일 아침 일출을 볼 거고, 당신이랑 손잡고 겨울 바다를 보며 산책도 할 거고, 킹 크랩도 먹을 거야. 그러니까 집엔 내일 밤에나 들어가게 되겠지?"

그녀의 말을 싹둑 자르며 성우가 제 할 말만 했다.

분명 고집스러운 모습인데도 이상하게 그가 귀엽게 느껴졌고, 그가 제시한 일도 마음에 쏙 들었다.

지윤은 저도 모르게 미소를 지었다가 얼른 입매를 가다듬었다.

"하지만 아무런 준비도 못 했는데요."

"여행 좋아한다며? 원래 여행은 갑자기 떠나는 게 제맛이지."

그는 지윤을 힐끗 쳐다본 뒤 아무렇지 않게 말했다.

"필요한 게 있으면 말만 해. 내가 다 준비해 줄 테니까."

결국 지윤은 입을 다물어야 했다.

사실 지금 가장 걱정되는 건 '어디에서 숙박할 것인가'였다. 방금 전까지만 해도 그 좁은 모텔에 단둘이 있긴 했지만, 강릉에 도착해서도 그렇게 잘 순 없는 일이었다.

지윤은 심장 박동이 점차 빨라지는 걸 느끼며 입술을 앙다물었다. 이대로 내일 아침까지 차에 있을 리 없으니 분명 어디든 숙박할 곳을 찾을 텐데, 혹시 그가…….

"왜 또 이렇게 조용하지?"

그가 한방을 쓰자고 하면 어떻게 반응해야 하나 고민할 때 갑자기 목소리가 들려와 지윤은 화들짝 놀라고 말았다.

"왜?"

"아니에요! 그나저나 부사장님 시장하실 텐데."

"샌드위치 먹었으니 괜찮아."

그가 춘천을 거칠 때 고향에 왔는데 먹고 싶은 것 없냐고 물었지만 지윤은 고개를 내저었다. 행여 아는 사람이라도 마주칠까 걱정되어 얼른 이곳에서 벗어나고 싶었다. 그런 그녀의 마음을 눈치채기라도 한 듯 그가 샌드위치와 커피를 사 왔다.

"나랑 단둘이 있을 땐 이름으로 부르는 게 어때?"

갑작스러운 그의 말에 지윤이 당황하며 그를 보았다.

"이름요?"

"계속 부사장님이라고 할 건가?"

"그래야 하지 않을까요?"
"성우 씨라 부르기 뭐하면 그냥 오빠라고 부르지?"
성우가 씩 입꼬리를 올리며 한번 불러 보라는 듯 눈썹을 까딱거렸다. 하지만 지윤은 도저히 못 하겠다는 얼굴로 그를 쳐다볼 따름이었다.
"오빠란 호칭은 편하지 않아? 익숙할 것 아냐."
"그 오빠랑 이 오빠는……."
"물론 의미는 다르지만 발음은 똑같잖아. 아니면 성우 씨. 난 성우 씨도 좋아."
"그건 더 이상한데."
지윤은 그를 '성우 씨'라 부른다는 생각만으로도 온몸에 닭살이 돋는 듯했다. 그러면서도 어떤 느낌일까 궁금해져 그를 힐끔 본 뒤 나직이 중얼거렸다.
"성우 씨."
그가 쳐다보자 지윤이 또 한 번 그를 불렀다.
"오빠."
"뭐야, 지금?"
"어떤 게 더 입에 붙는지 해 보는 거예요."
지윤이 방긋 미소를 그리자 성우의 눈매가 가늘게 변했다.
"그렇게 웃다간 안전을 보장할 수 없을 텐데."
"네?"
"자꾸 당신 얼굴만 보고 싶어지는데 운전을 어떻게 하겠어?"
그는 이런 멘트를 아무렇지 않게 던지는 듯했지만 지윤에겐 전혀 익숙하지 않은 것들이라 얼굴이 빨갛게 달아오르고 말았다.
"어, 그럼 안 웃을게요."
"그런 뜻이 아니란 것 잘 알면서 왜 이러실까. 당신이 천사처럼 웃어도 운전에 열중할 테니 염려 말라고."
지윤은 흐뭇한 얼굴의 그를 잠시 동안 바라보다가 천천히 입을 열었다.
"콩깍지가 벗겨지면 언제든 말씀하세요."
"뭐?"
"제가 예뻐 보인다는 그 콩깍지요. 언젠가 벗겨질 때가 있을 거예요. 그럼 꼭 저한테 말씀해 주세요."
차분한 그녀의 말에 성우가 낮은 한숨을 내쉬었다.
"이봐요, 서지윤 씨. 우린 오늘이 1일인 커플이라고. 제대로 시작도 안 했는데 벌써부터 그런 말이 나오나?"
"그래도 전……."
"오케이. 그 말은 내 눈에서 콩깍지가 벗겨지지 않으면 계속 내 여자로 있겠다는 뜻이지?"
"네?"
"내가 당신을 원한다면 언제까지나 내 곁에 있을 거라고 먼저 약속해. 그럼 나도 약속할 테니까."
'아, 미치겠다.'
지윤은 콩닥거림이 점차 심해지는 걸 느끼며 침을 꿀꺽 삼켰다. 그 어느 때보다 감미롭게 들려오는 말에 심장이 제멋대로 널을 뛰었고, 두 손으로 그의 얼굴을 붙들고 키스하고 싶다는 충동심까지 들었다.

'설마 아직 술이 덜 깼나?'

"대답 안 할 건가?"

그가 묻자 두 손을 꼭 움켜쥐고 있던 지윤은 휴게소 표지판을 보고 조용히 말했다.

"잠깐 차 좀 세울 수 있을까요? 저 앞에 휴게소 있는 것 같은데."

뜬금없이 멈춰 달라고 하니 성우가 걱정이 된 듯 물었다.

"속이 안 좋아?"

"아뇨, 그냥 좀."

지윤이 그를 힐끔 보고는 입술을 가만히 깨물었다.

알코올과는 상관없이 지윤은 자신이 지금 뭘 원하는지 확실히 알고 있었다. 그리고 그가 얼마나 당황스러워할지는 생각하고 싶지 않았다. 이건 그 어떤 말보다 그에게 확실한 대답이 될 테니까.

그의 차가 휴게소에 도착하자 지윤이 긴장 어린 숨을 내쉬었다. 성우가 서둘러 안전벨트를 풀고 지윤을 돌아본 순간.

"같이 가 주……."

성우는 지윤이 그의 양 볼을 손으로 감싸고 입술을 겹쳐 오자 우뚝 굳은 채로 눈을 깜박거렸다. 하지만 이내 그녀를 와락 끌어안았다. 그리고 입술을 꾹 누른 채 섣불리 움직이지 못하는 그녀를 리드하듯 입술을 열어 혀를 밀어 넣었다.

연한 속살을 혀로 간질이고, 가지런한 치열을 훑은 뒤 머뭇거리는 그녀의 혀를 찾았다. 말캉한 두 사람의 혀가 서로를 탐하기 시작하자 차 안의 공기가 순식간에 후끈 달아올랐다.

"하아……."

누구의 소리인지 모르겠는 신음이 얕게 흘러나옴과 동시에 성우가 숨을 고르듯 살짝 입술을 떼었다가 다시 지윤의 입술을 삼킬 것처럼 겹쳤다. 황홀한 감각이 그를 에워쌌고 뜨거운 욕구가 미칠 듯이 몰려왔다. 조금만 더 그녀를 맛보고 싶었다.

성우의 입술이 지윤의 뺨과 턱 아래로 미끄러진 후 귓가를 지나 목덜미로 향했다.

"하아……! 으음……."

지윤은 짜릿하게 퍼지는 느낌에 거친 숨을 몰아쉬며 그의 머리칼을 붙들었다.

몸 안 깊숙한 곳에서부터 올라온 감각이 이젠 온몸으로 퍼져 그의 손길을 애타게 기다리고 있었다. 한 번도 경험해 보지 못한 쾌감이 정수리까지 몰아치는 듯했다. 고작 키스만으로도 이런 기분을 느낄 수 있다는 게 두렵기까지 했다.

뒷덜미에서 느껴지는 그의 손길과 예민한 귓가를 훑는 그의 입술 감촉에 지윤이 바르르 몸을 떨다 불안한 듯 속삭였다.

"자, 잠시만요."

성우가 지윤의 머뭇거림에 살짝 고개를 들어 그녀를 보았다. 분명 열에 들뜬 표정이었지만 그 안엔 긴장감도 진하게 배어 있었다. 그 모습마저도 사랑스럽게 다가와 다정한 미소를 지으며 그녀의 미간에 입을 맞췄다.

"좋아, 이번엔 여기까지."

"부사장……. 아니, 오……."

그를 오빠라 부르려다 지윤이 눈썹을 약간 찡그렸다. 친오빠들에게만 사용했던 단어를 성우에게 쓰려니 뭔가 이상했다.

"서, 성우 씨."

"성우 씨라고 부르는 게 좀 더 낫나?"

그가 싱긋 웃자 지윤이 희미하게 고개를 끄덕이며 말했다.

"방금 제가 키스한 건요."

"알아. 내 말에 약속하겠다는 뜻인 거."

그가 지윤의 뺨을 손등으로 쓸어내리더니 다시금 입술을 겹치고는 부드럽게 빨았다가 놓아주었다.

"당신과 난 아주 잘 맞을 거라고 장담하지."

지윤을 안 지 얼마 되지 않았지만 그건 확실했다. 그를 이토록 자극하고 신경을 집중시키는 여자는 지금껏 그녀뿐이었고, 이 흐뭇한 기분이 좀처럼 쉽게 사라지지 않을 것도 확신했다. 진심으로 성우는 그녀의 손을 놓고 싶지 않았다.

두 사람이 강릉에 도착한 것은 밤 11시가 훌쩍 넘은 시각이었다. 성우는 자정까지 영업하는 대형 마트에 들러 하루를 묵기 위해 필요한 용품들을 구입하자고 했다.

"제 건 알아서 골라 올게요."

그가 속옷 코너까지 따라올까 봐 지윤은 각자 쇼핑을 하자 청했다.

"자, 계산은 이걸로 해."

신용 카드를 건네는 성우에게 지윤이 괜찮다고 고개를 젓자 그가 반강제적으로 카드를 손에 쥐여 주곤 그녀의 가방을 빼앗았다.

"오늘 난 당신을 납치한 사람이니 이건 내가 보관하겠어."

"이걸로 도망갈 수도 있어요."

지윤이 신용 카드를 흔들어 보이자 그가 씩 미소 지었다.

"마음대로. 그건 내 거라서 추적이 가능하거든. 얼마든지 쫓아 줄게."

결국 지윤은 더 이상 아무 말도 못 하고 마트 안으로 들어갔다. 당장 필요한 건 새 속옷과, 불편한 원피스 대신 갈아입을 만한 옷이었다.

지윤은 채린이 쇼핑백을 들고 간 것을 아쉬워하며 속옷과 함께 외출용으로 입을 만한 치마 레깅스와 터틀넥 셔츠를 구입했다.

지윤이 계산대로 가자 바깥쪽에 서 있는 그가 보였다. 종이봉투를 들고 있는 걸 보니 그도 이것저것 필요한 것을 산 듯했다.

"쇼핑 시간이 아주 바람직하군."

계산을 마치고 나오자 그가 손을 내밀었지만 지윤은 고개를 저었다.

"무거운 것 아니에요. 제 가방도 주세요."

여자 친구의 가방을 대신 들어 주는 남자를 그다지 좋게 봐 오지 않았기에 지윤이 그의 손에 들린 자신의 백을 당겼다. 순

순히 그녀의 의사에 따른 그는 에스컬레이터에 오르며 그녀의 어깨에 손을 얹었다.

"자, 그럼 이제 방향을 정해 볼까. 정동진? 아니면 경포해변? 내일 아침 일출 보고 싶은 곳을 골라 봐."

지윤은 그의 손이 강하게 의식됐으나 애써 아무렇지 않은 듯 말했다.

"정동진은 여기에서 좀 멀지 않아요?"

"뭐, 30여 분 정도면 갈 수 있을 거야. 그쪽으로 갈까?"

"대학생 때 가 보긴 했는데 다시 한 번 가고 싶었거든요."

"오케이, 그럼 정동진으로 가지."

그가 차를 출발시킨 후 그녀를 돌아보며 말했다.

"거기 선박 모양의 호텔이 있는데, 오늘 밤은 거기에서 묵을 거야."

방송과 여행 블로그를 통해 여러 번 본 적이 있었고, 한 번쯤 가 보고 싶었던 곳이라 지윤은 은근한 기대감이 들었다. 하지만 두근거리는 마음을 드러내고 싶진 않았기에 그냥 조용히 고개를 끄덕거렸다.

그런 그녀를 보던 성우가 당연하다는 듯한 말투로 덧붙였다.

"방은 하나만 잡을 거고."

"네?"

지윤이 휙 고개를 돌리자 성우가 눈썹을 스윽 치켜세웠다.

"연인 사이인데 방을 두 개나 잡는 건 이상하잖아?"

"저기, 저는 아직……."

"아까 무인텔에서도 함께 있었는데?"

"그건 어쩔 수 없는 일이었잖아요."

"물론 불가피한 상황이었지만, 그럼에도 불구하고 난 당신을 지켜 줬지."

그가 강조하자 지윤이 고개를 끄덕였다.

"고맙게 생각하고 있어요. 정말로요."

"그럼 한 번 더 믿어 봐. 손만 잡고 잘 테니까."

놀란 표정의 지윤을 보며 성우가 웃음을 터뜨렸다. 그러고는 손을 달라는 듯 오른손을 척 들었다. 얼결에 손을 올리자 그가 지그시 감싸 쥐곤 싱긋 미소 지었다.

"보통 이런 경우엔 여자 쪽에서 더 실망하지 않나? 오빤 남자도 아냐, 이러면서."

"전 안 그럴 건데요."

"진짜?"

은근한 눈빛을 던지는 성우에게 넘어가지 않으려 애쓰며 지윤이 입을 다문 채 머리를 끄덕거렸다.

그러자 성우가 손에 힘을 주며 넌지시 물었다.

"몇 시간 전만 해도 이 손이 내 셔츠 안까지 들어와 엄청 헤매고 다녔는데, 기억이 나려나."

"서, 설마요! 제가 그렇게까지."

"난 얼마든지 기억나게 해 줄 용의가 있어."

씨익 웃는 그를 보며 지윤이 세차게 머리를 흔들었다.

"아뇨. 안 그러셔도 될 것 같은데요."

"꼭 오늘이 아니어도 상관없어. 당신도 알다시피 그 정도의 자제력은 있거든."

"다음에요."

화끈거리는 얼굴로 답하자 그가 다정한 미소를 보여 주었다.

"걱정 마. 난 충분히 기다릴 수 있으니까."

성우는 호텔에 도착할 때까지 지윤의 손을 놓지 않았다.

얼마 지나지 않아 선박 모양 호텔의 주차장으로 들어선 그가 지윤을 돌아보았다.

"정말 같이 들어갈 생각 없어?"

"네, 전 차에 있을게요."

"여기에 우릴 아는 사람은 없을 텐데."

지윤이 어색하게 웃으며 고개를 저었다.

"납치범이 인질을 혼자 남겨 둬선 안 되는데."

그가 두 눈을 가늘게 뜨며 말하자 지윤이 방긋 미소를 보여 주었다.

"걱정 마요. 전 스톡홀름 증후군에 빠진 인질이니까."

"그렇다면 믿어 주지."

성우가 지윤의 머리를 가볍게 쓰다듬은 후 차에서 내렸다.

그가 멀어지자 지윤이 그제야 숨을 크게 내쉬며 가슴을 쓸었다.

평소보다 심장이 빠르게 뛴 탓에 호흡도 세차게 느껴졌고 체온도 자그마치 1도는 상승한 것만 같았다.

이러다 사무실에선 어떻게 근무를 할지 걱정스럽기까지 했다. 혹시나 최 비서님이 눈치채지 않을까 전전긍긍하다가 더 실수하진 않을지…….

그런 걱정을 하면서도 입가엔 잔잔한 미소가 감돌았다.

사실 이런 기분이 나쁘지 않았다. 아니, 오히려 너무나 좋았다. 누군가를 가슴에 담고, 같은 눈으로 서로를 바라본다는 게 이렇게 근사한 일일 거라곤 상상도 못했는데. 채린의 매일매일이 즐겁고 행복한 게 이제야 이해가 되었다.

채린에게 연락을 해 줘야겠다 싶어 휴대폰을 꺼냈다. 성우에게 문자메시지까지 보냈을 정도면 어떻게 됐는지 궁금해서라도 여러 차례 전화했을 텐데 지금까지 조용한 게 이상했다.

하지만 지윤은 휴대폰 알림이 무음 처리되어 있고, 부재중 전화가 스무 통 가까이 들어와 있는 걸 보고 눈살을 찡그렸다.

"이게 왜 무음으로 되어 있지?"

채린에게서만 열 몇 통의 부재중 전화가 들어와 있었고 성우에게서도 세 차례의 전화가 와 있었다. 시간대를 보니 지윤을 찾아 소개팅 자리에 오면서 통화를 시도한 듯했다. 그럼 그때부터 무음으로 되어 있었다는 소리인데…….

'설마 채린이가?'

지윤아, 내가 휴대폰 무음으로 돌려놨는데 아직 확인 안 한 거니? 이거 보면 전화해.

지석 오빠가 너 불러서 저녁 먹자고 했는데, 너 약속 있다고 안 된다고 했거든. 아직 집에 안 들어간 것 같은데 어디야? 부사장님은 만났어?

지윤아, 제발 휴대폰 좀 봐. 연락이 안 되니까 걱정되잖아! 아까 용준 씨한테 물어보니 어떤 남자가 와서 널 데려갔다던데. 어떻게 된 거야? 부사장님 맞지?

메시지를 확인한 지윤이 쯧쯧 소리를 내며 채린에게 전화를 걸었다.

—여보세요? 지윤아!

"너 뭐냐? 왜 남의 휴대폰을 맘대로 만져?"

—지금 어디야? 나 진짜 속 터져서 죽는 줄 알았잖아.

"그러게 왜 무음 처리를 해 놓고 그래?"

—그러는 넌 어떻게 지금까지 한 번도 휴대폰을 안 볼 수 있어? 지금 어디냐고! 집에 간 거야?

"아직."

—어딘데? 여태껏 부사장님이랑 같이 있는 거야?

"너 지석 오빠 옆에서 전화받는 것 아니지?"

—걱정 마, 오빠 씻으러 들어갔으니까. 어떻게 된 건지나 빨리 말해 봐.

"내 걱정은 할 필요 없고. 그 차용준이란 남자 아주 못된 놈이니까 친하게 지내지 마. 너한테도 무슨 짓 할까 걱정된다."

—왜? 용준 씨가 어쨌는데?

"나 몰래 칵테일 시켰어. 취하게 만들 작정이었나 봐. 거기다 오늘 처음 만난 여자한테 연봉이 얼마냐고 묻더라. 결혼하면 맞벌이 할 거냐고 물을 때부터 이상했어."

—어머. 넌 칵테일 안 마신 거지? 괜찮은 것 맞지?

"멋모르고 한 모금 마시긴 했는데 마침 부사장님이 오셔서 괜찮았어. 암튼 그 인간한테 똑바로 전해. 나 알레르기 일어나서 응급실에서 죽다 살아났다고. 앞으로 다른 여자 만날 때 또 그런 수법 썼다간 쇠고랑 찰 수도 있다고 분명히 경고해."

—정말 미안해. 용준 씨가 그럴 줄은 몰랐어. 근데 부사장님하곤 별문제 없었어? 그거 마시고 주사 부렸다거나…….

"다행히 취할 정도는 아니었어. 입만 대고 말았으니까."

굳이 채린의 상상력에 날개를 달아 주고 싶지 않아서 지윤은 태연하게 말했다.

"그러는 넌 지금 어디야? 오빠랑 같이 있는 것 같은데."

—그냥……. 오빠 내일까지 스케줄 없대서 가평으로 놀러 왔어.

그렇다면 지윤의 집에 갑자기 들이닥칠 일은 없을 듯했다.

"결혼식 전까지는 좀 조심해. 아직 2개월이나 남았잖아."

—얘는? 걱정 마, 오빠가 다 알아서 조절하니까. 그나저나 너희 부사장님 거기까지 찾아간 것 보니 너한테 마음 있는 게 맞지? 내가 그럴 것 같더라니까.

"그래서 일부러 나 소개팅 자리 보내 놓고 연락까지 한 거야? 나 찾으러 올지 안 올지 궁금해서?"

—뭐, 대충은. 암튼 거기까지 간 것 보면 너한테 관심 있는 거잖아. 지금까지 둘이 뭐 하는데?

"앞으로 내 문제는 내가 알아서 한다고 했지? 지석 오빠나 신경 쓰시죠."

—흥, 계집애가 도와줘도. 어, 오빠 나온다.

"지석 오빠한텐 아무 말 하지 마. 알았지?"

—알았어.

지윤은 전화를 끊고 낮게 숨을 내쉬었다.

채린의 간섭이 때론 피곤했지만 오늘 일은 용서해 주고 싶었다. 이상한 남자를 소개시켜 준 걸 생각하면 한 대 때려 주고 싶었지만, 어쨌든 덕분에 성우와 시간을 보내게 됐으니까.

어제까지만 해도 상처뿐인 관계로 끝날 것 같아 그를 피하려 했는데, 만 하루 사이에 굉장히 많은 일이 일어난 듯했다.

나중에 어떻게 될지 걱정하고 싶지도 않았다. 그냥 이 순간 이대로, 그와 함께하는 시간을 행복하게 즐기고 싶었다.

그가 잡은 방은 널찍한 거실이 딸린 스위트룸이었다. 발코니 밖으로 달빛을 받은 바다가 잔잔한 물결을 일렁이며 넓게 펼쳐져 있었고, 내부는 아까의 좁은 모텔방과는 비교할 수 없을 정도로 고급스러웠다.

"난 손만 잡고 잘 수 있는데 당신이 쫓아낼 것 같아서 말이야."

넉살 좋게 말하며 성우는 거실에 놓인 커다란 소파를 가리켰다. 지윤이 곁에 못 오게 하면 저 소파에서 자겠다는 뜻이었다.

"제가 소파에서 자면 돼요."

"또, 또 그러신다. 그럼 내가 그러라고 할 것 같아? 물론 가장 좋은 방법은 이 킹사이즈 침대에서 함께 자는 거지.”
“하루 된 커플이 그러기엔 너무 성급한 것 아닌가요?”
지윤이 눈을 흘기자 성우는 양손을 들어 보이며 강조했다.
“허어, 난 진짜로 손만 잡고 잔다니까?”
“제가 잠버릇이 아주 고약하거든요. 술주정 부릴 때의 손버릇과는 비교도 안 될 만큼.”
새침한 지윤의 말에 성우가 은근한 목소리로 물었다.
“음, 그거 기대하라는 말 같은데?”
“후회할 거란 말이죠. 니 킥이 장난 아닐 테니까요.”
지윤이 무릎을 들어 올리자 성우는 얼결에 허리를 수그리며 엉덩이를 멀찍이 뒤로 뺐다.
“아주 위험한 잠버릇이로군.”
성우는 가늘어진 눈으로 지윤을 응시하더니 씨익 입가를 올려 보였다.
“하지만 정작 후회할 사람이 누구일지 모르진 않겠지?”
의미심장한 말에 지윤이 얼굴을 붉혔다. 더 이상의 말장난은 그만둬야 할 듯했다.
“흠, 이쪽이 동향이면 일출도 바로 보인대요?”
지윤이 어색한 동작으로 몸을 돌리며 발코니 쪽으로 향하자 성우가 그 옆으로 다가왔다.
“아니, 오션 뷰에선 일출 보기가 어렵나 봐. 전망대나 정원으로 나가서 보는 게 낫다더군. 그래도 가든 뷰보다는 오션 뷰가 나을 것 같아서 여기로 했어.”

그가 자연스레 지윤의 허리에 팔을 둘렀다. 순간적으로 지윤의 몸에 힘이 들어가자 성우가 비스듬히 내려다보며 더욱 꽉 끌어당겼다.

"안 잡아먹을 테니까 긴장 좀 풀지?"

지윤은 고개를 끄덕였지만 온몸으로 그를 의식해서 그런지 호흡이 점차 빨라지는 것을 느꼈다. 왼쪽 어깨에서부터 엉덩이를 지나 다리에 이르기까지 그와 밀착된 상태이다 보니 그런 반응이 나타나는 건 당연했다. 게다가 술에 취한 것도 아닌데 이 손이 자꾸만 그를 만지고 싶어 했다.

생각해 보니 그녀는 보드랍고 감촉이 좋은 것들을 어루만지는 걸 좋아했다. 집에서도 TV를 볼 때마다 다리에 덮은 보들보들한 털 담요를 쓸어내리거나 돌고래 비즈 인형을 안고 조물거렸으니까. 어찌 보면 술에 취했을 때의 그 손버릇은 알코올에 힘입어 평소보다 과격하게 분출되는 건지도 몰랐다.

하지만 아무리 그렇다고 해도 이 자리에서 그의 팔뚝을 만지작거리고 어깨를 쓸어내릴 순 없지 않은가. 아무래도 그와의 거리를 벌리고 있는 게 좋을 듯했다.

"저기, 저 먼저 좀 씻고 싶은데요."

지윤이 그의 손에서 빠져나오며 한발 멀찍이 떨어지자 성우가 빙그레 웃음을 보였다. 그의 장난스러운 표정에 지윤이 손을 내밀며 머리를 저었다.

"이상한 말 하지 마요. 그런 농담은 사양하고 싶으니까."

그러자 그가 표정을 싹 바꾸며 물었다.

"내가 무슨 말을 하려는 줄 알고 그래?"
"그거야……."
'같이 씻을까? 하고 말할 생각 아니었냐고요.'
지윤이 흠 헛기침을 하고는 거실 쪽 욕실을 가리켰다.
"제가 이쪽에서 씻을게요."
"마음대로."
그가 싱긋 웃어 보이고는 아까 마트에서 그녀가 구입한 물건이 담긴 종이봉투를 건넸다. 지윤은 괜히 뻘쭘한 기분에 그를 힐끗 보았다가 고개를 숙이고는 서둘러 욕실로 들어갔다.
그처럼 태연한 모습을 보이고 싶었지만 조마조마한 심정 때문에 쉽지가 않았다. 혹시 그녀가 먼저 그의 몸에 손을 뻗게 되는 사태가 벌어질까 겁이 나기도 했다.
지윤이 도망치듯 욕실로 들어간 뒤 성우는 마트에서 사 온 방울토마토와 청포도를 씻어 냉장고에 넣었다. 늦은 밤이긴 해도 저녁을 제대로 먹지 않은 터라 잠들기 전 간단히 요기를 하는 게 낫겠다고 여긴 것이다.
오후에 사우나를 다녀오긴 했지만 지윤으로 인해 땀나는 상황을 많이 겪었기에 성우도 침실에 딸린 욕실로 들어갔다. 마트에선 갈아입을 속옷 한 장만 사 온 탓에 별수 없이 니트와 바지를 다시 입어야 했다. 원래는 팬티에 가운만 걸치고 있다가 잠자리에 들곤 했지만 오늘은 그럴 수 없었다.

성우가 수건으로 젖은 머리를 털면서 나오자마자 지윤도 촉촉함이 깃든 상태로 욕실에서 나왔다. 민낯인 게 어색한지 고개를 숙이고 쭈뼛쭈뼛 소파 쪽으로 향했다.

조금 전의 원피스 차림도 여성스러운 매력을 물씬 풍겼지만, 방금 입고 나온 검은색 치마 레깅스에 진회색 터틀넥 셔츠는 그녀의 늘씬한 몸매를 유감없이 드러내고 있었다.

적당히 솟은 봉긋한 가슴과 잘록한 허리, 모양 좋은 엉덩이 아래로 곧게 뻗은 다리가 성우의 시선을 잡아끌었다.

그가 자신을 보고 있다는 건 지윤도 충분히 느낄 수 있었다. 마찬가지로 그녀의 신경 세포도 그를 향해 뻗어 가고 있었다.

가방을 정리하는 척하면서도 지윤은 그를 의식하며 이후 시간을 어떻게 보내는 게 좋을지 열심히 머리를 굴렸다. 늦은 시각이니 그냥 바로 자겠다고 해도 될 테지만 솔직히 잠은 오지 않았다.

계속된 침묵으로 잔뜩 긴장감이 어릴 때 그가 무언가를 들고 그녀 쪽으로 다가왔다.

"시장하지 않아?"

"아, 저는 그다지."

"조금이라도 먹어. 가만 보니 너무 말랐어."

그는 청포도와 방울토마토가 담긴 접시를 테이블에 놓으며 그녀를 보았다.

"아까 안을 때도 가볍다 싶더니만 이렇게 보니 너무 마른 것 같아."

"그런 소린 처음인데요. 저 잘 먹는 것 아시잖아요."

지윤이 웃자 성우도 그렇다는 듯 고개를 끄덕였다.
"살이 잘 안 찌는 체질인 건가? 좀 더 먹어도 되겠는데."
"괜히 저 때문에 저녁도 제대로 못 드시고……."
그가 배고플 거란 생각이 이제야 들자 지윤은 아차 싶어 조심스레 물었다.
"아니면 잠깐 나가서 뭐라도 좀 먹을까요?"
순간 성우의 입매가 씨익 곡선을 그렸다.
"좋은 생각이군. 그럼 나갈까?"
"네!"
지윤은 단둘이 어색하게 있느니 차라리 외출하는 게 나을 거란 생각에 얼른 외투를 집었다.

새벽 1시가 넘은 시각임에도 정동진항은 환하게 불을 밝히고 있었다.
초겨울 바닷바람이 꽤나 쌀쌀했지만 지윤은 추위를 느낄 수 없었다. 성우가 그녀의 어깨를 감싸 안아 그의 체온이 전해지기도 했거니와, 심장이 강한 펌프질을 하면서 뜨거운 혈액을 몸 전체에 빠르게 전달했기 때문이었다.
"뭐 먹고 싶어? 회도 있고, 저기 우동이랑 두부 요리 파는 곳도 있네."
"저 말고 부사……. 성우 씨가 먹고 싶은 걸로 골라요."
"음, 회를 먹으면 술도 마시고 싶어질 테니 제외해야겠군."
"그냥 드세요. 전 상관 안 하셔도 돼요."

"내 주사가 어떤지 궁금하지 않아?"
그가 의미심장한 말투로 묻자 지윤이 흠칫한 시선으로 그를 올려다보았다.
"……설마 제 과라는 건 아니죠?"
걱정스럽다는 듯한 지윤의 표정에 성우의 입매가 부드럽게 휘었다.
"아직 취해 본 적이 없어서 잘 모르겠는데, 오늘 한번 확인해 볼까?"
"아뇨! 별로 안 궁금한데요."
"재미없긴."
그가 투덜대자 지윤이 배시시 미소를 지었다.
"제가 성우 씨를 업을 수 있을 정도로 힘이 세진 않잖아요."
"보통 남자라면 오늘 같은 기회를 놓치진 않을 거야."
"특별한 남자라고 해 줄게요. 일반인과는 다른."
"그렇게 웃으면 안전을 보장할 수 없다고 했을 텐데."
"절 웃게 만드는 사람이 누군데요."
"허, 사나이 가슴에 그렇게 함부로 불 지르는 것 아냐."
"소화기 마련해 둘게요."
애교스러운 표정을 짓는 지윤의 어깨를 더욱 힘 있게 감싸며 그도 씩 미소 지었다.
"한마디도 안 지는군."
"거봐요. 부사장님 명찰 떼면 절 감당하기 어려워하실 거라고 했잖아요."

"좋아. 그 또한 내 몫이니 충분히 즐겨 주지."

그가 지윤의 고개를 비스듬히 들어 올림과 동시에 머리를 기울였다. 가만히 와 닿는 그의 따스한 입술을 받아들이며 눈을 감고 감미로운 키스의 감촉을 즐겼다.

느릿하면서도 부드럽게 움직이는 그의 혀가 지윤의 몸을 저릿하게 만들었다. 이런 입맞춤만으로도 온몸에 전류가 관통하는데, 이보다 더한 자극을 받으면 어떻게 될지 호기심이 일기도 했다.

하지만 주변을 지나던 몇몇 사람들이 휘파람을 불며 소리를 내자 얼른 입술을 떼었다.

"흠흠. 뭐 드실래요?"

괜히 헛기침하곤 어색하게 묻는 그녀에게 '당신'이라고 말하면 어떤 반응을 보일까. 두 눈을 동그랗게 뜨면서 얼굴을 붉힐 지윤을 상상하니 피식 웃음이 나왔다.

"굉장히 끌리는 게 있지만 오늘은 어려울 것 같네."

"뭔데요? 이 동네에서 안 팔아요?"

"지금 근처에 있긴 하지만 쉽지 않을 것 같거든."

"그럼……."

"때가 될 때까지 기다려야지 뭐."

별수 없다는 듯 어깨를 으쓱이는 그를 보고 지윤이 걱정 말라는 투로 말했다.

"요즘은 계절 상관없이 어지간한 건 다 나오잖아요. 날 밝으면 마트든 백화점이든 가서 물어봐요. 근데 뭐가 드시고 싶은데요?"

"있어, 그런 게."

성우가 씩 웃으며 지윤의 어깨를 끌어당겼다.

"오늘은 그럼 따끈한 우동이나 한 사발 먹을까?"

그녀 때문에 그의 몸이 몇 차례나 불끈불끈 솟아올랐지만 주인이 강하게 밀어붙이지 못한 탓에 힘 한 번 쓰지 못하고 얌전해져야 했다. 하지만 급히 가다간 오히려 낭패를 볼 수도 있으니 천천히 기다리기로 했다.

"안녕하십니까, 부사장님! 좋은 아침입니다."

지윤의 활기찬 인사에 성우가 웃으며 고개를 끄덕였다.

"좋은 아침."

성우와 함께 올라온 최 비서도 지윤에게 손을 들어 보였다.

그녀는 성우가 부사장실로 들어가자 휴 하고 숨을 내뱉고는 서둘러 다용도실로 가 커피를 준비했다. 원두가 담긴 밀폐 용기를 여는 그녀의 입가에 연한 미소가 감돌았다.

성우와 함께한 일요일은 정말 낭만적이었다. 포장마차에서 우동을 먹고 호텔로 돌아간 뒤 그가 준비한 과일을 먹으며 TV 특선 영화를 시청했다. 오래전에 보았던 액션 블록버스터였지만 다시 봐도 재미있었다. 하지만 무엇보다 그와 나란히 앉아 어깨를 맞대고 있는 느낌이 너무 좋았다.

영화가 끝나기 전에 잠들어 버렸는데, 아침에 깨어나니 폭신한 침대에 눕혀 있었다. 방을 나와 보니 그가 소파에 몸을 말고 있었다.

미안함과 고마움, 애틋함이 복합적으로 밀려들어 곤히 잠든 성우의 뺨에 가만히 입술을 눌렀다.

"응……?"

그가 희미하게 눈을 뜨더니 씨익 미소를 그렸다.

"왕자를 깨우는 미녀는 처음이로군."

"미안해요."

조용히 말하는 그녀를 보며 그가 눈썹을 치켜세웠다.

"뭐가?"

"그냥요. 이것저것 다. 그리고 고마워요."

"다행이네. 성우 씬 남자도 아니라고 서운해할까 봐 무지 고민했는데."

그가 싱긋 웃으며 몸을 일으켰다. 그러고는 창가로 쏟아져 들어오는 햇살을 보고 아쉽다는 듯 말했다.

"일출 구경은 물 건너갔군."

"날마다 뜨는 해인데요, 뭘."

"다음에 다시 와야겠어. 물론 당신과."

"그래요."

지윤이 미소로 답하자 그가 그녀의 뺨에 손을 얹으며 살짝 입술을 겹쳤다.

"나름 첫날밤을 보냈는데 굿모닝 키스 정도는 해야지."

둘은 여유롭게 아침 식사를 하고, 호텔 정원에서 햇빛을 받아 반짝이는 바다를 감상한 뒤 강릉 시내로 가 커피 거리에서 데이트를 즐겼다. 늦은 점심으로 킹 크랩을 푸짐히 먹고 서울로 올라왔을 땐 저녁이 다 되어 있었다.

그녀의 집 앞에서 진하게 굿 나이트 키스를 한 성우는 아쉬움이 가득한 목소리로 말했다.

"내 꿈 꾸라는 말만큼 닭살 멘트도 없다고 생각했는데 안 할 수가 없네."

"성우 씨도 내 꿈 꿔요."

지윤이 방긋 웃자 성우가 그녀의 손에 입술을 누른 뒤 놓아주었다.

"내일 보자고."

그윽한 그의 음성이 되살아나면서, 조금 전 '좋은 아침'이라고 인사하며 미소 짓던 얼굴이 떠올랐다. 그 생각에 몸이 바르르 떨렸다.

"감기 걸렸어?"

갑작스러운 목소리에 지윤이 깜짝 놀라 돌아보았다. 최 비서가 걱정 어린 눈으로 그녀를 보고 있었다.

"아뇨, 괜찮습니다."

"주말은 잘 보냈고?"

"네, 좋았어요."

지윤이 커피를 내리며 미소 짓자 최 비서가 고개를 끄덕이더니 다시 물었다.
“오빠 일은 어떻게 됐어? 무슨 일인지 걱정되던데. 병원 일이 잘못된 거야?”
“아뇨, 별일 없었어요. 괜찮아요.”
“음, 그렇군.”
최 비서는 지윤이 커피를 다 내릴 때까지 계속 서 있었다.
“제가 갖다 드릴게요.”
그가 커피를 기다리고 있다고 생각한 지윤이 말하자 최 비서가 깜짝 놀라더니 얼른 컵 하나를 들었다.
“아냐, 내가 가져갈게. 향이 되게 좋은데?”
“네, 어제 강릉 커피 거리에 갔거든요. 거기서 바로 로스팅한 원두를 사 온 거예요.”
“강릉? 멀리 갔다 왔네. 누구랑?”
“아, 그게…….”
멋모르고 말을 꺼낸 지윤은 아차 싶어 최 비서를 멍하니 쳐다보았다. 그러자 그가 조심스레 물었다.
“서 대리, 사귀는 사람 있구나?”
그의 물음에 어색하게 고개를 끄덕이는 지윤을 보며 최 비서가 아쉽다는 표정을 지었다.
이렇게 귀염성 있고 싹싹한 성격의 여자를 남자들이 그냥 둘리가 없다고 생각하긴 했지만, 역시나 임자가 있었다.
“하긴 그렇겠지.”

"네?"

혼잣말처럼 중얼거리는 최 비서의 말이 잘 들리지 않아 지윤이 되물었지만 그가 손을 내저으며 다른 걸 물었다.

"그나저나 우리 부사장님은 서 대리 친구와도 잘 아는 사이야? 그날 전화도 대신 받아 주고, 이름도 아시는 것 같던데. 직원들이 서 대리에 대해 궁금해하더라고. 오빠도 한국대병원 의사래서 다들 놀랐나 봐."

"아, 그게요."

지윤이 어떻게 말을 해야 할지 고민하다 천천히 입을 열었다.

"비서실로 발령받고 며칠 지난 때였는데, 친구랑 점심 먹다가 부사장님과 마주쳤거든요. 그때 그냥 통성명했어요. 오빠가 의사인 것은 자랑도 아니고요."

지윤이 어깨를 으쓱이자 최 비서가 머리를 저었다.

"집안에 의사 한 명 있는 게 얼마나 든든한 건데! 자랑할 만하지. 그날 여직원들 눈이 동그래져서 서 대리한테 오빠 소개시켜 달랠까 그러더라니까."

"에구, 우리 오빠 약혼했는데. 어쩌나?"

안타깝다는 표정으로 지윤이 웃어 보이자 최 비서도 덩달아 웃음을 보였다.

"어쩌긴, 모른 척해야지."

"커피는 안 주나?"

서늘함이 담긴 성우의 음성에 지윤과 최 비서가 움찔거리며 돌아보았다. 팔짱을 낀 채로 다용도실 입구에 기대선 성우가 차가운 눈으로 두 사람을 보고 있었다.

"아, 죄송합니다. 지금 막 내렸거든요."

지윤이 당황하며 얼른 커피를 잔에 따르자 최 비서가 미안한 표정을 지어 보였다.

"괜히 나 때문에 늦어졌네."

최 비서를 가늘게 뜬 눈으로 바라보던 성우가 물었다.

"아침부터 비서실에 웃음꽃이 활짝 핀 이유가 궁금한데?"

커피와, 그걸 가지고 들어올 지윤을 기다리고 있었다. 그런데 평소보다 시간이 너무 지체되는 것 같아 직접 나와 본 것이었다. 그런데 최 비서에게 방싯거리는 걸 보고 기분이 확 가라앉고 말았다. 더군다나 최 비서가 지윤을 바라보는 눈빛이 심상치 않다는 걸 알기에 더 그랬다.

지윤이 쟁반에 잔을 올리고 성우를 보았다. 그가 이런 식으로 날카롭게 구는 이유가 단지 커피가 늦어졌기 때문이라고는 생각되지 않았다.

"별 얘긴 아니고요. 여직원들이 서 대리 오빠를 소개시켜 달라고 했던 얘길 하던 참이었어요. 아, 그리고 이건 서 대리가 어제 강릉 커피 거리에서 사 온 커피랍니다."

최 비서는 성우가 오해하지 않도록 얼른 덧붙였다.

"남자 친구와 주말여행 다녀왔나 봐요. 하하, 그래서 부러워하던 참이었어요."

'저는 서 대리한테 작업 걸고 있던 게 아닙니다'라는 뜻이 담긴 말이기도 했다. 그러자 성우의 날카로운 눈매가 약간 풀린

듯하더니 힐끗 지윤을 보았다.

"남자 친구?"

"……네."

지윤은 이상한 말은 제발 하지 말아 달라는 듯 두 눈에 힘을 주었다. 그러자 성우가 모른 척 궁금한 투로 물었다.

"강릉이라, 주말이 즐거웠겠군."

"네, 뭐……."

"커피 부탁해. 어젯밤 난 잠을 못 자서 피곤하거든."

그러고는 휙 몸을 돌려 부사장실로 먼저 들어갔다.

그가 사라지자 최 비서가 휴우 하며 숨을 내쉬었다.

"오늘 바이오리듬이 최악이신가? 왜 기분이 오르락내리락하시는 것 같지? 출근하실 땐 기분 좋아 보였는데, 깜짝 놀랐네. 얼른 갖다 드려."

"네."

지윤이 서둘러 부사장실로 들어갔다. 성우는 그녀가 들어서자마자 문을 닫았다.

"여기로 줘."

그가 소파를 가리키자 지윤이 우뚝 멈춰 섰다.

"저보고 잠깐 앉으라고 말씀하시려는 건 아니죠?"

"그럼 안 되나?"

"당연히 안 되죠. 항상 커피만 드리고 바로 나갔잖아요."

지윤은 새침하게 말하며 커피 잔을 테이블 위에 놓았다.

"최 비서한테 웃어 주지 마."

뜬금없는 그의 말에 지윤이 동그랗게 눈을 떴다. 설마 했는데 진심인 것 같았다.

"그래도 남자 친구가 있다고 말한 것 같으니 다행이네."

그가 싱글거리자 지윤이 풋 하고 웃었다.

"최 비서님과 얘기 좀 했다고 정말 질투하신 거예요?"

"그냥 얘기만 한 게 아니라 방싯거렸잖아. 나 말고 다른 남자 앞에서 그렇게 웃으면 재미없을 줄 알아."

"그럼 전 항상 이렇게 있어야 하나요?"

지윤이 짐짓 근엄한 표정을 지어 보이자 성우가 맘에 든다는 듯 고개를 끄덕였다.

"아주 좋아. 다른 남자가 말 걸어도 그렇게 쳐다보라고."

"와, 이런 면이 있으셨구나. 우리 사귀는 것 재고해 봐도 될까요?"

"그건 안 되지. 신의에 어긋나는 일이거든."

성우는 지윤의 팔을 가볍게 당겨 바로 앞에 세웠다.

"늘 내 곁에 있겠다고 어떻게 약속했더라?"

그가 얼굴을 가까이하자 지윤이 깜짝 놀라 머리를 뺐다.

"뭐, 뭐예요?"

"약속을 상기시켜 주는 거지."

그러더니 쪽 하고 입을 맞췄다. 당황한 지윤이 문을 휙 돌아보자 성우가 빙그레 웃으며 말했다.

"닫히면 바로 잠기도록 자동 잠금장치를 해 둬야겠군."

"자, 자동요?"

"갑자기 보안에 신경 쓰고 싶어져서 말이야."

'보안'이란 단어와는 어울리지 않게 그의 말투와 표정에 장난스러움이 가득 섞여 있어 지윤의 눈매가 가늘어졌다. 그러자 그가 헛기침하고 말했다.

"아무튼! 난 내 거에 있어선 아주 욕심이 많다는 걸 잊지 말라고. 특히나 사람의 경우엔 더하지."

"그 욕심, 저도 부려도 되는 거죠?"

"얼마든지."

그가 커피 잔을 들며 여유로운 미소를 짓자 지윤도 생긋 웃으며 고개를 숙여 보였다.

"전 이만 나가 보겠습니다, 부사장님."

자리로 돌아온 지윤은 따뜻한 커피 잔을 두 손으로 감싸 쥐며 희미한 웃음을 머금었다.

성우가 그런 식으로 질투하는 게 의외긴 했지만 기분은 괜찮았다. 그녀에 대한 소유욕을 드러내는 것 또한 나쁘지 않았다. 반감보다는 으쓱한 기분이 들었으니까.

"흐음, 좋은데?"

커피를 홀짝인 지윤이 흐뭇한 표정으로 업무를 시작했다.

유혹

연말 분위기를 물씬 풍기는 12월 중순으로 접어들었다.

그간 지윤과 성우는 주로 퇴근 후 데이트를 즐겼고, 금요일 밤엔 심야 영화를 보거나 시외로 나가 분위기 좋은 레스토랑을 찾기도 했다.

딥 키스는 일상이 되었지만 그는 더 이상 선을 넘지 않았다. 때론 샴페인이라도 한잔 마시지 않겠느냐고 농담처럼 넌지시 물었지만 실제로 권하는 일은 없었다.

그가 계속 정중한 모습을 유지하자 지윤은 그를 먼저 도발하고 싶은 충동을 느꼈다. '이젠 키스보다 좀 더 진한 스킨십을 나눠도 되지 않을까' 하는 생각이 들 때마다 지윤은 마음을 다스리며 자중하고자 애썼다.

그녀가 혼전 순결을 지향하는 건 아니었다. 사랑하는 사람이 생기면 관계는 얼마든지 할 수 있다고 여겼다. 하지만 스물여덟 살이 되도록 한 번도 경험해 보지 못해서 그런지 선뜻 용기가 나질 않았다.

그럼에도 지윤은 성우와 사랑을 나누면 어떤 기분이 들지 호기심이 일곤 했다. 분명 키스와는 비교조차 안 될 거라는 기대감이 들었기 때문이다.

마음 같아선 채린에게라도 고민을 털어놓고 싶었지만 어떤 답을 할지 짐작이 됐기에 그만두었다. 사랑하는 사이에 섹스는 빠트릴 수 없는 거라며 열변을 토할 테니까.

게다가 아직 성우와의 관계에 대해서도 말하지 않은 상태라 그런 얘길 할 수가 없었다. 여전히 눈치 보면서 '썸'만 타는 사이라고 둘러대자 채린이 '어이구, 이 답답이!' 하면서 가슴을 두드려 댔던 것이다.

하지만 아무 짓도 하지 말라고 당부를 해 놔서인지 요즘은 다행히도 조용했다. 덕분에 퇴근 후 성우와의 데이트도 한결 여유로운 마음으로 즐길 수 있었다.

12월이 가기 전, 지방 공장과 주요 지사들을 방문하고 있는 성우의 스케줄을 확인하던 지윤이 손가락에 낀 볼펜을 빙글빙글 돌렸다. 그가 외근이나 출장을 나갈 땐 대부분 최 비서가 동행했고, 지윤은 사무실을 지키는 쪽이었다.

엊그제 수원 공장과 대전 지사를 돌 땐 성우가 서 대리도 경험 삼아 가자고 해서 동행하긴 했지만 항상 최 비서도 같이 있었기에 은밀히 손 한 번 잡기도 어려웠다.

성우는 그런 상황이 재미있는지 그녀를 슬쩍 쳐다보곤 했으나 지윤은 애써 그를 마주하지 않았다. 괜히 그와 눈을 마주쳤다간 무언의 눈빛을 교환하게 될 것 같았고, 이로 인해 웃음을 터뜨릴까 걱정됐기 때문이다.

엊그제 대전 지사에 들른 다음 서울로 올라와 지윤을 집 앞에 데려다준 그는 여느 때와같이 달콤한 굿 나이트 키스를 퍼부었다. 감미로우면서도 뜨거운 키스였지만, 그랬지만…….

"부족해."

저도 모르게 얼굴을 찡그리며 낮게 투덜거린 지윤이 깜짝 놀라 입을 다물었다.

다행히도 비서실엔 그녀뿐이었다. 그와의 키스를 떠올리며 아쉬워하는 스스로가 어이없어 지윤이 쯧쯧 혀를 찼다.

그러다 문득 그가 왜 더 이상의 진도를 나가지 않는 건지 궁금해졌다. 그는 분명 그녀를 원하는 뉘앙스를 풍기면서도 직접적인 행동은 취하지 않았다.

어쩌면 그녀가 늘 저도 모르게 방어 태세를 취하며 몸을 뺀 탓일지도 몰랐다. 그는 차분한데 그녀만 너무 성급하게 달아오른 건 아닌지 창피함이 느껴져 몸이 굳곤 했다.

하지만 아무리 생각해 봐도 그는 너무 잘 참았다.

'어떻게 남자가! 그렇게 열정적인 키스를 하는 남자가!'

그러고 보니 그녀가 술에 취해 마구 몸을 더듬었을 때도, 정동진에서 함께 묵었을 때도 그는 아무 짓도 하지 않았다. 어떻게 사귀는 여자를 곁에 두고 손 하나 까딱하지 않을 수가.

순간 지윤은 그 당시 그가 했던 말이 떠올랐다.

'보통 이런 경우엔 여자 쪽에서 더 실망하지 않나? 오빤 남자도 아냐, 이러면서.'

'맙소사. 분명 난 안 그럴 거라고 해 놓고 왜 이러는 거지?'

지윤은 머리를 설레설레 흔들며 쓴웃음을 지었다.

그는 그날의 약속을 지키고 있는 건지도 몰랐다. 자제력은 충분하니 얼마든지 기다리겠다고 한 약속. 그런 그에게 방어 태세만을 보였으니 더 이상 접근하지 않고 참는 것일 수도 있었다.

그렇다고 '나 오늘 하고 싶어요'라는 낯 뜨거운 말을 먼저 던질 순 없지 않은가!

지윤은 상상만으로도 얼굴이 빨갛게 달아오르자 두 손으로 뺨을 감쌌다. 몸속 깊숙한 곳에서부터 간질거리는 기운이 번져 나갔다.

그와 나체로 누워 몸을 겹치고, 여기저기에 그의 뜨거운 키스를 받는 장면이 펼쳐지자 지윤은 비명 소리가 목구멍에서 치고 올라오는 듯했다.

'미쳤어, 미쳤어! 그만 생각하라고!'

그때 부사장실 문이 달칵 열리며 최 비서가 나왔다. 긴장하고 들어간 아까와는 달리 한결 밝아진 얼굴이었다.

지윤이 쳐다보자 최 비서가 갑자기 표정을 굳히더니 민망하다는 듯 이마를 긁적였다.

"무슨 일 있으세요?"

"어, 그게 말이야……."

최 비서는 미안함이 듬뿍 담긴 얼굴로 조심스레 말했다.

"내일 광주 공장 일정, 내가 부사장님 모시고 갈 수 없게 됐거든. 내일 저녁에 중요한 약속이 잡혀서 그러는데 서 대리가 나 대신 부사장님 수행해 줄 수 있을까? 방금 사정은 다 말씀드리고 나왔어."

금요일 오후에 내려가 토요일 오전까지 공장을 둘러봐야 하는 일정이라 지윤에게 그 일을 맡긴 게 못내 미안한 듯했다.

"네, 괜찮아요."

우려와 달리 지윤이 흔쾌히 답하자 최 비서가 다행이라는 미소를 보였다.

"주말이 껴 있어서 어쩌나 걱정했는데 진짜 고마워. 알다시피 공장은 휴일 상관없이 돌아가잖아."

"알아요. 걱정 말고 일 보세요."

"서 대리도 데이트 약속 있을 텐데 이거 미안하네. 이번 일 잘되면 내가 한턱 쏠게."

최 비서의 활기찬 말에 지윤이 궁금한 눈으로 물었다.

"무슨 일인데 그러세요?"

"아, 그게……. 내일 저녁에 소개팅이 있거든. 친구 놈이 진짜 괜찮은 여자라고, 절대 놓치지 말라고 해서 말이야."

멋쩍은지 최 비서는 머리를 긁적이며 말을 이었다.

"다행히 부사장님께서 이해해 주시네. 내가 어지간해선 연차도 안 쓰고 항상 부사장님 스케줄에 맞춰 왔다는 걸 알아주시니 고마울 뿐이지. 서 대리가 수고 좀 해 줘. 부탁할게."

지윤이 연한 미소를 띠운 채 고개를 끄덕였다.

"네, 이것도 제 일이잖아요. 소개팅 성공하시길 빌게요."

"고마워. 그나저나 조만간 우리 사무실 사람들 다 짝이 생기겠는걸. 부사장님한테도 선 자리가 줄을 섰나 보더라고."

"……네?"

'성우 씨가 선을 본다고?'

지윤이 놀란 표정을 짓자 최 비서가 나직하게 말했다.

"조금 전에 부사장님 어머님에게서 전화가 왔는데, 얼핏 들으니 이번 주말에 선보라고 하시는 것 같아. 부사장님이야 생각 없다고, 됐다면서 끊으셨는데 또 모르지. 회장님께서 추진하시면 조만간 좋은 소식 들을 수 있을지도."

"아……. 그렇군요."

지윤은 몸 안의 피가 단번에 사라져 버린 것만 같았다.

충분히 가능한 일이었다. 하지만 이건 너무 빨랐다. 그와 사귄 지 아직 1개월도 안 됐는데, 벌써부터 그를 놓아줄 준비를 하고 싶진 않았다. 아니, 할 수가 없었다. 어떻게든 그와 좀 더 함께하고 싶었고 '그의 여자'로 머물고 싶었다.

착잡한 마음으로 업무를 보고 있는데 사무실 전화벨이 울렸다. 움찔한 지윤은 황급히 목을 가다듬고 수화기를 들었다.

"네, 비서실입니다."

—지윤아, 난데. 지금 통화 괜찮아?

이전에 총무팀에서 함께 근무한 선배였다.
"응, 언니."
—다음 주말 임원진 송년 파티 때문에 그러는데, 혹시 부사장님이 파트너로 누굴 데려오실지 알고 있는지 해서.
순간 지윤은 또다시 멍해지고 말았다.
그러고 보니 매년 이맘때면 임원진 파티가 열렸고, 모기업인 대영전자의 총무팀에서 모든 걸 준비하고 기획해 왔다.
지윤이 총무팀에서 근무한 작년과 재작년에 성우는 대영전자 모델인 한예지와 함께 참석했다.
'그럼 올해는?'
—부사장님 요즘 누구랑 데이트하는지 몰라? 비서실로 여자한테 전화 온 적 없어?
"데이트 상대라면 휴대폰으로 하겠지, 비서실을 통할까."
—하긴 그러네. 퇴근 시간 맞춰 누가 찾아오지도 않고?
"응, 그런 적은 없었어."
—허 참, 부사장님이 혼자 참석할 리는 없을 테고. 안 그래도 회장님 초대 명단이 심상치가 않아서 우리끼리 말이 좀 많았거든.
"왜?"
—거 왜 있잖아. 보통 부부 동반으로 오는데, 추가로 딸이나 손녀와 함께 참석한다는 분들이 좀 보여서 말이야. 혹시 우리 부사장님 결혼 준비하시나 싶었던 거지.
지윤은 뭐라 대꾸해야 할지 몰라 애매하게 말을 흐렸다.
"아, 그래?"

—뭐, 누구 데려오실 거면 말씀하시겠지. 혹시 미리 알게 되면 연락 줘.

"응……."

그렇게 전화는 끊겼지만 지윤은 한참 동안 수화기를 내려놓지 못했다. 조금 전 최 비서에게서 성우의 선 자리가 줄을 섰다는 말을 들은 후라 그런지 머릿속이 더욱 심란했다.

"무슨 전환데 그래?"

최 비서의 물음에 지윤이 퍼뜩 고개를 들었다. 그가 있다는 걸 자각 못 하고 멍하니 있었던 것이다.

지윤은 얼른 수화기를 바르게 놓으며 말했다.

"아, 총무팀인데요. 송년 파티 때문에 뭐 좀 물어본다고 해서요."

"조금 전에 데이트 상대라고 하던데, 부사장님 파트너 때문에 그러나?"

"네. 혹시 누구와 함께 오실지 알고 있냐고 해서요."

"정말 그러네. 그 파티에 혼자 가실 분은 아닌데."

최 비서가 고개를 갸웃하더니 혼잣말처럼 중얼거렸다.

"요즘 보면 우리 부사장님이 좀 이상하긴 해."

"이상……. 해요?"

지윤이 조심스레 묻자 최 비서는 닫혀 있는 부사장실 문을 힐끗 본 뒤 조용한 목소리로 말했다.

"굉장히 유해졌달까? 가끔 보면 무슨 생각을 하시는지 괜히 혼자 싱글거리시고. 회의 때도 좀 말랑해진 분위기거든. 뭔가 주변에 변화가 생긴 건 확실해."

지윤이 아무런 반응을 하지 않자 그가 답답하다는 듯 말했다.
"애인이 생긴 게 분명하다고."
"아……."
"그래서 사모님이 선보라 해도 관심 없다고 하셨는지도 모르지. 근데 우리 부사장님이 아무 여자랑 결혼할 수는 없잖아, 사업 관계도 다 따져 봐야 할 텐데 참 피곤하시겠다. 어이쿠, 내가 별소릴! 이건 우리 둘만 나눈, 그러니까 우리 비서들끼리만 주고받은 얘기니 절대 다른 사람한테 말하면 안 돼. 알았지?"
"네, 걱정 마세요."
지윤이 착잡한 마음을 감추며 애써 태연하게 답했다.
성우가 결혼할 만한 여자의 조건이 어떨지는 이미 다 알고 있었다. 그럼에도 누군가에게 공식적으로 듣자 심장에 대바늘이 콕콕 꽂힌 것처럼 아팠다.
얼굴도 알 수 없는 한 여자가 성우와 팔짱을 낀 장면이 그려지자 지윤은 모니터를 향한 눈에 잔뜩 힘을 주었다.

최 비서에게 소식 들었지? 내일은 광주 공장으로 출장이야. 단둘이.

퇴근 준비를 하는데 성우에게서 메시지가 들어왔다. 물끄러미 그가 보낸 메시지를 바라보던 지윤이 알고 있다고, 짧은 답을 보냈다.

지방 출장이 이렇게 기대되는 건 처음이군. 소풍 전날처럼 들뜨는 기분이야.

이런 그를 보니 아까 최 비서 말대로 그는 선 같은 것에 아무 관심도 없다는 게 믿어졌다. 여전히 그녀와 함께하는 순간을 고대하고 있다는 게 느껴졌으니까.

다만 그는 대영그룹을 이끌어 갈 차기 주자인 만큼 결혼 역시 신중하게 선택할 테고 회장님께서 바라시는 조건이 가장 최우선이 될 것이다. 그 시기가 언제 오느냐가 문제일 뿐.

어쨌든 당분간은 아닐 거라 믿었다. 그의 콩깍지가 벗겨지지 않은 게 분명했으니. 언제가 될진 모르지만 그때까지 지윤은 이 시간을 소중한 추억으로 쌓고 싶었다.

그렇다고 오늘 밤 못 주무시면 안 돼요. 푹 자고, 내일 밤늦게까지 저랑 놀아요.

'밤늦게까지.'

지윤의 얼굴이 빨갛게 달아올랐다. 그가 어떻게 해석할지는 몰라도 어쨌든 그녀는 원하는 바를 전한 것 같았다.

은근히 그의 반응이 기다려져 휴대폰을 보고 있는데 바로 답신이 왔다.

혹시 보고 싶은 영화 있으면 말해. 내가 다 준비해 줄 테니까.

'이거 보세요, 제가 밤늦도록 놀자는 게 영화 보자는 건 아니잖아요. 도대체가 눈치가 없어요.'

지윤은 낮게 한숨을 내쉬며 답을 남겼다.

네……. 생각해 볼게요.

그러고는 휴대폰을 탁 놓고 책상 위를 정리했다.

거래처 사장단들과 함께하는 만찬 약속이 있어 어차피 오늘 저녁엔 데이트하기 힘들 테니 그를 기다릴 필요가 없었다.

휴대폰 액정 화면을 손끝으로 톡톡 두드리며 지윤이 보낸 문자메시지를 바라보는 성우의 눈매가 가늘어져 있었다.

"밤늦게까지 저랑 놀아요……."

낮게 중얼거리며 그는 머리를 약간 갸웃거렸다. 잘못 들으면 유혹하는 것처럼 들린다는 게 문제였다.

사실 지금껏 얼마나 많이 참았던가. 달콤한 입맞춤을 할 때마다 좀 더 그녀를 맛보고 싶은 욕구와 싸워 가며 자신을 달랬다. 어디까지나 그녀를 배려하고 있다는 모습을 보여 주기 위해서였다.

분명 지윤은 쾌활한 성격에 화끈함까지 갖추고 있었지만 의외로 보수적인 면도 강했다. 그녀가 그와의 연애를 망설였던 것엔 그런 성격도 영향을 주었을 터.

그랬기에 성우는 최대한의 자제심을 발휘하는 중이었다. 술에 취한 그녀에게 신사적인 모습을 보여 준 만큼 그녀를 순수한 마음으로 좋아하고 있다는 걸 나타내고 싶었던 것이다.

또한, 연말이라 일에 치이다 보니 퇴근 후 잠깐 데이트를 즐길 수 있을 뿐이라 그렇게 성급하게 첫 관계를 맺고 싶지도 않았다.

격렬한 키스를 나누며 그녀에게 몸을 밀착시키고 진한 애무를 할라치면 그녀는 거의 반사적으로 빳빳하게 굳어 버리면서 어쩔 줄 몰라 하는 표정을 짓곤 했다.

그녀의 그런 반응이 싫진 않았다. 그가 싫은 게 아니라, 이후에 닥칠 상황을 어떻게 해야 할지 몰라 망설인다는 느낌이 강했다. 때문에 단순히 욕정을 풀기 위한 것이 아님을 알려 주고 싶어서 여유 있는 시간을 기다리고 있었다.

그런 의미로 봤을 때 이번 광주 출장은 아주 좋은 기회라 할 수 있었다. 다만 그녀도 그를 받아들일 준비가 되어 있느냐인데…….

성우는 괜스레 이마를 긁적이며 지윤과 주고받은 메시지를 다시금 읽었다.

영화를 고르라는 그의 말에 '생각해 볼게요'라고만 답한 걸 보면 영화만을 원하는 게 아니지 않을까? 영화를 좋아하는 만큼 '오케이'라든지 '네, 그럴게요' 등 활기찬 답을 보내는 게 더 그녀다웠으니까.

'그렇다면, 유혹인가?'

성우의 입가에 희미한 미소가 번졌다.

유혹이든 아니든 지윤과 하룻밤을 보낼 수 있는 천재일우의 기회가 왔으니 이번만큼은 절대로 그냥 보내지 않을 작정이었다.

소개팅 때문에 출장에 동행하지 못하게 됐다면서 거듭 죄송하다 말한 최 비서에게 연말 보너스를 좀 더 챙겨 주고 싶다는 생각까지 들었다. 아니면 그 여자와 함께할 수 있도록 공연 관람권이나 고급 레스토랑 외식 상품권을 선물해 주든지.

성우는 흐뭇한 표정으로 저녁 약속에 갈 준비를 서둘렀다. 점잖은 분들과의 식사 자리이니 만큼 그리 오래 걸리지는 않을 터. 너무 늦지만 않으면 지윤의 집 근처로 가 잠깐이라도 데이트를 즐길 생각이었다.

“미쳤어. 어떻게 이런 걸 입는다고.”

퇴근 후 근처 백화점에 들러 충동적으로 구입한 속옷을 침대 위에 펼친 지윤은 굳은 얼굴로 그것들을 쏘아보았다.

짙은 와인색 바탕에 화려한 문양이 달린 브래지어는 윗부분 가슴을 고스란히 드러낼 테고, 그와 세트인 팬티는 엉덩이가 훤히 비치는 망사 재질이었다.

속옷은 피부에 바로 닿는 것이니만큼 실용적인 걸 가장 최우선으로 꼽았는데 이것들은 그와 거리가 멀어 보였다. 하지만 예쁘긴 예뻤다. 늘씬한 모델들이 입고 있는 사진은 정말 섹시 그 자체였으니까.

점원이 지윤에게 몸매가 좋으니 너무너무 잘 어울릴 거라고 침을 튀겨 가며 추천한 탓에 덜컥 구매한 면도 있었다.

깊게 숨을 내쉰 후 지윤은 목욕 가운을 벗고 침대 위의 브래지어와 팬티를 집어 들었다. 거울 앞에 서서 자신의 몸을 살피던 지윤의 얼굴이 금방 빨갛게 달아오르기 시작했다.

새하얀 피부와 진한 색감의 속옷은 너무도 잘 어울렸고 가슴 아래와 옆쪽 살들을 모아 올려 그런지 훨씬 더 풍만해 보이기까지 했다.

손바닥만 한 팬티는 골반 바로 아래까지 와 주요 부분을 겨우 가리는 수준이었고, 엉덩이 골 역시 짙은 와인색 천 사이로 고스란히 드러나 있었다.

만약 이런 속옷을 입고 있는 걸 성우가 본다면 그녀의 의도가 뭔지 바로 알아차릴 듯했다. 다만 이 속옷을 보여 주기 위해 겉옷을 어떻게 벗느냐가 문제인데…….

지윤은 성우가 자신의 몸을 부드럽게 쓸면서 여기저기 키스하는 모습이 상상되자 얼른 속옷을 입어 보기 위해 벗었던 가운을 다시 입었다.

"미친 거야. 제정신이 아닌 게지."

침대 위로 풀썩 주저앉으며 지윤은 고개를 푹 수그렸다.

선 자리가 줄줄이 서 있는 남자를 유혹하기 위해 이런 야한 속옷을 사고 그와 잠자리를 할 생각을 한다는 자체가 정상이 아니었다.

그와 사귀기로 결정한 때부터 언젠가는 헤어짐의 순간이 올 거란 걸 예상하지 않았던가. 어차피 그와 결혼 같은 건 꿈꿔 본 적도 없으니 이렇게 가슴 아파할 필요도 없었다. 그저 연애할 때만큼이라도 행복하면 충분하니까.

"맞아. 그래서 이런 속옷도 산 거잖아."

스스로에게 충고하듯 중얼거리며 지윤은 머리를 들었다.

그와 함께하는 순간순간을 즐기고 싶어 하면서, 원하는 걸 망설이는 건 정말 어리석은 일이었다.

차라리 이렇게라도 상황을 알게 되어 차근차근 이별을 준비하는 게 잘된 건지도 몰랐다. 그러다 이별의 순간이 오면 쿨하게 웃으며, 그동안 즐거웠다고 말해 주고 싶었다. 지금은 다른 고민 없이 그와의 시간을 어떻게 채워 나갈지에 대해서만 생각할 때였다.

후 하고 낮게 숨을 몰아쉰 지윤은 새로 산 속옷을 벗어 가지런하게 접은 뒤 7부 소매 원피스로 갈아입었다. 집 안의 모든 조명도 다 꺼 버리고 침대 머리맡의 스탠드만 켠 채 읽다 만 에세이를 들고 이불 속으로 파고들었다.

하지만 심리학자가 유쾌하게 풀어낸 책 내용도 지윤에겐 크게 와 닿지 않았다. 그저 눈으로 활자만을 따라가다가 멍하니 한 페이지를 쳐다보고 있었다.

그때 협탁 위에 둔 휴대폰이 갑자기 울렸다. 흠칫 놀라 보니 성우였다.

환해진 얼굴로 전화를 받으려던 지윤은 순간 주춤거렸다. 잠깐이나마 그의 전화를 외면하고 싶다는 생각이 삐쭉 튀어나온 것이다.

오늘 그녀가 고민하고 힘들어했던 것에 비하면 전화 한 번 안 받는 건 별일 아닐 테지만 그냥 그런 마음이 들었다. 그녀가 전화를 받지 않으면 조금이나마 걱정하고 가슴 졸이는 반응을 나타내지 않을까 하는.

지윤이 그렇게 망설일 때 벨 소리가 멈췄고 곧이어 문자메시지가 들어왔다.

벌써 잠든 건가? 아니면 샤워 중? 잠깐이라도 볼 수 있을까 싶어서 집 근처 왔는데. 혹시 이거 보면 전화 줘. 기다릴게. 보고 싶다.

어찌 보면 단순한 메시지일 뿐인데 '보고 싶다'라는 말에 눈시울이 시큰해지고 말았다.

지윤은 눈자위를 손으로 쓸어 내며 눈꺼풀을 깜빡거렸다. 그에게 전화하려던 지윤의 시선이 화장대 위에 놓아둔 속옷으로 향했다.

'내일까지 기다릴 필요가 뭐 있어?'

가슴 깊숙한 곳에서 누군가가 지윤에게 말을 걸어 왔다.

'그와 남은 시간 행복하게 보내고 싶다며. 1분 1초가 귀하고 소중한데 가만히 있을 거야?'

"아니, 가만있고 싶지 않아."

지윤은 침대에서 벌떡 몸을 일으킨 뒤 거울 앞에 서서 얼굴과 몸 상태를 점검했다.

머리 위로 원피스를 벗어 던지고는 새로 산 속옷으로 갈아입은 뒤 옷장을 열어 편안하면서도 여성스러운 옷을 골랐다. 보들보들한 면 소재의 얇은 셔츠와 팔랑거리는 밴드 스커트를 꺼내 입고, 약간의 생기를 주기 위해 립글로스를 발랐다.

그를 맞이할 준비를 마치고 나니 심장이 뛰기 시작했다. 천천히 호흡을 가다듬은 뒤 휴대폰을 들었다. 떨리는 손으로 전화를 연결한 지윤은 그가 곧바로 받자 숨을 삼켰다.

—아직 안 잤네? 다행이다.

“늦었는데 바로 들어가시지 그랬어요. 피곤할 텐데.”

—오늘 하루 종일 바빠서 당신 손도 제대로 못 잡아 봤는데 그냥 갈 수가 있어야지.

다정한 그의 음성에 지윤의 가슴이 세게 두근거리기 시작했다.

—잠깐 나올 수 있어? 오래 잡아 두지 않을게.

지윤은 침을 꼴깍 삼켰다가 천천히 입을 열었다. 못된 짓을 하는 것도 아닌데 이상하게 조마조마한 심정이 들었다.

“그냥 여기로 올라올래요? 막 자려던 참이라.”

그녀의 말에 잠깐 동안 말이 없던 그가 조용히 물었다.

—그래도 되겠어?

“네, 좁긴 해도 성우 씨 앉을 공간은 있거든요.”

—그래, 금방 갈게.

그의 말을 끝으로 전화는 끊겼다.

지윤은 거울 앞에서 자신을 다시 한 번 훑어보았다. 점차 호흡이 거칠어지며 얇은 셔츠 위로 가슴이 크게 오르락내리락해 압박을 가하듯 지그시 손으로 내리눌렀다.

"침착하게, 괜찮아……."

지윤이 스스로를 진정시킬 때 초인종이 울렸다.

사랑하고 사랑하기

현관문을 열자 문 사이로 자그마한 케이크 상자와 장미 한 송이가 불쑥 들어오더니 그 옆으로 성우의 싱긋 웃는 얼굴이 보였다.

"뭘 이런 걸 다……."

케이크 상자와 장미를 받으며 지윤이 미소 짓자 성우가 어깨를 끌어안고는 뺨에 가볍게 입을 맞췄다.

"너무 늦은 시간인데 얼굴 보여 달라고 졸라야 하니 미리 준비해 왔지."

"저 잠들었을 수도 있는데 언제까지 기다릴 생각이었어요?"

"대충 샤워하는 데 30분 잡으면 되니까, 그 정도?"

"딱 그 시간만?"

지윤이 살짝 눈을 흘기자 성우가 당연하다는 듯 고개를 끄덕였다.

"내일 밤늦게까지 당신이랑 놀려면 일찍 자야 할 것 아냐. 눈치 없이 계속 기다리다가 제대로 못 잤다고 하면 왜 그랬냐고 더 혼냈을 거면서."

"제가 혼내는 게 무섭긴 해요?"

"당연하지. 지금 나한테 가장 큰 영향력을 행사하는 사람이 바로 당신인데."

그의 말에 지윤이 잠시 입을 다문 채 그를 응시했다.

세상 두려울 것 없는 사람이 그녀에게 혼나는 게 무섭다고 하니 가슴 깊숙한 곳에서부터 뭉클한 기운이 차오르는 듯했다.

'그럼 부모님이 선보라는 자리에도 나가지 않겠다고 저랑 약속할래요?'라는 말이 불쑥 튀어나오려 했으나 애써 눌러 삼켰다. 다른 누구도 아닌 회장님과 경쟁을 할 순 없었다.

"지금 묻고 싶은 말이 있는데 참고 있는 것 아냐?"

그녀의 표정만으로도 이젠 쉽게 생각을 읽어 내는 듯 그가 눈을 가늘게 뜨자 지윤은 서둘러 머리를 저었다.

"아니에요."

"그럼……."

그는 빙그레 웃음을 보이며 말끝을 길게 늘이더니 지윤이 든 장미와 케이크 상자를 식탁 위에 두고는 그녀의 허리에 손을 얹었다.

"키스가 하고 싶은 건가?"

성우가 얼굴을 가까이하자 지윤은 두 팔로 그의 목을 감으며 고개를 들었다.

"맞아요."

둘의 입술이 자연스레 겹쳐졌고 서로를 강하게 끌어안았다. 말캉한 그의 혀가 지윤의 입술 안을 파고들어 치열을 훑었고 입천장을 간질였다가 혀를 세차게 빨아들였다.

키스가 격렬히 변해 갈수록 지윤은 그에게 바싹 몸을 밀착시키며 손가락으로 머리칼을 휘어 감았다. 입술에 가해지는 강한 압박과 혀로 느껴지는 짜릿한 감각들에 지윤의 호흡이 점점 거칠어졌다.

"으음……. 음……."

간간이 새어 나오는 그녀의 신음에 성우는 몸이 더욱 뜨겁게 부풀어 오름을 느낄 수 있었다. 조금만 더 그녀를 맛보고 싶단 욕심에 그는 지윤의 허리를 한 손으로 붙들었고, 다른 손으로 엉덩이를 감싸 쥐고 강하게 끌어당겼다.

단단하게 팽창된 그의 남성이 아랫배를 눌렀는지 지윤이 움찔 놀라는 게 느껴졌다.

이쯤에서 멈춰야 하나 싶었지만 그러고 싶지 않았다. 누구의 방해도 받지 않을 온전한 공간에서 지윤을 끌어안고 있다는 것 자체가 그를 더욱 부채질하는 듯했다.

성우가 지윤의 입술을 지나 턱과 귓가로 키스를 이어 가며 나직하게 속삭였다.

"그냥 이대로……."

그의 말을 이해한 지윤이 머리를 끄덕이곤 그의 입술을 찾아

열정적으로 키스하며 손으로 뺨과 목 주변을 부드럽게 쓸었다. 그리고 그의 넥타이를 느슨하게 당겨 잡아 뺐다.

짙어진 눈동자가 지윤을 지긋이 내려다보며 표정을 살폈다.

"당신……."

"그만할까요?"

조심스러운 음성으로 묻는 지윤에게 그의 입술이 다시금 내려앉았다.

"그럴 순 없지."

성우가 지윤에게 입 맞추며 빠르게 재킷을 벗어 던짐과 동시에 그녀의 떨리는 손길이 와이셔츠 단추를 하나하나 끌렀다.

그의 가슴 근육이 드러나자 오랫동안 갈망해 왔다는 듯 지윤의 손이 파고들어 매끄러운 피부를 쓸어내렸다. 탄탄한 근육이 그녀의 손길 아래서 꿈틀거리는 게 느껴져 지윤은 더욱 몸이 달아오르는 것만 같았다.

"흐음!"

성우는 거칠게 숨을 내쉬고 지윤의 둥근 어깨와 팔을 쓰다듬고 허리 주변을 어루만지더니 셔츠 아랫단을 잡아 천천히 위로 올려 벗겨 냈다.

저도 모르게 지윤의 손이 가슴을 가리려 올라가자 성우가 저지하듯 팔을 잡았다. 섹시한 디자인의 브래지어에 가려진 그녀의 가슴이 유혹적으로 솟아올라 그의 시선을 끌어당겼다.

"너무 아름다워. 정말로……."

성우의 감탄에 지윤은 새빨개진 얼굴로 어깨를 움츠렸다. 거칠어진 호흡으로 인해 부드럽게 출렁이는 뽀얀 가슴 위로 그의 뜨거운 입술이 내려왔다. 가느다란 어깨끈을 어깨 옆으로 내린 그가 지윤의 젖무덤에 키스하며 브래지어 컵을 잡아 내렸다.

수줍게 숨어 있던 장밋빛 열매가 모습을 드러내자 그의 혀가 다가와 살짝 건드렸다.

"하아……!"

지윤은 침을 꼴깍 삼키며 그의 어깨를 붙들었고 제멋대로 날뛰는 숨을 고르기 위해 애써야 했다. 유두를 핥던 그가 입을 벌려 덥석 물더니 천천히 빨기 시작했다.

짜릿하게 퍼져 나가는 감각에 지윤은 입술을 깨물었고 허리를 더욱 곧추세웠다. 양쪽 가슴을 오가며 진한 애무를 펼치는 그의 혀 놀림이 지윤을 점차 아찔한 세계로 몰아가고 있었다. 다리 사이로 몰리는 뜨거운 기운에 지윤은 허벅지에 잔뜩 힘을 주어야 했다.

성우는 지윤의 납작한 배와 잘록한 허리를 부드럽게 쓰다듬다가 스커트 아래로 손을 내려 다리를 어루만졌다. 바싹 긴장한 게 느껴지는 그녀의 단단한 허벅지를 쓸다가 탱글탱글한 엉덩이를 힘 있게 감싸 쥐었다.

"서, 성우 씨……."

그녀의 몸이 그를 갈망하듯 본능적으로 움직였고 그의 애무를 받은 가슴은 더욱 부풀어 올랐다.

"이 순간을 얼마나 바랐는지 당신은 상상도 못할 거야."

성우가 지윤의 팬티에 손을 넣어 엉덩이를 문지르며 혀로는 붉게 물든 열매를 굴렸다.

"저, 저도 원하던……!"

수줍게 속삭이던 지윤의 눈이 순간 커다래졌다. 엉덩이를 어루만지던 그의 손이 앞으로 나아가 뜨거운 기운을 내뿜고 있는 중심에 닿은 것이다.

"자, 잠깐……. 잠깐만."

눈꺼풀을 연신 깜빡거리던 지윤은 그의 손가락이 전하는 강렬한 자극에 거친 숨을 토해 냈다. 엉덩이에서부터 은밀한 부위에 이르는 틈새를 그의 손길이 부드럽게 오갔다.

성우는 손끝에서 느껴지는 열기를 좀 더 느끼고자 슬며시 힘을 주었다. 그와 동시에 지윤의 엉덩이가 움찔거리더니 그의 어깨를 붙잡은 그녀의 손에 힘이 들어갔다.

"자, 잠시만요……."

허리를 뒤틀며 어쩔 줄 몰라 하는 그녀를 달래려 성우는 손을 빼낸 뒤 긴장감으로 굳은 배 위에 살포시 입술을 누르곤 거추장스러운 스커트를 조심히 벗겨 냈다.

"아프게 하지 않을게."

깃털처럼 부드러운 입맞춤을 선사하던 그가 골반 아래 팬티 선이 걸린 곳까지 내려갔다. 자그마한 천 쪼가리에 불과한 팬티는 브래지어와 같은 디자인으로, 주요 부위만 가린 상태였다.

성우가 팬티를 천천히 다리 아래로 내리며 지윤에게 미소 지었다.

"당신의 속옷 취향이 이렇게 섹시할 줄은 몰랐어."
"그, 그래요……?"
그에게 보여 주기 위해 새로 장만했단 말은 차마 하지 못한 채 지윤은 자신의 음부가 그의 눈앞에 드러나는 게 부끄러워 눈을 감고 말았다.
그녀의 등 뒤로 그의 손이 둘러지더니 가볍게 브래지어의 훅이 풀렸다.
지윤은 실오라기 하나 걸치지 않은 알몸으로 그의 앞에 서게 되었다. 온몸이 새빨갛게 물드는 느낌에 지윤이 바르르 몸을 떨었고 그런 그녀를 성우가 가만히 안아 주었다.
"당신이 내 여자라는 게 정말 기뻐."
그는 지윤의 이마와 콧등에 가볍게 입을 맞추며 말했다.
"당신이 얼마나 근사한지 아마 모를 거야."
"제가요?"
수줍게 되묻는 그녀의 입술 위에 성우가 속삭였다.
"너무 예뻐서 정신이 아찔할 정도야."
지윤이 그의 목에 팔을 두르자 성우가 그녀를 번쩍 안아 올려 성큼성큼 침대로 데려갔다.
폭신한 베개에 등을 기대고 앉은 지윤은 두근거리는 가슴을 진정시키며 그가 와이셔츠와 바지를 벗는 모습을 지켜보았다.
남성미를 물씬 풍기는 역삼각형의 다부진 근육과 탄탄한 허벅지가 눈길을 끌었지만, 무엇보다 진회색 드로즈에 감싸인 길고 굵은 기둥이 지윤의 시선을 단박에 붙잡아 버렸다. 뜨거운 기운이 치솟음과 동시에 전율이 일었다.

빨갛던 그녀의 얼굴이 점차 하얗게 변해 가자 성우가 지윤 옆으로 몸을 기대곤 품 안으로 당겼다. 지윤은 그의 가슴에 얼굴을 묻으며 떨리는 목소리로 말했다.

"제가 잘할 수 있을지……."

"쉿. 아무 걱정 마. 우린 정말로 잘 맞을 테니까."

성우는 지윤을 조심스레 눕히며 입술을 겹쳤고 긴장으로 굳은 그녀의 몸을 풀어 주기 위해 부드러운 애무를 시작했다.

젖가슴을 가볍게 쥐고 부드럽게 주무르다가 꼿꼿해진 유두를 손바닥으로 천천히 굴렸고, 혀로 그녀의 입술을 간질였다가 슬쩍 침입해 깊게 빨아들였다.

감미롭게 이어지는 키스로 인해 지윤의 숨이 헐떡거렸고 가슴을 희롱하는 그의 손길에 반응하듯 허리를 뒤틀었다.

"으음……."

지윤의 몸이 뜨겁게 달아오르자 성우는 입술을 턱 아래로 미끄러뜨려 쇄골 부근에 낙인을 찍고 좀 더 아래로 내려갔다. 흥분으로 솟아오른 유두가 단박에 그의 입안으로 사라졌다.

"아아아……."

양쪽 가슴에 가해지는 그의 자극적인 애무에 지윤은 미칠 듯이 신음하며 허리를 들썩였다. 그러자 그가 조심스러운 손길로 그녀의 중심을 어루만지며 머리를 들었다.

진한 쾌감을 기대하는 듯 이미 촉촉하게 젖어 든 상태였지만 허벅지는 여전히 긴장으로 인해 바짝 힘이 들어가 있었다.

"천천히 할게. 너무 아프거나 참을 수 없으면……."
"아뇨, 괜찮을 거예요."
지윤은 그에게 손을 뻗으며 연한 미소를 지어 보였다.
당신과 함께할 수 있어 정말 행복하다는 얼굴로 그를 바라보자 성우의 입매도 부드럽게 휘었다.
"내가 사랑한단 말을 했던가?"
"아마 안 했을걸요."
두근거리는 가슴을 진정시키며 지윤이 답하자 성우가 잔잔한 미소로 말해 주었다.
"너무 아꼈나 보네. 이렇게 가슴이 터질 것처럼 당신을 사랑하는데 말이야. 내게 와 준 서지윤 당신을, 진심으로 사랑하고 있어."
말을 끝내자마자 성우가 지윤의 입술에 키스했다. 지윤이 그의 얼굴을 감싸고 열정적으로 키스를 되돌리자 두 무릎으로 그녀의 다리를 벌려 고정시킨 후 그를 받아들일 천국의 문 앞에 자신을 갖다 댔다.
그 느낌에 지윤이 키스를 멈추더니 눈을 번쩍 뜨고 그를 올려다보았다. 그러고는 준비됐다는 듯 눈을 깜빡이며 아랫입술을 지그시 깨물었다.
성우는 입구 주위를 매끄럽게 문지르다가 끝 부분을 가만히 안으로 밀어 넣었다. 지윤의 눈이 질끈 감기고 입이 벌어지자 잠시 멈췄다가 다시 또 살짝 안으로 들어섰다.
"괜찮아……?"

지윤의 호흡이 가빠지는 걸 보고 성우가 걱정스레 물었다. 하지만 그의 목소린 억눌린 욕구만큼 꽉 잠긴 상태였다.

그를 감싼 그녀의 쫀득거리는 느낌이 너무도 좋았기에 당장에라도 더 깊이 파고들어 빠르게 움직이고 싶었지만 그럴 수 없어 온 힘을 다해 참고 있는 중이었다.

"네, 괜찮……. 으윽!"

지윤은 자신의 입술을 핥으며 고개를 끄덕이다가 흠칫 몸을 떨었다. 살짝 움직인 것 같은데도 그 주변이 온통 불이 붙은 것처럼 화끈거렸다. 그러면서도 짜릿하게 번지는 쾌감에 미칠 것만 같았다.

성우는 지윤의 양손에 깍지를 끼고 이번엔 좀 더 깊이 들어갔다. 순간 그녀가 고통스러운 듯 머리를 돌리며 이를 악물어 그가 숨도 쉬지 않은 채 움직임을 멈췄다.

지윤이 눈을 질끈 감았다 뜨고는 그에게 희미한 미소를 그려 보였다. 하지만 성우는 아무런 미동도 하지 못하고 걱정스레 입을 열었다.

"당신……."

"괜찮으니 멈추지 마요."

그러면서 입술을 앙다물고 살짝 엉덩이를 조였다. 아직 통증이 남아 미간이 구겨졌지만 그를 향한 미소를 거두진 않았다. 결국 성우는 조금씩 삽입을 시작했고 온몸으로 퍼지는 쾌감을 만끽하며 점점 더 빠르게 허리를 움직였다.

어느새 그의 움직임에 맞춰 몸을 출렁이던 지윤은 자신을 가득 채운 그를 느끼며 황홀경에 빠져들었다. 정수리에서부터 발끝까지 차오르는 강렬한 기운에 정신이 아득해졌고 신경 세포 하나하나가 폭발해 버리는 것만 같았다.

깍지 낀 그의 손가락을 강하게 쥐면서 지윤이 엉덩이를 치올렸고, 성우는 금방이라도 터져 버릴 것 같은 분신을 달래며 그녀에게 힘차게 밀고 들어가길 반복했다.

최고조에 이른 듯 지윤이 그를 계속해서 조여 오자 성우는 이를 악물고 으르렁거렸다.

온몸이 산산이 부서지는 듯한 쾌감이 밀려와 더 이상 버틸 수가 없었다. 이대로 자신을 분출하고 싶었지만 피임 조치를 하지 않은 탓에 망설여졌다.

"하아……. 나 콘돔도 하지 않았는데."

그가 헐떡이는 호흡 사이로 격하게 내뱉자 지윤 역시 거친 숨을 내쉬며 답했다.

"그냥, 그냥 해도……. 으응! 그냥 해요. 아아……."

뜨겁게 그를 옥죄며 지윤이 수축을 반복하자 성우는 허리를 더욱 세차게 굴리며 황홀의 극치를 맞이할 준비를 했다.

"하아악. 하아……!"

지윤이 미치겠다는 듯 몸을 흔들며 머리를 뒤로 꺾을 때 성우의 입에서도 격한 신음이 터져 나왔다. 그녀의 몸 안에 오랫동안 참아 온 욕구를 남김없이 분출한 후에도 그의 분신이 여운을 만끽하듯 부르르 떨렸다.

"하아, 이럴 수가."

성우는 탄성을 내지르며 지윤에게 무너져 내리곤 낮은 웃음소리를 터뜨렸다. 탈진 상태로 축 늘어져 있던 지윤은 힘없는 손을 들어 그의 어깨에 올리며 물었다.

"왜 그래요?"

"너무 굉장해서. 이런 기분을 느낄 수 있을 거라곤 상상도 못 했는데."

그녀의 목덜미로 파고든 성우가 입술을 부볐다.

"좋았다는 거죠?"

조심스러운 물음에 성우의 머리가 불쑥 들렸다.

"당장 죽어도 여한이 없을 정도로."

다소 과격한 그의 표현에 지윤의 눈이 동그랗게 커졌다.

"그 정도로 내겐 최고였어."

성우는 부드럽게 미소 짓고는 지윤에게 입술을 겹쳤다. 다정하게 입술을 쓸며 그녀를 얼마나 아끼고 사랑하는지 표현했다. 그의 혀가 입술 안쪽 연한 살을 훑고 지나자 지윤이 간지럽다는 듯 웃음소릴 냈다.

그러자 그는 미소 짓는 그녀의 입술을 입안에 가두고 좀 더 깊이 키스했다. 지윤의 입안으로 들어간 그의 혀가 그녀의 혀를 격렬히 빨아들였고 구석구석 핥고 쓸기를 반복했다.

거칠어진 키스에 지윤의 호흡이 점점 가빠졌다.

"으음……."

거센 쾌감이 휩쓸고 지나가 축 늘어져 있던 몸이 또다시 은밀한 반응을 보이기 시작할 때 지윤은 사타구니 쪽에 닿아 있던 그의 분신 역시 점차 단단해지는 걸 느낄 수 있었다.

눈을 깜빡거리며 그를 쳐다보자 성우가 희미한 미소를 머금은 채 입술을 떼었다.

"사랑해."

"……!"

"말로 표현할 수 없을 만큼 당신을 사랑해. 이제 난 당신 없는 삶은 생각할 수도 없을 거야."

"서, 성우 씨……."

그의 뜨거운 고백에 지윤은 울컥 감정이 솟구침을 느끼며 눈시울을 붉혔다.

"평생 당신만의 남자로 살 것을 약속할게. 진심을 다해, 서지윤 당신만을 사랑할 거야."

"네, 저도 사랑해요."

지윤은 고개를 끄덕이고 그의 뺨에 손을 댔다. 그의 진심이 고스란히 전해져 왔다. 평생을 함께할 순 없을 테지만 그것만으로도 충분했다.

지윤의 눈가에 맺힌 물기를 엄지로 닦아 준 뒤 성우는 가만히 입술을 눌렀다. 그리고 조심스레 물었다.

"안에 한 건 괜찮아? 도저히 뺄 수가 없었어. 혹시……."

"걱정 마요."

지윤은 그가 뭘 걱정하는지 안다는 듯 머리를 저었다.

"엊그제 생리가 끝났으니 괜찮아요. 주기도 정확하니까 잘못될 일 없어요."

"잘못될까 걱정하는 게 아니라, 만에 하나……."
"절대 그럴 일 없으니까 걱정하지 마요."
지윤은 그의 입술 위에 손가락을 세우며 말했다.
"가임기였으면 오라고 하지도 않았을 거예요."
"그럼 내일도?"
그가 눈썹을 슬쩍 치켜세우며 은근한 목소리로 물었다.
"밤늦게까지 같이 놀자 했던 것, 유혹 맞지?"
지윤은 뺨을 발그레 물들이며 고개를 끄덕였다.
"사실 오늘 입은 속옷도 아까 산 거예요. 내일을 위해서."
"흐음, 왠지 하루를 번 것 같아 기분이 좋은데?"
성우가 만족스러운 미소를 그리자 지윤도 방긋 웃어 주었다.
"이렇게 멋진 걸 왜 빨리 하지 않았는지 후회스러운데요?"
"염려 마, 새털보다 많은 날이 우릴 기다리고 있으니까."
그러면서 그는 지윤의 입에 달콤한 입맞춤을 선사했다.
새털보다 많은 날. 그게 비록 얼마 되지 않는다 해도 지윤은 정말 괜찮았다. 아니, 괜찮을 거라 여겼다. 이런 근사한 추억을 함께 나눴다는 것만으로도 충분했기에.
지윤은 그의 어깨를 부드럽게 쓸어내리며 감미로운 키스를 이어 갔다. 그리고 다리 사이를 강하게 압박하기 시작하는 그를 느끼곤 낮은 웃음소리를 냈다.
"이 녀석이 좀 주책이지?"
단단한 남성을 살짝 그녀의 몸에 문지르며 성우가 입술을 맞댄 채 속삭였다.

“너무 오랜 시간 참아 와서 그런 것 같은데. 운동을 좀 더 시켜도 될까?”

“곧바로 돼요?”

빨갛게 물든 얼굴의 지윤이 묻자 성우가 상체를 일으켰다.

“당장 들여보내 달라고 성화인걸.”

“흐응, 허락해 줄게요.”

지윤은 수줍게 웃으며 두 팔을 뻗어 그의 목을 감쌌다.

자그마한 침대에서 지윤을 꼭 껴안고 잠든 성우는 6시가 조금 안 된 시각에 눈을 떴다.

출장 준비를 위해 집에 들러야 했다. 하지만 지윤의 늘씬한 몸을 끌어안고 매끄러운 피부를 어루만질 수 있는 이 순간에서 벗어나고 싶지 않았다.

잠에서 깨지 않은 지윤의 얼굴을 손으로 가만히 쓸고 깃털처럼 가벼운 키스를 이마에 남겼다.

처음인 그녀에게 연거푸 세 번이나 파고들었던 게 미안했지만 너무도 근사한 경험을 함께 나눴다는 게 기쁠 따름이었다.

그의 격렬한 몸짓에 뜨거운 반응을 보이며 그의 이름을 부르던 지윤의 모습은 매혹적이면서도 사랑스럽기 그지없었다.

몇 번이고 사랑한다고 말했지만, 해도 해도 부족한 것 같아 이마에 입술을 댄 채 나지막이 속삭였다.

“사랑해.”

그러고는 조심스레 그녀의 목 아래에서 팔을 빼내며 천천히 몸을 일으켰다. 허전함이 느껴졌는지 지윤이 몸을 뒤척이자 이불을 좀 더 끌어 올려 덮어 주었다.
"조금 후에 보자고."
새근거리며 자고 있는 지윤의 입술 위를 손끝으로 살짝 터치한 뒤 그는 아무렇게나 벗어 던져 둔 옷가지를 집어 들었다.
조용히 한다고 했는데 옷을 입을 때 부스럭거리는 소리가 들렸는지 지윤이 잠에서 깨어났다.
"가려고요……?"
지윤이 눈을 비비며 묻자 성우가 침대로 다가갔다.
"출근하려면 집에 가서 준비해야지. 좀 더 자."
성우가 어깨를 토닥였지만 지윤은 상체를 일으키고 시간을 확인했다.
"어차피 6시 반에는 일어나요."
양팔을 머리 위로 뻗으며 기지개를 켜자 이불이 흘러내리며 가슴이 드러났다. 이미 그에게 모든 걸 다 보인 상태였음에도 순간 부끄러움이 몰려와 얼른 이불을 끌어당겼다.
그러자 그가 눈을 가늘게 뜨며 싱긋 미소 지었다.
"감추면 뭐하나? 어차피 내 건데."
"떼어 드릴까요?"
배시시 웃는 얼굴로 지윤이 묻자 성우가 콧등을 찡그렸다.
"됐어. 내 몸에 붙여 두고 싶진 않거든."
순간 지윤이 멍한 눈을 해 보이다가 쿡쿡거리자 성우도 픽 하는 웃음소리를 냈다.

"무슨 이상한 상상을 하는 거야?"

"성우 씨의 빵빵한 가슴 근육이 얼마나 근사한지 떠올려 본 것뿐이에요."

"당신만 할까."

그가 빙그레 미소 지으며 이불 안으로 손을 넣어 지윤의 가슴을 감싸 쥐었다. 그의 손길에 반응하듯 작은 열매가 일어났다. 손바닥으로 부드럽게 유두를 굴리며 지윤의 입술에 쪽 하고 입을 맞췄다.

"아쉽지만 오늘 밤을 기다려야지."

"네……."

수줍게 미소 짓는 지윤의 머리를 다정한 손길로 쓸어 준 뒤 재킷을 걸쳤다.

"먼저 갈게. 이따 보자고."

이불을 몸에 감싼 채 그를 현관까지 배웅한 지윤은 조용히 문이 닫히자 낮게 숨을 내쉬었다. 그와 나눈 격렬했던 사랑의 행위로 인해 온몸이 저릿했지만 기분 좋은 통증이라 절로 미소가 그려졌다.

열과 성의를 다해 그녀를 뜨겁게 안아 주고, 사랑한다고 속삭여 주던 그를 떠올리며 지윤은 다른 근심 걱정은 잠시 미뤄 두기로 했다.

지금은 그가 주는 사랑을 남김없이 받아들이고, 그를 사랑하는 마음을 숨김없이 표현하는 게 가장 중요했다.

"거기 스토옵!"

현관 안쪽 유리문이 부드럽게 닫히는 소리와 함께 빠른 발자국 소리가 나자 한 여사가 주방에서 얼굴을 불쑥 내밀며 외쳤다.

2층으로 향하는 계단 중간쯤에 멈춰 선 성우에게 한 여사가 잔뜩 얼굴을 찡그린 채 다가왔다.

"아들. 너 지금 뭐 하는 거니?"

"일찍 일어나셨네요? 좀 더 주무시지 않고요."

"얘 좀 봐. 외박하고 들어와선 너무 뻔뻔한 것 아니니?"

그녀는 태연하게 답하는 성우의 말을 딱 자르고 양손을 허리에 얹었다.

"너 요즘 뭐야? 저번에도 성연이네 간다 그러고선 혼자 일 생겼다고 주말 내내 사라졌다 오더니만, 못 들어온다고 문자메시지만 달랑 보내고 외박?"

"그럴 만한 사정이 있었어요."

"그러니까 그 사정이란 게 뭔데? 신데렐라도 아닌 녀석이 허구한 날 12시 다 돼서 들어오고! 대체 너 뭐 하고 다니는 거야? 여자 생긴 거야?"

한 여사의 물음에 성우는 아주 잠깐 생각에 잠겼다.

마음 같아선 어머니를 와락 껴안고, 원하시는 대로 곧 신붓감을 데려오겠다고 말씀드리고 싶었지만 그건 어디까지나 지윤의 허락을 먼저 받아야만 하는 일이었다.

사귀는 것 자체를 모든 사람에게 비밀로 부치자고 한 마당에 다른 누구도 아닌 부모님, 그것도 지윤에겐 회사 최고위층인 회장님께 알리는 일이 되니 그 혼자 멋대로 결정했다간 무슨 된서리를 당할지 모를 일이었다.

성우가 대답을 못 하고 있자 한 여사의 입이 쩍 벌어졌다.

“너 정말 여자 생긴 거구나? 그치? 맞지?”

“그게 좀…….”

“왜? 누군데? 나도 아는 애라 그래?”

“아뇨, 그게 아니라 지금은 상황이 좀 애매해서요. 나중에 때가 되면 자세히 말씀드릴게요.”

“상황이 왜 애매한데? 설마 그 애가 너 싫대? 그래서 너 혼자 쫓아다니는 중이야?”

“어머니, 저 출근 준비해야 하거든요. 오늘 광주 출장 잡혀서 짐도 챙겨야 해요.”

“너 제대로 대답 안 하면 내가 직접 알아보는 수가 있어!”

한 여사의 말에 위층으로 향하던 성우의 발이 멈칫했다.

직접 알아보신다는 건 가장 먼저 그의 측근인 최 비서나 지윤에게 연락을 취해 이것저것 물어보신다는 말일 터.

어머니가 지윤과 이야기하다가 선 자리 얘기를 흘렸다간 큰일이니 비서실로는 절대 접근하지 못하도록 막아야 했다.

“조만간 모두 말씀드릴 테니 가만히 계셔 주세요. 제 비서들 또한 아무것도 모르고 있으니 괜히 연락하지 마시고요.”

성우의 표정과 어조가 제법 심각해 한 여사의 얼굴도 덩달아 심각해졌다.

"너 정말 진지한 것 맞지?"

"그 어느 때보다 더요. 결혼은 제 의사를 따라 주겠다고 하셨죠? 그러니까 어머니도 조금만 참고 기다려 주세요. 아주 흡족해하실 만한 며느리를 데려올게요."

"이 녀석아! 그럼 진즉 여자가 있다고 했어야지. 김 장관님 댁에서도 널 만나고 싶어 하고, 유 회장님 쪽에서도 맞선 날짜 잡자고 그러는데 어쩌란 거야? 네가 피해 다니기만 하니까 송년 파티 때 인사라도 시켜야겠다고 다들 데려오신다는데."

"저한테 선 들어온 게 어디 한두 번이에요? 제가 아무 반응 없으면 전처럼 포기하시겠죠. 그리고 송년 파티에 참석한 손님들과는 당연히 인사 나눌 테니 걱정 마세요. 파티에서 저랑 인사 한 번 했다고 결혼까지 생각하면 그 여자가 이상한 거죠."

"아무리 그래도……."

"분명히 말씀드리지만 전 억지로 하는 결혼은 사절입니다. 평생 한이불 덮고 살 사람인데 조건 따져서 하고 싶은 마음 없어요. 그런 결혼, 양쪽 모두 피곤한 일이잖아요. 저는 한 번 아니다 싶은 건 절대 의견 안 굽히는 것 아시죠?"

"하여간 저 고집은! 어쩜 네 아버지랑 똑같니?"

한 여사가 눈을 흘기자 성우가 싱긋 미소를 지었다.

"아버지가 어머니 쫓아다니시며 결혼해 달라고 고집 피우지 않으셨으면 전 태어나지 못했을 거라고 하셨던 것 같은데요."

"너 정말 확신하는 거지? 진짜 결혼 상대로 만나는 여자 있는 것 맞지?"

"네, 진짜로요."

성우가 맹세하듯 가슴에 손까지 얹어 보이자 한 여사가 얼굴을 환하게 펴고 다 큰 아들의 엉덩이를 토닥였다.

"올해 안으로 꼭 데려와서 인사시켜야 한다? 아니다, 아예 송년 파티 때 데려오는 게 어때?"

"그건 제가 알아서 할게요. 그리고 이런 건 좀……."

성우가 엉덩이에 놓인 한 여사의 손을 잡아 멀찍이 떨어뜨리자 그녀가 슬쩍 눈을 흘겼다.

"걱정 마. 네 안사람 들어오면 손도 안 댈 테니까. 그나저나 나이랑 직업 정도는 알려 줄 수 있지 않니?"

"나중에요. 제 눈에 쏙 들어온 사람이니 어머니도 분명 마음에 드실 거예요."

"그럼 더 궁금하잖아! 그냥 내일 저녁에 데려오면 안 될까? 내가 아주 맛있는 음식들로 쫘악 준비해 놓을게."

"지금 확실한 타이밍을 노리는 중이니까 절 믿고 기다려 주세요. 이제 진짜로 올라가 봐야 할 것 같은데."

한 여사가 아쉽다는 표정을 짓고는 별수 없다는 듯 고개를 끄덕였다.

"알았어. 아침 차려 둘 테니 씻고 내려와."

성우는 그런 어머니께 씨익 미소를 지어 주고는 서둘러 층계를 올라갔다.

이제 더 이상 선을 보라고 종용하실 일은 없을 테고, 지윤을 소개시키기 위한 밑밥도 적절히 깔아 뒀으니 최대한 빨리 프러포즈를 준비해 그녀의 동의를 구하는 일만 남아 있었다.

지윤을 아내로 맞아 날마다 한 침대에서 잠들고 함께 눈뜰 것을 상상하자 성우의 입가에 진한 미소가 배어들었다.

출근 후 성우는 그룹 회의에 참석하느라 사무실에 붙어 있질 못했다. 점심을 먹고 나서야 출장을 떠나기 위해 사무실에 들렀고 최 비서를 남겨 둔 채 지윤과 함께 공항으로 향했다.

하지만 지윤이 기사 옆 조수석에 앉는 바람에 성우는 공항으로 가는 길 내내 지윤의 뒤통수만을 바라봐야 했다.

광주 공항에 내린 성우는 임직원들의 환영을 받으며 차에 올랐다. 호남 지역 총본부장이 그의 옆에 탄 뒤 곧바로 지윤이 조수석에 앉는 걸 지켜보며 성우는 미간을 좁혔다.

비서의 자격으로 함께하는 거지만 가까이 있는 지윤에게 손 한 번 뻗을 수 없다는 게 그는 불만스러웠다.

지윤은 옆자리에 앉았던 비행기에서도 행여 누가 볼까 염려스럽다는 듯 그와 거리를 유지했고 표정조차 예의를 갖췄다. 그런 태도가 성우에겐 아쉬움으로 남았고 '그냥 공개 연애를 해?' 싶은 생각까지도 일게 만들었다.

하지만 그러자고 했다간 지윤에게 무슨 핀잔을 들을지 모르니 그저 묵묵히 부사장으로서 그녀를 대했다. 아직은 여러모로 조심스러워하는 지윤을 설득하는 게 중요했기에 성급하게 굴기보다는 찬찬히 준비하는 게 낫다는 생각에서였다.
이러다가 공사 구분도 못 하고 그녀에게만 온 신경을 집중하게 될지도 모른다는 걱정이 들자 괜히 웃음이 났다.
"……할 겁니다. 부사장님?"
옆에서 본부장이 뭔가 설명하고 있었는지 성우를 보았다.
'거봐! 이렇다니까!'
성우는 아차 하면서 얼른 표정을 가다듬었다.
"듣고 있으니 말씀하세요."
"아, 네. 바로 공장을 둘러보신 후 저녁 식사 전 간단히 직원들과 면담 시간을 가지시면 됩니다."
"알겠습니다."
"그리고 저녁 식사 후엔 저희들이 조촐하게 마련한 환영 파티에 참석해 주시면……."
"아뇨, 환영식은 함께 저녁 식사하는 걸로 충분하니까 괜히 따로 자리 마련하실 필요 없습니다."
"그래도 이렇게 오셨는데……."
"금요일 밤을 상사와 보내는 것만큼 재미없는 일이 또 있을까요?"
그가 싱긋 웃자 본부장이 황급히 손을 내저었다.
"어이쿠, 무슨 그런 말씀을! 저흰 부사장님과 함께 시간을 보내는 것이야말로 무엇보다 중요한 일이라 여기고 있습니다."
"그 마음만 받겠습니다. 그러니 파티 같은 건 생략하세요. 제가 따로 볼일이 있어서요."

"아, 그러시군요. 그럼 기사를 대기시켜 놓을 테니……."
"그러지 않으셔도 됩니다. 개인적으로 처리할 일이라 혼자가 편합니다."
"……네, 알겠습니다."
본부장은 금방 고개를 숙였고 앞에 앉은 지윤은 슬그머니 미소가 번지려는 입술을 앙다물었다.
그가 개인적으로 처리할 일이 무엇인지는 오직 지윤만이 알고 있었다.

면담이 끝나고 식당으로 자리를 옮길 때 본부장이 잽싸게 지윤에게 다가와 물었다.
"부사장님께서 어디 가실 데라도 있나?"
"글쎄요, 공식적인 업무 외의 일은 저도 잘 몰라서요."
"광주까지 내려오셔서 개인적으로 처리할 일이라니, 우리가 도와 드려야 하는 게 아닌가 싶은데. 정말 모르겠나?"
"아마 다른 일을……."
"다른 일?"
"아뇨, 그게 아니라 회사 일 말고 따로 공부하시는 것도 많으시거든요. 사무실에서도 업무가 다 끝난 후 늦은 시간까지 이것저것 알아보시기도 하고요. 그러니 너무 신경 쓰지 않으셔도 될 듯합니다."
"아, 뭔가 다른 투잣거리라도 찾으신 건가?"
"거기까지는 저도 잘 모르겠습니다."

"그래, 알겠네. 어쨌든 부사장님께서 조금이라도 불편하신 사항이 생기면 즉시 내게 알려 주게."

"네."

본부장은 고개를 끄덕이고는 제 1공장장과 아직 얘기 중인 성우에게 다가갔다.

지윤의 시선이 그쪽으로 향하자 성우가 무슨 얘기를 나눴냐는 듯 눈썹을 슬쩍 치켜세웠다. 지윤은 별것 아니라고 머리를 젓고는 스케줄 표를 들여다보는 척했다.

1403호. 끝장 오길 바람.

저녁 식사 후 그날 묵을 호텔로 안내받은 지윤은 성우가 보낸 문자메시지를 보자마자 심장이 강하게 뛰는 걸 느꼈다.

모든 업무가 끝난 데다 그가 개인적으로 할 일이 있다고 다른 사람들에게 미리 말해 둔 상태라 지금부터 내일 아침 9시까지는 온전히 둘만의 시간을 보내게 될 것이다.

지윤은 어젯밤 경험했던 짜릿한 감각들이 일제히 깨어남을 느끼며 두근거리는 가슴을 진정시켰다.

하루 종일 바삐 움직이고 오후엔 공장을 돌았기에 간단히라도 몸을 씻고 싶어 지윤은 빠른 움직임으로 옷을 벗었다.

그녀의 객실은 스탠더드룸이었지만 나름 여유 있는 공간에 욕실도 넓은 편이었다. 머리 받침이 있는 둥근 모양의 욕조를 보자 따뜻한 물을 받아 목욕을 하고 싶단 맘이 솟았으나 그를 오래 기다리게 할 수는 없어서 샤워만으로 만족했다.

젖은 머리를 타월로 탈탈 턴 뒤 가벼운 화장을 한 지윤은 몸매를 드러내는 연갈색 니트 원피스에 밤색 레깅스를 입었다. 거울 앞에 서자 헐렁하게 늘어진 넥 칼라 아래로 봉긋한 가슴이 눈에 들어왔다.

그의 손길이 닿지 않았음에도 그녀의 가슴은 이미 흥분한 듯 탱탱하게 부풀었고 다리 사이로도 열기가 몰리기 시작했다. 늦게 배운 도둑질에 날 새는 줄 모른다더니만 지윤은 그와 나눈 사랑의 행위에 이미 푹 빠져 버린 것 같았다.

오늘 온종일 그와 함께하면서 손을 뻗고 싶은 욕구를 억누르느라 얼마나 애를 썼던가. 손가락 사이로 그의 머리칼을 휘감고 싶었고, 다부진 어깨와 가슴을 쓸어내리고 싶은 충동을 막기 위해 그 어느 때보다 그와 거리를 유지하려 했고, 되도록 눈도 마주치지 않으려 했다.

하지만 이젠 그럴 필요가 없었다. 앞으로 12시간 동안 그는 온전히 그녀의 차지가 될 테니 망설이거나 주저하는 행동은 하지 않을 작정이었다.

당신 기다리다가 내 심장이 다 타 버릴 것 같은데, 내가 내려갈까?

막 방을 나서는데 그에게 메시지가 들어왔다.

고작 20여 분밖에 지나지 않았는데 이렇게 보채는 걸 보니 그도 어지간히 몸이 달아 있는 듯했다.
지윤은 연한 미소를 머금으며 답을 날렸다.

꼼짝 말고 침대에서 기다려요!

은근한 뉘앙스를 가진 그녀의 답에 그가 바로 불타오르는 모양의 이모티콘을 보냈다.
엘리베이터에서 내린 지윤은 누가 보기라도 할까 봐 빠른 걸음으로 복도를 지나 그의 룸 넘버가 적힌 곳 앞에 멈춰 섰다. 점점 빨라지는 호흡을 고르려고 깊게 숨을 들이켜는데 갑자기 문이 벌컥 열렸다.
순식간에 그의 방으로 끌려 들어간 지윤이 그의 너른 품에 덥석 안기게 되었다.
"후, 큰일 날 뻔했네."
안도의 숨을 내쉬는 그의 모습에 지윤이 고개를 살짝 틀어 그를 보았다.
사실 지윤은 급작스럽게 전개된 이 상황에 어안이 벙벙했다. 그 와중에도 큰일 날 뻔했다는 말에 신경이 곤두섰다.
"누가 봤어요?"
"응?"
무슨 말이냐는 듯 쳐다보자 지윤이 조심스레 다시 물었다.
"제가 여기 오는 거요."
"아냐."

성우는 살짝 미간을 찡그리며 그녀의 말을 잘랐다.
"내가 누구에게 들킬까 봐 걱정돼서 이런 것 같아?"
"너무 갑작스러워서요."
지윤이 두 눈 가득 미소를 담으며 그의 허리에 팔을 둘렀다. 그도 샤워를 끝낸 상태인지 상쾌한 향이 풍겨 왔다.
"내가 그렇게 보고 싶었어요?"
"1분 1초가 다 아까웠지. 우리끼리 와도 된다니까 기어이 여기까지 데려다준 본부장이 그렇게 미울 수가 없더군."
성우는 지윤의 등줄기를 부드럽게 쓸어내리며 좀 더 몸을 밀착시켰다.
단단한 그의 남성이 그녀의 아랫배를 압박하자 지윤의 몸이 바르르 떨렸다. 온몸의 솜털이 올올이 일어서고 신경 세포 하나하나가 더한 자극을 원하는 듯했다.
하지만 지윤은 태연한 척 말했다.
"본부장님은 당신과 술 한 잔이라도 더 하고 싶으셨을 텐데 얼마나 아쉽겠어요."
"말했잖아. 금요일 밤에 상사랑 함께 있고 싶어 하는 사람은 없다고."
"그럼 저는요?"
지윤이 순진한 표정으로 묻자 성우가 눈매를 가늘게 하며 그녀의 허리를 바싹 끌어당기더니 엉덩이를 한 손으로 감쌌다.
"당신은 상사와 이렇게 있을 수 있나?"
"누구처럼 남성미가 철철 넘치는 상사라면, 아마도요."

지윤이 은근한 미소를 짓자 성우의 입술이 가까이 다가왔다.
"그거 위험한 발언인데."
"자신 없어요?"
"당신이 말하는 남성미가 뭘 뜻하는지 물어도 될까?"
"답을 그냥 주면 재미없잖아요."
"그렇겠군, 그럼."
성우는 지윤에게 입술을 맞대며 속삭였다.
"맞추려고 노력해 보지."
그의 혀가 그녀의 입술 사이를 가르며 안으로 파고들자 지윤이 화답하듯 입술을 벌렸다. 두 사람의 혀가 서로를 부드럽게 감았고 두 입술은 한 치의 틈도 없이 강하게 밀착되었다.
지윤이 그의 셔츠를 들쳐 손을 미끄러뜨리다 굴곡진 배를 쓰다듬자 성우의 입에서 나른한 숨소리가 새어 나왔다.
그의 매끄러운 살결이 주는 느낌이 너무 좋아 지윤 역시 거친 호흡을 내쉬었고, 등 쪽으로 팔을 두르며 그의 팽창된 남성이 아랫배를 자극하도록 했다.
강인한 그가 그녀 안으로 들어와 격렬하게 춤추던 감각이 되살아나자 지윤은 다리 사이로 뜨거운 열기가 퍼지는 걸 느꼈다.
"흐음……."
지윤의 몸이 전율하며 신음을 내뱉자 성우의 손이 빠르게 지윤의 원피스를 위로 걷어 올렸다.
'둘이서만 호텔로 왔다면 각자의 방으로 헤어질 일도 없었을 테고, 따로 샤워를 하고 이렇게 옷을 갖춰 입을 필요도 없

었을 텐데.'

아무래도 이 불편한 비밀 연애를 조만간 끝내야 할 듯했다.

단숨에 원피스를 훌렁 벗게 된 지윤이 어깨를 반사적으로 움츠렸다. 성우는 소박한 디자인의 살구색 몰드 브래지어를 보고 싱긋 웃음을 보였다.

"이 속옷이 당신의 원래 취향인가?"

"뭐, 그렇죠."

지윤이 얼굴을 붉히며 가슴을 가리려 하자 성우가 그 손을 내리고 브래지어의 어깨끈을 양옆으로 벌렸다.

"속옷은 아무래도 상관없어. 내가 원하는 건 그 안에 숨겨 둔 거니까."

성우는 브라를 완전히 아래로 내려 지윤의 가슴이 드러나게 했다. 탄력적으로 출렁이는 새하얀 젖가슴을 손으로 감싸 쥔 성우가 만족스러운 미소를 지었다.

"정말 근사해."

말랑거리는 촉감을 감상하듯 그가 천천히 손가락을 움직여 조물거리자 지윤은 아랫입술을 잘근거리며 가쁜 호흡을 내쉬었다. 그리고 떨리는 손으로 그의 셔츠 단추들을 하나씩 풀어 내린 후 그의 탄탄한 가슴 근육을 손끝으로 쓸었다.

자그마한 젖꼭지가 그녀의 손길에 단단해지는 걸 느끼며 손바닥으로 문지르자 그의 입매가 부드럽게 휘었다.

성우는 지윤의 입술에 다시금 진하게 키스한 뒤 그녀를 번쩍 안아 올렸다.

"본격적으로 시작해 볼까?"

은근히 속삭인 성우가 지윤의 입술을 강하게 빨았고 응접실을 지나 커다란 침대가 놓인 방으로 향했다.

거추장스러운 이불을 발로 걷어 내고 시트 위에 지윤을 조심스럽게 눕힌 후 빠르게 바지를 벗어 던졌다. 그의 남성이 커질 대로 커져 불룩하게 솟아 있었다.

지윤의 뜨거운 시선이 향하자 성우는 매력적인 미소를 날리며 그녀 위로 엎드리듯 다가갔다. 두 팔과 다리 사이에 그녀를 가둔 채 입술 위에서 말했다.

"당신 눈빛이 날 더 달아오르게 만드는군."

두 사람의 거친 호흡과 격하게 터져 나오는 신음에 방 안 공기가 후끈 달아올랐다.

지윤의 몸 안 깊숙이 파고들어 점점 더 세차게 허리를 돌리던 성우는 그녀가 고개를 뒤로 젖히면서 자지러질 듯한 반응을 보이자 억제하고 있던 자신을 분출시켰다.

꿈틀거리는 그를 연신 옥죄던 그녀가 파르르 몸을 떨더니 축 늘어졌다.

"아아, 역시 굉장해."

성우가 몸을 옆으로 굴려 지윤을 품 안에 가뒀다. 그의 목덜미에 입술을 묻은 지윤은 나른함을 만끽하며 속삭였다.

"사랑해요."

"으흠……."

그가 만족스러운 소리를 내자 그의 너른 등을 쓸며 한 번 더 속삭였다.

"사랑해요."

그러자 성우가 살짝 고개를 들어 그녀를 내려다보고는 미소 지었다.

"난 온 우주를 다 채워도 부족할 정도로 당신을 사랑해."

"난 그보다 더 사랑해요."

"내가 더할걸."

그가 한쪽 눈썹을 슬쩍 치켜세우자 지윤이 그의 턱에 입을 맞췄다.

"알아요. 그래서 고마워요."

"나야말로 내 앞에 나타나 준 당신이 고마워."

성우는 지윤의 입술에 진하게 키스한 뒤 속삭였다.

"평생 노력 봉사 하며 당신에게 보답할게."

향긋함을 피워 내는 그녀의 피부 곳곳에 입을 맞추다가 또다시 고개를 쳐드는 분신을 느낀 그가 웃음소리를 냈다.

"이 녀석 어떡하지?"

"난 얼마든지 환영이에요."

지윤은 다리 하나를 그의 허리에 두르며 요염한 미소를 그렸다. 뻐근함이 밀려왔지만, 곧바로 이어지는 뜨거운 열기에 모든 아픔이 녹아내리는 걸 느끼며 두 팔로 그를 끌어안았다.

그와의 사이에 주어진 '평생'이란 시간이 얼마나 남았는지 알 수 없는 지금, 그녀는 되도록 더 많이 그를 소유하고 싶었다.

Knock

토요일 저녁, 집에 데려다준 그에게 지윤은 당연하다는 듯 들어왔다 가겠냐고 물었다.

"당신이 말하지 않으면 서운할 뻔했어."

그는 싱긋 웃고 그녀와 함께 집 안으로 들어섰다.

성우는 더 늦어지기 전에 오늘에야말로 기필코 이 비밀 연애를 끝내자고 말할 작정이었다.

소파가 없는 탓에 지윤은 바닥에 깔린 두툼한 방석 위로 그에게 앉으라고 권한 뒤 연하게 내린 커피 두 잔을 가지고 그 옆에 앉았다.

"좀 좁죠?"

그가 묵었던 호텔 스위트룸보다 규모가 작은 오피스텔이 새삼 부끄럽게 여겨져 지윤의 뺨이 붉게 물들었다.

"당신과 오붓하게 있을 수 있는 곳이라면 어디든 좋아."

성우는 지윤의 어깨를 끌어안은 후 다른 손으론 그녀의 손을 감싸고 천천히 말을 골랐다.

"생각해 봤는데, 우리 사이 이대로는 안 될 것 같아."

"네?"

갑작스러운 말에 지윤이 고개를 획 돌려 그를 보았다. 동그랗게 커진 눈망울에 희미한 불안이 어리자 성우가 부드럽게 미소 지으며 그녀의 머리를 쓰다듬었다.

"당신 설마 내가 이대로 끝내자는 말을 할 거라고 생각한 건 아니지? 내 콩깍지는 더 두꺼워졌으니까 그런 걱정은 할 필요도 없어."

"우리 사이가 왜요?"

성우는 단도직입적으로 말할까, 돌려서 말할까 고민하다가 안 그래도 상상의 나래를 펼치기 좋아하는 그녀가 혹여 자신의 마음을 오해하는 상황이라도 생길까 걱정되어 솔직하게 말하기로 했다.

그가 지윤의 눈을 똑바로 쳐다보며 입을 떼었다.

"남들에게 숨기고 싶지 않아서 그러는데, 그냥 공개하고 편하게 만나는 것 어때?"

그의 말에 지윤의 심장이 쿵 떨어졌다.

상사를 사랑해선 안 되는 이유

지윤은 벼락과 같은 소리에 '내가 지금 제대로 들은 게 맞나' 하는 얼굴로 성우를 바라보았다.

'이 시점에 공개라니. 선볼 여자들이 줄줄이 대기하고 있다면서 아무렇지 않게 다른 여자, 그것도 비서 아가씨와 연애 중이란 걸 밝히고 싶다고?'

"왜 갑자기……. 지금 이렇게 저 만나는 것 불편하세요?"

조심스러운 지윤의 어조에 성우가 연하게 웃어 보였다.

"당신은 불편하지 않아? 부끄러운 사이도 아닌데 남들 눈 의식하면서 몰래 만나고, 손 한 번 제대로 못 잡고 그러는 것. 난 이제 싫은데."

"하지만 전……."

"나랑 사귀는 것, 남들이 어떻게 말하든 신경 쓰지 마. 누구도 당신한테 함부로 하지 못하도록 내가 다 차단할 거고, 보호해 줄게."

지윤은 심장이 착 가라앉으며 씁쓸함이 퍼지는 걸 느꼈다.

그는 지금 회사 일가의 사람과 연애하는 비서를 세간이 어떤 눈으로 보는지에 대해선 전혀 신경 쓰지 않고 있었다. 무엇보다 사람들의 비꼬는 시선이 그가 아닌 그녀에게 집중될 텐데 말이다.

물론 그가 보호막이 되어 줄 수도 있을 것이다. 사내에서는 누구도 함부로 그녀를 대하지 못할 테니까. 하지만 뒷말은 여느 연예인 못지않게 무성하게 퍼질 테고, 그 모든 짐을 떠안는 건 그녀가 될 터였다.

"제가 성우 씨와 사귀는 조건이 뭐였는지 알잖아요."

차분한 그녀의 말에 성우가 머리를 끄덕였다. 하지만 그는 고집을 꺾지 않고 그녀를 설득하듯 입을 열었다.

"나 역시 그땐 당신 의견에 동의하는 쪽이었지만 지금은 아냐. 내가 사내 연애를 반대해 왔다는 건 당신도 알 거야. 하지만 이젠 아냐. 당신이 뭘 걱정하는지 충분히 이해는 하지만, 당신이 내 여자라는 걸 더는 숨기고 싶지도 않고 누구 앞에서든 당당히 데이트를 즐기고 싶어."

마음 같아선 결혼하자는 말을 불쑥 내뱉고 싶었지만 갑자기 그랬다간 오히려 신뢰만 잃을 것 같아 참았다.

상사와 사귀는 것만으로도 이렇게 조심스러워하는데 느닷없이 결혼이란 말을 운운하며 공개 연애를 하자고 얘기하면 이유

하나를 급조한 느낌이 들 수도 있었다. 청혼은 정말 차근차근 준비해서 지윤에게 감동을 안겨 주고 싶었다.

"전 우리 사이 공개하는 것, 싫어요."

"……뭐?"

지윤이 이렇게 딱 잘라 거절할 거라곤 생각지도 못했기에 성우는 잠시 어안이 벙벙한 표정을 지었다. 그런 그에게 지윤은 최대한 차분함을 유지한 채 조용히 말했다.

"난 부사장님 애인이란 꼬리표를 달고 회사에 다니고 싶지 않아요. 그 정도는 이해해 줄 수 있지 않나요?"

"내 애인이라 알려지는 게 그렇게 싫어?"

"네, 싫어요."

지윤의 말에 성우의 얼굴이 딱딱하게 굳어졌다. 하지만 지윤은 그의 기분을 풀어 주기 위해 말을 바꾸고 싶진 않았다.

이제까지 그가 만나 왔던 다른 여자들과 똑같은 취급을 당하고 있다는 생각이 들었다. 사랑을 속삭여 주고 그녀를 먼저 위하면서 배려해 줄 땐 뿌듯함을 느낀 게 사실이었다. 정말 자신이 특별한 존재인 것처럼 느껴졌으니까.

그러나 그에게 있어 그녀는 지금 이 순간 사랑하는 여자일 뿐이라는 생각이 스쳤다. 과거에도 여러 여자들과 소문이 있었던 만큼 비서 아가씨와 사귄다는 말이 돌아도 전혀 개의치 않는 걸 수도 있었다.

조만간 선을 보고 결혼하게 될 여자에게도 전혀 부끄러워하지 않을 듯한 모습이 지윤을 더욱 씁쓸하게 만들었다.

"지금처럼 만나든지, 아니면 우리 이쯤에서 그만둬요."

지윤의 강경한 발언에 성우의 미간에 깊은 골이 패며 순식간에 얼굴이 차가워졌다.

"당신 지금……."

"전 진심이에요."

"대체 뭐가 그렇게 겁이 나는 거지? 내가 사랑하는 여자라 당당히 밝히고 싶다는데 대체 왜? 내게 느끼는 부담감이 날 사랑하는 것보다 더 큰 건가? 사람들이 뭐라 할까 걱정되는 마음이 날 사랑하는 마음보다 더 크다는 거야? 그래?"

그의 상처 입은 듯한 말투에 지윤은 심장이 저릿해지는 걸 느꼈지만 아니라는 말을 할 순 없었다.

너무도 사랑한다고, 언제까지나 곁에 머물고 싶다고 애원하고 싶었지만 그럴 순 없는 일이었다. 그는 곧 한 여자의 남편이 될 테니까. 유부남을 사랑해서 그 주변을 맴도는 어리석은 짓을 할 수는 없으니까.

"……맞아요."

덤덤하게 내뱉는 지윤의 어깨를 그가 강하게 붙들었다.

"내 눈 똑바로 보고 말해. 날 정말 그 정도로도 사랑하지 않는다는 거야?"

지윤은 내리뜬 눈꺼풀을 천천히 올려 맹렬히 빛나는 그의 눈동자와 마주했다.

"어차피 우린 언젠가 헤어져야 하잖아요."

"그게 무슨 소리지?"

믿을 수 없다는 듯한 표정으로 그녀를 보던 성우가 얼굴을 일그러뜨렸다.

"언젠간 헤어지다니. 설마 당신은 나랑 헤어질 생각을 하고 있었던 건가? 평생 함께하자던 내 말에 동의한 게 바로 어젯밤인데 어떻게……."

성우는 답답한지 크게 숨을 내쉬고는 지윤을 똑바로 보고 말했다.

"난 당신과 결혼까지 생각하고 있는데 당신은 그저 한때 지나가는 사랑으로 끝내려 했나? 내게 순결까지 주고, 그렇게 열렬히 날 원했으면서 어떻게 이별을 염두에 두고 있었던 거지?"

지윤은 이해할 수 없단 얼굴로 그를 응시했다. 그가 무슨 말을 한 건지, 자신이 제대로 들은 건지 알 수가 없었다.

"지금 저랑 겨, 결혼까지 생각하고 있다고……."

"그래, 맞아. 평생 당신만의 남자로 살겠다고. 언제나 당신만을 사랑하겠다고 한 내 말을 믿지 않았던 건가? 섹스의 흥분에 취해 그냥 내뱉은 말일 뿐이라 여겼던 거야?"

그건 아니었다. 그의 진심은 충분히 전해져 왔으니까. 다만 그의 아내가 되고 싶다는 바람 같은 건 애초에 품어 본 적이 없기에 그의 말을 온전히 받아들이지 못했던 것이다.

그와 어울리는, 그의 아내가 될 만한 여자는 그녀처럼 평범할 리가 없다고 여겼다. 또한 그녀는 대영그룹 집안의 며느리가 되기엔 자신이 너무도 부족한 점이 많다는 걸 알고 있었기 때문에 그런 건 꿈꿔 본 적도 없었다.

“저는 부사장님과 결혼할 생각, 한 번도 해 보지 않았…….”

걷잡을 수 없이 입술이 떨려 지윤은 말끝을 흐렸다. 그가 충격 받은 얼굴로 굳은 걸 지켜보면서도 더 이상 아무런 말을 하질 못했다.

얼마나 시간이 흘렀을까? 서로를 바라보던 두 사람의 시선이 어느 순간 옆으로 비켜났고 그가 천천히 자리에서 일어났다.

“그만 가 봐야겠군.”

지윤은 그가 현관문을 나서는 걸 멍하니 쳐다볼 따름이었다. 문이 닫히고 잠금장치 소리가 나자 그제야 지윤의 양 볼에 뜨거운 눈물이 흘러내렸다.

“연말이라 정신없다더니 뭐하러 와. 어제도 출장 갔다 왔다면서 그냥 집에서 쉬지.”

말을 그리 하지만 순옥은 지윤이 짬을 내 춘천에 와 준 걸 무척이나 기뻐하고 있었다.

대학 다닐 땐 악바리처럼 아르바이트를 하거나 도서관에서 공부하느라 춘천엔 1, 2개월에 한 번밖에 들르지 못했고, 취직 후 좀 더 자주 내려오긴 했지만 매주 오는 건 어려웠기에 보고 싶은 마음이 늘 절절했던 것이다.

“에이, 엄만 꼭 그러더라. 실은 엄청 보고 싶었지?”

지윤이 순옥의 허리를 끌어안으며 품에 안기자 순옥도 지윤을 꼭 안고 토닥여 주었다.

"당연히 보고 싶지. 그래도 너 왔다 갔다 하느라 피곤하면 안 되잖아. 더 마른 것 같네."

순옥은 홀쭉하게만 느껴지는 딸의 등을 쓸며 말했다.

"밥은 잘 챙겨 먹는 거야? 비서실로 옮겼다더니만 괜히 더 스트레스 받고 그러는 것 아냐?"

"아냐, 일하는 건 더 편해. 머리 아픈 일도 없고 다 좋아."

업무적인 면은 총무팀에 있을 때보다 훨씬 나아진 게 사실이었다. 다만 지윤을 힘들게 하는 건 누구도 해결해 줄 수 없는 문제이기에 이렇듯 가슴이 아팠고, 엄마에게 기대 투정을 부리고 싶어져 춘천에 내려온 것이었다.

지윤의 목소리가 잠겨 있자 순옥이 지윤의 어깨를 살짝 떼어 내더니 얼굴을 살피며 물었다.

"무슨 일 있는 거야?"

"아닌데."

지윤이 얼른 고개를 저으며 답했지만 순옥은 걱정스레 되물었다.

"어디 아픈 것 아니지? 얼굴이 왜 이렇게 야위었어. 뭐 걱정되는 일 있어?"

"그런 것 없다니까. 내 얼굴이 원래 좀 빵빵했잖아. 난 지금이 딱 좋은데. 갸름하니 예쁘지 않아?"

방긋 웃는 지윤의 뺨을 쓸며 순옥도 미소 지었다.

"그럼, 예쁘지. 누구 딸인데. 그래도 엄만 너무 마른 것 싫으니까 괜히 다이어트 하고 그러지 마. 알았지?"

"걱정 마. 잘 먹고 다니니까."

"암, 그래야지."

순옥은 고개를 끄덕이고 지윤과 함께 소파에 앉아 그동안 쌓인 얘깃거리를 풀어 놓았다.

내년이면 35년간 교육 공무원으로 일해 오신 아빠가 퇴직하기 때문에 이후 어떻게 생활하는 게 좋을지 엄마와 많은 이야기를 나누신 듯했다.

연금은 충분히 나올 테니 두 분이 사시는 데 부족함은 없겠지만 워낙에 부지런하신 분들이라 아무 일 없이 하루하루를 보내시진 못할 터였다.

아빠는 좀 더 시골로 내려가 자식들에게 나눠 줄 채소나 과일 등을 키우며 그동안 취미 활동으로 해 온 서예에 더 심취하고 싶으신 듯했지만 엄마는 자식들과 더 멀리 떨어진 곳으로 가는 게 싫으신 듯했다.

"지한이도 우리가 여기 있으니까 일주일에 한 번씩이라도 얼굴 비치는데, 시골로 가면 그러기 쉽지 않잖아. 그나저나 넌 누구 사귀는 사람 없어?"

갑작스러운 물음에 지윤은 흠칫 놀랐다가 어색하게 웃었다.

"뭐, 딱히……."

"왜? 회사에 괜찮은 사람 없던? 우리 딸 학교 다닐 때부터 인기 많았는데 너 좋다고 따라다니는 남자 없어?"

"그냥 뭐……."

지윤이 계속 얼버무리자 순옥이 혹시나 싶은 얼굴로 물었다.
"누구 있구나? 그렇지?"
"그냥 좀 그래. 엄마가 생각하는 그런 건 아니고."
"왜? 결혼 상대로 맘에 안 차?"
"아니."
내가 그 사람 상대가 되기엔 많이 부족해서…….
지윤은 뒷말을 덧붙이지 못한 채 배시시 웃고 말을 돌렸다.
"오빠 결혼 준비는 좀 어때? 아파트 구하기 쉽지 않은 것 같던데."
"지석이가 알아서 한다고 해서 크게 걱정은 안 하지만……. 지윤아, 사귀는 사람이 누군데 그래? 회사 직원이야?"
순옥은 별 탈 없이 착착 진행되고 있는 지석의 결혼보다 지윤의 주변이 더 걱정됐다. 눈 밑이 저리 그늘진 것도 그 때문인지 묻지 않을 수가 없었다.
"아니면 뭐 다른 이유라도 있는 거야?"
"……분에 넘치는 사람을 내가 좋아하게 됐거든. 그래서 더 깊어지기 전에 그만두려고."
순간 지윤은 울컥 치미는 감정에 눈물이 터질 것만 같아 입술을 깨물었다.
"지윤아. 대체 누군데."
순옥은 애써 울음을 참는 지윤을 토닥였다.
아파도 아프다 하지 않고, 어지간해선 잘 울지도 않는 딸이 이러니 순옥의 가슴도 아려 왔다. 분에 넘친다니, 도대체 누구를 좋아하게 됐기에 지윤이 이러는지 걱정스러웠다.

"그쪽 집에서 너 싫대?"

"아마 그럴 거야."

"허허, 얼마나 잘났다고! 사람 사는 것 다 똑같지, 지들은 뭐 금덩어리를 먹고 산다니. 네가 어때서? 너처럼 반듯하고 어른한테 잘하는 며느리 얻기가 어디 쉬운 줄 알아?"

"엄마, 그런 것 아니야. 인사드린 적도 없고 나랑 사귀는 것도 모르셔. 그냥 내가 그러는 것뿐이야."

지윤의 말에 순옥이 이해가 안 된다는 얼굴로 물었다.

"그럼 뭐가 걱정돼서 그러는 건데?"

"그게……. 우리 사는 것과는 차원이 다른 집안이거든."

그 말만으로도 순옥은 무슨 뜻인지 다 알아들었다는 듯 한동안 가만히 있었다. 그러더니 한숨을 푹 내쉬곤 천천히 입을 열었다.

"고모처럼 될까 봐 그래? 행여 그쪽 집에서 고모한테 했던 것처럼 그럴까 봐?"

사람을 돈으로 판단하고 막말을 해 대던, 자칭 상류층이란 작자들에게 업신여김을 당했던 걸 생각하면 지금도 심장이 벌렁거렸지만 지윤이 그 기억 때문에 사랑하는 사람을 포기하려 한다는 말을 들으니 마음이 좋지 않았다.

그나마 고모가 그 일을 겪은 뒤 독일에 새로운 터전을 잡고, 얼마 전 좋은 남자를 만나 결혼까지 해 가족 모두가 걱정을 덜었지만 지윤에겐 어린 시절의 기억이 깊게 자리한 듯했다.

"그럴 분들은 아니셔. 아주 점잖으시고 모두 좋은 분들이니까. 근데 내가 감당할 수 없을 것 같아."

힘없이 답하는 지윤에게 순옥이 다시 물었다.

"대체 얼마나 대단한 집안인데? 어디서 만난 사람이야?"

지윤이 아무 대답을 않자 순옥이 손등을 가만히 쓸면서 다독이듯 말했다.

"네 아빠도 교감으로 퇴직하고, 오빠들도 번듯한 의사라 남들이 봤을 땐 우리도 부족함 없는 집이야. 남들은 너 조건 좋다고 신랑감 소개시켜 준다고 난린데, 대체 뭐가 부족하다고 감당할 수 없단 소릴 하고 그래."

"엄마……."

"그래, 말해 봐. 그 남자가 누군데?"

"내가 다니는 회사가 어딘 줄은 알지?"

"그야 당연하지. 우리나라 최고 회사인데."

자랑스러움이 듬뿍 담긴 어조로 순옥이 말하자 지윤이 씁쓸하게 웃으며 물었다.

"엄마는 우리 회장님이랑 사돈 될 수 있겠어? 내가 회장님 맏며느리로 들어가도 괜찮아?"

지윤의 말에 순옥은 굳어 버리고 말았다. 무슨 소리를 들었나 싶은 표정으로 지윤을 멍하니 응시할 뿐이었다.

그러자 지윤이 그것 보라는 듯 연한 미소를 머금었다.

"거봐. 감당 안 되겠지?"

"너 그럼, 네가 모신다는 그 부사장이란 남자와……?"

"맞아, 우리 부사장님. 회장님 큰 아들."
"허어."
믿기지 않는지 먼 곳을 바라보던 순옥이 숨을 크게 내쉬더니 다시 지윤에게 시선을 돌렸다.
"그 남자도 너 좋대? 둘이 서로 좋아하는 거야?"
"응. 근데 마음 접으려고. 그 사람, 회장님이 골라 둔 여자랑 선도 봐야 하고……."
지윤은 또다시 눈물이 차오르자 입술을 깨물었다.
순옥은 그런 지윤을 안아 주며 두 눈을 질끈 감았다. 하필 그런 남자를 좋아해서 마음고생을 하는 게 안쓰러울 따름이었다. 집안에서 정해 준 여자와 결혼할 남자가 부하 직원을 이리 흔든 것 또한 괘씸했다.
'못된 놈. 나쁜 놈. 감히 우리 지윤이 눈에 눈물 나게 만들다니. 천하의 막돼먹은 놈 같으니라고!'
"그래, 그런 놈 잊어. 연애 따로, 결혼 따로 생각하는 놈들하고 엮여 봐야 여자만 손해야."
"그러지 마, 엄마. 성우 씨 그렇지 않아."
"어이구, 그런 놈이 뭐가 좋다고 역성이야. 정리할 거면 깨끗하게 마음 정리도 해!"
"성우 씨는 나랑 결혼까지도 생각하고 있대. 근데 내가 싫다고 한 거야."
"결혼? 하! 뚫린 입이라고 그렇게 함부로 말하던? 결혼 운운하며 널 더 가지고 놀 생각이었는지 어떻게 알아? 어차피 선볼 여자는 따로 있다며. 그런 녀석과는 두 번 다시 말도 섞지 말고 당장 회사도 때려치워. 지가 잘났으면 잘났지, 어디서 감히 내 딸을 멋대로 휘두르려 해. 내가 앞으로 대영 물건 쓰나 봐라!"

지윤은 성우를 욕하는 엄마에게 고개를 저어 보였다.

'아무 말도 말걸…….'

괜히 털어놨다는 생각에 씁쓸함이 더했다.

"엄마. 그 사람 날 가지고 논 적 없고, 내게 함부로 한 적도 없어. 누구보다 올바른 사고방식을 지니고 있고 굉장히 합리적인 사람이야. 그러니까 그 사람과 우리 회사를 싸잡아 나쁘게 말하지 마. 그 사람이 아니라 내가 헤어지자고 한 거야. 나 때문에 회장님과 문제라도 생기면 안 되니까, 내가 나쁜 거야."

울먹이는 지윤을 안쓰럽게 바라보던 순옥이 한숨을 내쉬었다. 차라리 진즉부터 좋은 남자 소개시켜 준다던 사람들 말에 따를 걸 그랬다는 후회가 들었다.

'서울서 좋은 직장 다니니 이왕이면 그쪽에서 좋은 사람을 만나 결혼할 사람 생겼다는 말을 해 주길 기다렸건만, 하필 그런 남자를 좋아하게 돼서 이런 아픔을 겪는지.'

"나 당분간 지방으로 내려가 있어도 될까?"

갑작스러운 지윤의 말에 순옥이 놀란 눈을 해 보였다.

"지방이라니, 어디?"

"이런 일로 회사 관두는 건 너무 아깝잖아. 아마 성우 씨도 나와 함께 있는 것 어려울 테니까 지방 발령 내 달라고 부탁하면 들어줄 거야."

"아무리 그래도……."

"어제 출장 다녀온 광주도 괜찮은 것 같던데. 한 2, 3년 그쪽에 있다가 올까?"

"지윤아. 너 정말 광주까지 가려고? 그 먼 데까지?"

순옥이 절대 안 된다는 듯 고개를 흔들자 지윤이 두 손을 꼭 붙잡으며 말했다.

"그냥 내 생각일 뿐이야. 근데 만에 하나 그렇게 할 수 있다면 서울에서 좀 떨어져 있을게."

"이것아, 그럴 거면 차라리 그 남자한테 결혼하자고 매달려. 너 좋다고, 결혼도 생각하고 있다며. 그럼 선 같은 것 보지 말고 결혼하자고 해. 그럼 되잖아!"

그러고 싶었다. 정말 그에게 매달리고 싶었지만 차마 그렇게까지 할 용기가 없었다.

"남자는 여자 하기 나름이란 말도 있잖아. 도망칠 생각 말고 붙잡으란 말이야. 왜 네가 도망칠 생각을 해. 네가 뭐가 부족해서. 좋은 사람이라며. 그럼 한번 부딪쳐 보기라도 해야 할 것 아냐."

순옥은 너무도 답답한 나머지 마음에도 없는 말을 하곤 금방 후회했다. 정말 그랬다간 지윤이 더 상처받을 수도 있었다.

순옥은 머리를 설레설레 흔들고 한숨 섞인 음성으로 말했다.

"휴우……. 아니다. 그럴 필요가 뭐 있어. 그쪽에서 원하는 처자는 따로 있을 텐데 뭐하러 그래. 다 부질없는 짓이지."

"엄마."

"엄만 무조건 네 편이야. 네가 어떤 결정을 내리든 다 이해할 테니까 네 마음이 편한 대로 해."

"……응, 그럴게."

지윤은 지그시 입술을 깨물며 고개를 끄덕였다.

얼마 안 있어 빙어 낚시에 가셨던 아빠와 큰오빠 가족들이 집에 오자 지윤은 엄마에게 모른 척해 달라는 부탁을 하고는 평소와 같은 밝은 얼굴로 오랜만에 만난 가족들을 대했다.

이른 저녁을 먹고 춘천을 나선 지윤은 기차를 타고 오는 내내 심각하게 고민했다. 엄마 말대로 그에게 선 같은 것 보지 말라고 해 볼까 싶었지만 이내 고개를 흔들 수밖에 없었다.

그녀 때문에 그가 부모님과 트러블을 일으키게 되는 건 정말 원치 않는 일이었다. 그에겐 사랑이라는 감정에 휩쓸리는 것보다 더 중요한 일이 있는데 그녀만 바라보게 할 순 없었다.

★

월요일 아침, 출근하자마자 성우의 책상과 테이블을 닦기 위해 부사장실 문을 열고 들어간 지윤은 그가 책상 앞에 앉아 컴퓨터를 하고 있는 걸 보고 깜짝 놀라고 말았다.

문고리를 잡은 채 멈칫한 그녀에게 그의 시선이 향했다. 그녀의 가슴을 녹이던 다정한 미소가 아닌 날카로운 눈매의 굳은 표정에 지윤은 손에 쥔 수건을 더욱 꽉 움켜쥐었다.

무슨 말이라도 해야겠기에 지윤은 머뭇거리다 입을 열었다.

"아, 일찍 나오셨네요."

하지만 그는 별다른 반응 없이 그녀를 찬찬히 응시하더니 미간을 찌푸렸다.

"……커피 드릴까요?"

"내게 할 말이 그것뿐인가?"

딱딱하기 그지없는 말투에 지윤은 지그시 입술을 깨물었다.

그런 그녀를 응시하며 성우가 의자를 밀치듯 일어나 책상을 돌아 나왔다. 성큼성큼 다가오는 그를 보며 지윤은 저도 모르게 뒷걸음질 치고 말았다.

그러자 성우가 그런 그녀의 팔을 붙들더니 문을 탁 하고 닫았다. 그 소리에 지윤의 어깨가 움찔거렸다. 창백하게 변하는 그녀의 얼굴을 보며 성우의 눈이 날카롭게 빛났다.

"최 비서가 올까 봐 걱정되나?"

그의 목소리가 비꼬는 것처럼 들리자 지윤의 심장에 따끔거림이 느껴졌다. 그와의 사이를 밝히고 싶어 하지 않는 그녀에게 여전히 화가 많이 난 것 같았다.

당연했다. 진심을 다해 사랑한다 했는데 그녀는 그만큼 사랑하고 있지 않다고 했으니 충격이 작지 않을 터…….

지윤은 그의 허리를 둘러 안고 너른 가슴에 얼굴을 기댄 채 미안하다고, 나도 당신을 정말 사랑한다고, 부모님이 바라시는 결혼 같은 것 하지 말아 달라고 말하고 싶은 욕심이 되살아났지만 애써 무시했다.

그런 말은 그에게나 그녀 자신에게나 아무런 도움이 되지 않을 테니까. 비서 아가씨와 나눈 한때의 불장난은 시간이 지나면 다 잊힐 테니까.

지윤은 질끈 깨물고 있던 입술을 천천히 열며 차분한 눈빛으로 그를 보았다.

"맞아요. 전 우리 사이를 누가 아는 것, 부담스럽거든요."

냉정하기 짝이 없는 지윤의 말에 성우의 미간이 꿈틀거렸다.

"내가 애원해도?"

꽉 눌린 듯한 그의 목소리에 지윤은 울컥 감정이 치솟았지만 꿋꿋하게 버텼다.

'애원이라니. 누구 앞에서든 고개 숙일 필요가 없는 위치의 사람이 애원이란 걸 하겠다니.'

"부사장님, 전……."

"당신은 정말 나와 헤어질 수 있어? 우리 사이 이대로 끝낼 수 있다고 생각해?"

"전 처음부터 이별을 염두에 두고 시작했어요."

"뭐라고?"

믿을 수 없다는 듯한 그의 얼굴을 차마 마주할 수 없어 지윤은 시선을 내렸다.

"이미 말씀드린 대로 전 부사장님과 결혼 같은 것 생각해 본 적도 없고, 하고 싶지도 않으니까요."

"서지윤. 날 똑바로 봐."

성우가 지윤의 턱을 치켜들어 자신의 이글거리는 눈동자를 바라보게 했다.

"내게 어울리는 여자라니, 대체 무슨 기준으로 그런 말을 하는 거지? 지난 한 달간 날 웃게 만들고 행복하게 만들어 준 여자는 대체 누구였지? 당신은 그런 생각을 하면서 나와 사귀어 온 건가?"

"부사장님이 누구인지, 어느 자리에 있는지 보세요. 그럼 제가 무슨 말을 하는지 금방 이해하실 거예요."

"뭐?"

"저와 나눈 잠깐 동안의 불장난은 금방 잊힐 거예요."

지윤은 눈물이 차오르려 하자 서둘러 고개를 돌리려 했다. 하지만 그의 손에 붙잡힌 턱을 움직일 수 없었다.

"그만 놔주……."

갑자기 다가온 그의 입술에 지윤은 말을 다 잇지 못한 채 격렬하게 파고드는 그의 혀를 받아들여야 했다. 순간적으로 그의 재킷을 붙든 지윤은 머리를 옆으로 꺾으며 맹렬히 덤비는 그의 키스에 휩쓸렸다.

거칠게 그녀를 빨아들이는 그에게 맹목적으로 끌려가던 지윤은 있는 힘껏 그의 가슴팍을 밀어냈다. 하지만 그는 꿈쩍도 하지 않았고 오히려 지윤을 더욱 강한 힘으로 끌어안았다.

"으음……."

지윤의 숨소리가 가빠지고 힘겨운 신음을 내자 그제야 성우의 팔이 느슨해졌고 입맞춤도 부드럽게 변해 갔다. 빼앗을 것처럼 몰아붙이던 키스가 점차 감미로워졌다.

달콤한 맛을 즐기듯 가만히 입술을 포개고 빨던 그가 천천히 고개를 들어 그녀를 바라보았다.
"난 당신과 불장난하는 게 아냐."
낮은 목소리로 말한 뒤 성우는 지윤을 품 안에 가두며 귓가에 속삭였다.
"내가 어디의 누구든, 내가 사랑하고 앞으로도 사랑할 여자는 당신뿐이야. 나와 가장 잘 맞는, 가장 잘 어울리는 여자는 세상에 단 한 명, 오직 당신뿐이란 것 내가 제일 잘 알아."
그의 진심 어린 목소리에 지윤은 그만 참았던 눈물을 흘리고 말았다. 끅끅거리는 소리가 그녀의 목에서 새어 나오자 성우는 더욱더 지윤을 꼭 안아 주었다.
"사랑해. 내가 원하는 여자는 당신뿐이야. 그 누구도 대신할 수 없어."
"……바보네요……."
꽉 막힌 지윤의 목소리에 성우가 고개를 끄덕였다.
"당신밖에 못 보는 바보라면, 맞아. 당신 말고는 아무도 보이질 않으니까."
그때 바깥 비서실 문이 달칵 열렸다가 닫히는 소리가 났다. 지윤은 화들짝 놀라 성우를 밀어냈다. 그 모습에 성우가 미간을 모으며 그녀를 바라보자 지윤이 제발 아무 말 말아 달라는 듯 머리를 흔들었다.
"당신 정말……."
"부탁이에요. 지금은 아무 말 말아 주세요."
지윤은 눈가에 맺힌 눈물 자국을 닦아 내고는 그에게서 벗어

나려 했다. 그런 지윤의 손목을 붙들며 성우가 물었다.

"여전히 비밀로 하고 싶어?"

"전 다만, 지금은……."

지윤이 애원하는 듯한 눈길로 바라보자 그가 한숨을 길게 내쉬더니 고개를 끄덕이곤 그녀의 손을 놔주었다. 그가 휙 몸을 돌리고 책상으로 향하자 지윤은 얼른 소파가 놓인 곳으로 가서 테이블을 닦는 척했다.

곧이어 경쾌한 노크 소리가 들리더니 문이 열리며 최 비서가 들어왔다.

"부사장님! 좋은 아침입니다. 오늘은 왜 일찍……. 어?"

그러고는 지윤을 보고 가볍게 손을 들어 보였다.

"서 대리도 안녕!"

기분 좋아 보이는 얼굴에 목소리가 무척 밝은 것을 보니 지난 금요일 소개팅으로 만난 여자와 흡족한 시간을 보낸 듯했다.

"안녕하세요."

지윤은 살짝 묵례를 해 보인 뒤 창가에 선 성우에게 말했다.

"커피는 바로 갖다 드리겠습니다."

서둘러 부사장실을 나온 지윤은 다용도실로 도망치듯 들어가 커피포트의 버튼만 누른 뒤 벽에 기대섰다.

두근거리는 심장을 진정시키려 가슴 앞으로 두 손을 모은 지윤은 빠르게 번져 가는 희열과 불안한 긴장감을 동시에 느끼며 지그시 입술을 깨물었다.

아무런 걱정 없이 그가 내민 손을 흔쾌히 붙잡고 싶은 바람이 더 강했다. 그가 전하는 진한 사랑을 고스란히 다 받아들이고, 그가 하자는 대로 따르고 싶은 강한 열망이 피어올랐다.

'그냥 이대로 그를 믿고 함께해도 될까……?'

오전 시간 대부분을 회의로 보낸 성우는 점심도 외부 약속 때문에 나가야 해서 지윤에게 퇴근 후 보자는 문자메시지를 남겼다. 되도록 그때까지 결정을 내려 주길 바란다는 말과 함께 그는 분명 결혼을 전제로 사귀고 있다는 것을 강조했다.

그의 문자메시지에 지윤은 한참을 망설이다가 알겠다는 답을 보냈고, 함께 점심을 먹자고 청한 총무팀 선배와 함께 회사 근처 식당으로 들어갔다.

"대박 뉴스!"

자리를 잡기가 무섭게 선배는 지윤에게 만면 가득한 웃음을 보이며 조용히 말했다.

"응?"

궁금한 표정으로 묻는 지윤에게 몸을 좀 더 기울인 선배가 목소리를 낮췄다.

"내가 우리 부사장님 결혼 준비하는 것 같다고 말했잖아."

"아, 그런데?"

"유력한 상대가 누군 줄 알면 깜짝 놀랄걸?"

그 말에 지윤이 고개를 들어 선배를 쳐다보았다.

"팀장님이 이번 송년 파티 준비 때문에 완전 스트레스 장난 아니시거든. 초대 명단이 워낙 빵빵하다 보니 혹시라도 실수가 있을까 봐 노심초사하시는 중인데, 보아하니 그중 두 명이 우리 부사장님의 신붓감 유력 후보인가 봐."

지윤이 아무런 반응도 없이 가만히 있자 선배가 손가락 하나하나를 꼽으며 속삭이듯 말했다.

"현 기획 재정부 장관 딸이랑, 유성그룹 회장 손녀."

순간 지윤은 심장이 바닥으로 쿵 떨어지고 머릿속은 새하얗게 변해 가는 듯했다.

현 정부의 최고 실세라 할 수 있는 기획 재정부 장관에, 대영그룹과 어깨를 나란히 하는 유성그룹이라니. 도무지 지윤으로선 명함도 내밀 수 없는, 맞붙고 싶다는 생각조차 할 수 없는 경쟁자였다.

"정말 끝내주지 않냐. 넌 누가 더 나을 것 같아?"

창백하게 변한 지윤의 얼굴이 보이지 않는지 선배는 심각하게 고민된다는 듯 머리를 갸웃하며 말했다.

"난 정치계보다는 차라리 경쟁 구도에 있는 집안이랑 손을 잡는 게 나을 것 같은데. 그렇지? 정치인은 지금이야 더할 나위 없는 조건이라지만 언제 갑자기 뒤통수 맞을지 모르니까."

"응……."

"근데 유성그룹 쪽은 인물이 영 아닌 것 같단 말이지. 난 거기 회장님 인상 별로던데, 손녀는 얼마나 예쁠까 싶네."

지윤은 그저 묵묵히 고개를 끄덕일 뿐 별다른 대꾸를 하지 못했다.

"생각해 봐. 한예지급 여자랑 놀던 남자 눈에 웬만한 여자가 들어오겠어? 하긴 뭐, 집안에서 내세우는 상대라면 조건 맞춰서 추진하는 걸 테니 그런 게 중요할 리가 없지. 그래도 이왕이면 후세를 생각해서 좀 미모가 받쳐 줘야 되지 않을까? 솔직히 우리 회장님 가족들, 정말 인물 좋잖아. 근데 외모 수준이 한참 떨어지는 여자가 안주인으로 들어온다고 생각해 봐. 안타깝지 않냐?"

"그런가……."

지윤은 김이 모락모락 나는 설렁탕을 숟가락으로 휘휘 저으며 무감각한 목소리로 답했다. 그 이후로도 선배는 계속 이야기를 이어 갔지만 지윤의 귀엔 하나도 들리지 않았다.

그녀는 밥을 몇 술 뜨다가 곧 숟가락을 내려놓았다.

"왜? 그만 먹게?"

"속이 좀 안 좋아서. 언니, 나 먼저 일어날게."

"어, 그래. 너 얼굴이 되게 창백하다. 괜찮아?"

그제야 지윤의 안색이 좋지 않은 걸 보았는지 선배는 걱정스레 말했다. 지윤은 괜찮다는 듯 고개를 끄덕이며 자리에서 일어났고, 미안하다고 말하고는 그대로 식당을 나왔다. 속이 뒤집히는 듯 가슴이 답답하고 눈물이 차올랐다.

물론 어느 정도는 대단한 배경을 지닌 아가씨들이 대기 중일 거라고는 생각했다. 하지만 막상 실체를 알고 나니 그녀는 스스로가 더욱 초라하게만 느껴졌고 더는 그를 욕심낼 수 없다는 걸 자각했다.

회장님께선 분명 고심하여 사돈 집안을 고르셨을 텐데, 내세울 거라곤 교감으로 퇴직하시는 아빠와 의사 간판을 딴 오빠 둘뿐인 그녀를 며느리로 들이실 리 없었다.

회장님이 성우의 고집을 꺾지 못했을 경우 어쩌면 그녀를 찾아와 설득하실지도 몰랐다. 서 대리가 놓아주라고, 부모의 반대를 무릅쓰고 하는 결혼이 얼마나 행복할 것 같냐고, 그를 떠나 달라 부탁할 것이다.

괜히 고집부렸다가 엄마와 아빠, 또 오빠들에게까지 예전 고모 때와 같은 아픔을 겪게 할 순 없다는 생각에 지윤은 마음의 결정을 내렸다. 그를 놓아주는 게 모두가 편한 길임을…….

두려움을 이기는 용기

“퇴근 안 해?”

7시가 넘어가는데도 지윤이 퇴근 준비를 안 하고 있자 최 비서가 물었다.

“아직 약속 시간이 안 되어서요.”

“아, 데이트 있구나?”

“네.”

착 가라앉은 목소리로 답하는 지윤을 보며 최 비서가 걱정스러운 표정을 지었다.

“혹시 무슨 일 있는 거야? 얼굴이 안 좋네?”

“아뇨, 저 괜찮은데.”

지윤은 얼른 웃음을 보이며 말했다.

“잠깐 딴생각 좀 해서요.”

"그럼 나 먼저 갈게. 기다리는 사람이 있어서."

최 비서는 싱글거리며 코트를 옷걸이에서 내렸다. 묻지는 않았지만 최 비서가 저리 들뜬 표정으로 만나러 가는 사람이 누구인지는 충분히 짐작이 되었다.

"좋은 시간 보내세요."

지윤의 인사말에 최 비서가 입을 헤벌쭉 벌리며 웃어 보였다.

"내일 보자고."

최 비서가 손을 흔들어 보이고 사무실을 나가자 지윤은 부사장실 문으로 고개를 돌렸다.

오후에도 줄곧 외부에서 일을 보다가 느지막이 사무실로 돌아온 성우는 지윤에게 싱긋 미소를 지어 주었다. 그녀의 긍정적인 대답을 기대하는 듯한 미소에 지윤은 연한 웃음과 함께 고개를 끄덕였다.

아마 그는 그녀가 공개 연애를 받아들이고, 나아가 결혼까지도 진지하게 생각해 보겠다는 답을 해 줄 거라 여기고 있을 것이다.

지윤은 낮게 심호흡한 뒤 컴퓨터를 끄고 자리에서 일어났다.

똑똑.

"들어와."

그의 답에 지윤은 조용히 문을 열고 그가 있는 곳으로 들어섰다. 책상 앞에 앉아 있는 그와 눈을 마주하며 지윤은 등 뒤로 문을 닫았다.

"오늘처럼 긴 하루는 정말이지 처음이야."

그는 이 시간이 오길 너무도 기다렸다는 표정을 보이며 책상을 돌아 나왔다. 지윤은 가까이 다가오는 그에게 머뭇거리며 물었다.

"아직 일이 남으신 거면……."

"아냐, 진즉 마무리하고 당신만 기다렸어. 최 비서가 빨리 퇴근하길 빌고 있었지."

성우는 씨익 미소를 그리며 지윤의 양손을 잡았다.

"당신은 어때? 아직도 생각이 많아?"

지윤은 아니라는 듯 머리를 젓고는 연하게 미소를 지어 보였다. 그녀의 미소에 성우의 얼굴에 흐뭇함이 진하게 번졌다.

지윤은 찬찬히 그를 바라보다가 입을 떼었다.

"절 사랑해 주시는 것 정말 고마워요."

"난 당신이 더 고마운데?"

그는 빙그레 웃으며 지윤의 귓가를 덮고 있는 머리칼을 쓸어 넘기고는 허리를 가만히 당겨 안았다.

"이젠 아무 걱정 말고 내게 맡겨. 당신 마음 다치지 않게 내가 잘할게."

지윤은 뭉클한 기운에 섣불리 입을 열지 못했다. 그에게 머리를 기대고 잠시 숨을 고른 지윤은 고개를 들어 그를 보았다.

"성우 씨."

"응?"

"저 인사 발령 내려 주실 수 있어요?"

조용히 묻는 그녀를 보며 성우가 살짝 머리를 기울였다.

"왜? 여기 말고 다른 곳에 있는 게 더 낫겠어?"
"네."
"꼭 그럴 필요까지 있을까? 어차피 우리 사이 공개되면 여기 있으나 다른 곳에 있으나 마찬가지일 텐데 굳이……."
"성우 씨."
그는 지윤의 부름에 말을 멈췄다.
분위기가 이상했다. 차분하지만 금방이라도 눈물을 쏟을 것만 같은 그녀의 촉촉한 눈망울이 불안한 기운을 전하고 있었다.
그가 미간을 찌푸리며 지윤의 팔을 힘주어 잡았다.
"당신 설마……."
"아무리 생각해 봐도 안 되겠어요. 성우 씨와 함께하는 것, 더는 못 해요."
"서지윤."
"우리 이쯤에서 끝내요. 그게 서로를 위한 최선이에요."
"도대체 내 말을 어디로 들은 거지? 서로를 위한 최선이라니. 어떻게 헤어지는 게 최선일 수가 있어."
"제가 감당이 안 돼요. 당신 집안, 가족 모두……. 전 당신과 결혼할 자신이 없어요."
지윤은 차마 그의 얼굴을 마주할 수 없어 고개를 떨군 채 말을 이었다.
"저 때문에 당신이 회장님과 혼사 문제로 다투는 모습 보고 싶지 않아요. 저 때문에 우리 가족이 힘들어지는 것도 원치 않고요."

"대체 무슨 말을 하는 거야? 내가 왜 당신 때문에 아버지와 다투게 된다는 거지? 왜 당신 가족이 힘들어진다는 건지 알아듣게 얘기해 봐."

답답하다는 듯한 그의 말에 지윤은 바르르 떨리는 입술을 가까스로 열었다.

"당신과 혼담이 오가는 곳이 어딘지, 저 알고 있어요."

"뭐?"

성우는 순간 머리를 한 대 얻어맞은 것처럼 띵했다.

'혼담이라니, 대체 누가 그런 말도 안 되는!'

"그런 혼처를 두고 저처럼 내세울 것 없는 비서랑 사귀는 중이라고, 결혼도 할 거라고 얘기하면 어떻게 될지 모르겠어요? 우리가 서로 사랑한다고 해서 해결될 수 있는 문제가 아니잖아요. 전 못 해요."

지윤은 왈칵 눈물이 쏟아지자 입술을 깨물었다. 팔을 쥐고 있던 그의 손이 느슨해짐을 느꼈다.

"지금껏 그게 걱정이었던 거로군. 잘난 집안 따님들이 내 결혼 상대로 말이 오가는 걸 알게 되니 미리 겁먹고 날 놔주겠다는 건가? 사랑, 그까짓 거 시간 지나면 잊히는 거니까 그냥 조건 좋은 상대 만나서 결혼해라?"

비꼬는 투였지만 그의 말이 틀리지 않았기에 지윤은 고개를 끄덕일 수밖에 없었다.

"그럼 당신은? 남편을 고를 때 사랑하는 사람보다 부모님이 원하는, 조건이 더 나은 남자를 선택할 건가?"

“저와 성우 씬 상황이 다르잖아요.”

“뭐가 다르지? 경제적으로 좀 부유한 집에서 태어난 것? 우리가 지금 신분제 사회를 살고 있나?”

“그렇게 말하지 마요. 저도 많이 고민했어요. 사랑하는 마음 하나만으로도 충분할 거라고, 당신이 저를 사랑하는 걸 믿는 만큼 그것만 생각하자고. 하지만 그럴 수 없잖아요.”

“왜 그럴 수 없지? 우리 집에서 당신을 맘에 들어 하지 않을까 봐? 행여 나 몰래 당신한테 압력이라도 넣을까 봐, 그게 무서워서 지레 겁먹고 도망치겠다는 건가?”

“네, 맞아요! 당신이 쉽게 말하는 그것들이 저한텐 너무도 큰 문제예요. 소위 상류층이란 사람들이 얼마나 견고한 틀을 쌓고 지내는지, 급이 다른 사람에겐 얼마나 냉정한 잣대를 들이대는지 당신은 모르잖아요. 한 번도 그런 일 겪어 본 적 없잖아요!”

울먹이는 그녀의 말에 성우가 딱딱하게 굳은 얼굴로 지윤을 응시했다. 고개를 떨구고 어깨를 움츠린 채 눈물을 닦아 내는 그녀를 바라보던 그가 천천히 입을 열었다.

“그런 생각을 갖고 있었으면서 나와 잔 이유가 뭐지? 다른 여자와 결혼하기 전에 섹스라도 한번 해 보자, 그런 거였나?”

“그, 그렇지 않아요. 다만…….”

지윤의 얼굴이 새빨갛게 물드는 걸 보며 성우가 손을 뻗어 뺨을 감쌌다.

“날 사랑하긴 하나?”

“제발요, 성우 씨…….”

"내가 당신을 얼마나 사랑하는지, 그건 믿나?"

지윤은 눈물이 가득 찬 눈으로 그를 바라보았다.

"당신은 내 평생의 사랑이에요. 당신을 사랑하는 내 마음과 날 사랑한 당신의 마음, 그걸로 전 충분해요. 당신과 함께한 순간들 모두 소중히 간직할게요. 그러니……."

"떠나는 걸 허락해 달라?"

"……네……."

성우는 지윤의 어깨에 손을 얹고 지그시 힘을 주었다.

"사랑하기 때문에 떠난다는 말, 너무 진부한 것 같은데."

눈물이 솟구치는지 지윤이 바르르 떨리는 입술을 꾹 깨문 채 아무런 답도 못 하자 성우는 천천히 말을 이었다.

"나도 생각할 시간이 필요하군. 당신처럼 곰곰이 생각해서 뭐가 최선일지 결정하지."

"……?"

"당신이 이렇게 겁쟁이인 줄은 몰랐는데, 어쩔 수 없군."

덤덤한 그의 말투에 지윤은 심장이 쩍 갈라지는 듯한 통증을 느꼈다.

'이대로 끝이구나. 그래, 원하던 대로 된 거야…….'

Knock

성우가 자신이 결정을 내릴 때까지 인사 발령 요청을 보류하겠다고 한 탓에 지윤은 묵묵히 비서실로 출근을 해야 했다.

하지만 며칠 내내 비서실을 지키고 있었음에도 불구하고 지윤은 그와 마주칠 일이 별로 없었다. 그가 일부러 피하는 건지 몰라도, 어쨌든 그녀에게 사사로이 말을 걸지도 않았고 사무실로 들어갈 때도 눈길조차 주지 않았다.

그가 이처럼 냉랭하게 변할 수 있다는 게 지윤에겐 충격이기도 했지만 차라리 잘된 거라 생각했다. 어쩌면 그도 이별을 준비하는 것일 테니 이대로 서먹하게 지내다 보면 언젠간 서로에게 아무런 감정도 남지 않게 될 것이었다.

'과연 그럴 날이 올까?'

지윤은 뻐근해져 오는 가슴을 손으로 누르며 아랫입술 안쪽을 강하게 깨물었다. 아팠다. 너무도 가슴이 아파 편히 누울 수도 없었고 숨을 쉬기도 버거웠다.

가슴속에 박힌 그의 존재는 아마 영원히 사라지지 않을 것이다. 시간이 해결해 준다는 말은 그녀에게 해당되지 않을 게 분명했다.

'아마 그의 소식을 들을 때마다 남몰래 한숨짓고 눈물 흘리게 될 테지. 그래도 정말 괜찮을까? 그를 떠날 수 있을까?'

지윤은 뿌옇게 차오르는 눈물을 서둘러 훔쳐 냈다.

다행히 사무실엔 그녀 혼자였다. 점심 식사 후 최 비서는 성우와 함께 외부에 나간 상태였고 그곳에서 곧바로 퇴근할 거라는 메시지를 보내 왔다.

다른 때 같았으면 최 비서와 헤어진 뒤 성우가 사무실로 돌아올 것을 기대하며 기다렸을 테지만 지금은 아니었다.

요 며칠 동안 그가 보여 준 행동으로 봐선 그녀를 잊기 위해 애쓰는 것처럼 보였으니 되도록 마주치지 않으려 할 것이었다.

또다시 울컥 치미는 고통에 지윤은 입술을 세차게 깨물었다. 하지만 끅끅 하고 터져 나오는 울음을 더 이상 참지 못하고 두 손에 얼굴을 묻은 채 한참 동안 눈물을 쏟아 냈다. 언제 갑자기 누가 들어올지 모르는 비서실에서 이렇게 눈물 흘리면 안 되는 줄 알면서도 참을 수가 없었다.

얼마나 시간이 지났을까? 비서실엔 어느덧 울음을 그친 지윤의 낮은 숨소리만이 감돌고 있었다.

팅팅 부어 버린 눈이 무겁게 느껴지고 머리까지 몽롱했지만 뭔가 정신은 더 맑아지는 듯했다. 이대로 그와 헤어지고 싶지 않다는 강한 마음이 그녀를 붙들었고 점점 더 용솟음치는 것만 같았다.

그와 함께하며 마주해야 할 불안함은 아직 확실치 않은 미래일 뿐이지만, 그와 헤어지는 미래는 어찌 될지 뻔히 보였던 것이다.

'매일 이렇게 아파하며 그를 그리워하게 되겠지.'

지방으로 발령이 난다 해도, 회사를 아예 떠나게 된다 해도 그녀는 그를 잊지 못할 게 분명했다.

'그럴 바엔 차라리 부딪쳐 보는 게 낫지 않을까?'

고모가 겪었던 불행 때문에 지레 겁부터 먹고 그를 먼저 놓아 버리는 어리석은 짓은 하고 싶지 않았다.

"후……."

그동안 답답하게 굴었던 자신을 털어 내듯 깊게 숨을 내쉰 지윤은 퇴근 준비를 위해 자리에서 일어났다. 눈물로 얼룩져 얼굴이 엉망일 테니 세수라도 하고 나가야 할 것 같았다.

사무실 문이 잠긴 걸 한 번 더 확인하는데 엘리베이터가 땡 소리를 내며 멈췄다. 혹시나 성우일까 하는 기대감에 고개를 돌렸지만 엘리베이터에서 내린 사람은 임진우였다.

"아! 서 대리님!"

활짝 웃는 얼굴로 손을 번쩍 치켜든 그가 다가왔다.

"안녕하세요."

지윤은 최대한 얼굴을 가릴 수 있게 고개를 푹 숙이며 머리칼이 앞으로 흐르게 했다. 진우는 코트와 가방까지 다 챙긴 지윤에게 웃는 낯으로 물었다.

"퇴근하시나 봐요. 부사장님은 안에 계세요?"

"오후에 외부 나가셨다가 바로 퇴근하신다고……."

"어? 얼굴이 왜? 무슨 일 있어요?"

그제야 지윤을 자세히 본 진우가 놀란 눈으로 가까이 오자 지윤은 얼굴을 감추듯 고개를 돌리고 어색하게 말했다.

"아뇨, 그냥 좀. 죄송합니다. 제가 지금 좀 가 봐야 할 것 같아요."

"아……. 그래요, 그럼. 다음에 봐요."

"먼저 실례하겠습니다."

지윤은 한 번 더 고개를 숙여 보인 뒤 빠른 걸음으로 복도를 지나쳐 화장실로 들어갔다. 그런 지윤의 뒷모습을 멍한 눈으로 보던 진우의 미간이 단박에 찌푸려졌다.

조금 전 큰어머니를 통해 대박 뉴스를 들은 터라 도저히 참을 수 없어서 열 일 제치고 달려왔는데, 아무래도 뭔가 이상했다.

큰어머니도 궁금증과 기대감이 잔뜩 담긴 목소리였기에 서 대리가 저렇듯 얼굴이 퉁퉁 부을 정도로 운 게 의아할 수밖에 없었던 것이다.

'입이 귀에 걸려 있어야 하는 것 아냐? 왜 저러지?'

머리를 갸웃거리며 엘리베이터에 올라 사무실로 돌아가던 진우는 주머니에서 휴대폰을 꺼냈다.

"여보세요."

외부 미팅을 끝내고 최 비서를 들여보낸 성우는 다시 회사로 향하던 중이었다.

지윤을 모른 척 내버려 둔 지 벌써 3일. 그녀는 어떨지 몰라도 그로서는 더 이상 무리였다. 그녀의 눈빛, 그녀의 향기를 느끼지 못한 것으로 이렇게 속이 타들어 가는데 영영 헤어진다니 절대 그럴 순 없었다. 그녀가 걱정했던 일들도 모두 해결한 상태였기에 오늘 안에 모든 걸 마무리 지을 작정이었다.

지윤이 퇴근하기 전 도착하려고 최대한 빠르게 차를 몰던 중 진우에게 전화가 왔다.

—형, 어디야?

"사무실 들어가는 중이야. 바쁜 일 아니면 끊자."

—밖에서 바로 퇴근한다고 했다면서 사무실엔 왜?

그건 어떻게 알았나 싶어 물으려는데 진우가 더 빨랐다.

—서지윤 대리 만나서 들었고, 궁금해서 전화한 거야.

“서 대릴 네가 왜 만나?”

—큰어머니한테 다 들었거든? 그런 폭탄선언을 하고 어른들껜 조용히 계셔 달라고 했다며. 그게 말이 돼? 큰어머니가 얼마나 답답하고 궁금하셨으면 나한테…….

“너 설마! 서 대리한테 무슨 말 한 것 아니지?”

—무슨 말이나 할 수 있었겠어? 얼마나 울었는지 얼굴이 다 팅팅 부어 있던데. 대체 뭘 어쨌기에 그래? 혹시 서 대리는 거부하는데 형이 억지로 진행하는 거야?

“울어? 서 대리가?”

성우의 눈매가 딱딱하게 굳어지더니 핸들을 잡은 손마디가 하얗게 변할 정도로 힘이 들어갔다.

—형 혼자 좋다고 붙잡고 그러는 것 아니지?

“끊어!”

—서 대리 퇴근했어.

종료 버튼을 누르려던 성우가 멈칫거렸다.

“뭐?”

—조금 전에 퇴근하는 것 봤어. 그러니까 서 대리 만나러 들어오는 길이면 그냥 집으로 가든지 전화를 하든지 해. 형 혼자 멋대로 그러는 거라면…….

“끊자.”

성우가 더는 들을 필요 없다는 듯 블루투스 연결을 끊고는 인상을 찌푸렸다. 어떤 이유에서건 그녀가 눈물을 흘렸다는 게 마음 아팠다.

'젠장. 얼굴이 팅팅 부을 정도로 울었다고? 그러면서 헤어질 수 있다고 자신한 거야?'

"버티지도 못할 거면서 고집은."

이미 회사 앞에 다 온 상태였지만 다시 차를 돌리려 했다. 그때 저 앞 버스 정류장에 지윤이 서 있는 게 보였다.

해가 지면서 기온이 더욱 내려가 꽤나 쌀쌀한 날씨였지만 지윤은 코트의 앞섶도 여미지 않은 채 손에 쥔 휴대폰만 바라보고 서 있었다.

고개를 숙이고 있어 얼굴이 자세히 보이진 않았지만 아무런 미동도 없이 가만히 있는 그녀를 보자 가슴이 아렸다.

성우는 재빨리 차선을 바꿔 그녀가 선 정류장에서 좀 더 앞쪽에 차를 세웠다.

마음 같아선 당장 차에서 내려 그녀의 손목을 붙들고 데려오고 싶었지만 회사 앞이라 주위에 보는 눈이 많았다.

그녀는 여전히 미동도 않은 채 찬바람을 고스란히 맞으며 석상처럼 서 있었다. 휴대폰을 들어 올렸다가 다시 내려놓기를 반복하는 모습이 전화를 걸까 말까 고민하는 것처럼 보였다.

'대체 누구에게? 혹시…….'

성우는 뚫어질 듯한 눈으로 지윤을 지켜보며 곧바로 전화를 넣었다. 순간 지윤은 움찔 놀라더니 어쩌면 좋을지 모르겠다는 듯 폰만 움켜쥔 채로 있었다. 그러다 전화가 뚝 끊기자 움츠리고 있던 어깨가 크게 들썩이더니 축 늘어졌다. 그 모습에 성우의 미간에 깊은 주름이 패었다.

다시 전화를 걸었더니 한참 망설이던 그녀가 휴대폰을 귓가에 대었다.

—네.

"긴말 안 할 테니 잘 들어. 오른쪽으로 고개 돌리면 내 차 보일 거야. 지금 바로 와서 타든지, 아니면 내가 내려서 당신 붙들고 오든지 할 거니까 둘 중 하나 선택해."

그 말에 지윤이 고개를 돌려 그의 차가 있는 곳을 보았다.

—여긴 언제…….

"내가 내릴까?"

—아뇨!

지윤은 곧바로 걸음을 옮기며 말했다.

—제가 갈게요.

성우는 지윤이 조수석에 타자마자 말없이 차를 출발시켰다. 지윤은 가방끈을 꽉 움켜쥔 채 머뭇거리다 입을 열었다.

"안 그래도 드릴 말씀이……."

"끝내자, 헤어지자고 말할 거면 그만둬."

딱딱한 그의 음성에 지윤은 지그시 입술을 깨물었다.

당신이 원하는 대로 따르고 싶다, 결혼을 전제로 계속 만나고 싶다는 말을 하려고 30분이 넘도록 그의 연락처를 띄워 놓고 휴대폰 액정 화면을 바라보고 있었는데 막상 그의 굳은 얼굴을 대하니 자신이 없어졌다. 요 며칠 동안 그의 마음은 이미 깨끗이 정리가 된 건 아닌가 싶은 생각까지 들었다.

그때 갑자기 차가 거칠게 한쪽으로 꺾이는가 싶더니 끽 하고 멈췄다. 놀란 지윤이 휙 고개를 들자 그가 어깨를 붙들어 그를 보도록 했다.

"당신이 뭐라고 해도 내 마음은 변치 않아. 똑똑히 들어! 난 절대로 당신과 헤어지는 일 없을 거야. 그러니까 이제……."

단호히 말하던 성우는 지윤의 눈자위가 금방 빨갛게 변하며 촉촉한 기운이 번지자 입을 다물었다. 진우의 말마따나 얼마나 울었는지 쌍꺼풀이 풀릴 정도로 눈두덩이 부어 있는데 또다시 눈물이 차오르고 있었다.

'다그치듯 말하려던 게 아니었는데…….'

그녀가 또 이별을 말할까 봐 순간적으로 치솟은 감정을 다독이지 못하다니. 이건 분명 그의 실수였다.

"미안해요."

성우가 하려던 말을 지윤이 먼저 내뱉자 그의 어깨가 움찔거렸다.

"성우 씨. 난……."

"그만! 그만해. 당신이 나한테 미안해할 이유는 없어."

성우는 지윤의 눈가에 맺힌 눈물을 닦아 내며 말했다.

"얼굴이 이게 뭐야? 당신을 이렇게 울린 건 난데 뭐가 미안하다는 거야."

전처럼 따스해진 그를 보며 지윤은 밀려드는 격한 감정에 입술을 깨물었다.

그는 헤어짐을 준비하고 있던 게 아니었다. 그녀를 향한 마음이 변치 않다는 걸 표정만으로도 충분히 느낄 수 있었다. 그래서 더욱 미안한 마음이 솟구쳤고, 고마웠다.

지윤이 눈물 섞인 미소를 연하게 지으며 떨리는 입술을 여는데 그가 먼저 말했다.

"아니, 내 말부터 들어 줘. 며칠 당신을 그냥 내버려 둔 것 때문에 힘들었다면 미안해. 당신 마음 다 이해하면서도 일부러 그런 거니까 얼마든지 원망해도 좋아. 하지만 당신도 알아주길 바랐던 거야. 나와 헤어져 남남처럼 지낼 수 있는지, 나 없이 살 수 있겠는지."

"성우 씨."

"아니잖아. 이렇게 힘들어할 거잖아. 당신 정말 나와 헤어질 수 있어? 매일 견딜 수 없을 만큼 아파해야 할 텐데 그럴 수 있어? 난 못 해. 당신이 헤어지자 말했을 때, 날 떠나겠다고 했을 때 충분히 느꼈으니 더는 싫어."

지윤의 눈가에 또다시 촉촉함이 차오르자 성우가 가만히 닦아 주며 말했다.

"이젠 나만 믿고 따라와 줘. 내가 잘할게. 당신 아무런 걱정 없도록 내가 잘할 테니까……."

"네, 그럴게요."

울먹이듯 낮게 속삭이며 고개를 끄덕이는 지윤을 보고 성우가 조심스러운 표정으로 다시 물었다.

"정말?"
"성우 씨와 헤어지고 싶지 않아요. 혼자 남는 것 싫어."
지윤이 그렁그렁 눈물 맺힌 눈으로 입가에 미소를 그렸다.
"미안해요, 당신 아프게 해서. 내 고집만 피우고 도망가려고만 해서……. 이젠 당신 눈에 박힌 그 콩깍지 내가 붙들고 있을래요. 절대 안 떨어지게, 절대 못 떨어뜨리게 할 거야. 그니까 이젠 안 놔줄 거예요."
순간 성우는 눈가에 시큰함이 몰려오자 서둘러 눈을 깜빡여 털어 냈다. 너무도 듣고 싶었던 말이라 그런지 뜨거운 감정이 북받치는 듯했다.
"고마워. 날 믿어 줘서."
성우가 따스한 미소를 그리며 뺨을 감싸 주자 지윤이 그의 손을 잡고 가만히 입술을 눌렀다.
"아뇨, 내가 더 고마워. 날 놓지 않아서 정말 고마워요."
그러고는 그를 향해 웃어 보였다.
"이젠 당신이 내 남자라는 것 숨기지 않을 거예요. 막 여기저기 자랑하고 다닐 거니까 각오해야 해요."
그러자 그가 씨익 입매를 올리는가 싶더니 살짝 콧등을 찡그리고 조심스레 말했다.
"음, 선수 쳐서 미안한데……. 그게, 내가 이미 말을 다 해 버렸는데."
"네?"
"당신이 걱정한 그 문제들, 해결해야겠다고 생각했거든."

"해결이라니요? 뭘요?"
"당신이 불안해하는 원인을 없애야 날 봐 줄 거라 여겼어."
"그럼 설마, 회장님께 저랑 사귀고 있다는 말씀을 다 드렸다는 거예요? 벌써?"
지윤의 눈이 커다랗게 열리자 성우는 모른 척하며 얼른 기어를 넣었다.
"갑자기 배가 고픈데 뭐라도 먹고 들어갈까? 어디로 가지? 전에 갔던 대학로 〈한림〉 어때?"
"정말 제 이야기를 했어요?"
걱정스러운 지윤의 물음에 성우가 연한 웃음을 보이며 그녀의 손을 감싸 쥐었다.
"우리 부모님, 조부모님 모두 당신이 생각하는 것처럼 어려우신 분들 아니야."
"하지만 그렇게 갑자기……."
그와의 만남을 계속하기로 마음먹은 이상 각오한 일이지만 다시금 걱정이 앞서기 시작했다. 혼처로 생각해 둔 집안이 있는데 갑자기 비서로 있는 여자와 사귀고 있다 하니 얼마나 놀라고 기막혀하셨을까 싶었다.
"서지윤 씨?"
지윤은 그의 따뜻한 손만큼이나 따사롭게 들리는 음성에 천천히 그를 보았다. 걱정과 함께 은근한 기대감이 싹트며 그녀의 가슴이 더욱더 두근거려 왔다.
"이야기가 꽤 길어질 수 있으니 배고파도 참아야 해."

그가 싱긋 웃자 지윤은 조마조마한 심정으로 그를 바라보았다. 대체 회장님께서 뭐라 하셨기에 그가 이렇게 여유로운 태도를 취하는지 궁금해 숨까지 참아야 했다.

"이렇게 차 안에서 할 얘긴 아닌데 당신이 너무 걱정하는 것 같아서 말이야."

그러면서 성우는 천천히 이야기를 시작했다.

지윤이 인사 발령을 요구하며 헤어지자 말한 월요일, 성우는 그녀에게 생각할 시간을 갖자고 둘러댄 뒤 집에 들어가자마자 조부모님과 부모님을 한자리에 모시고 앉아 그가 현재 사귀고 있는 여자가 누군지에 대해 모두 다 말씀드렸다.

그에게 너무도 좋은 조건의 혼처가 있는데 어떻게 자신이 거기에 끼겠냐는 식으로 걱정하는 지윤을 안심시키기 위해 가장 먼저 할 일은 바로 가족들에게 그녀의 존재를 알리고 허락을 받는 것이었다.

물론 처음엔 다들 믿기지 않는다는 듯한 반응을 보였다. 공사를 엄격히 따지며 사내 연애는 여럿을 불편하게 하는 거라고 말하던 성우가 비서로 들인 아가씨를 좋아한다고 하니 어이가 없었던 것이다.

"제가 왜 직접 비서를 골랐겠습니까?"

"너 그럼, 그 서 대리를 진즉부터 지켜보고 있었단 거야? 그래서 일부러?"

임 회장의 물음에 성우는 어깨를 으쓱했다.

"그리 오래된 건 아니고, 가까이 두고 볼 요량으로 일부러 들인 건 맞습니다."

"한데, 가까이 두고 지켜보니 맘에 들던?"

가만히 듣고 있던 조부가 묻자 성우의 입매가 부드러운 호를 그렸다.

"네, 할아버지. 어느 것 하나 맘에 들지 않는 부분이 없을 정도로요. 만나 보시면 분명 흡족해하실 거예요."

"당신, 서 대리에 대해 좀 알아요?"

한 여사는 성우가 결혼 상대로 생각한다는 여자가 비서 아가씨일 거라고는 생각도 못 했기에 남편을 보며 궁금한 눈으로 물었다. 어쨌거나 회사 직원이고 성우의 비서이니만큼 그 또한 기본적인 정보는 알고 있을 거라 생각했기 때문이다.

"회사 내 평판은 우수한 편이지. 사진으로만 봤지만 인상도 좋고, 유능한 데다 성실하기까지 하니 이전 상사들도 평가를 높게 줬고 말이야."

"성격은요? 나랑 잘 지낼 수 있겠어요?"

딸이 없는 한 여사는 며느리를 들이면 딸을 둔 다른 친구들처럼 팔짱 끼고 여기저기 함께 다니길 소원하고 있었다.

"글쎄, 성우 녀석 맘에 들 정도라면 무난하지 않을까?"

임 회장이 묻듯이 쳐다보자 성우가 얼른 답했다.

"술 한 방울 안 마시고도 회식 자리를 즐겁게 해 주는 성격이라면 어떨 것 같아요?"

"뭐?"

"그만큼 밝고 쾌활하다는 뜻이에요. 같이 있으면 심심할 새가 없거든요. 다만 한 가지 흠이 있다면……."
"흠?"
"허어, 이 녀석 보게? 좋아한다는 여자 흠까지 파악한 걸 보면 제대로 본 것 맞네."
조부의 껄껄거리는 말투에 성우가 빙그레 웃음을 보였다.
"딱 한 가지, 너무 조심성이 많다는 겁니다. 주변 사람들을 의식하고 함부로 행동하지 않는 거요."
"떼끼, 녀석! 그게 어찌 흠이야? 사람이란 모름지기 더불어 사는 만큼 남을 의식하는 게 당연한 게지! 요즘 젊은 것들 철딱서니 없이 제멋대로 구는 것 난 딱 질색이야. 난 그 처자 맘에 드는구먼. 내일 재깍 데려와."
"그게 좀 어려울 것 같습니다, 할아버지."
"뭐야?"
"말씀드렸다시피 저흰 지금 비밀 연애 중이거든요."
"그게 왜? 언제까지 비밀로 할 건데? 결혼도 둘이서 몰래 할래? 시답잖은 소리 집어치우고 바로 데려와서 인사시켜."
조부의 딱 부러진 어조에 성우가 한 분, 한 분 차례로 돌아보고 천천히 입을 열었다.
"그럼 할아버지, 할머니, 아버지, 어머니 모두 제 결혼 상대로 서 대리를 긍정적으로 봐 주시는 거죠? 김 장관님 댁이나 유 회장님 댁 같은 집안 배경, 조건이 아니어도 상관없이요."
"결혼은 인륜대사라고 했어. 난 가풍 외에 다른 건 안 본다.

부모님이 뭐 하시는지, 어떻게 살아오셨는지만 보면 되지, 무슨 조건을 따져? 난 너희들 그렇게 결혼시킬 생각 추호도 없다."
"네, 할아버지. 지당하신 말씀입니다."
성우는 가족끼리의 유대감을 최우선으로 치는 할아버지가 분명 손을 들어 주실 거라고 믿고 있었다.
성우의 환한 미소를 본 조부가 한마디 더했다.
"말 나온 김에 묻자. 서 대리 가족 관계는 어떻게 되지? 부모님 하시는 일은?"
"아버님께선 현재 춘천에 있는 중학교에 교감 선생님으로 재직 중이시고, 두 오빠는 의사입니다. 큰오빠 안과를 개업했고, 작은오빠 여기 한국대병원 흉부외과 전공의예요."
"어유, 그 정도면 자식 농사도 잘 지으셨고 충분히 훌륭하구먼. 난 교직에 몸담고 계신 분들 존경한다. 우리 어렸을 땐 선생님 그림자도 안 밟았어. 그러고 난 그 김 장관 별로야. 정치계 사람들이랑은 적당히 선 긋고 일로만 만나야지, 너무 가깝게 지내면 못써. 또 유 회장이야 나쁘진 않지만 굳이 우리가 거기랑 사돈 맺을 필요까진 없잖아? 안 그러냐, 어멈아?"
"아……. 그럼요, 아버님. 굳이 그럴 필요는 없죠."
괜히 성우 선 자리 알아본다고 나선 게 민망해진 한 여사는 성우를 찌릿 노려보았다.
'그러게 진즉 여자가 있다고 했으면 좀 좋아?'
"서 대리는 언제 데려올 거니? 내일?"
"아뇨, 내일은 좀 어려울 것 같고요, 이번 주 내로 인사시켜 드릴게요. 그리고 아버지."

성우는 임 회장을 보며 간곡한 어조로 부탁했다.

"절대 회사에서 알은척 말아 주십시오. 제가 서 대리와 사귀는 중이란 것, 당분간은 비밀입니다. 서 대리한테도 알은척 말아 주시고요."

"왜? 너 뭐 준비하는 거라도 있어?"

눈치 빠른 사람답게 임 회장이 넌지시 묻자 성우가 고개를 끄덕였다.

"좀 놀라게 해 주고 싶어서요."

"내가 너 보러 사무실에 한번 들르는 것도 안 될까? 사진으로만 봐서 궁금한데."

"저 보러 직접 오시는 것 별로 자연스럽지 않은데요? 한 번도 그러신 적 없잖아요."

"알았다, 녀석아!"

그렇게 성우는 식구들에게 지윤의 존재를 알렸고, 그녀가 걱정했던 '조건'에 관한 것들도 아무 상관 없다는 걸 확실히 했다. 이제 그녀의 문제를 해결해야 했다.

'소위 상류층이란 사람들이 얼마나 견고한 틀을 쌓고 지내는지, 급이 다른 사람에겐 얼마나 냉정한 잣대를 들이대는지 당신은 모르잖아요. 한 번도 그런 일 겪어 본 적 없잖아요!'

한 번도 그런 일 겪어 본 적이 없지 않느냐고 한 걸 보면 그녀는 겪어 봤다는 뜻도 되었다. 그래서 그렇게 지레 겁부터 먹고 피하려고만 한 건지도 몰랐다.

때문에 성우는 그 문제가 무엇인지부터 파악할 작정이었다. 그를 사랑하면서도 가족들을 힘들게 할 수 없어 헤어지려 했으니, 그것을 해결하면 지윤이 더는 걱정 없이 그를 다시 받아들일 것이라 여겼다.

그래서 성우는 곧바로 채린에게 만나자는 연락을 취했고 이왕이면 지윤의 오빠와 함께 보고 싶다고 했다. 갑작스러운 그의 연락에 채린은 깜짝 놀랐지만 성우의 설명을 들은 뒤 지윤에겐 알리지 않겠다고 약속하곤 지석과 함께 성우를 만났다.

지석은 지윤과 사귀고 있으며, 결혼을 전제로 만나고 싶다고 말하는 성우를 한참 동안 놀란 눈으로 쳐다보았다.

"지금 지윤이랑 사귀는 문제를 제게 허락받고 싶다는 말씀이십니까?"

"허락이라기보다는 지윤이 걱정하는 게 정확히 뭔지 알고 싶어섭니다. 저와 결혼하겠다고 나설 경우 가족들이 힘들어질 수도 있다면서 차라리 헤어지자 말한 이유가 대체 뭔지, 소위 상류층이라는 사람들이 어쨌기에 저리 방어 자세를 취하는지 궁금해서 이렇게 찾아 뵌 겁니다."

사실 지석은 대영그룹 후계자이자 대영전자 부사장인 성우가 지윤과 사귄다는 말을 들었을 때 순간적으로 불신이 차올랐다. 갑의 위치에서 지윤을 농락하는 건 아닌가 싶어 화가 나려 했지만 가만히 들어 보니 이 남자는 진심인 듯했다. 거기다 저렇게 정중한 태도로 물음을 청한다는 건 소위 싸가지 없는 재벌은 아니었다.

"결혼이라 하셨는데, 그쪽 부모님께선 우리 지윤이와의 결혼을 허락하신답니까?"

"물론입니다. 제 결혼은 조건이 아닌 제가 사랑하는 여자와 할 것을 전부터 인정해 주셨고, 지윤과 사귀고 있는 것 또한 모두 알고 계십니다. 그러니 저희 가족들 걱정은 하지 않으셔도 됩니다."

"그렇다면 다행이군요."

지석은 고개를 끄덕인 뒤 오래전 막내 고모가 서로 사랑해서 결혼하기로 약속했던 남자와 어떻게 헤어지게 됐는지, 그 남자의 집안에서 어떤 행패를 부렸는지 이야기해 주었다.

보잘것없는 간호사 주제에 의사를 꼬드겼다는 막말은 차치하더라도, 내세울 것도 없는 선생 나부랭이 집안에서 어딜 넘보느냐는 식으로 업신여김을 당한 내용까지 다 이야기했다.

채린도 전혀 몰랐던 얘기인지라 충격을 받은 표정이었고 성우의 얼굴은 험악하게 굳어졌다.

"실례가 안 된다면 그 병원이 어디인지 말씀해 주실 수 있습니까?"

섬뜩하리만큼 착 가라앉은 성우의 어조에 지석은 흠칫 몸을 떨었다. 이런 남자와는 적으로 지내고 싶지 않다는 생각이 가장 먼저 들었다.

"아, 아뇨. 거기까지는……."

"왜? 오빠, 말해. 그 병원이 어디야? 내가 SNS에다……."
"채린아."
지석은 발끈하는 채린의 손을 잡으며 그만두라는 듯 머리를 저었다.
"이미 다 지난 일인데 뭐하러? 더 이상 우리 집과 상관없는 사람들이니 그냥 둬."
"춘천에 있는 종합 병원입니까? 아니면 서울?"
집요한 성우의 물음에 지석은 얼결에 서울 무슨 병원이라는 답을 하려다 말았다.
"지윤이를 사랑하신다고 했죠? 그럼 지금은 그 애한테만 집중하세요. 전 지윤이가 부사장님과의 관계 불안해하는 것 충분히 이해됩니다. 남한테 피해 주는 거 싫어하고, 상식적으로 옳다고 생각하는 일을 우선하는 애예요. 괜히 자기 때문에 우리 가족들이 또 상처 입을까 봐 걱정하는 마음 전 이해해요."
"무슨 말씀이신지 압니다. 내일 오후에 춘천에 계신 부모님을 뵈러 가고 싶은데 주소랑 연락처 좀 알려 주시겠습니까?"
"지윤이에겐 계속 비밀로 하고요?"
"네, 제가 먼저 부모님을 찾아뵙고 말씀드리는 게 나을 듯합니다. 부모님께서 저를 받아들이신다면 그때 말할 생각이거든요. 내일 같이 가겠냐고 물으면 분명 펄쩍 뛰면서 못 가게 할 테니까요."
지석은 무슨 소린지 알겠다는 듯 부모님 연락처를 그에게 전송해 주며 말했다.

"내일 오전에 제가 미리 전화드리겠습니다. 그리고 노파심에 드리는 말인데요, 괜히 이것저것 과한 선물은 들고 가지 마십시오. 보통 사람들이 여자 친구 부모님 댁 인사드리러 갈 때 챙기는 정도면 충분합니다."

성우는 씨익 웃으며 고개를 끄덕였다.

"새겨듣겠습니다. 그럼 부모님께서 좋아하실 만한 게 뭔지 정도는 알려 주실 거죠?"

갑작스러운 물음에 지석은 얼른 떠오르는 게 없어 적잖이 당황하며 채린을 보았다.

"으이구, 이래서 아들은 필요 없다고 하는 거야."

채린은 지석에게 눈을 흘기곤 성우에게 말했다.

"우리 아버님은 대봉을 제일 좋아하세요. 겨울 간식으로 최고라 치시거든요. 또 요즘 서예에 푹 빠져 계시고요. 어머님은……."

"됐어, 그만해."

지석이 채린의 입을 막으며 어색하게 웃어 보였다.

"그냥 대봉 한 박스 정도면 충분할 겁니다."

"에이, 오빠! 그건 너무 저렴하다. 명색이 대영전자 부사장님인데 여자 친구 집에 인사드리러 가면서 고작 대봉 한 박스만 들고 가면 얼마나 모양 빠지겠어!"

채린은 지석의 손을 치워 내곤 성우를 보며 생긋 웃었다.

"우리 어머님은 차 애호가시거든요. 다기 세트 좋은 것 하나 가져가시면 완전 기뻐하실 거예요."

"좋은 정보 감사합니다."

성우의 말에 지석이 미안한 표정을 지었다.

"노파심에 드린 말씀이 오히려 부담스럽게 만든 것 같아 죄송스럽네요."

"아닙니다. 앞으로도 종종 지도 편달 부탁드려요."

그렇게 해서 성우는 지석과 채린의 도움으로 지윤의 부모님께 드릴 지필묵 세트와 다기 세트, 그리고 대봉 한 박스를 준비해 춘천을 방문했다.

지석의 연락이 미리 있었다지만 두 분 모두 처음엔 당황을 숨기지 못하셨고, 당신들보다는 지윤의 의사에 따르겠다고 하셨다. 이미 그와의 관계를 알고 있던 지윤의 어머니는 지윤의 눈에서 눈물 흐르게만 하지 않으면 그를 믿고 딸을 맡기겠다고 약속해 주셨다.

"어, 어떻게, 어떻게 그런!"

지윤은 멍한 눈으로 그를 보며 더듬더듬 말을 이었다.

"그러니까 우리 엄마랑 아빠한테, 춘천도 당신 혼자 다녀오셨다는 거예요?"

"맞아, 지석 형님이 다 상황 설명을 해 주셔서 괜찮았어. 부모님께서도 큰 걱정 없이 날 인정해 주셨고."

"어떻게 나한텐 한마디 말도 없이. 엄마도 오전에 통화하면서 아무 말씀도 안 하시고……."

어쩐지 좀 이상하긴 했다. 월요일에 통화할 때만 해도 별일 없지? 하고 걱정스레 물으셨는데 오늘은 뭔가 굉장히 들뜬 목소리였던 것이다.

"내가 간곡히 부탁을 드렸거든. 내가 당신한테 말할 때까지 아무 말씀 말아 주시라고."

그는 싱긋 미소를 짓더니 몸을 돌려 뒷좌석에 던져두었던 코트 주머니에서 뭔가를 꺼냈다.

"원래 계획은 누구보다 근사한 프러포즈를 하려 했는데 좀 아쉽네."

"프, 프러포즈요?"

"상황에 밀려 당신하고 결혼하고 싶다는 말을 이미 너무 많이 해 버려서 감동은 좀 덜할 테지만, 우선은 약식 프러포즈라고 생각해 줘."

성우는 진남색 벨벳으로 감싸인 자그마한 상자 뚜껑을 열어 보였다. 지윤은 투명하게 반짝이는 스퀘어 다이아가 박힌 반지를 보며 떨리는 입술을 깨물었다.

"내 아내가 되어 줄 거지?"

울음이 터질 것 같아 차마 입을 열지 못하는 지윤을 그가 가만히 안아 주었다.

"우리 결혼하자. 당신 없는 삶, 이젠 생각하고 싶지도 않아. 당신을 클럽에서 처음 본 순간부터 난 이미 당신밖에 볼 수 없게 된 거야. 차라리 지난여름 마트에서 마주친 날 깨달았더라면 얼마나 좋았을까 후회했을 정도로."

"성우 씨……."

"당신이 내 비서가 된 후, 하루에도 몇 번씩 노크를 하고 문을 열 때마다 난 당신을 내 마음속에 들어오도록 만든 거야. 그래서 이제 다신 못 빠져나가도록 잠금장치를 걸어 뒀지. 내가 열어 주지 않는 이상 당신은 내 안에 갇힌 거나 마찬가지야."

뿌옇게 차오른 눈물이 지윤의 뺨을 타고 흘러내려 그의 어깨를 적셨다.

"당신 울리면 어머님께서 혼낸다고 하셨는데."

성우는 지윤의 눈물을 닦아 주며 입술을 가까이했다.

"대답해 줘. 나랑 결혼해 줄 거지?"

"이젠 당신한테서 떨어지지 않을 거라 했잖아요."

지윤은 젖은 눈동자에 웃음을 담으며 그의 목에 팔을 둘렀다.

"사랑해요, 너무너무 사랑해요. 당신 마음속에 영원히 머물게요."

"당연하지. 내가 절대 열어 주지 않을 거거든."

그의 따스한 입술이 지윤에게 포개졌고, 둘은 서로의 마음을 전달하듯 깊고 깊은 입맞춤을 이어 갔다.

"뭐? 결호온? 임성우 네가?"

재훈의 말에 그 자리에 앉은 친구들 모두 화들짝 놀란 표정으로 돌아보았다.

크리스마스이브, 철민의 클럽 VIP룸에서 송년 모임을 갖던 그들은 성우의 깜짝 발언에 '동작 그만' 상태가 되었다.

"맞아, 나 결혼해."
"누구랑? 너 설마."
철민이 눈을 동그랗게 뜨자 옆의 재훈이 휙 고개를 돌렸다.
"철민이 너 알아? 누군데?"
"성우 너……."
"곧 올 거니까 조금만 기다려."
성우는 힐끗 손목시계를 보고는 시선을 돌려 유리창 너머로 클럽 입구를 보았다. 아니나 다를까, 몇 분 후 지윤과 채린이 지석과 함께 나타났다.
줄곧 성우의 시선을 따라가던 재훈이 그녀들을 알아봤는지 갑자기 툭 건드렸다.
"야, 재들 전에 봤던 애들 아냐?"
"말 예쁘게 해. 네 형수님이시다."
성우는 재훈에게 피식 웃고는 룸을 나갔다.
그런 성우의 모습을 친구들은 또 한 번 멍한 눈으로 쳐다볼 따름이었고 철민은 헉 하는 표정으로 손으로 입을 가렸다. 지난번 채린에게 전화로 막말을 했던 게 떠오른 것이다.
'설마 성우에게 다 말했을까? 저 녀석 화나면 무서운데.'
불안한 눈으로 지윤이 있는 곳을 보는데 성우가 그들에게 다가가는 게 보였다. 그러고는 지윤의 허리를 끌어안고 진하게 키스를 하는 것 또한!
"오 마이 갓!"
옆에서 재훈이 놀란 눈을 동그랗게 뜨며 양손으로 머리를 움켜진 채 큰 소리로 외쳤다.

오랜만에 클럽을 찾은 지윤과 채린은 물 만난 고기처럼 활기차게 플로어를 누볐다.

섹시한 그녀들의 춤동작에 취해 많은 남성들이 헬렐레거리며 접근을 시도하려 했지만 성우와 지석의 기에 눌려 가까이 다가오지도 못했다.

사실 성우로선 지윤이 다른 남자들 앞에서 이렇게 섹시한 춤을 추는 게 불안했으나 그녀의 눈동자는 오직 한 사람, 그에게만 고정되어 있었다.

그녀는 뇌쇄적인 눈빛을 던졌다가 때론 귀엽게 애교를 부리기도 하며 그를 애태웠다. 당장에라도 아무도 없는 곳에 데려가 그녀와 마음껏 사랑을 나누고 싶은 열망이 몰아쳤지만 오늘은 지윤에게 마음껏 춤추며 그간 쌓였던 스트레스를 날려 버리라 한 만큼 참아야 했다.

지난주, 지윤에게 반지를 끼워 준 다음 날 성우는 그녀를 집으로 데려가 가족들에게 인사시켰다.

처음에 지윤은 무척이나 긴장했으나 어른들께서 먼저 친근하게 대해 주시자 특유의 친화력과 쾌활함으로 금방 웃음 띤 얼굴을 보였다.

집으로 돌아오는 길, 그가 대영그룹 송년 파티에 함께 가자고 청하자 그녀는 잠시 망설였지만 동의했다.

파티 이후 사내 게시판은 그들의 얘기로 도배가 되었고, 그

다음 주 월요일에 출근하자마자 그녀와 친하게 지냈던 동료들에게서 어떻게 된 일이냐는 질문 세례를 받았다.

무엇보다 최 비서가 가장 황당하다는 표정으로 지윤과 성우를 보았다.

'저에게는 사내 연애 금지라고 못 박아 놓으시고 어떻게 이러실 수 있습니까?'

울분에 찬 최 비서에게 성우가 태연하게 답해 주었다.

'무조건 금지라곤 안 했어. 끝까지 책임지지 못할 거면 다른 사람에게 피해 가지 않게 조심하라는 거였지. 근데 회사에 누구 찍어 둔 여자라도 있어? 김은미 씨한테 이른다?'

소개팅으로 만나 한참 데이트 중인 여자의 이름을 성우가 언급하자 최 비서가 깜짝 놀라 고개를 저었다.

'찍어 둔 여자 같은 것 없거든요!'
'그럼 문제 될 것 없잖아?'

성우는 보란 듯이 지윤과 손을 잡고 사무실을 나섰다.

"무슨 생각을 그렇게 해요?"

느릿한 재즈풍의 음악이 나오자 지윤이 성우의 목을 휘감으며 나직하게 물었다. 그런 지윤의 허리를 당겨 안은 성우가 입술을 그녀의 귓가로 내렸다.

"알면서 그러시나. 당신 지칠까 봐 겁나는데 그만 나가는 게 어때?"

"아직 1시간도 안 됐는데요?"

배시시 웃으며 달콤하게 속삭이는 지윤의 목덜미에 입술을 묻은 성우가 살짝 빨았다.

"차라리 클럽 하나를 통째로 빌려 버릴 걸 그랬어. 아무도 못 들어오게 하는 게 나았을 텐데."

"에이, 나 혼자 추면 무슨 재미예요? 성우 씬 가만히 서 있기만 하면서."

"내가 당신 앞에서 춤추겠다고 하면 같이 갈 거야?"

"정말요? 정말 춤출 거예요?"

"당신이 원한다면 따라야지."

"채린이랑 오빠한텐 뭐라 하고요?"

"이거 보세요. 오늘은 크리스마스이브라고요. 저 커플도 나름대로 계획이 있을 테니 신경 끄시죠?"

"그럼, 갈까요?"

지윤이 수줍게 웃자 성우가 어깨를 둘러 안았다.

"어? 어디 가요?"

옆에서 채린이 묻자 성우가 씩 웃으며 눈을 찡긋해 보였다.

"크리스마스를 즐겨야지요."

클럽에서 그리 멀지 않은 곳에 위치한 호텔 스위트룸으로 올라간 두 사람은 서로를 강하게 부둥켜안고 진한 키스를 했다. 지윤의 원피스 지퍼가 성우의 손길에 의해 급하게 내려갔고 금방 바닥으로 떨어졌다.

"으음……. 당신 춤 보여 준다고 했잖아요."

헐떡이는 호흡 사이로 지윤이 말하자 성우가 입술을 늘였고 그녀의 귓불을 혀로 할짝이며 속삭였다.

"내 허리 돌리는 솜씨가 일품이거든."

"뭐예요?"

지윤이 키득거리며 웃자 성우는 허리를 느릿하게 돌리고 골반을 튕기는 동작을 취하며 벨트를 풀었다.

금방이라도 속옷을 뚫고 나올 것처럼 솟아 있는 그의 분신을 응시하며 지윤이 아랫입술을 핥았다. 그리고 그의 벌어진 셔츠 사이로 손을 넣어 가슴을 쓸었다. 탄탄하면서도 매끄러운 그의 피부는 항상 지윤을 도발시켰다.

알코올 한 모금 마시지 않았음에도 지윤은 그의 살결을 쓸고 음미해 나갔다.

"당신 혹시 나 몰래 맥주 마신 거야?"

지윤이 그를 붙들고 격렬하게 입을 맞추면서 몸을 밀착시키자 성우가 장난스레 말하더니 그녀의 허리를 문지르다가 팬티 안으로 손을 넣어 엉덩이를 감싸 쥐었다.

"사랑해."

"흐음. 나도 사랑해요."

지윤은 그의 턱선을 혀로 훑으며 다리 하나로 그의 허리를 감았고 불룩 솟은 남성에 자신의 뜨거워진 부위를 밀착했다.

당장에라도 그녀에게 파고들고 싶은 걸 참으며 성우는 지윤을 번쩍 안아 올렸다.

"오늘 밤은 재우지 않을 거니까 각오하라고."

"기대하던 바예요."

지윤은 성우가 침대로 향하는 동안 그의 목을 둘러 안은 채 깊게 입맞춤했다.

에필로그

"어머니, 어땠어요? 재미있으셨어요?"

한 여사와 팔짱을 끼고 극장을 나오며 지윤이 활기찬 목소리로 물었다.

"어쩜 그렇게 웃기다니? 웃겨서 눈물까지 나더라. 이것 보렴, 눈 화장 다 지워졌어."

설 명절, 연휴를 노리고 개봉한 코미디 영화를 관람하고 나오면서 한 여사는 만면에 웃음을 띠웠다.

극장은 어쩌다 아주 가끔 남편과 찾긴 했지만 이런 코미디 영화를 보러 온 건 정말 오랜만이었다. 친구들과의 모임에서도 영화관보다는 클래식 콘서트를 주로 다녔기에 지윤과 함께한 영화 관람은 정말 최고였다.

"그 남자 배우 말이야. 어쩜 사람이 그렇게 능청스러울 수가 있을까? 연기 같지가 않은 게 너무 리얼해."

"그렇죠? 우리나라 최고의 코미디 배우라잖아요. 영화계에서도 믿고 캐스팅하는 배우 중 한 명이라고 하더라고요."

"그래, 그럴 것 같더라. 사람이 참 진국처럼 느껴져."

고개를 끄덕이며 흐뭇함을 감추지 않던 한 여사가 지윤의 손을 토닥였다.

"너도 그렇고. 난 네가 내 며느리로 와 줘서 너무 좋다."

"저도 어머니 며느리가 될 수 있어서 너무 좋은걸요."

"네 오빠 결혼식만 잡히지 않았다면 너희 먼저 할 수도 있었을 텐데, 우리 성우랑 좀만 더 빨리 만나지 그랬어."

설 바로 전에 지석과 채린의 결혼식 날짜가 잡혀 있어서 지윤과 성우의 결혼은 어쩔 수 없이 뒤로 밀려야 했다. 그나마 다행인 건 성우의 고집으로 인해 설 연휴 바로 일주일 후로 날짜를 잡을 수 있었고, 내일모레가 둘의 결혼식이었다.

"그나저나 계속 성우 비서실에 있을 거야? 불편하지 않아? 동서 밑에서 일 배우는 것도 괜찮을 텐데."

대영상사 대표인 성우의 숙모가 부부가 같은 곳에 근무하면 되겠느냐면서 지윤을 상사로 데려가고 싶다고 했다. 물론 성우는 반대했지만 임 회장도 직원들이 볼 때 둘이 함께 있는 건 그리 좋지 않다고 지윤에게 결정하라고 말씀하셨다.

"저도 그러고 싶긴 한데, 성우 씨가 완강하네요. 거기에서 일하면 해외 출장이 얼마나 많은 줄 아냐면서."

"으이그, 하여간 꽉 막혀서는. 설마 너 데려가자마자 출장부터 내보내겠니? 결혼해서 좀 지나 봐라. 어쩌다 한 번씩 떨어져 지내는 게 더 금슬 좋을 수도 있어. 날마다 같이 있는 부부들이 얼마나 트러블이 많은데."

"저도 그건 어머니 말씀에 동의해요. 사람들도 절대 남편이랑 같이 일하지 말라고 그러잖아요."

지윤이 고개를 끄덕이자 한 여사가 쿡쿡거리며 웃었다.

"너랑 내가 이런 얘기 나눈 걸 알면 성우 녀석 파르르할 게야. 아마 너 당장에 어디로 출장 간다고 할까 봐 전전긍긍할걸?"

"음, 얼마나 전전긍긍할지 보고 싶은데요?"

"아서라, 너 따라간다고 할까 겁난다. 요즘 걔 머릿속엔 온통 너만 들어 있잖아. 아, 나 너무 쿨한 시어머니 아니니? 우리 아들 뺏기게 생겼는데 이리 태평할 수가!"

"아들을 뺏긴 게 아니라 예쁜 딸을 들인 거라 생각하시잖아요."

지윤의 말에 한 여사가 슬쩍 눈을 흘겼다.

"어쩜 넌 말도 잘 맞춰서 한다니? 이러니 성우가 너한테 푹 빠진 거지?"

"아마도요?"

방긋 웃는 지윤의 손을 잡으며 한 여사는 발걸음을 재촉했다.

"우리 언제 오나 성우가 기다리겠다. 얼른 가서 맛있는 점심 먹고, 가구 들어왔나 보러 가자."

"네, 어머니!"

지윤의 허리를 감싼 성우의 손이 슬쩍 올라와 가슴을 덮었다.

"으음……."

아직 잠에서 깨지 못한 지윤이 희미하게 불만스러운 소리를 흘리자 성우가 손바닥을 이용해 부드럽게 가슴을 문질러 작은 열매가 단단하게 변하도록 만들었다. 그러더니 고개를 수그려 혀로 날름거리다 가만히 물고 빨았다.

"흐응."

지윤이 몸을 비틀자 성우가 살짝 기대며 귓가에 속삭였다.

"어머님 기다리실 텐데."

순간 지윤의 눈이 번쩍 떠졌다.

"몇 시예요?"

"8시 막 넘었어."

"진즉에 깨워 주지 그랬어요."

지윤은 그의 품에서 벗어나 재빨리 침대에서 몸을 일으켰다.

내일이 결혼식이라 오늘 지석 오빠네 집으로 가 엄마 아빠와 함께 자기로 했다. 그전에 신혼집에 잠시 들러 침대에 누웠다가 깜빡 잠들어 버린 것이다.

둘은 결혼 후 바로 성북동으로 들어가려 했지만, 한 여사와 임 회장이 신혼 땐 따로 나가 살라고 하는 바람에 근처 빌라에 신혼집을 마련했다. 걸어서 20여 분이면 오갈 수 있는 곳이라 처음엔 서운해하시던 조부께서도 흔쾌히 허락하셨다.

지윤이 서둘러 옷을 챙겨 입는 걸 보며 성우는 행복한 표정을 지었다.

드디어 내일이면 지윤과 정식 부부가 되어 평생 함께할 것을 만인 앞에서 밝힐 수 있다는 게 뿌듯하기까지 했다. 그는 알몸인 채로 그녀에게 다가가 가만히 끌어안았다.

"사랑해, 부인."

지윤은 엉덩이에 닿는 그의 딱딱해진 분신에 방긋 미소 지으며 고개를 돌려 사랑이 가득 담긴 입맞춤을 선사했다.

7년 후, 12월 31일.

새해맞이 일출을 보기 위해 성우와 지윤은 정동진을 찾았다. 오래전 함께 묵었던 호텔의 스위트룸에 들어간 둘은 이른 저녁 식사를 한 이후 줄곧 침대를 떠나지 않고 있었다.

불혹의 나이가 되었음에도 지윤을 향한 사랑과 열정이 조금도 수그러들지 않는지 성우는 그날도 두 차례나 그녀를 안으며 그 어떤 것보다 달콤하고 짜릿한 절정을 선사했다.

"당신 이러다 몸 상할까 봐 겁나요."

나른한 목소리로 지윤이 그의 가슴팍을 쓸며 말했다.

"걱정 마. 아직은 충분하니까."

성우는 씨익 미소를 그리며 지윤의 어깨를 꼭 안았다.

"그래도 남자들 너무 많이 하면 안 좋다던데. 기가 다 빠져나간대요."

지윤의 말에 성우가 훽 머리를 들어 그녀를 내려다봤다.

"누가 당신한테 그런 소릴 해?"

"올케언니가요. 부부 관계 할 때마다 사정하지 않게 하라던데. 건강 해칠 수도 있다고요."

"설마 두 사람, 서로 그런 얘기까지 다 하는 거야? 일주일에 몇 번 했네, 뭐 그런?"

"아뇨! 남세스럽게 뭘 그런 얘길 해요? 그냥 저번에 같이 영화 봤는데 섹스에 대한 얘기가 나오니까 그러더라고요. 오빠도 의학적으로 근거 있다고 했다나? 암튼 그렇다고요."

지윤은 배시시 웃으며 그의 목을 끌어 내렸다.

"난 당신만 괜찮다면 다 좋아요. 때론 미안할 때도 있고."

"미안하다니?"

성우가 입술 위를 간질이듯 묻자 지윤이 살짝 혀를 내밀어 그의 입술을 핥으며 느릿하게 속삭였다.

"음, 당신이 한 번 할 때 난 여러 번 느끼거든요."

"당신이 느낄 때마다 나도 같이 경험하니까 우린 쌤쌤이야. 사정과는 상관없어."

지윤의 입술 사이로 혀를 깊게 밀어 넣었고 그녀의 가슴에서부터 허리를 부드럽게 쓸어내렸다. 그리고 그녀의 다리 사이로 느껴지는 뜨거운 기운을 만끽하려는 듯 손을 움직였다.

"으응……."

그녀가 그의 혀를 빨면서 신음할 때 갑자기 전화가 울렸다.

지윤의 벨 소리였다. 성우가 눈살을 찌푸리며 손을 뻗어 휴대폰을 들더니 피식 웃음을 보였다.

"아버님인 걸 보니 또 서준이가 하나 봐."

서준인 이제 여섯 살 된 첫째아들이었다.

휴대폰을 건네준 순간 이번엔 성우의 휴대폰이 울렸다.

"이번엔 아무래도 어머님이신가 본데?"

성우의 말마따나 그의 휴대폰에 뜬 이름은 '장모님'이었다. 그들의 둘째 딸, 서영이가 전화한 게 확실했다.

"여보세요?"

두 사람은 동시에 각자의 휴대폰을 받으며 미소 지었다.

—엄마, 서영이가 내 거 자동차 안 줘요!

—아빠, 오빠가 자동차 못 갖고 놀게 해요!

춘천 외갓집에 가 있는 서준이와 서영이가 장난감을 가지고 싸우다 할아버지, 할머니의 폰을 빌려 전화를 한 것이다.

외갓집에 갖다 놓은 장난감 자동차만 몇 개인데 또 싸우는지, 부모님을 위해서라도 내일 아침 일출만 보고 바로 춘천으로 가야 할 것 같았다.

각각 아들과 딸을 달랜 후 성우가 지윤의 허리를 당겼다.

"아이를 하나 더 낳게 되면 어떻게 될까? 아빠를 찾을지, 엄마를 찾을지 궁금하지 않아?"

나직하게 속삭이는 그의 말에 지윤의 눈꺼풀이 활짝 열렸다.

"더 낳고 싶어요?"

지윤은 항상 셋 이상을 바라 왔기에 서영이 네 살이 된 작년부터 더 늦기 전에 하나만 더 낳자고 노래를 불렀다. 하지만 서준과 서영을 연년생으로 낳은 뒤 지윤이 힘들어한 까닭에 성우가 아이는 그만 갖자고 했던 것이다. 그런데 이제껏 꼼짝 않던 그에게 셋째 욕심이 생기기 시작한 듯했다.

“서준이 녀석, 항상 나보다 당신 먼저 찾는 게 질투 나. 아들 하나 더 낳아서 아빠 바보로 만들어 볼까 하는데 어때?”

“흥, 그럼 엄마보다 아빨 먼저 찾는 서영인요?”

“딸이 아빨 좋아하는 건 당연한 거라고.”

성우의 의기양양한 말투에 지윤이 눈을 흘겼다.

“그럼 딸 하나 더 낳아서 엄마 바보로 키워야겠는걸요?”

그러고는 그의 목에 입술을 가까이 대며 속삭였다.

“어쨌든 셋째 갖는 거엔 동의한 거죠?”

“음, 당신이 원한다면?”

“그럼 서둘러야겠네요.”

지윤의 입매가 미소를 그리자 성우도 부드럽게 입술을 휘며 그녀에게 진한 입맞춤을 선사했다. 점점 뜨거워지는 그들로 인해 방 안의 공기 또한 후끈 달아올랐고, 서로를 소유하는 기쁨을 만끽하는 듯한 신음 소리가 가득 채워졌다.

“하아, 사랑해.”

“나도 사랑해요.”

_This love story is over, but love is forever.

작가 후기

로맨스 소설은 힐링이다!

로맨스 소설을 좋아하는 분들이라면 대부분 공감할 것이라 여겨지네요. 인간의 기본 욕구인 사랑을 다루면서, 결론은 언제나 '해피 엔드'로 맞춰져 있으니까요.

주인공들의 행복으로 인해 나도 덩달아 흐뭇함을 만끽하게 되는 것, 로맨스 소설을 읽는 이유가 아닐까요? 지윤을 향한 성우의 듬직한 사랑이 제대로 전달됐길 바라며, 《그대 마음을 똑똑!》이 독자님들께 힐링이 될 수 있길 소망해 봅니다.

사실 이 글은 처음에 '노크! 노크?'라는 제목으로 연재를 시작했다가 '똑! 똑?'으로 변경했습니다. 그러다 출간을 준비하면서 또 한 차례 변경이 되었고요.

함께 제목을 고민해 주신 로크미디어 담당자님께 이 자릴 빌려 고맙다는 말씀을 전하며, 이렇게 예쁜 책으로 태어날 수 있도록 애써 주신 것 또한 진심으로 감사드립니다.

아이들이 커 가면서 엄마를 필요로 하는 시간이 점차 줄어들고 있는 요즘, 글을 쓰고 있다는 게 저는 참으로 다행스럽고 행복하게 느껴진답니다. 열의를 갖고 임할 수 있는 무언가가 있다는 건 좋은 일이니까요. 앞으로도 더 재미있고 흐뭇함을 만끽할 수 있는 글 보여 드릴 수 있도록 노력하겠습니다.

모든 작가 후기마다 남기는 말이지만, 언제나 힘이 되어 주는 남편에게 무한 감사 인사를 보내고 싶네요. 글을 쓰면서, 주인공들이 데이트하는 장소는 우리도 가 봐야 하지 않겠느냐면서 같이 다녀오자고 할 때가 많은데요.

특히 이번 글을 쓰면서 북악 스카이웨이도 드라이브 삼아 몇 차례 방문하고, 정동진 선 크루즈 호텔에 강릉 커피 거리까지 즐거운 시간을 함께 보낼 수 있어 좋았답니다.

또 엄마, 아빠 둘이서만 다니는 여행에도 고개를 끄덕여 주는 믿음직한 세 아이들에게도 사랑이 듬뿍 담긴 키스를 보냅니다. 쪽쪽쪽!

오래오래 행복하게 잘 살아갈 로맨스 소설의 주인공들처럼 우리도 모두모두 행복하게!

러브 바이러스 추종자

김희진 드림.